THOMAS HESSE, Jahrgang 1953, ist Redaktionsleiter in Wesel. Im Emons Verlag erschienen von ihm – zusammen mit Thomas Niermann – die Krimis »Der Esel«, »Der Rabe« sowie »Mord vor Ort I und II«. »Die Eule« ist sein neuntes Niederrhein-Krimi-Buch.
www.der-krimi-hesse.de
RENATE WIRTH, Jahrgang 1957, lebt in Xanten und arbeitet als Heilpädagogin und Gestalttherapeutin. Sie veröffentlichte diverse Kurzkrimis in Anthologien.
VON BEIDEN AUTOREN gemeinsam erschienen im Emons Verlag »Das Dorf«, »Die Füchse«, »Die Wölfin« und »Die Elster«. »Die Füchse« erschien auch als Hörbuch.

Dieses Buch ist ein Roman. Handlung, Personen und manche Orte sind frei erfunden. Ähnlichkeiten mit lebenden oder toten Personen sind rein zufällig.

THOMAS HESSE UND RENATE WIRTH

Die Eule

NIEDERRHEIN KRIMI

emons:

© Hermann-Josef Emons Verlag
Alle Rechte vorbehalten
Umschlagzeichnung: Heribert Stragholz
Umschlaggestaltung: Tobias Doetsch, Berlin
Druck und Bindung: CPI – Clausen & Bosse, Leck
Printed in Germany 2010
ISBN 978-3-89705-769-2
Niederrhein Krimi
Originalausgabe

Unser Newsletter informiert Sie
regelmäßig über Neues von emons:
Kostenlos bestellen unter
www.emons-verlag.de

Das größte Gefängnis ist im Kopf des Unwissenden.
Graffiti in Istanbul

Prolog

Am 24. Mai 1960 ging die Sonne um vier Uhr zwölf über Dresden auf. Sie durchbrach den Nebel, der die Wälder und Wiesen des Umlandes zart bedeckte, in weichen Ringen um vier Uhr vierunddreißig. Der wattige orange Farbton, der sich über die Landschaft ergoss und von einer Morgenromanze erzählte, stand im krassen Gegensatz zu den zackigen Befehlstönen, die sich an den Mauern des Hofes der Hinrichtungsstätte brachen.

Die Wachmänner trieben einen kraftlos schlurfenden Mann in grauer Gefangenenkleidung, dessen fahle Hautfarbe es schwer machte, zu schätzen, ob er eher an die vierzig oder fünfzig Jahre alt war, über den Platz. Niemand weiß, was er in diesem Augenblick und in der kaum nachzuspürenden Verlassenheit seiner letzten Stunden zuvor empfand. Hat er sein Leben Revue passieren lassen, hat er seinen Verräter verflucht, der ihn erst in das Stasiuntersuchungsgefängnis in direkter Nachbarschaft des Domplatzes in Erfurt und dann in die Zentralanstalt für Abgeurteilte brachte? War er zu keiner Empfindung mehr fähig und ein lebender Leichnam in der vergangenen Nacht, die schon wie aus Blei war?

Willenlos ließ er sich jedenfalls schieben und ziehen, als ihn die Schergen zwischen Nacht und Morgen auf das Schafott zwangen. Die schräge Schneide der Fallschwertmaschine aus volkseigener Produktion fiel präzise und trennte ihm den Kopf zwischen dem vierten und fünften Wirbel vom Rumpf. Sonst arbeiteten die Antifaschisten in der DDR ungeniert mit den vorhandenen Naziguillotinen, an diesem Morgen aber war der Henker sehr zufrieden mit dem Einsatz der ersten volkseigenen Konstruktion.

Die Richtstätte schwamm im Blut, das sich in pulsierenden Schüben auf den Boden ergoss. »Vollstreckungsdauer: drei Sekunden, besondere Vorkommnisse: keine«, würde später der führende Offizier Dirk Unterhagen im Protokoll verzeichnen.

Die Sonne durchbrach den Morgennebel vollends und tauchte den Gefängnishof in merkwürdig barmherziges Licht, als wolle sie Trost spenden. Doch da waren die ebenso ungläubig wie entsetzt

7

aufgerissenen Augen des an Händen und Füßen gefesselten Opfers. Sein finales Röcheln, seine gebrochenen Pupillen. Der klaffende Schnitt, der qualvolle Blick und über allem dieser unerträgliche Geruch von Angst. Henker Walter Böttcher hatte gelernt, sein Herz durch einen unbewussten Verdrängungsmechanismus kaltzustellen und sich mit der Routine des Scharfrichters an seine Arbeit zu machen. An diesem sonnig-linden Frühlingstag, an dem die Temperatur 19,5 Grad erreichen sollte, verließ der gelernte, ernst dreinblickende Schmied den von unüberwindlich hohen Mauern umschlossenen Hof, um im Erdgeschoss des labyrinthischen Baus zwei weitere Gefangene zu enthaupten.

Als wäre das Entsetzen noch zu steigern, legten die Gehilfen den vom Körper abgetrennten Kopf beim Einsargen zwischen die Beine des getöteten Delinquenten. Für sie war das praktischer und zeitsparender, denn eine spezielle Ofenmannschaft wartete in dem von Kiefern umstandenen Krematorium im nahen Tolkewitz auf den Leib des geköpften Mannes mit der fahlen Gesichtshaut. Die bürokratische Regelung der geheimen Kommandosache verlangte, das »Abköpfen« und Verbrennen binnen Stunden abzuschließen. Offizier Unterhagen zeichnete befriedigt die für den Zeitablauf vorgesehenen Sparten des Protokollbuchs ab und merkte sich vor, eine Zulage nebst extra freiem Tag für den Henker zu beantragen. Der Mann hatte schließlich Familie, und sie alle waren darauf angewiesen, diesen heiklen und geheimen Fall effektiv und ohne Aufsehen zu Ende zu bringen.

Ins Einäscherungsbuch trug man ein, dass der überstellte Leichnam eines in Erfurt verhafteten und in Dresden geköpften Mannes unter der laufenden Nummer 144080 um sieben Uhr fünfundvierzig verbrannt wurde. Mit roter Tinte wurde vermerkt: »Po –Polizeiliche Zuführung«. Am 26. Mai 1960 beurkundete das Standesamt III den »Sterbefall 127/60« mit der Todesursache Myokardinfarkt. Der vorgebliche Herzinfarkt war genauso falsch, wie Alter, Name, Beruf und Adresse im Protokollbuch gefälscht waren. Urne 553 verschwand in Feld IV des anonymen Gräberfeldes.

Die Vertuschungsmaschine lief perfekt, bis Offizier Unterhagen die repräsentative Eingangstür zur Stasizentrale an der Erfurter Andreasstraße durchschritt, sich auswies und umgehend in das Kasino zum Empfang ging, bei dem er für ehrenvolle Verdienste ausgezeichnet wurde. Seine Fähigkeit, schwierige Missionen durchzuführen, wurde besonders erwähnt. Es war verständlich, dass er viele Glückwünsche entgegennehmen und mehrfach anstoßen musste. Als Offizier Unterhagen bemerkte, dass der Alkohol seine Zunge gelöst hatte und er in den wichtigtuerischen Flüsterton der Kennerschaft abdriftete, war es schon zu spät. Da hatte er schon erzählt, dass »Genosse Staatsanwalt Kuhrke« vor dem 1. Strafsenat des Bezirksgerichts Erfurt einen Mann, einen Kollegen »wegen Verbrechens gegen Artikel 6 der Verfassung der DDR« angeklagt hatte. Der Vorwurf »Spionage, Staatsverbrechen, Fluchthilfe« sei so allgemein gehalten gewesen, dass das gewünschte Urteil – beifälliges, gedrücktes Lachen aus der kleinen Zuhörerschaft pflichtete bei – am Ende herauskommen würde.

Offizier Unterhagen spürte mit der antrainierten Vorsichtigkeit des Staatssicherheitsbeamten, dass er einhalten musste, doch die spontane Aufmerksamkeit der tuschelnden Kollegen spornte ihn an. Der Verurteilte, der fünfundvierzig Jahre alt gewesen sei, habe gezittert, gefleht, geweint, als ihm der Anstaltsleiter bekannt gemacht habe, dass der Vorsitzende des Staatsrats, Walter Ulbricht, sein Gnadengesuch abgelehnt habe, und die Vollstreckung des Todesurteils für den nächsten Morgen verkündete.

»Als er keine Tränen mehr hatte, saß er verbiestert da. Widerspenstig hat er unsere Frage nach letzten Wünschen abgewehrt. Das würde alles rauskommen, was gegen ihn konstruiert worden sei, hat er geschrien. Bis er zurück in die Zelle gebracht wurde zu seiner letzten Nacht«, sagte der Offizier in gewichtigem Tonfall. »Er döste dann irgendwann ein, zwischendurch schreckte er hoch, flüsterte und schrie einen Namen, offenbar eine Frau, an die er dachte, Li, Lilli oder so ähnlich. Da war etwas, was ihn bis zuletzt nicht losgelassen hat.«

Offizier Unterhagen hielt ein, als sei ihm plötzlich bewusst, ein Geheimnis ausgesprochen zu haben, das ihn selbst gefährdete und das er nie hatte verraten wollen. Er bremste seinen Rededrang, und kein Wort über die wahren Hintergründe dieses unseligen Todesfalls kam über seine Lippen. Nie, nie sollten die Verstrickungen aufgedeckt werden können.

»Na ja, dann gab es passende Aktenvermerke, der kam in die Urne, und jetzt wächst wortwörtlich Gras über die Sache«, gab er dröhnend zum Besten, und die Runde reagierte mir schallendem Gelächter auf dies Ablenkungsmanöver.

Offizier Unterhagen konnte nicht ahnen, dass das ordnungsgemäß gewachsene Gras Jahrzehnte später nach der Wende von 1989 verdorrte und die Grasnarbe über zwanzig Jahre danach aufbrach.

EINS

4. Mai 2010

Hauptkommissarin Karin Krafft blinzelte verschlafen in die Morgensonne und rieb sich die Nase. Bleierne Müdigkeit hielt ihren Körper zwischen dem warmen Bettzeug, ein leichter Windhauch bewegte die Gardine vor dem geöffneten Fenster und zeichnete zarte Muster an die gegenüberliegende Wand. Sie war in der Nacht ins Bett gefallen und augenblicklich in einen komatösen Schlaf gesunken. Seit Wochen zum ersten Mal. Die letzte Zeit hatte viel Kraft und Zeit gekostet, von jedem im Kommissariat 1 in Wesel schier Unmögliches gefordert, auch von ihr.

Etwas strich über ihren Arm, den sie flugs wieder unter die Decke zog, ein paar Minuten noch, ein Viertelstündchen. Es hatte Tage gegeben, an denen sie ein Nickerchen am Schreibtisch gehalten hatte, den Kopf auf die verschränkten Arme gebettet, wie ihre Großmutter es am Küchentisch getan hatte. Weitermachen, Lösungen finden, nicht glauben können oder wollen, worauf es hinauslief. Manchmal hatte Karin Krafft sich aus einer fremden Perspektive betrachtet, die Kommissarin mit den gerauften, ungewaschenen Haaren, die seit zwei Tagen dieselbe Bluse trug, dieselbe Jeans, die sich die Zähne provisorisch auf dem Frauenklo mit den Fingern putzte und kritisch im Spiegel die dunklen Ränder unter den Augen anstarrte. Die hagere Frau, die nur noch von Kaffee und belegten Brötchen lebte, die ihre Kollegen antrieb, aufmunterte, bis zur Erschöpfung forderte, sich das Schwinden der eigenen Kräfte nicht eingestehen wollte.

Jetzt zog es am Haar, erst vorsichtig, fast unmerklich, dann wurde Karin einen Deut wacher. Es ziepte unangenehm auf der Kopfhaut. Dieser Geruch, eine Mischung aus Milch, Honig und voller Windel, stieg ihr in die Nase. Lächelnd fand sie in die Welt zurück und blickte unvermittelt in das schelmische Gesicht ihrer kleinen Tochter. Lange Wimpern, ein verklebter, lächelnder Mund, keine zehn Zentimeter von ihr entfernt. Wann hatte sie diese Morgenstimmung zum letzten Mal erlebt?

»Guten Morgen, meine Süße. Na, hat der Papa dich geschickt, damit ich aufstehe?«

Maarten, ihr Lebensgefährte, linste durch den Türspalt, überließ ihr den Moment und fasste seine schulterlangen Haare zu einem Zopf zusammen. Er wollte sich leise zurückziehen, was seiner aufmerksamen kleinen Hannah nicht entging. Eilig wuselte sie sich aus dem großen Bett.

»Papaaaa!«

Karin hatte mit Erstaunen darauf reagiert, dass Hannahs erstes Wort keineswegs »Mama« gewesen war. Mama war eben unzuverlässig anwesend, seit sie wieder arbeitete und Papa den Hausmann gab. Es hatte an ihren mütterlichen Gefühlen gezwackt, dass Töchterchens zweites Wort »Mo« hieß, womit eindeutig ihr großer Bruder Moritz gemeint war. Irgendwann nach einem frustrierenden Arbeitstag hatte sie mit ihrem Kollegen Burmeester auf dem Kornmarkt in Wesel mehrere Bier über den Durst getrunken. Der damalige Fall gewann an fiesen, filigranen Details, proportional dazu erlahmte das Privatleben der beiden. Sie fürchtete den Verlust sozialer Kontakte, und Burmeester schreckte vor seinem Kühlschrank zurück, dessen Inhalt ihm wohl entgegengelaufen käme, wenn er den Mut aufbrächte, ihn zu öffnen. Schon ziemlich beschickert fiel ihnen die kleine Hannah ein und löste einen moralischen Absturz aus, der ihnen den Rest gab. Mit dem zehnten Absacker stießen sie an, Burmeester formulierte mit letzter Aufmerksamkeit einen Trinkspruch.

»Auf die Mutter und den Patenonkel. Beide wird das Kind nie kennenlernen, weil sie Räuber und Gendarm spielen. Prost!«

Karin konnte sich ziemlich genau an den verkaterten Tag danach erinnern.

Durch die offene Tür drang verlockender Kaffeeduft. Maarten wusste, was sie aus den Federn locken konnte. Sie warf beiläufig einen Blick auf den Wecker. Schon fast zehn, stellte sie erschrocken fest, setzte sich auf, wollte schnell ins Bad und fasste sich schließlich an die Stirn. Klar, sie konnte schlafen bis zum Abend, wenn sie wollte, und das noch die nächsten sieben Tage lang. Ihre Vorgesetzte, Frau Doktor van den Berg, hatte sie nach Hause geschickt, wollte die Hauptkommissarin erst in der übernächsten Woche wieder an ihrem Arbeitsplatz sehen. »Dies ist eine Dienstanweisung, sparen Sie sich jeden Einwand. Mit Volldampf sind Sie zurück in den Dienst gegangen, und jetzt schöpfen Sie mal wieder Kraft.«

Sie hatte frei. Karin reckte sich und schlurfte immer dem verlockenden Duft nach die Treppe hinunter in die Küche. Hannah saß auf ihrem Tripptrapp und hielt ein Bilderbuch in der Hand, während der Papa von der Tageszeitung hochschaute.

»Na, hast du ausgeschlafen?«

»Ein wenig, ich fühle mich zerschlagen und ausgepowert.«

»Hab ich schon in der Zeitung gelesen. Hauptkommissarin Krafft und das Kommissariat 1 stehen kreisweit mit ihrer beispielhaften Aufklärungsquote an vorderster Stelle.«

Er reichte ihr die aufgeschlagene Seite mit dem Artikel, sie überflog ihn kurz.

»Ein offizielles Lob, was will man mehr. Wenn die Reporter wüssten, wie viel Arbeit dahintersteckt, das hier hört sich so verklärt einfach an.«

»Dann sei so gut und erklär es mir.«

In den letzten Wochen hatten sie kaum miteinander geredet. Entweder kam sie erst spät heim und fiel dann in einen unruhigen, kurzen Schlaf, oder sie hatte im Büro übernachtet und sich morgens knapp telefonisch gemeldet. Maarten konnte nur ahnen, was das Kommissariat geleistet hatte. Karin gab ihm einen dicken Kuss auf die Wange.

»Ich werde es dir erzählen. Jeder Fall in der letzten Zeit hatte so viele Abgründe, die reichten bis kurz vor die Pforte zur Hölle. Ich habe Geschichten gehört, die sich keine kranke Phantasie ausdenken kann.«

Karin schlürfte an ihrem Kaffee. »Weißt du, was das Schlimmste war?«

Maarten schüttelte den Kopf.

»Zu erkennen, dass es immer weiter geht. Verstehst du, es gibt keine Grenzen mehr im menschlichen Umgang miteinander. Angestachelt von Darstellungen im Internet und anderen Medien werden verschlagene, schüchterne potenzielle Täter zu wahren Foltermeistern, furchtbar.«

Karin nahm einen großen Schluck und blickte durch die Glastür zum Garten in die Ferne auf das glitzernde Wasser des Sees. Schön ist es hier in Lüttingen so nahe am Wasser, dachte sie. Es war eine gute Entscheidung gewesen, mit Maarten und den Kindern in den Xantener Ortsteil, in die Nähe der ehemaligen Auskiesung, zu ziehen, die so hohen Freizeitwert zu bieten hat. Wasser ist Leben, ein Element, das Menschen anzieht, begann sie abzuschweifen, bevor sie sich disziplinierte, zurück ins Gespräch zu gehen.

»Unrechtsbewusstsein, ethische Grenzen, Moralvorstellungen? Das sind dann nur noch Fremdworte. Da kannst du dich nur ducken und aus der Schusslinie bleiben.«

»Du sprichst in Rätseln.«

Mutter und Tochter blinzelten sich über den Tisch hinweg mit gekrauster Nase zu.

»Vielleicht werde ich heute Abend konkreter, denn ich weiß nicht, was unsere Süße alles aufschnappt. Von der Seele reden tut so gut. Jetzt bin ich jedenfalls froh, eine Woche durchatmen zu können. Freie Zeit mit meiner Familie, herrlich.«

Maarten nickte und ließ sie von seinem Brötchen mit Erdbeermarmelade abbeißen.

***

Kommissar Nikolas Burmeester und der dienstälteste Kollege Simon Termath waren im Bereitschaftsdienst, als der Einsatz angefordert wurde. Zu einem Unfall mit Toten und Verletzten waren sie gerufen worden, an diesem Samstagmorgen Anfang Mai, einem der friedvollen Frühlingstage mit sonnigem Wetter und löwenzahngelben Wiesen. Das Ausmaß hatte sie erschreckt, kopfschüttelnd liefen sie zum Parkplatz. Der alte Hase hastete dem jungen Spund nach und wollte es genauer wissen.

»Wie war das? Drei Tote und sieben Schwerverletzte? Das kann doch nur ein Bus gewesen sein. Hat der Diensthabende nichts gesagt?«

»Nein, nur dass die Einsatzkräfte ein Bild des Grauens vorfanden und die Lage noch lange nicht unter Kontrolle ist. Da muss ein massives Aufgebot an Hilfskräften aus der Region vor Ort sein. Die Streife hat durchgegeben, es könne sich um eine vorsätzlich durchgeführte Tat handeln.«

»Ein Bus, der in den Graben gesetzt wurde? Absichtlich. Das

wäre Mord!« Schwerfällig ließ sich Termath in den Sitz plumpsen und seufzte. »Drei Tote. Und das auf die letzten Tage.«

Er stand kurz vor dem Eintritt in den wohlverdienten Ruhestand und hatte schon zu Jahresbeginn damit angefangen, seine persönlichen Sachen Stück für Stück mit nach Hause zu nehmen. Die Wand hinter seinem Schreibtisch zierte ein bizarres Muster aus dunklen, rechteckigen Rändern und Nägeln, die nutzlos im Gemäuer staken. Mit jedem Gegenstand, der in seiner altmodischen Tasche verschwand, sank seine Laune, wurde er schweigsamer, ein griesgrämiger alter Wolf auf dem Weg ins Exil. Er habe doch Familie, hatte die Hauptkommissarin ihm gesagt, er habe Ehefrau und Enkelkinder um sich herum, alle würden sich auf ihn freuen. Eben, hatte er geantwortet, das Wort mit heiserer Stimme und hängenden Mundwinkeln noch mehrmals vor sich hin gemurmelt.

»Wo müssen wir hin?«

»Bei Xanten an der Ampelkreuzung Richtung Sonsbeck. Auf die Anhöhe zu, wir könnten die Unfallstelle nicht verfehlen.«

»Auch noch rüber op de schäl Sig.«

Burmeester verdrehte die Augen.

Über die neue Rheinbrücke fuhren sie, die rot ummantelten Litzenbündel, die den eleganten Bau kraftvoll trugen, leuchteten im Licht des Vormittags. Simon Termath blickte wehmütig nach links, wo das alte stählerne Brückengerippe noch stand und des Rückbaus harrte.

»Die hätte auch noch länger gehalten.«

Jau, dachte Burmeester, und jetzt kommt die Sache mit Winston Churchill, dem einstigen Kriegspremierminister, der bis Wesel-Büderich kam.

»Erst die alte Pontonbrücke, die ist noch unter der britischen Besatzungsmacht entstanden. Dann folgte die Brücke mit der Eisenkonstruktion, sollte ja nur 'ne Notlösung sein, die funktionierte dann aber über fünf Jahrzehnte. Erst haben sie zum Kriegsende den Niederrhein plattgemacht und dann wiederaufgebaut. Und jetzt gehört die zum alten Eisen.«

Nikolas Burmeester sah Termath von der Seite an, zusammengesunken auf dem Beifahrersitz hockend, ein Häufchen Elend. Gleich würde er seufzen, lang und unüberhörbar.

»Ja, ja, genau wie unsereins, alles abgestempelt zum alten Eisen.«

Zu Beginn dieser depressiven Phase hatten sie noch versucht, ihn aufzumuntern, Schulterklopfen, kluge Sprüche, Schokoladentafeln auf der Schreibtischunterlage. Das hatten die Kollegen vom K 1 inzwischen jedoch aufgegeben. Es galt die interne Parole, Termath mit Langmut und Geduld zu begegnen.

An Ginderich vorbei fuhren sie schweigend durch die sattgrüne Landschaft. Eine Freude für die Augen, ging es Burmeester durch den Kopf. Simon war mit seinen Gedanken woanders.

»Gibt es auch unverletzte Beteiligte, Zeugen, oder hat es mal wieder alle erwischt? Ach, das werden wir schon sehen. Auf der Anhöhe vor Sonsbeck, das hat der gesagt? Der kennt sich hier nicht aus. Das ist der Anstieg in die Sonsbecker Schweiz, die höchste Erhebung weit und breit.«

Da fehlt noch was, dachte Burmeester und wurde auch prompt beliefert.

»Endmoräne aus der Eiszeit, genau wie der Fürstenberg, da, dahinten kann man den noch hinter den Pappeln erkennen.«

Burmeester sehnte sich zurück nach den alten Dienstplänen. Er und die Hauptkommissarin, sie waren ein gutes Team gewesen. Seit ihrer Schwangerschaft hatte er an Simons Seite gearbeitet. Zwar war sie seit ein paar Monaten zurück aus ihrem Mutterschaftsurlaub, jedoch wollte die Chefin erst sehen, wer Simons Stelle einnehmen würde, und dann die Gespanne neu einteilen.

Die B 57 nach Xanten war stark befahren, Scharen von Touristen wollten diesen lauen Tag am Niederrhein genießen. Sie bogen links auf den Augustusring, passierten Xanten und mussten sich hinter der Einmündung zum Gewerbegebiet bei der Straßensperre ausweisen, um weiter über die Xantener Straße Richtung Sonsbeck zu fahren. Termath richtete sich in seinem Sitz auf. Das Ziel ihres Einsatzes war nicht zu verfehlen, wirkte bedrohlich in seinem Ausmaß. Von Weitem war ein riesiges Aufgebot an Blaulichtern zu erkennen: Feuerwehrwagen, Rettungsfahrzeuge und Streifenwagen, die die Kreuzung abriegelten, die vor der Unfallstelle nach Labbeck und zum Hammerbruch führte.

»Mein lieber Scholli, jetzt wird es ernst, das ist ja was ganz Großes.«

***

Burmeester starrte in das Gewusel aus uniformierten Hilfskräften, die Malteser hatten ein Versorgungszelt aufgebaut, auf der Weide vor der Straßenkreuzung stand ein Rettungshubschrauber mit abgestelltem Motor. Je näher sie der Unfallstelle kamen, desto mulmiger wurde ihnen beiden.

»Siehst du einen Bus?«

»Nein, aber der umgekippte Kasten da rechts scheint ein Lkw zu sein. Ich kann kein anderes lädiertes Fahrzeug ausmachen.«

»Kein Bus und trotzdem so viele Opfer?«

»Wir werden es gleich wissen.«

Sie parkten auf dem Seitenstreifen vor dem Chinarestaurant. Knallrote runde Lampions, die im Baum vor dem Eingang schaukelten, verbreiteten eine deplatzierte Fröhlichkeit. Die Angestellten, selbst die Küchenhilfen, standen mit versteinerten Gesichtern vor dem Eingang und blickten zur Unfallstelle.

Ein Streifenbeamter kam den Kommissaren entgegen, sie zückten ihre Dienstausweise.

»Hauptwachtmeister Ebert, kommen Sie, wir müssen zu dem verunglückten Lastkraftwagen.«

»Wie viele Unfallbeteiligte gibt es?«

»Drei Tote, einer klemmt noch unter dem Fahrzeug. Wir müssen ihn herausschneiden, der Kran ist unterwegs. Sieben Schwerverletzte sind auf umliegende Krankenhäuser verteilt worden, um die restlichen fünf kümmern sich momentan zwei Seelsorger, dahinten in dem Zelt. Sie stehen natürlich unter Schock und sind schon medizinisch versorgt worden. Die sind ansprechbar, und es gibt übereinstimmende Schilderungen des Hergangs, die Sie sich unbedingt anhören müssen.«

Simon Termath wies auf den Lkw, dessen Unterboden zur Straße hin sichtbar lag, während die Stoßstange an der Front mit blutbefleckten Tüchern verhängt war.

»Da liegt noch jemand drunter? Nicht zu fassen. Sicher, dass es nur einer ist? Was um Himmels willen ist hier passiert?«

Der Streifenbeamte atmete tief durch, schien zu überlegen, wo er mit seinem Bericht starten sollte.

»Das sind Pilger, ich meine, das war eine Gruppe auf dem Weg nach Kevelaer. Jeder kannte den anderen, das macht es für die Unversehrten besonders schwer. Sie haben mit ansehen müssen, wie

der Lkw von dort oben mit aufheulendem Motor den Berg hinunterraste, die Mittellinie überfuhr und direkt auf die Gruppe zuhielt. Sie bestätigen, dass nur noch einer fehlt.«
Sie waren stehen geblieben. Burmeester schaute zu dem Zelt. In Decken gehüllte Menschen, manche mit Kaffeebechern in den Händen, hockten auf einfachen Bänken. Zwei Männer redeten auf einen Helfer ein, eine Frau schluchzte herzzerreißend, eine ältere saß kerzengerade da und stierte vor sich hin. Er wendete sich ab. Unfassbar.
»Hat der Fahrer die Kontrolle über das Fahrzeug verloren?«
Ebert rang nach Worten.
»Das ist es ja, Herr Kommissar Burmeester. Die Mitpilger sagen unabhängig voneinander, der Fahrer habe hellwach hinter dem Steuer gesessen und das Fahrzeug gezielt auf die Gruppe zugelenkt. Es gab keinen Ausweichversuch, es gibt keine Bremsspur, keiner hat ein Hupen gehört, auch optische Warnsignale sind nicht beobachtet worden, nichts. Was sie beschreiben, hört sich an, wie ein Terroranschlag eines Selbstmordattentäters.«
»Ein technischer Defekt?«
»Das können wir zum jetzigen Zeitpunkt nicht ausschließen. Es spricht jedoch vieles dagegen.«
Simon Termath wirkte wie ausgewechselt. Die Konsequenz aus dem Bericht von Hauptwachtmeister Ebert erschien ihm so absurd, dass er ihn nur ganz langsam auszusprechen wagte.
»Das heißt im Klartext, Sie ziehen eine Art Anschlag mit einem Lastkraftwagen in Erwägung?«
»Genau das. Zu dem Zeitpunkt war die Straße leer. Als habe er mit laufendem Motor dort oben am Straßenrand auf den richtigen Zeitpunkt gewartet, sagten sie, wie ferngesteuert sei er auf sie zu. Nein, das könne nicht wahr sein, hat einer gedacht, der dreht doch gleich wieder ab. Da habe der Wagen schon die ersten überrollt, sei dabei wohl zu weit in den Graben gelangt, erwischte schlidderd sechs andere Personen, die wie gelähmt waren und nicht reagieren konnten, bevor er umkippte.«
»Moment, sechs Personen? Vorhin war von sieben Schwerverletzten die Rede.«
»Ja, die siebte Person ist der Fahrer. Der war nicht angeschnallt. Den haben sie mit schwersten Kopfverletzungen in die Unfallklinik nach Duisburg geflogen.«

Er nahm seine Dienstmütze ab und wischte sich mit einem abgegriffenen Tempotuch über die Stirn.

»Da liegt auch eine Frau, die wohl beide Beine verlieren wird.«
In ihrer Betroffenheit schauten die drei sich wortlos um. Auf dem Radweg und mitten auf der Straße lagen sie mit Tüchern verhüllt, die beiden Menschen, die direkt zu Tode gekommen waren. Ein Feuerwehrmann lehnte kopfschüttelnd an einem Leitpfosten, den Helm umklammernd und mit kreidebleichem Gesicht. Ein anderer legte ihm eine Hand auf die Schulter und redete auf ihn ein. Überall lag Verpackungsmaterial von Einwegspritzen und Verbandsmaterial. Blutflecken und Kleidungsstücke hoben sich vom grauen Asphalt ab, einzelne Schuhe wirkten wahllos verteilt wie in einer makabren Inszenierung. Ein leichter Rucksack lag vor ihren Füßen, daneben ein aufgeschlagenes Gebetbuch. Ebert widerstand dem Impuls, es aufzuheben.

»Ich bin schon dreimal an dem Buch vorbeigegangen und habe mich jedes Mal beherrschen müssen, es nicht ordentlich auf den Rucksack zu legen. Es wirkt hier einfach zu absurd und fremd. Was ging wohl im Kopf des Unfallfahrers vor?«

Simon Termath blieb sachlich.

»Wir informieren die Spurensicherung. Die sollen das ganze Terrain filmen, vermessen, fotografieren, ich kann das noch nicht glauben. Absichtlich in eine Pilgergruppe gefahren? Das Fahrzeug muss unbedingt untersucht werden.«

Burmeester hielt schon sein Handy ans Ohr.

»Ich hole die Chefin her, das hier ist mir zu groß. Und der Heierbeck von der KTU muss entscheiden, ob nicht sogar ein Hubschrauber hersoll, um von oben zu filmen, so abschüssig, wie das ist … Ja, Karin? Ich weiß, es ist dein erster freier Tag … Du musst herkommen, wir brauchen dich hier.«

In kurzen Sätzen erzählte er, was bislang bekannt war.

»Keine Wanderer, nein, das hier war eine Pilgergruppe auf dem Weg nach Kevelaer, mehr weiß ich auch noch nicht. Ich kümmere mich gleich darum, wer hier noch in der Lage ist, Fragen zu beantworten. So was Furchtbares hast du noch nicht gesehen, glaub mir.«

***

Keine Stunde hatte das Team von der Spurensicherung unter Leitung des erfahrenen Kollegen Heierbeck gebraucht, um den Verdacht einer gezielten, vorsätzlich durchgeführten Tat zu erhärten. Mit stoischer Ruhe untersuchten sie routiniert den mittlerweile wieder auf die Räder gestellten Lkw, der zur Sicherung noch an breiten Gurten am gelben Kran der Firma Gardemann befestigt war. Heierbeck winkte der Hauptkommissarin zu, wollte einen kurzen Zwischenbericht abliefern. Karin Krafft näherte sich zögerlich dem Unglücksfahrzeug. Dieser Unfallort jagte ihr einen Schauer nach dem nächsten über den Rücken, sie konnte sich dieses Unbehagen nicht erklären.

»Keine Papiere, der Fahrer hatte absolut nichts bei sich, wodurch er zu identifizieren wäre. Ich wette, dass der Wagen gestohlen wurde, denn normalerweise führt ein Berufskraftfahrer alles mit. Ist schließlich teuer, ohne Papiere in eine Kontrolle zu geraten. Du kennst das, der Fahrzeugschein oder zumindest eine Kopie davon klemmt unter der Sonnenblende oder liegt im Begleitbuch im Handschuhfach. Nichts, nirgendwo der kleinste Hinweis auf Eigner oder Fahrer, keine persönlichen Gegenstände, nicht einmal eine Jacke.«

Karin Krafft nickte und wies auf den Streifenbeamten, der in seinem Wagen saß und telefonierte.

»Kollege Ebert lässt gerade das Kennzeichen überprüfen. Gibt es sonst etwas Verwertbares?«

Der Tote, der unter dem Fahrzeug gelegen hatte, wurde gerade von einem Bestatter eingesargt. Er schloss die Heckklappe mit den dunklen Gardinen in ordentlichen Falten und rief der Hauptkommissarin zu: »Wie immer in die Pathologie nach Duisburg?«

»Genau. Verdammt, das war ein ganz junger Kerl, ein Konditor, sagen sie. Höflich, zuvorkommend und einfach nur nett sei er gewesen, meinen die Überlebenden.« Sie wandte sich an Heierbeck. »Was war das hier Ihrer Meinung nach? Wonach sieht das aus?«

Heierbeck trat ein paar Schritte zurück, als wolle er mit einem Rundumblick alle Einzelheiten des Szenarios erfassen. »Ohne die Zeugenaussagen würde ich von einem überaus tragischen Unglücksfall sprechen.«

Einer seiner Mitarbeiter rief ihn zum Führerhaus. Karin folgte ihm, während ihre Kollegen die Pilger im Malteserzelt befragten.

Im Vorübergehen sah sie Simon Termath schweigend neben einer älteren Frau sitzen, die in eine Thermodecke gehüllt kerzengerade auf der Bank hockte. Heierbeck schwang sich auf der Beifahrerseite in den Lkw, der unter seiner Bewegung leicht wankte. Er bückte sich, griff unter den Sitz.

»Hier liegt ein verschlossener Kunststoffmüllbeutel, irgendwas wurde darin sorgfältig verstaut. Hast du schon Fotos gemacht?«

Der Mitarbeiter nickte.

»Dann wollen wir mal sehen.«

Heierbeck zog den knisternden Beutel ans Licht, öffnete den festen Knoten und schaute ins Innere der blickdichten Plastiktüte. Der Inhalt entlockte ihm einen staunenden Pfiff.

»Donnerwetter, was haben wir denn da?« Seine Hand brachte ein ungeordnetes Bündel loser Geldscheine zum Vorschein. »Mehrere tausend Euro, schätze ich. Hat der für das Attentat kassiert? Frau Krafft, damit steht doch wohl endgültig fest, dass wir eine Unglückstheorie nicht weiterverfolgen, richtig?«

»Keine Papiere, keine persönlichen Gegenstände, nur ein Haufen Geld unter dem Sitz? Nehmen Sie sich die Fingerabdrücke vor. Wenn der Fahrer den Beutel dort verstaut hat, stimme ich Ihnen zu.«

***

Simon Termath kam auf sie zu, ließ sich über den Fund informieren und gab die neuesten Erkenntnisse dazu.

»Ebert sagt, der Wagen stammt aus dem Fuhrpark einer Spedition in der Nähe des Duisburger Hafens. Denen war noch gar nicht aufgefallen, dass ein Fahrzeug fehlte. Der Chef verlor seine gute Laune wohl erst bei einer Inspektion des Hofes.« Er blickte auf das Wrack. »Den möchte ich nicht hören, wenn er das hier sieht.«

Karin wies auf den ersten Pulk aus Kameraleuten außerhalb der Absperrung. »Vermutlich braucht er nur Nachrichten zu schauen.«

Simon blieb unschlüssig stehen. Karin kannte diesen Zustand, der Kollege brauchte zunehmend mehr Zeit, um sich und seine Gedanken zu sortieren.

»Simon, mach Feierabend, das war genug für eine Wochenendbereitschaft.«

»Nee, nee Karin. Ich musste nur gerade nachdenken. Burmeester und ich werden noch auf der rechten Rheinseite die Angehörigen informieren. Vielleicht kommen wir damit dem Motiv für diesen Wahnsinn näher. Kannst du dich um die graue Eminenz im Zelt bemühen?«

»Ich weiß im Moment nicht, von wem du sprichst.«

»Ich habe versucht, mit Frau Garowske, Cornelia Garowske, zu reden. Wenn ich die anderen richtig verstanden habe, dann ist sie die Organisatorin dieser Pilgertour. Die schnaubt mich nur an, ignoriert mich und äußert kein Wort. Vielleicht fällt es ihr leichter, mit einer Frau in Kontakt zu treten.«

»Ach, du meinst die ältere Dame im Zelt. Das ist bestimmt der Schock. So ein Erlebnis muss man doch erst verarbeiten.«

»Das habe ich mir auch gesagt. Die anderen reagieren wie in Trance, erzählen den Hergang wieder und wieder, wie aufgedreht. Nur passt der Gesichtsausdruck selten zu dem Geschilderten. Der Kopf hat alles registriert und bremst die passenden Gefühlsregungen noch aus.«

Karin sah dem Fahrzeug des Bestatters nach, das in Richtung Xanten davonfuhr.

»Die einen leiden still in sich hinein, die anderen tragen ihr Leid nach außen. So unterschiedlich reagieren die Menschen eben.«

Burmeester wartete schon in der Nähe des Chinarestaurants und sah Simon entgegen. Der verabschiedete sich von Karin, kehrte jedoch nach ein paar Schritten zu ihr zurück.

»Ich bin lange genug dabei, um zu erkennen, wann ein Mensch unter Schock steht. Bei der Frau ist was anders, glaub mir. Die ist völlig präsent, die hat alles im Blick, die schweigt bewusst. Es fröstelt mich in ihrer Nähe, die wirkt auch ohne Worte eiskalt. Vielleicht steht sie ja unter Medikamenten. Es gibt zum Beispiel Präparate gegen Parkinson, da versteinert sich die Mimik auch, wer weiß. Karin, glaub mir, mit der stimmt was nicht.«

Simon machte sich auf den Weg, sein zögernder Gang verriet, dass er sich nicht sicher war, ob Karin verstanden hatte, was er ihr mitteilen wollte.

Die überschüssigen Rettungskräfte zogen sich zurück, mitten in der Kolonne erkannte Karin Burmeesters alten roten Polo. Er und der alte Hase Simon waren ein eingespieltes Team im Überbringen schlechter Nachrichten. Simon wirkte tröstlich und konnte auch schon mal laut seufzend einen Arm tätscheln, während Burmeester mit getragener Stimme, die Verständnis und Bedauern vermittelte, die passenden Worte fand.

***

Die Fahrt nach Duisburg in die Unfallklinik und zur Spedition am Hafen hatte Tom Weber übernommen. Sein seriöses Auftreten, kurze graue Haare, gepflegte dunkle Kleidung, konnten heute leicht bewirken, dass ein Streifenbeamter ihn mit einem Bestatter verwechselte. Er parierte solche Situationen ohne Überheblichkeit, blieb stets klar und konzentriert. Sein Kollege Jeremias Patalon wollte sich um die linksrheinisch aufgenommenen Verletzten in den Krankenhäusern in Xanten und Geldern bemühen. Der dunkelhäutige Mann, den jeder Jerry nannte, hätte in der altgedienten Krimiserie »Miami Vice« glatt eine Hauptrolle besetzen können. Er kam gebürtig aus Haiti, war aber bei Adoptiveltern am Rhein aufgewachsen, ein waschechter Weselaner und seit Kurzem sogar Mitglied im Schützenverein in Fusternberg. Frotzelnde Kollegen nannten ihn »King Jerry« und schlossen bereits Wetten ab, ob er in diesem Jahr auf den Vogel schießen würde. Er und Tom Weber bildeten ein erfolgreiches Ermittlerteam, ergänzten sich in Ruhe und Sachverstand.

Der gelbe Autokran ließ den aufgerichteten Lkw mit lautem, metallischem Knirschen von den Gurten. Karin Krafft wandte sich bei diesem unheimlichen Geräusch aufgeschreckt um. Eine plötzliche Welle von Panik erfasste sie, kalter Schweiß auf der Stirn, feuchte Hände, rasender Herzschlag. Sie war unfähig, sich so schnell zu bewegen, wie sie ihren Muskeln befahl. Karin Krafft stand wie angewurzelt da und rief den Kollegen in ihrer Nähe.

»Heierbeck, bitte ...«

Er kam näher, blickte in ihr kreidebleiches, schweißbenetztes Gesicht und erkannte auf Anhieb, wie es ihr ging.

»Frau Krafft, kommen Sie, wir gehen zum Zelt.«

Er schlang seinen Arm fest um ihre Schultern, drehte sie vom Tatort weg und schob sie in das tarnfarbene Zelt. »Immer schön langsam und gleichmäßig atmen, ja? Ist schon belastend hier, ich weiß, aber so kenne ich Sie gar nicht.«

Karin Krafft atmete tief durch, verbarg ihr Gesicht hinter den Händen, schweigend saßen sie sich gegenüber. Nach ein paar Minuten schaute sie Heierbeck an.

»Der Laster, dieses furchtbare Geräusch. Ich hatte für Bruchteile von Sekunden die Bilder eines explodierenden Lkw in Bagdad vor Augen. In die ahnungslose Menge gelenkt und einfach gesprengt.«

Immer noch im weißen Schutzanzug organisierte Heierbeck zwei Becher mit dampfendem Tee von einem emsigen Malteserhelfer, reichte ihr das Heißgetränk. Nach wenigen Schlucken wurden ihre Wangen wieder ansatzweise rosig.

»Ob in dem Wrack dahinten auch noch irgendwas schlummert? War das ein wie auch immer religiös orientierter Attentäter?«

Heierbeck schüttelte heftig den Kopf. »Nein, der hätte das Geld im Führerhaus nicht in Gefahr gebracht. Der hier wollte überleben.«

»Am linken Niederrhein ein Auftragskiller in einem Lkw, das klingt doch völlig irreal. Am Ende war's noch ein Terrorakt, dann sind wir nicht mehr im Geschäft, dann kommt direkt der Staatsschutz. Andererseits könnte ein fanatischer, religiös motivierter Täter ihm verhasste Christen angreifen wollen. Eine Pilgergruppe ist ein einfach zu treffendes Ziel.«

Heierbeck nahm den letzten Schluck Tee. »Ich mag gar nicht darüber nachdenken. Nichts anderes, als was vor Ihrem inneren Auge ablief, sehen wir täglich in den Medien. Anschläge, für die ganz normale Fahrzeuge präpariert werden, mit unauffälligen Fahrern hinter dem Steuer. Nur, der hier hat garantiert nicht damit gerechnet, dass ihm etwas passiert. Man hat nicht so einen Batzen Geld dabei, um damit zu sterben. Der sollte vielleicht sogar als Einziger unverletzt bleiben, glauben Sie mir. Na, geht es wieder?«

Karin Krafft hielt ihre linke Hand mit gespreizten Fingern in die Höhe. »Alles wieder ruhig. Für einen Moment sah ich uns in einem verspätet hochgehenden Zündsatz umkommen. Mensch, ich bin so dünnhäutig geworden. Richtig verweichlicht.«

Der Kollege lächelte ihr zu. »Kleinkinder können eben keine harten Mütter gebrauchen. Ich glaube, das ist ganz natürlich so. Keine Sorge, Sie werden schon zu Ihrer alten Form zurückfinden. Bestimmt.«

Der junge Mann in dem blauen Pullover mit dem Malteseremblem wollte Tee nachschenken, beide lehnten dankend ab.

»Ach, sagen Sie, wie kommt dieses Zelt hier an die Unfallstelle?«, fragte Heierbeck.

Bewegt erzählte der Helfer, er sei Fahrer des Begleitfahrzeugs gewesen, hätte von Weitem die Katastrophe mit ansehen müssen. Er und seine Kollegin hätten sofort Erste Hilfe geleistet und alles Notwendige in die Wege geleitet.

»Und als Letztes haben wir aus dem Lager in Xanten das Zelt angefordert, weil doch so viele Unverletzte am Straßenrand saßen und immer wieder zur Unfallstelle schauten. Wir wollten sie aus dem Geschehen holen.«

»Das haben Sie prima gemacht. Umsichtig und professionell. Können Sie mir noch einmal zeigen, wo Ihr Wagen sich befand, als das hier geschah?«

Heierbeck und der Malteser verließen das Zelt. Karin fuhr sich mit den Fingern durch die Haare und straffte ihre Haltung. Eine klare Stimme sprach sie von der Seite an.

»Ich kenne das. Man kann nichts dagegen tun. Die Angst überkommt einen ohne Vorwarnung, lähmt den Körper. Sie waren nicht in der Lage, alleine zu laufen, richtig?«

Die Hauptkommissarin sah sich um. Die ältere Frau saß mit versteinerter Miene dort, fixierte sie aus grauen Augen und sprach mit unbewegtem Gesicht.

»Als die Toten noch auf dem Radweg und der Straße lagen und das Blut, das viele Blut den Asphalt färbte, als das Stöhnen der Verletzten, das Wimmern der zitternden Unverletzten die einzigen Geräusche waren, da überkam es mich wieder, dieses panische Gefühl. Angst kann man nicht steuern, glauben Sie mir. Sie wird lästig wie ein Schnupfen. Nur ist sie nicht nach acht Tagen wieder weg.«

»Frau Garowske? Cornelia Garowske? Ich bin Hauptkommissarin Krafft.«

Sie schauten sich an, lange und intensiv. Nur nicht wegsehen, dachte Karin Krafft. Immer noch im Blickkontakt, nickte die Frau und sprach weiter.

»Sie leiten den Einsatz hier?«

»Ja.«

»Sie sind viel zu weich für diesen Job, aber wenigstens stehen Sie dazu. Anders als der alte Mann vorhin. Der wollte stark sein, aber seine Aura ist ganz schwach.«

»Karin horchte auf. Jetzt bloß keinen Fehler machen. »Sie verfügen über eine außergewöhnliche Wahrnehmung.«
»Nennen Sie es Menschenkenntnis oder Wahrnehmung. Alles ist eine Frage der inneren Disziplin.«
»Sie haben diese Wallfahrt organisiert?«
»Ja.«
»Von welcher Kirchengemeinde aus sind Sie gestartet?«

Cornelia Garowske streifte die Thermodecke von den Schultern, faltete sie ordentlich zusammen, legte sie neben sich auf die Bank und stand auf.

»Von der Gemeinde der Gerechten dieser Welt. Ich will jetzt nach Hause, Frau Krafft. Stellen Sie mir morgen alle Fragen, die Sie haben. Ich werde gerne und mit Ehrlichkeit antworten. Jetzt will ich nach Hause.«

»Wo ist denn diese Gemeinde ansässig?«

Cornelia Garowske stand da, blickte aus dem Zelt, schien nichts zu hören. Fertig, abreisefertig.

»Frau Garowske?«

Keine Regung. Sie steht da wie Queen Mum, der ein Lakai die Tür öffnen soll, dachte Karin. Da wird heute nichts mehr zu machen sein.

»Kommen Sie, ich bringe Sie nach Hause.«

**

Es erwies sich als äußerst schwierig, unter den angegebenen Adressen der Opfer Angehörige anzutreffen. Burmeester und Termath erreichten in zwei Fällen lediglich Nachbarn. Der Schlosser Kai Manzel hinterließ eine geschiedene Frau und eine kleine Tochter, die vielleicht in Wesel lebten, erfuhren sie nach mühevollem Klinkenputzen. Der Nachbar im Nebenhaus wusste auch den Namen seiner aktuellen Lebensgefährtin, da ihre Post öfter in seinem Kasten landete. Beim Blick auf die Liste der Verletzten fand Burmeester den Namen Monika Engelmann, eingeliefert ins Xantener Sankt-Josef-Hospital. Wenigstens lebte die Frau. Dem geschockten Nachbarn fiel ansonsten nur noch ein, dass es einen Bruder in Kanada gebe.

Der Wohnsitz von Holger Winter, dem vierundzwanzigjährigen Bäcker und Konditor, entpuppte sich als Mehrfamilienhaus in der Ortsmitte von Hamminkeln. Dort kannten viele den Verunglückten, konnten jedoch nichts über ihn sagen. Im hiesigen Café, direkt um die Ecke, könnten sie wahrscheinlich mehr erfahren, dort habe er seit über einem Jahr gearbeitet. Man habe nie viel miteinander geredet, guten Tag und guten Weg. Ein zurückgezogener, ruhiger Mann sei er gewesen, habe nie Besuch gehabt, auch keine lauten Feiern, nichts. Ein feiner Mensch. Das bestätigte im Anschluss auch der Bäckermeister aus dem Café Winkelmann an der Diersfordter Straße. Pünktlich, zuverlässig, flexibel, kein Ärger mit den Frauen.

»Wo kriege ich für den einen Ersatz her? So was wie den finden Sie heute unter hundert nur einen. Mein Gott, der Holger ...«

In sich gekehrt fuhren Burmeester und Termath durch die Felder in Richtung Mehrhoog. Die Bahnschranke an der Bahnhofstraße war dicht, ein endlos scheinender Lindwurm aus rostbraunen Waggons zog in gemäßigtem Tempo an ihnen vorbei.

»Von der Straße auf die Schiene. Das dauert«, stellte Termath fest.

»Das wird noch schlimmer, warte ab. Die wollen doch noch einen dritten Schienenstrang für die Betuwelinie bauen, erst mal von Oberhausen bis Wesel. Dann folgen hier die Züge Schlag auf Schlag, das wird elektronisch so dicht gesteuert, dass kein Waggon mehr dazwischenpasst. Dann bleiben die Schranken mehr unten, als sie sich öffnen, solange es keinen Tunnel gibt. Und der Lärm. Deshalb haben die Dörfler an der Bahnlinie letztens demonstriert. Die wollen, dass die Bahn im Bereich von Mehrhoog in Troglage verschwindet. Komisches Wort, habe ich mir gemerkt, aber bedeutet technisch, dass sich der Lärm von Hunderten Zügen nicht mehr ausbreiten kann. Weißt du noch, wie aufgeregt unsere Kollegen in Grün waren und plötzlich bei der Dorfdemo massiv auftauchten? Die hatten Schiss, es würden ein paar aufgebrachte Leute die Bahnlinie blockieren.«

Burmeester hatte ein Thema erwischt, das ihn aufregte.

»Ja, ja, der Moloch Bahn lässt die Leute mit ihren Sorgen hängen, aber wenn die sich gegen die Betuwelinie wehren, rückt die Staatsmacht an. Warte mal ab, noch demonstrieren die Leute friedlich. Aber irgendwann begreifen sie, dass die bei der Hauptverwaltung der Bahn in ihrem Elfenbeinturm den Protest gar nicht bemerken. Die Bahn, die Bürokratie, die Betuwelinie mit dem dichten und lauten Zugverkehr und die Demokratie – das ist schon ein dolles Kapitel. Vielleicht setzen sich die Dörfler auf die Schiene, und ganz Deutschland weiß dann Bescheid, wenn die wichtigste Strecke nach Holland ausgerechnet bei Mehrhoog gesperrt ist. Was meinst du, wie unsere Kollegen dann ins Rotieren kommen. Das schaue ich mir gerne an. Du, ich glaube, wir müssen nachher bei Rewe links rein.«

Ein aufgeräumter, übersichtlicher Vorgarten erwartete sie bei der angegebenen Hausnummer. Die Witwe von Theodor Pachwitz, dem pensionierten Oberstudienrat, war zu Hause. Sie nahm die Nachricht mit Erleichterung statt mit gebotener Trauer auf, verblüffte die Kommissare durch ihr irrationales Verhalten. So etwas hatten sie noch nicht erlebt.

Mehrfach fragte sie nach, ob es sich wirklich um ihren Theo handle, hatte sich die Kleidung beschreiben lassen. »Theodor Pachwitz, ganz sicher?« Nach der letzten Bestätigung musste sie schnell den Raum verlassen.

»Geht's denn?«, lag es Termath auf der Zunge, als sie im Nebenraum zu telefonieren begann. Rücksichtsvoll flüsterte er Burmeester ins Ohr: »Die will sich eine Freundin zur Unterstützung holen. Soll sie mal, gut so.«

Von nebenan klang es anders.

»Hallo, Heidi. Du, ab heute glaube ich an Wunder ... Nein, kein Sechser im Lotto, viel besser. Stell dir vor, der Theo ist tot ... Nein, nicht das Herz, der ist am Morgen überfahren worden ... Irgendwo bei Xanten ... Nein, ich war nicht dabei, der war doch mit seiner blöden Sekte unterwegs auf Wallfahrt. Wahnsinn, oder? ... Genau, der war zur richtigen Zeit am richtigen Ort ... Ja, danke ... Ich kann es nicht fassen, es ist vorbei, einfach so. Komm doch am Abend her und bring die Gitti und die Mia mit, dann lassen wir einen Korken knallen. Darauf muss es einen Asti geben, oder? Genau, es könnten auch mehrere werden. Ist ja keiner mehr da, der mir die Sektperlen vorrechnet. Bis nachher.«

Zurück im Wohnzimmer blickte sie in die fragenden Gesichter der beiden Kriminalbeamten und fühlte sich zu einer Rechtfertigung genötigt.

»Er ist, nein, er war ein unerträglicher Mensch, so ein Krümelzähler. Oderstudienrat in Mathematik und Physik, das sagt doch schon alles. Ich hätte wissen müssen, wohin er sich entwickeln würde, aber nein, in jungen Jahren fühlt man sich noch allmächtig und glaubt, einen Menschen verändern zu können. Der hat mir nach seiner Pensionierung jeden Zahnstocher vorgerechnet. Kennen Sie Loriot in dem Film ›Papa ante portas‹? Der spielt einen pensionierten Firmenchef, der zu Hause das Heft in die Hand nimmt. Das ist noch witzig. Hier fror der Humor vor der Haustür ein. Theo kritisierte, organisierte, mischte alles auf. Wundern Sie sich nicht, ich kann da einfach nichts betrauern. Im Gegenteil, ich wäre im Laufe des nächsten halben Jahres zu einer Freundin gezogen, wenn er sich nicht bewegt hätte. Theo sollte sich entscheiden, mit mir zusammen eine Paarberatung aufzusuchen. Der Gedanke, anderen Leuten von familieninternen Problemen zu erzählen, war ihm zutiefst peinlich. Und jetzt hat sich das alles aufgelöst. Einfach so. Da hat der liebe Gott seine Finger im Spiel gehabt, davon bin ich überzeugt. Tut mir leid, meine Herren, es gibt hier keine trauernde Witwe.«

Auf die Frage, was sie mit »Sekte« meinte, fiel ihre Antwort knapp und bündig aus.

»Sie nennen sich ›Die Gerechten der Welt‹ und wollen Einfluss in globale Geschicke nehmen, indem sie die Kraft des gemeinsamen Gebets nutzen. Schauen Sie nicht so ungläubig. Theo, habe ich immer gesagt, Theo, du bist doch ein denkender Mensch. Und dann glaubst du allen Ernstes daran, durch Beten das Handeln von Merkel und Putin zu beeinflussen? Immer wieder fuhr er nach Wesel zu den Treffen seiner Gemeinschaft. Ich habe mich ja geweigert, mehr als einmal wollte er, dass ich mitkomme. Fahr du nur zu deiner Sekte, habe ich gesagt. Dann bist du mir von den Füßen weg, habe ich gedacht. Und jetzt? Bei der Wallfahrt überfahren, unglaublich, oder? Jetzt entschuldigen Sie mich, ich muss noch ein paar Menschen benachrichtigen.«

Simon Termath saß auf dem strapazierten Beifahrersitz des alten Polo und schüttelte immer noch den Kopf.

»Ich kann das nicht fassen. Dass die sich nicht geschämt hat. Es gibt doch noch so etwas wie Anstand.«

Sie verließen Mehrhoog, bogen links auf die B 8 ein in Richtung Wesel. Es platzte nur so aus Simon Termath heraus.

»Da ist man sein halbes Leben oder länger mit einer Frau zusammen, und nach dem Ableben tanzt sie auf dem Tisch.«
Burmeester schaute ihn kritisch von der Seite an. »Ich kann sie irgendwie verstehen. Wenn der Partner plötzlich nur noch nörgelt ...«
Sie glitten durch den Diersfordter Wald.
»Papperlapapp. In guten wie in schlechten Zeiten, heißt es bei der Eheschließung, und nicht nur in Saus und Braus.«
Burmeester bog rasant auf die Reeser Landstraße ein und erwischte knapp oberhalb der Geschwindigkeitsbegrenzung die grüne Welle. »Du zeichnest dem Mann einen Heiligenschein, ohne ihn gekannt zu haben. Männersolidarität?«
»Quatsch. Mich macht es wütend, dass man sich heutzutage nicht mehr sicher sein, wer noch zu einem steht.«
Links bog Burmeester in den Herzogenring ein und stellte seine rote Rostlaube auf dem Parkplatz für Dienstfahrzeuge hinter dem Dienstgebäude ab. Simon Termath war nicht zu beruhigen.
»Der Lehrer hat nicht viel von seinem Ruhestand gehabt neben diesem ignoranten Drachen. Vier Jahre. Mensch, Junge, pass bloß auf mit den Frauen. Ich bin mir gar nicht mehr so sicher, ob meine nicht auch heimliche Pläne schmiedet. Sie oder ich.« Termath pellte sich stöhnend aus dem Auto. »Sie wird es ganz geschickt machen, wenn ich zu Hause bin. Zu Tode füttern.«
»Was?«
»Mit guter Butter, Sahne und dem Besten vom Ei.«
Burmeester konnte sich nicht mehr beherrschen, prustete los. »Entschuldige, aber du bist nölig wie ein Grundschulkind. Das will ich nicht, das geht nicht, das wird besonders schlimm. Du gehst doch in den Ruhestand und nicht in Dauerkur nach Bad Sassendorf. Also, wo liegt das Problem? Freu dich doch mal.«
Mürrisch schlurfte Termath hinter ihm her. »Du hast ja keine Ahnung.«
»Komm, wir machen die Berichte fertig, bereiten die Lagebesprechung für morgen vor, und vielleicht ist dann heute mal pünktlich Feierabend.«
»Nee, nee, ich habe bis zweiundzwanzig Uhr plus Bereitschaft, war etwas spät dran und gehe keine Minute eher.«
Burmeester wartete auf dem Treppenabsatz auf ihn. »Sag mal,

wer hat hier die Fluchtgedanken, deine Frau oder du? Vielleicht solltet ihr mal drüber reden.«
»Wie, reden?«
»Setzt euch an einen Tisch und sagt einander, was ihr von der gemeinsamen Zeit erwartet und was ihr nicht wollt.« Simon zog sich Stufe für Stufe am Handlauf hoch. »So lange kann ich nicht mehr stillsitzen, wie die am Stück reden würde.«
Burmeester rollte mit den Augen. »Niederrheinischer Pessimismus in Reinkultur. Ich geb's auf.«

***

Es ging zu wie in einem Bienenstock in den Diensträumen in der ersten Etage des Baus aus den Sechzigern. Die Beamten des K1 schwirrten ein, lieferten ihre Berichte ab, flogen wieder aus, ein ständiges Kommen und Gehen. Am frühen Abend fand sich das Team zu einer ersten Lagebesprechung zusammen. Die Presse saß ihnen im Nacken, das aufsehenerregende Ereignis hatte die Hauptverkehrsstraße zwischen Sonsbeck und Xanten über Stunden blockiert. Die ersten Handybilder erreichten die Öffentlichkeit über das Internet und boten Platz für zahlreiche Spekulationen über Ablauf und Ursache. Zutiefst zuwider wirkten nah herangezoomte, pietätlose Bilder der Opfer, die einer der Zaungäste ins Netz gestellt hatte. Die Behördenchefin Frau Doktor van den Berg gab dem Fall oberste Priorität, nachdem sie telefonisch über erste Erkenntnisse informiert worden war. Der zuständige Staatsanwalt Haase wollte erst die Aussage des beschuldigten Fahrers abwarten. Die Theorie vom Anschlag mit Hilfe eines Lkw schien ihm zu abstrus. Schlecht gelaunt hockte er mit verschränkten Armen auf der Ecke eines Schreibtisches.

»Schauen Sie einfach mal in die Kriminalstatistik der letzten Jahre, ach, was sage ich, der letzten Jahrzehnte. Wenn auch nur ein vergleichbarer Fall auf bundesdeutschem Boden registriert ist, werde ich geneigt sein, mich Ihrer Theorie kritiklos anzuschließen. Die Zeugen konnten nicht in seinen Kopf schauen. Herzinfarkt, Hirnblutung, alles kann den Fahrer unverschuldet ereilt haben. Die Untersuchung des Fahrzeugs ist nicht abgeschlossen, ein technischer Defekt nicht auszuschließen.«

Das Team schwieg nachdenklich, Burmeester schüttelte den Kopf.
»Das Fahrzeug war geklaut, so viel steht fest.«
»Das eine schließt das andere nicht aus. Geklaut und defekt oder akut krank, alles ist denkbar.«
Die Hauptkommissarin blickte von ihrem Bildschirm auf. »Keine Papiere, aber viel Geld unter dem Sitz, das sieht nicht nach einem Unfall aus. Da gibt es einen geplanten Hintergrund, Herr Haase.«
»Der Fahrer liegt im künstlichen Koma, warten wir auf seine Antworten zu unseren Fragen. Frau Krafft, schießen wir da mit letzter Kraft mit Kanonenkugeln auf schmalbrüstiges Federvieh?«
Ein ausgedehnter Blick auf sein neuestes, teures Spielzeug am linken Handgelenk, eine superflache, platinfarbene Uhr der Marke Glashütte, beendete das Gespräch für den heutigen Tag.
»Ich bin für den Rest des Abends nicht mehr direkt zu erreichen. Konzertkarten in der Essener Philharmonie, Sie verstehen. Sprechen Sie auf die Mailbox, wenn es unbedingt sein muss.«
Nachdem die Tür geräuschvoll hinter ihm ins Schloss gefallen war, atmeten einige Kollegen hörbar auf.
»Ist auch besser, dass er ins Konzert muss, dann stört er hier wenigstens nicht.«
Selbst der sonst über jede Form der kollegialen Kritik erhabene Tom Weber konnte nicht still bleiben. »Alle sagen das Gleiche aus, die Unverletzten vor Ort, die ansprechbaren Verletzen in den Kliniken, die nachfolgenden Begleitfahrer. Die können doch nicht kollektiv falsche Vermutungen äußern, warum ignoriert der das?«
Burmeester deutete eine tänzelnde Bewegung an. »Schmalbrüstiges Federvieh, wie vornehm, schmalbrüstiges Federvieh.«
Die Arme wie Flügel ausgebreitet stand er da, als die Tür sich erneut öffnete und Haase ihn, bereits im Ausgehmantel, langsam von oben bis unten musterte.
»Mimen Sie hier den sterbenden Schwan? Oder sind das Lockerungsübungen, Herr Burmeester? Nur noch einmal zum Verständnis. Ich sehe durchaus den Tatbestand der Fahrlässigkeit. Ermittlungen sind notwendig. Ich sehe nur momentan kein vorsätzliches Tötungsdelikt. In diesem Sinne machen Sie bitte weiter.«
Vor ein paar Jahren wäre er noch rot angelaufen, jetzt ärgerte sich Burmeester über diesen Vorfall, zog sich wortlos an seinen PC zurück.

Karin schilderte ihre Fahrt mit der schweigsamen alten Dame. »Sie wohnt in Wesel, in der Feldmark. Nicht einmal ihre Adresse hat sie mir genannt, ich musste sie telefonisch von Simon erfragen.« Simon lehnte sich in seinem Stuhl zurück. »Also hat sie mit dir auch kein Wort gesprochen. Ich habe es geahnt, als du mich anriefst.« »Ein paar Worte im Zelt, dann wollte sie nach Hause, und ich habe die Gelegenheit genutzt. Diese Cornelia Garowske hat was. Da springt selbst dann etwas über, wenn sie schweigend neben dir im Auto sitzt. Eine beeindruckende Frau. Erst hatte ich Mitleid mit ihr, dann malte ich mir die Möglichkeit der schleichenden Kontaktaufnahme aus. Sie blieb zurückhaltend, die ganze Fahrt über. Sie wartete, bis ich ihr die Wagentür öffnete, um einzusteigen, desgleichen, als wir ankamen. Queen Mum fiel mir als Vergleich ein, so viel Würde und Geziertheit.«

Jerry Patalon wirkte ungeduldig. »Du hast sie nach Hause gefahren. Und Ihr habt euch nicht mehr unterhalten?«

»Ja, nein, nicht direkt. Sie hat mir in die Augen geschaut, mir die Hand über den Kopf gehalten, so knapp über den Haaren. Da strömte eine große Wärme von ihr aus, ich blieb stehen, ohne mich zu rühren, ohne den Blick abzuwenden.«

Simon hörte konzentriert zu. »Du weißt, dass sie Oberhaupt einer Sekte ist, und lässt sie trotzdem so nah an dich ran?«

»Warum nicht? Sie hat mich schließlich nicht gebissen. Jedenfalls habe ich sie überzeugt, durfte mit zur Haustür und habe einen Gesprächstermin mit ihr morgen um zehn.«

Missbilligend schüttelte Simon den Kopf. »Das war nicht sehr ergiebig.«

»Das musst du gerade sagen, du hast ihre Adresse abgeschrieben und nichts aus ihr rausgekriegt. Alter Mann mit mickriger Aura nannte sie dich. Ich bin schon ein Stück weiter. Du wirst recht haben, sie wird uns mehr erzählen können, über die Toten, ihre eigenen Spekulationen zu dem Fall. Ich geh da morgen hin, und dann werde ich weitersehen.«

Simon widmete sich verbissen tippend dem Protokoll. »Alter Mann mit mickriger Aura. Pah! Pass gut auf dich auf, die ist nicht umsonst Oberhaupt von so einer Glaubensgemeinschaft. Alte Frau mit Charisma und psychologischem Geschick, würde ich sagen.«

Karin winkte ab.

In den Krankenhäusern hatten Jerry und Tom noch nicht viel erfahren, sie ersparten den anderen eine Aufzählung der schweren Verletzungen. Die wichtige Botschaft war, dass alle Personen außer Lebensgefahr, jedoch voraussichtlich erst in den nächsten Tagen ansprechbar waren.

Der Spediteur in Duisburg hatte keine Überwachungskamera installiert. Jerrys Beschreibung fiel lebhaft und abschätzig aus.

»Ein kleiner Krauterbetrieb, bestimmt fährt da einiges an der Steuer vorbei. Drei der Lkw hatten hinter der Werkstatt gestanden, der Schlüssel muss von dem Brett im improvisierten Büro gestohlen worden sein. Die Duisburger Kollegen haben ihre Spurensicherung hingeschickt, aber die werden nicht viel finden, vermute ich. Vielleicht hat er mal für die Firma gefahren, aber mehr Erkenntnisse sind kaum zu erwarten.«

»Jedenfalls kannte der Täter sich dort aus. Habt ihr ein Foto vom Fahrer?«

»Geht nicht, der Kopf ist bandagiert und fixiert, die Haut mit braunem Desinfektionsmittel eingeschmiert, da ist nichts zu erkennen. Wenn er dort war, hat er Fingerabdrücke hinterlassen.«

»Gibt es eine Buchhaltung, in der alle Beschäftigten vermerkt sind?«

»Buchhaltung, Verwaltung, Ordnung, das sind Fremdworte auf dem Gelände, ehrlich. Die Duisburger überlegen, ob sie die Steuerfahndung informieren, um da aufzuräumen.«

Karin resümierte, während die Kaffeemaschine gurgelnd eine neue Ladung brauner Flüssigkeit produzierte.

»Entweder kannte er die Bedingungen aus eigener Erfahrung oder aus dem Umfeld der Spedition. Die sollen den Laden noch nicht hochnehmen, ich will erst über den Fahrer Klarheit gewinnen. Gebt das weiter, nicht dass die emsigen Großstädter schon vor Ort sind.«

Burmeester schenkte reihum Kaffee ein. »Was geben wir morgen in der Pressekonferenz raus?«

»Wir warten die technischen Untersuchungen des Fahrzeugs ab. Wenn kein Defekt vorlag, berichten wir vom Ablauf, der sich auf die Zeugenaussagen stützt. Ich bereite nachher das Gerüst vor und gebe es zum Pressesprecher. Der soll per E-Mail für neun Uhr einladen.«

Erstaunte Gesichter und leicht genervte Bemerkungen begleiteten ihre Worte.
»So früh müssen wir alle ran?«
»Feiner freier Sonntag, der dritte in Folge. Wie sieht das mit Verstärkung für uns aus?«
Simon straffte seinen Rücken. »Also ich werde ab acht hier sein, Stallwache halten.«
Burmeester blickte auf. »Simon, wenn du kein Zuhause mehr hast, musst du drüber reden. Sprechen, hörst du, dich mitteilen.«
Der Hauptkommissarin wurde es zu bunt. »Pressekonferenz um neun. Burmeester und ich, die anderen teilen sich den Tag über selber ein. Simon, du musst nicht so früh hier sein. Und Unterstützung gibt es nicht extra. Für Simon wird ein Neuer kommen, Frau Doktor will mich Anfang der Woche informieren. So, Berichte fertig machen und Schluss für heute.«
Simons aufflackernden Protest erstickte sie im Keim.
»Und das gilt auch für dich, bevor deine Aura sich ins Nichts verflüchtigt.«

ZWEI

5. Mai 2010

Cornelia Garowske drückte auf den Türöffner, ohne über die Sprechanlage zu erfragen, wer geklingelt hatte. Das schlichte Mehrfamilienhaus mit dem Flachdach befand sich im Weseler Ortsteil Feldmark in unmittelbarer Nähe zum Berufskolleg, auf den Klingelschildern dominierten die fremdländischen Namen. Das Treppenhaus wirkte unwirtlich und kahl. Das offene Lächeln der älteren Dame hingegen, die in der geöffneten Tür wartete, lud zum Verweilen und Plaudern ein.

»Sie schätzen Pünktlichkeit, Frau Krafft. Das gefällt mir.«

»Ich bemühe mich, das klappt nicht immer. Wir konnten die Pressekonferenz heute Morgen pünktlich beenden, und Ihr Haus ist nicht weit von der Kreispolizeibehörde entfernt. Ihnen geht es heute besser als gestern, das freut mich.«

Die Hauptkommissarin betrat nahezu minimalistisch eingerichtete Räume. Ihre Jacke wirkte an der Garderobe wie ein Fremdkörper. Freundlich dezente Farben herrschten vor, nichts, kein Möbelstück, kein Gegenstand tat sich hervor. Ebenso gab es keinerlei Symbole, die auf eine Glaubensgemeinschaft schließen ließen. Karin dachte an ein Buch, das sie letztens in Händen gehalten hatte, eine Anleitung, sein Leben von unnötigem Ballast zu befreien. *Simplify your life.* Frau Garowske war dies anscheinend geglückt. Zufrieden und ausgeglichen wirkte sie in ihrer Umgebung, die einfach, jedoch keineswegs ärmlich war. Die Dinge standen an ihrem Ort, wirkten für sich. Eine Vase auf einem schlichten Sideboard, eine Topfpflanze auf der Fensterbank, ein Gemälde über dem alten Zweisitzersofa, ein längliches, schmales Bild, die Momentaufnahme eines Meersaums mit lebendig dargestellten, sich brechenden Wellen.

Zwei schlichte Tassen standen auf dem Couchtisch.

»Nehmen Sie Platz, ich hole uns den Kaffee.«

Karin Krafft setzte sich auf das Sofa, stand vor dem Problem, ihren Rucksack unterzubringen, ohne dass er wie ein Gegenstand von einem anderen Stern wirkte. Rechts neben die Lehne auf den Boden, in Griffnähe stellte sie ihn ab. Cornelia Garowske brachte ein kleines Tablett herein, goss Kaffee ein, fragte nach Milch und Zucker, trug es wieder zurück in die Küche. Alles muss seine Ordnung haben, dachte Karin, während ihre Gastgeberin sich kerzengerade in den einzelnen Sessel ihr gegenüber setzte, Untertasse und Tasse hochnahm, kurz und geräuschlos umrührte. Sie wirkt wie ein Fels in der Brandung, dachte Karin. Nach einem bedächtigen Nippen stellte sie die Tasse wieder ab und legte ihre sehnigen Hände entspannt in ihren Schoß.

»Ich habe mir gedacht, dass Sie sich exakt dort hinsetzen würden.«

Karin schaute sich verwundert um.

»Sie sitzen in der rechten Ecke, den rechten Arm auf die Lehne gelegt. Sie sind bereit für konzentrierte Arbeit, haben gleichzeitig als Rechtshänderin ihren Rucksack in greifbarer Nähe. Wir denken mit rechts und fühlen mit links.«

Karin nickte anerkennend.

»Bestimmt haben Sie Ihr Handy stumm geschaltet, damit wir ungestört bleiben.«

So, sie hat genug Überlegenheit bekundet, jetzt reicht es, dachte Karin. »Sie haben eine hervorragende Beobachtungsgabe. Das bestätigt meinen Eindruck, den ich gestern von Ihnen gewonnen habe.«

»Und Sie stehen wieder mit beiden Beinen fest auf dem Boden. Ihre Irritation hat Ihnen zu schaffen gemacht. Sie sind hart im Nehmen, gehen dabei über Grenzen. Ihre eigenen und die anderer Menschen.«

Karin Krafft schwankte innerlich zwischen dem blinkenden Rotlicht für gebotene Vorsicht und Anerkennung. Frau Garowske, diese unscheinbare Frau mit kurzen grauen Haaren, hellwachen graublauen Augen und dem Hauch von Lippenpflege, der sich fettend in die Lippenfalten zog, diese Frau fesselte sie.

»Leider muss ich auf die gestrigen Ereignisse zurückkommen. Sehen Sie sich in der Lage, heute auf meine Fragen zu antworten?«

»Ich bin aufmerksam, wach und stehe in Demut zur Verfügung.« Sie senkte ihren Blick und wartete auf die Fragen.

»Schildern Sie mir bitte den Ablauf des gestrigen Morgens. Von wo aus sind Sie gestartet?«

Für einen Moment schloss sie die Augen, begann nach einem tiefen Atemzug mit fester Stimme zu berichten.

»Im Xantener Gästehaus haben wir übernachtet, hatten den Fluss am Nachmittag des Freitags mit dieser Fähre Keer Tröch von Bislich aus überquert. Sehr hübsch da. Um sechs in der Früh begann unser Tag mit einem gemeinsamen Gebet. Wir konnten einen der Tagungsräume in Ruhe nutzen. Früher, als es noch Norberthaus hieß, gab es dort eine Kapelle, modern, aber ein gesegneter Ort der Besinnung. Jetzt ist an dieser Stelle der Schankraum, eine Schande. Wir beteten in der Morgendämmerung für einen guten Weg, gute Gedanken und die Erleuchtung unserer Herzen auf dem Pilgerweg. Alle waren hellwach und bereit, den Tag willkommen zu heißen. Ein reichhaltiges Frühstück erwartete uns im Speiseraum. Um sieben stand unser kleines Gepäck bereit, um in das Begleitfahrzeug geladen zu werden. Wir begaben uns planmäßig auf den stummen Weg.«

»Darf ich Zwischenfragen stellen?«

»Bitte.«

»Was bedeutet das, ›stummer Weg‹?«

»Innere Einkehr bedarf keiner Worte. Wortlos und stumm miteinander zu beten sind wir gewohnt, unsere Ebene ist die geistige. Wir hatten uns vorgenommen, bis Kevelaer zu schweigen. Unser Bruder Theodor übernahm das Banner von mir, mir war der Arm zu schwer nach den Kilometern des Vortages. Am Landhaus Röschen bogen wir auf die Xantener Straße ab, ein strahlender Tag öffnete unsere Herzen, der Weg zur Anhöhe der Sonsbecker Schweiz lag vor uns, wir hatten gutes Tempo. An der Kreuzung nach Labbeck kam Unruhe in der Gemeinschaft auf, da reichte auch ein strenger Blick nicht mehr aus. Der Lkw stand oben auf der Anhöhe, kaum ein anderes Fahrzeug war auf der Straße. Das einzige Geräusch kam von diesem Kraftwagen, der Fahrer spielte mit dem Gaspedal, ließ den Motor in Abständen aufheulen.«

»Das muss doch gespenstisch gewirkt haben. Aber sie blieben immer noch stumm?«

»Es gab keine Veranlassung zu sprechen, Frau Krafft, da stand ein Fahrzeug auf der Straße, weit weg von uns, und mochte Schwierigkeiten mit dem Motor haben. Die Situation hatte nichts direkt Bedrohliches an sich. Ich brachte die Maschine erst mit uns in Verbindung, als sie den Hügel herunterraste und die Fahrbahn wechselte.«

Sie verstummte und rieb sich kurz die Hände, drückte die Fingerkuppen aneinander, betrachtete ihre Daumen, die hochragten.

»Das ging am Ende alles so schnell. Von der Fahrbahn wechselte er auf den Radweg, da befand er sich schon vor uns. Der Kai Manzel schrie, der würde uns treffen, der käme auf uns zu, da war es auch schon passiert. Es krachte, Menschen flogen durch die Luft, stoben auseinander wie aufgescheuchte Tauben. Schreie. Metallisches Getöse, als der Wagen in die Böschung kippte. Der Motor würgte ab. Dann war es für einen Moment still. Ich wagte kaum zu atmen, konnte nicht glauben, was da geschehen war.«

»Die Unverletzten?«

»Waren alle aus den letzten Reihen. Man hatte uns regelrecht niedergemäht, Frau Krafft, die weltliche Kraft eines Lastkraftwagens hatte einen Großteil meiner Glaubensbrüder und Schwestern einfach aus der Blüte ihres Lebens gerissen. Die mir bestens bekannten Menschen lagen da mit furchtbaren Verletzungen, Blut schoss aus zerrissenen Arterien. Drei Tote! Ich wusste nicht, wo ich beginnen sollte, alles um mich herum, was noch lebte, schrie nach Hilfe. Ich rüttelte die anderen, die noch in Ordnung waren, und wir verteilten uns. In dem Augenblick, als ich aus meinem Schal eine Kompresse für Monika machte, kamen uns die Malteser zu Hilfe und übernahmen die Erstversorgung der schlimmsten Verletzungen. Dann geschah alles sehr schnell, die Polizei, die Hilfskräfte, das Zelt. Ich sprach ein intensives Gebet für alle, die jetzt abtransportiert wurden, ein Hubschrauber nach dem anderen landete und startete nach wenigen Minuten, das Geflirre der Blaulichter warf unruhige Blitzmuster in das Zelt. Theodor war tot, Kai hatte keine Chance gehabt, und Holger lag zerquetscht unter dem Lkw.«

Karin mochte die eingetretene Stille nicht durchbrechen, trank langsam den abgekühlten Kaffee. Unvermittelt schaute Cornelia Garowske auf, blickte ihr geradewegs in die Augen.

»Ich lieh mir von diesem jungen Malteser ein Handy und telefonierte kurz mit dem Diakon, der in Kevelaer die Pilgerbetreuung übernimmt. Er war sehr betroffen, bot mir Unterstützung an. Richtig anrührend erkundigte er sich nach meinem Befinden. Er ließ sich den Hergang schildern und wollte zur Unfallstelle gefahren kommen, um mich zu unterstützen. Ich lehnte sein Angebot ab. Das musste sich nicht noch ein Mensch anschauen, was dort los war.«

Sie ist gar nicht so unnahbar, wie sie am Vortag erschien, registrierte Karin.

»Erst nahm ich Abschied von den Verblichenen, entließ sie auf den Weg ihrer endgültigen Bestimmung. Dann betete ich um Trost und Hoffnung für die Verletzten, und als Letztes wollte ich den Unglücksfahrer mit einbeziehen. Das ging nicht. Ich erschrak über mich selbst. Ich habe Jahre der inneren Einkehr gebraucht, um diese Glaubensgemeinschaft aufzubauen und souverän zu führen, und nun versagte ich an einem so einfachen Grundsatz wie Vergebung. Mit Monikas Blut an meinen Fingern konnte ich dieser Kreatur nicht vergeben.«

Am liebsten hätte Karin sie in den Arm genommen, ihr die Hand getätschelt. Sie wollte etwas Tröstliches beitragen.

»Frau Garowske, das ist doch menschlich in so einer Situation. Inzwischen haben Sie sich hoffentlich verziehen?«

Die Miene der Frau bekam harte Züge, von einem Augenblick zum anderen gewann ihre Stimme eine eindrucksvolle Strenge.

»Verzeihen! Sie haben doch keine Ahnung, junge Frau. Es gibt keine Verzeihung, wie es Auskünfte gibt. Wenn überhaupt, dann gibt es Verzeihung nicht einfach so, das ist eine kindliche Vorstellung. Was mir da draußen gestern widerfuhr, ist unverzeihlich. Nach unseren Grundsätzen kann ich es nur abarbeiten. In der nächsten Zusammenkunft werde ich meine Verfehlung zum Thema machen und die mir auferlegte Aufgabe mit Demut annehmen.«

Da kam sie also zum Vorschein, die Führerin einer Glaubensgemeinschaft. Sie stellte sich nicht über die anderen, verlangte vorbildlich ebenbürtige Behandlung.

»Erzählen Sie mir etwas über Ihre Gemeinschaft. ›Die Gerechten der Welt‹, richtig? Ich habe noch nie von ihnen gehört.«

Wieder ging etwas vor sich in der aufrecht sitzenden Frau, ihr Blick verlor an Klarheit. Karin verspürte die Unsicherheit, ihre Bitte hatte sie aus dem Konzept gebracht. Nach einigen tiefen Atemzügen fand sie zu sich zurück, nicht zu der zugänglichen Milde, sondern zu der unerbittlich wirkenden Strenge.

»Das ist nicht das Thema, Sie wollten einen Ablauf des Geschehens haben. Mehr erfahren Sie heute nicht. Ihnen fehlt es an Gradlinigkeit. Unser Gespräch ist beendet. Bitte verlassen Sie meine Wohnung.«

Diesen Verlauf der Befragung hatte Karin nicht erwartet, schwankte verunsichert, entschied sich für den bedingungslosen Rückzug. Sie stand an der Wohnungstür, als ein Funken Widerstand sich nicht so einfach hinausbugsieren ließ.

»Frau Garowske? Ich würde mich gerne weiter mit Ihnen unterhalten. Ich lege Ihnen meine Karte auf die Kommode. Da ist meine Dienstnummer drauf. Rufen Sie mich heute noch an, damit wir einen Termin vereinbaren. Ich werde inzwischen einen Bericht anfertigen, den Sie nach Sichtung noch unterschreiben müssen. Ich rechne mit Ihnen, Frau Garowske, hören Sie?«

Zwei, drei tiefe Atemzüge drangen zu Karin. Die Frau würde jetzt nicht antworten, so viel war ihr klar. Sie musste ihr entgegenkommen, ein persönliches Angebot hinterlassen. Karin entschied sich blitzschnell.

»Es tut mir leid. Verzeihen Sie, wenn ich Ihnen zu nahe getreten bin, das war nicht beabsichtigt.«

Es zeigte Wirkung.

»Was sagten Sie? Wiederholen Sie es, ich konnte es schlecht verstehen.«

Noch einmal.

»Es tut mir leid, und verzeihen Sie, wenn ich Ihnen zu nahe getreten bin. Das war nicht beabsichtigt.«

Karin wartete auf eine Reaktion. Erst als ihre Hand auf der Türklinke lag, antwortete die Garowske.

»Nehmen Sie sich die Zeit und wiederholen Sie Ihre Worte heute in drei Blöcken jeweils zwanzig Mal. Stumm. Das verdichtet die Bedeutung. Und jetzt gehen Sie.«

***

Karin verließ die Wohnung, verwundert darüber, wie leicht ihr die entschuldigenden Worte über die Lippen gekommen waren, und erstaunt über den verwunderlichen Auftrag. Das würden ihr die Kollegen nicht glauben. Vielleicht mussten sie es auch gar nicht erfahren. Im Hausflur lauschte sie an der Tür, kein Geräusch zu hören. Frau Garowske hatte zum zweiten Mal ein Gespräch auf ihre Art beendet. Karin Krafft hatte es zum wiederholten Mal zugelassen.

Auf der Fahrt zum Präsidium ging ihr die Begegnung nicht aus dem Kopf. Was sollte dieser Quatsch mit den Wiederholungsblöcken? Und was wollte diese Frau? Wer war sie wirklich? Sie musste sich um die Glaubensgemeinschaft bemühen, vielleicht gab es ja doch einen Hintergrund jenseits persönlicher Motive. Dieser Pilgerbetreuer in Kevelaer, der musste doch Genaueres wissen. Das Handy riss Karin aus Gedanken, die wieder zum letzten Dialog mit der alten Dame glitten. Burmeester meldete sich von unterwegs.

»Ich wollte vorhin nicht einfach auf die Mailbox quatschen. Ich bin unterwegs nach Xanten, da liegt die Freundin des Toten Kai Manzel auf Intensiv. Sie ist aufgewacht und verlangt vehement, jemanden von der Kripo zu sprechen.«

»Ja?«

»Sie muss irgendwas loswerden. Ich dachte, ich fahre schon mal los. Ich wusste ja nicht, wie lange du brauchen würdest.«

»Schon gut.«

Die Einsilbigkeit schien Burmeester zu irritierten. Seine Vorgesetzte war bekannt für ihre Gradlinigkeit und Präsenz. Sie erbat sich Pausen, wenn sie müde wurde, konnte laut werden, wenn jemand unfachlich wurde, und anerkennend Erfolge honorieren. Jedenfalls war sie immer bei der Sache. Innere Abwesenheit überkam sie äußerst selten.

»Sag mal, ist was?«

»Nö, was soll denn sein?«

»Heute Morgen hattest du eine bessere Laune. Trotz der nervenden Fragen bei der Pressekonferenz, das hast du mit gebotenem Ernst, souverän und unverkrampft gemeistert. Und jetzt wirkst du völlig abgeschlafft.«

»Das kann schon sein, die Garowske ist nicht einfach.«

Er ließ nicht locker. »Und? Hast du etwas von Belang erfahren?«

»Nein, ja, ach, ich muss erst einmal sortieren. Da gibt es noch einen Pilgerbetreuer im Hintergrund. Den sollten wir ausfindig machen.«

»Warum? Was ist das überhaupt, ein Pilgerbetreuer?«

»Kann ich dir nicht konkret sagen. Ich nehme an, der wird für

den organisatorischen Ablauf verantwortlich sein. Es war die Art, wie die Garowske sein Mitgefühl schilderte. Sie hat niemanden sonst direkt oder indirekt zitiert, nur diesen Mann.«
»Hast du seinen Namen?«
»Nein. Sie hat auch dieses Gespräch mit der ihr eigenen Dickköpfigkeit beendet.«
»Und sprach kein einziges Wort?«
»Genau. Diese Frau könntest du in Beugehaft nehmen, und es würden Jahre vergehen, bis sie dir die Uhrzeit nennt. Entweder hat sie eine ganz besondere Art, oder sie verheimlicht uns was.«
»Deshalb bist du so komisch, weil du nicht an sie herangekommen bist.«
Karin nahm sich einen Moment, bevor sie antwortete.
»Auch. So was habe ich noch nicht erlebt. Die schickt mich weg wie ein Schulkind. Die führt sich auf wie die Rektorin aus meiner Grundschulzeit. Die weiß Menschen zu manipulieren, glaube ich. Allein schon die Art, wie sie das Gespräch beendet hat, war außergewöhnlich. Sie hat gestern genau gewusst, dass jemand sie nach Hause bringen würde. Und ich wette, sie rechnete fest damit, dass ich diese Fahrt übernehmen würde.«
»Nicht umsonst ist sie Oberhaupt einer Glaubensgemeinschaft. Menschenfänger. Wir sollten mal in den Computer gucken, ob diese Gerechten und ihre Chefin schon mal irgendwo angeeckt sind. Sollten wir ins Melderegister schauen?«
Karin stand an der roten Ampel beim Kreishaus und reagierte nicht sofort, Burmeester hakte nach.
»Karin? Alles in Ordnung?«
»Ja. Macht Simon den Bereitschaftsdienst?«
»Der ist da, so muffelig wie täglich in den letzten Wochen, schlechter zu ertragen als du in deiner Schwangerschaft.«
»Das kann ich jetzt nicht gebrauchen. Rufst du ihn an? Sage ihm, er soll das mit der Glaubensgemeinschaft recherchieren. Ich fahre durch nach Kevelaer, ich werde diesen Betreuer für die Pilger finden.«
»Wir treffen uns nachher im Büro?«
»Ja.«
»Und, Karin ...«
»Ja?«

»Pass auf dich auf.«
Jetzt musste sie schmunzeln. Da gab dieses Greenhorn ihr lebenspraktische Ratschläge.
»Ja, Onkel Nikolas, ich werde auf mich achten.«

***

Das Sankt-Josef-Hospital lag idyllisch zwischen Xanten und Veen am Waldrand. Eine kleine Klinik, dachte Burmeester, ist mir sympathischer als die großen Kästen. Die Intensivstation eines Krankenhauses zu betreten löste bei ihm stets aufs Neue die gleichen Beklemmungen aus. Die Schwelle zwischen Leben und Tod war nirgendwo spürbarer als zwischen den Monitoren, Sauerstoffleitungen, Kabeln, Infusionsbeuteln, den Menschen, die unter Kunstlicht an diese Technik angeschlossen in Pflegebetten gelagert waren. Versorgt, beatmet, überwacht. Hier könnte er nie arbeiten, ging es ihm regelmäßig durch den Kopf, sobald sich eine schwere Glastür mit Milchglas hinter ihm schloss, die Luft erfüllt war von Desinfektionsmitteln und technischem Gepiepse in unterschiedlicher Intensität, wenn er sich Schutzkleidung überstreifen musste und in einem Zimmer oder hinter einem Vorhang verschwand. In Krankenhausserien erschien spätestens jetzt eine dienstbeflissene Krankenschwester, um mit strenger Miene auf die Erholungsbedürftigkeit und die Grenze der Zumutbarkeit für den Patienten hinzuweisen. Burmeester sah sie schon vom Ende des Flures auf sich zukommen. Anders als die Walküren aus dem Fernsehen war sie klein, zierlich und blickte ihm freundlich entgegen. Er fischte seinen Ausweis aus der Jackentasche.
»Ich weiß, kurz und behutsam.«
Sie lächelte ihn an. »Ich merke schon, Sie kennen sich aus. Wir wünschen uns hier Besuch für die Patienten, der sie aufmuntert. Leider bringen Kripobeamte selten Entspannung mit. Sie werden ungeduldig erwartet. Frau Engelmann gibt keine Ruhe.«
Burmeesters Beklemmung wuchs beim Anblick der Patientin, die nur aus Mullbinden, Schläuchen und leuchtenden Schürfwunden im Gesicht zu bestehen schien. Gerötete Augen blickten ihm entgegen, er stellte sich vor.
»Frau Engelmann, hat schon jemand mit Ihnen …«

Sie nickte und schluchzte kurz auf, der Monitor über ihrem Kopf machte ihre gesteigerte Herzfrequenz sichtbar. Nur Sekunden später stand die Krankenschwester im Raum.
»Alles in Ordnung?«
Burmeester zog die Schultern fragend hoch. »Ich habe mich nur vorgestellt.«
Monika Engelmann meldete sich heiser zu Wort. »Es ist gut, Schwester Iris, ich habe doch extra drum gebeten, dass jemand kommt. Mein Herz ist noch ganz kräftig, im Gegensatz zum Rest meines Körpers.«
Schwester Iris schlich raus, während Burmeester sich einen Stuhl angelte.
»Sie möchten etwas loswerden, habe ich gehört. Wo sollen wir anfangen?«
»Kommen Sie ein Stück näher. Ich kann nicht laut sprechen. Wenn ich mich räuspere oder lache, protestiert jede einzelne gebrochene Rippe.«
Burmeester postierte sich so nah wie möglich am Bettende.
»Als ich hörte, dass der Kai ... Da war mir schnell klar, wer dahintersteckt.«
Nur ein zaghaftes Stirnrunzeln deutete auf Burmeesters Überraschung hin. »Was meinen Sie?«
»Ich weiß genau, wer dafür verantwortlich ist. Es gibt sonst niemanden, der den Kai so sehr hasst.«
»Frau Engelmann, ist Ihnen klar, dass der Kai nicht das einzige Opfer ist?«
Sie deutete ein Nicken an. »Der war so ein lieber Mann. Bis ich hier wieder rauskomme, werden Wochen vergehen. Wissen Sie, wie das ist, wenn man sich nicht von jemandem verabschieden kann? Alles ist in Ordnung, und eine Sekunde später ist alles vorbei. Ich kann nicht einmal seine Beerdigung organisieren.«
Tränen schossen ihr in die Augen, Burmeester zupfte ein Papiertuch aus der Box auf dem Regalbrett über ihrem Bett. Sie tupfte sich schwerfällig die Augen trocken.
»Das wird die jetzt mit Genugtuung übernehmen.«
»Wer?«
»Wenn jemand ihm alles Schlechte an den Hals gewünscht hat, dann seine Ex. Seit ich ihn kenne, hat sie ihm ständig Knüppel zwi-

schen die Beine geworfen. Eiskalt ist die. Erst kamen die horrenden Unterhaltsforderungen, das ganze Programm mit Gehaltspfändung und allem. Nie wusste er, wie viel noch auf seinem Konto war. Am liebsten wäre er ausgewandert. Wissen Sie, wir hatten schon Kanada ins Auge gefasst. Er hat nämlich Verwandte dort. Entschuldigung, er hatte, ich muss mich erst an die Vergangenheitsform gewöhnen.«

»Sie trauen der Exfrau so eine Tat zu?«

»Ja. Wir wären auch schon längst weg, wenn da nicht seine kleine Tochter wäre. Er hängt … hing sehr an ihr. Damit hat sie ihm das Leben erst recht zur Hölle gemacht. Können Sie sich vorstellen, Ihr eigenes Kind nur alle vierzehn Tage für ganze zwei Stunden sehen zu dürfen? Und das in einem fremden Raum mit einer Aufsichtsperson im Nacken.«

Burmeester dachte kurz nach, so etwas hatte er schon gehört. In schwierigen Trennungsfällen wurde so verfahren.

»Das war wohl ein begleiteter Umgang, richtig? Eine pädagogische Fachkraft ist anwesend und muss unter Umständen auch dokumentieren, wie es zwischen Vater und Kind läuft.«

»Genau. Es gab keinen Grund für diesen Unsinn. Diese Schlampe hat das einfach ohne den geringsten Anlass bestimmt. Er hat sein Kind geliebt. Kai hätte der Kleinen nie was getan. Im Gegenteil, er war ein vorbildlicher Vater.«

Es musste Gründe geben, dachte Burmeester, da so ein Vorgehen oft vom Gericht angeordnet wurde.

»Die hat ihm auch die Polizei auf den Hals gehetzt. Ich habe doch nichts getan, sagte er dann, ich weiß nicht, was die hat, ich wollte sie doch nur kurz sprechen.«

»Wann ist das zuletzt passiert?«

»Ich glaube, vor gut zehn Tagen. Dabei war er so liebevoll und aufmerksam. Ein richtiger Beschützer, wissen Sie? Er hat mir alle Wünsche von den Augen abgelesen, und immer hat er auf mich aufgepasst. Jede freie Minute haben wir zusammen verbracht. Wenn ich mein Handy hier hätte, könnte ich Ihnen zeigen, wie viele SMS er mir geschickt hat, wenn wir nicht beisammen waren. Richtig süß, ein Mann, der ganze Sätze schickt und nicht so einsilbig schreibt.«

Innerlich notierte Burmeester, bei der Bereitschaftspolizei nach den Einsätzen bei Kai Manzel zu fragen.

»Wie heißt die Frau?«
»Kückel. Stellen Sie sich vor, die hat ganz eilig ihren Mädchennamen wieder angenommen. Vera Kückel, und ihre Tochter heißt Melissa Manzel. Manzel und Kückel, unmöglich. Jetzt hat sie freie Bahn. Die wird eine herzzerreißende trauernde Witwe spielen, und so schnell es geht, wird die Kleine auch Kückel heißen, wetten? Sie wird dem Kind den Namen und die Erinnerungen nehmen.«
Burmeester griff erneut in die Papiertuchbox, Monika schniefte mühsam und vorsichtig ins Tuch.
»Sie hat erreicht, was sie wollte.«
»Wissen Sie, wo sie wohnt?«
»Irgendwo in Büderich.«
»Frau Engelmann, können wir das Thema wechseln? Ich wüsste gerne noch, wie Sie in diese Glaubensgemeinschaft gekommen sind.«
»Zu den ›Gerechten‹? Na, über Kai. Der war von Anfang an dabei. Die Gruppe und der Glauben hätten ihm Kraft und Hoffnung gegeben, hat er gesagt, und es war seine Bedingung, dass ich mitkomme. Er hätte mit niemandem zusammen sein können, der seinen Glauben nicht teilte.«
»Hat er das so gesagt?«
»Ja, er ist da ganz offen mit umgegangen. Und schließlich war das auch der Grund für die Trennung von seiner Ex.«
»Verstehe, die Vera Kückel wollte also nichts mit der Gemeinschaft zu tun haben.«
»Richtig, und die Gemeinschaft sieht das gerne, wenn die Lebenspartner mitkommen. Eine harmonische Lebensführung ist wichtig für das innere Gleichgewicht. Gemeinsamer Glaube schweißt zusammen.«
»Erzählen Sie mehr über die Grundsätze der Gemeinschaft. Wo ist der Unterschied zu den herkömmlichen christlichen Gemeinden?«
»Sie kennen ›Die Gerechten der Welt‹ nicht?«
»Nein. Bei Wikipedia steht nicht viel, und die Sektenbeauftragte erreichen wir erst wieder am Montag. Wie ist das Innenleben der Gemeinschaft? Ich habe keine Vorstellung davon, mit welchem Wissen, mit welchen Gefühlen man sich in dem Rahmen konfrontiert sieht.«

Die Tür öffnete sich leise, das freundliche Gesicht von Schwester Iris lugte um die Ecke.
»Ende der Besuchszeit. Für heute ist es genug. Nein, Frau Engelmann, kein Protest, Sie können ja einen neuen Treff vereinbaren.«
Ein bisschen walkürenhaftes Benehmen steht ihr gut, dachte Burmeester und fügte sich, nachdem er Monika Engelmann eine Karte auf den Beistelltisch gelegt hatte.
Also würde er sich wieder auf den Weg zurück nach Wesel begeben, um die Exfrau von Kai Manzel ausfindig zu machen. Vielleicht ein erster begründeter Verdacht. Im Büro saß sein Kollege Termath. Dieser Gedanke schoss ihm nicht ohne Verdruss durch den Kopf. Wenn es nur endlich ein Ende hätte, der angehende Rentner machte ihm den Abschied verdammt leicht.

***

Karin Krafft stellte ihren Wagen nach einigen erfolglosen Kurven über andere Parkplätze zwischen dem alten Rathaus und dem Polizeipräsidium am Peter-Plümpe-Platz ab, erwog, kurz bei den Kevelaerer Kollegen vorbeizuschauen, entschied sich aber dagegen. Dieser Ort schien vor Menschen überzuquellen. Der Mai war traditioneller Wallfahrtsmonat einer Marienstadt, das angenehme Wetter tat das Übrige dazu, um Besucher zu locken, die sonntags durch geöffnete Geschäfte bummeln wollten.
Durch die Annastraße lief sie in Richtung Fußgängerzone, bahnte sich den Weg durch die ernsthaften, ehrfürchtig betenden Menschengruppen, jeweils einem Bannerträger folgend, in den gefalteten Händen ihre Gebete auf beanspruchtem Papier. Hier wäre die Gruppe auch langgepilgert, ging es Karin durch den Sinn, lebendig, konzentriert, alle miteinander. Sie wartete ein paar Minuten, ließ eine Schar älterer Frauen passieren, die niederländische Lieder sangen. Die ältesten Gläubigen schoben Rollatoren über die holprige Pflasterung. Der Altersdurchschnitt überschritt den einer weltlichen Fußgängerzone.
Eine junge Frau kam ihr entgegen mit einem großen Button an der leichten Jacke. »Ich bin kein Pilger, ich lebe hier«, prangte darauf. Sie schob den einzigen Kinderwagen, den Karin weit und breit entdecken konnte, durch die Menge. Hier auf der Hauptstraße war

ein Großteil des Angebots auf erwachsene, pilgernde Kunden ausgerichtet. An der Kerzenkapelle loderten hunderte cremeweißer, chamoistriefender Kerzen auf Metallgestellen über eckigen Sammelbecken, die tropfendes Wachs aufnahmen. Karin Krafft konnte nicht über ihren Schatten springen, verschob ihren beruflichen Auftrag, um schnell drei Kerzen zu kaufen und auf gerade frei gewordene Dornen zu setzen. Ein Dank für Erlebtes, eine Bitte für die Gegenwart, für die Zukunft einen Wunsch. Ihre Mutter Johanna hatte ihr diesen Brauch mitgegeben, Karin konnte an keinem Ort vorbeigehen, an dem Kerzen als Symbole angezündet standen, ohne sich an dem Lichtermeer zu beteiligen. Besser als einzelne Sätze zwanzig Mal zu wiederholen, dachte sie. Lichter zu entzünden ist auch eine Art von kollektivem Gebet.

Cornelia Garowske kehrte zurück in die Gedanken der Hauptkommissarin, als sie den Kapellenplatz überquerte, um der Beschilderung zur Wallfahrtsleitung im Brunnenhof neben der Basilika zu folgen. Ein junger, blasser Priester öffnete die schwere Tür, Karin Krafft hielt ihren Ausweis hoch und trug ihr Anliegen vor.

»Ich möchte den Wallfahrtsbetreuer sprechen, der für eine bestimmte Gruppe vom rechten Niederrhein zuständig ist. Die wäre gestern angekommen, wenn sie nicht verunglückt wäre.«

Komprimierte Information schien nichts für diesen durchgeistigten jungen Menschen zu sein. War auch leicht kompliziert, den Sachverhalt in wenige Worte zu fassen.

»Wen genau möchten Sie sprechen?«

»Den, der die Gruppe der ›Gerechten der Welt‹ empfangen und betreut hätte.«

Der Priester überlegte kurz, bat sie, in einem kalten, kahlen Flur zu warten, und verschwand mit zackigen Schritten, kehrte ebenso energisch zurück.

»Das ist unser Diakon, der hält Kontakt zu den eher weltlichen Gruppen. Keiner bleibt im Regen stehen, wenn er pilgert. Herr van Laak wird gleich kommen.«

Karin fröstelte. »Vielen Dank, ich warte draußen, da scheint im Moment die Sonne so schön.«

Der Innenhof bildete mit seinem leicht plätschernden Wasserspiel eine Oase der Stille in der bewegten Stadt. Karin hockte sich auf eine Bank.

Ein hagerer Mann, dessen Alter schlecht zu schätzen war, kam auf sie zu. Zwischen fünfzig und sechzig Jahre, dachte sie, ein ernster Mann, dem das Leben Linien ins Gesicht gezeichnet hat. Die spärlichen grauen Haare standen millimeterkurz vom wettergegerbten Kopf ab, Jeans, groß kariertes Hemd, eine Strickjacke mit Lederflicken auf den Ellenbogen. Er stellte sich mit festem Händedruck vor.

»Van Laak, Conrad van Laak. Hauptkommissarin? Es war doch ein Unfall, oder?«

Karin Krafft hatte etwas anderes erwartet, Geistlicheres, etwas Tröstliches, einen Bibelspruch, irgendwas, nur nicht weltliche Sachlichkeit und schon gar nicht Zweifel daran, dass es sich um einen tödlichen Unfall gehandelt hatte. Bevor sie antworten konnte, ergriff er die Initiative.

»Kommen Sie, wir setzen uns drüben ins Café Nederkorn.«

Sie liefen vorbei am Portal der Basilika. Van Laak wies hoch zu dem Fensterbogen über dem Hauptportal, der reliefartig von einer Vielzahl bronzener Figuren gefüllt war.

»Schauen Sie, die Kevelaerer Apokalypse, das ist die Wiederkehr Christi und die Auferstehung der Toten. Da sind eine Menge Berühmtheiten drunter, und bei genauer Betrachtung werden Sie sogar Adolf Hitler dort finden. Ein Künstler aus Düsseldorf, der Bert Gerresheim, hat sich bei dieser Zusammenstellung etwas gedacht, was hier nicht jeder teilt. So ist das mit der göttlichen Vergebung, selbst ein Schrecken der Welt bekommt das Recht zur Auferstehung. Fast wie im richtigen Leben, oder? Da kokst ein Fußballtrainer und darf es nach einem öffentlichen Bekenntnis bleiben, da leben Politiker über ihre Verhältnisse und müssen erst gehen, wenn die Öffentlichkeit aufmerksam wird. Erst bleibt vieles zwischen den Menschen im Dunkeln, und wenn man Glück hat, fragt nach ein paar Jahren niemand mehr danach. Kommen Sie, da wird ein Platz vor dem Café frei, Sie sitzen doch gern draußen?«

Karin Krafft fiel ein Ring an seiner rechten Hand auf. Weltlich kritische Ansichten und ein Ehering, wie passte das zu einer kirchlichen Tätigkeit?

»Sie sind also ein Priester?«

Ihr Gegenüber lachte tief und herzlich. »Nein, Gott bewahre. Ich bin Diakon, das ist ein weltlicher Helfer, der nach Ausbildung und Prüfung kirchliche Aufgaben übernehmen darf. Ich bleibe dieser Welt treu und helfe in jener, so gut es geht, aus. Wissen Sie, die Kirche war mir oft in meinem Leben Zufluchtsort, spendete Trost und Zuversicht. Ich gebe ihr ein wenig meiner Lebenszeit zurück, indem ich hier in der Pilgerbetreuung mitarbeite und die eine oder andere Aufgabe übernehme. Wo sich gerade eine Lücke auftut, bin ich da.«

Er redete wie ein Wasserfall, von Schicksalsschlägen, dem langen Leiden seiner ersten Frau, der Unterstützung durch seinen damaligen Geistlichen, von einem inneren Zuhause und von seiner Bewunderung für die Menschen, die sich Jahr für Jahr auf den Weg machten, um durch eine Wallfahrt zum Glauben zu finden oder ihn zu stärken.

»Jährlich kommen rund eine Million Pilger nach Kevelaer. Es gibt eine exotische, farbenprächtige Prozession der Tamilen, die hier in Europa leben; es kommt die dröhnende Schar der Motorradfahrer zur Wallfahrt, und die starken Jungs holen sich ihren Segen ab. Der Mütterverein kommt und die KAB aus dem kleinsten Dorf.«

»Und die ›Gerechten der Welt‹, waren die Ihnen schon bekannt?«

Van Laak berichtete von mehreren Versuchen des Gemeinschaftsoberhauptes, Wallfahrten zu organisieren. Erst er habe sie in den Plan integriert, denn Beistand von oben sei eine klärende Angelegenheit. Solch einen Pilgerweg zu Fuß, den mache man nicht aus Spaß mit, da müsse man schon einen glaubenden Hintergrund haben, sonst ginge das nicht.

Eine große Gruppe mit eigener Musikkapelle lief an ihnen vorbei, die ersten Reihen noch im Takt singend, während die letzten den musikalischen Anschluss verpasst hatten. Karin wollte es genauer wissen.

»Pilgern ist doch modern geworden, seit Hape Kerkeling den Jakobsweg gegangen ist. In seinem Buch beschreibt er auch Menschen, die aus ganz unterschiedlichen Gründen quer durch Spanien laufen, und nicht immer ist es der pure Glaube an Gott, der sie antreibt.«

»Vielleicht nicht direkt, aber spätestens am Ziel werden die Herzen in der Gemeinschaft erweicht. Und die Gebete oder das Schweigen, die Plackerei und die schönen Erlebnisse haben ihre eigene spirituelle Wirkung. Sind Sie schon einmal auf dem Weg gewesen?«

Bin ich dauernd, dachte Karin, das wurde ihr zum zweiten Mal an diesem Tag zu persönlich.

»Im Moment bin ich auf der Suche nach Erklärungen für diesen Unfall, der die Gruppe gestern so dramatisch gestoppt hat.«

Van Laak schlürfte seinen Kaffee.

»Wieso kommt eine Hauptkommissarin aus Wesel hierher und stellt Fragen, wenn es doch ein Unfall gewesen ist? Con hat mich noch von der Unfallstelle aus angerufen. Ich wollte kommen und helfen, sie hielt mich zurück, ich könne nichts tun. Was ist da passiert?«

»Ich kann es Ihnen noch nicht konkret sagen. Es wird immer ermittelt, wenn es unklare Sachverhalte oder Indizien gibt, die das erforderlich machen.«

Er nickte einem grüßenden Passanten zu. »Einer aus der unendlichen Schar der Messdiener, der ist gleich dran. Akte zu und einfach Schluss, das gibt es nicht, richtig?«

»Nein, nein, wir warten nicht auf eine Entscheidung von allerhöchster Stelle wie Ihre Bronzefiguren an der Kirchenfassade. Bei der Kripo geht es sehr weltlich und korrekt geordnet zu. Offene Fragen müssen zufriedenstellend und zweifelsfrei beantwortet sein. Wer ist Con?«

»So nennen sie das Oberhaupt der Gerechten, Cornelia Garowske. Sie wollte das wohl zunächst nicht, dachte an Parallelen zu filmischen Abgründen wie ›Conan, der Barbar‹. Aber einmal in die Welt gesetzt, verselbstständigt sich so eine knackige Abkürzung und bleibt.«

»Con? Hört sich echt merkwürdig an.«

»Ich glaube, ihr gefällt die Kraft dieses Kürzels wesentlich besser als Conny oder so. Con klingt eher männlich als weiblich, und diese Frau verfügt über eine Menge Kraft und Einfluss, glauben Sie mir, der traue ich vieles zu. Die hat diese Gruppe aus dem Nichts aufgebaut und führt sie mit vorbildlicher Energie über die bekannten christlichen Pfade hinaus. Sie hat eine charismatische Ausstrahlung und bietet Zuverlässigkeit, innere Struktur, eine gewisse Wärme. Sie kann aber auch unbarmherzig sein.«

Er berichtete von Ausschlussverfahren gegen Mitglieder, deren

Lebenswandel nicht zu den Statuten passte. Es gebe einen ganzen Katalog an Grundsätzen, den neue Mitglieder neben der Bibelarbeit zu bewältigen hätten, und ein untadeliger Lebenswandel gehöre zu einem Mitglied wie ein monatlicher Beitrag, den jedes Mitglied unaufgefordert in die Kollektenschale legen müsse. Das Geld diene der Einrichtung und Ausgestaltung des Versammlungsraums, würde für Seminare und Publikationen ausgegeben.

»Con denkt momentan an eine überregionale Erweiterung.«

»Expandierender Glaube. Was genau hat Sie Ihnen gestern erzählt?«

Die Glocken der Basilika begannen zu läuten.

»Ich muss Sie leider gleich verlassen, man erwartet mich in der Sakristei. Was Con gesagt hat? Sie würden nicht kommen, ein schwerer Unfall habe drei Leben gekostet und einige Schwerverletzte seien auf dem Weg in Kliniken. Gott habe seine strafende Hand walten lassen, sie denke noch darüber nach, was er ihr mit dem tragischen Vorfall sagen will. Sie könne es noch nicht verstehen.«

»Ein strafender Gott? Wie passt das zu diesen Vorsätzen, mit gemeinsamem Gebet das Geschick der Weltpolitik zu beeinflussen?«

»Lesen Sie ihre Pamphlete, die glauben an eine kollektive Macht aus weltlichen Seelen, aber über allem steht eine feste Ordnung aus Gut und Schlecht. Die Polarität untersagt Ausnahmen. Wer sich der Gemeinschaft verschreibt, begibt sich in ein festes Gefüge, und das reicht hin bis zu dem Himmel, den Sie da oben strahlen sehen. Tut mir leid, die Pflicht ruft.«

Er legte einen Geldschein auf den Tisch. Karin wollte protestieren.

»Nein, es war meine Idee, uns herzusetzen, ich zahle meine Ideen immer selber. Auch ich habe meine Grundsätze.«

»Warten Sie, wie komme ich an die Glaubenssätze der Gemeinschaft?«

»Werden Sie Mitglied, laufen Sie hinter Con her, und lesen Sie von ihren Lippen.«

Karin sah ihn mit zweifelndem Blick an.

»Blöder Scherz, Entschuldigung, Sie sind gar nicht der Typ für so was. Sie haben Ihr ganz eigenes Verhältnis zu Gott, das merkt man. ›Die Gerechten‹ haben einen Versammlungsraum in Wesel, irgendwo an einer Straße mit dem merkwürdigen Namen Blaufuß oder so. Da können Sie bestimmt Material bekommen, die sind sehr freigebig damit.«

»Wie kann ich Sie erreichen?«

Er deutete mit einer fragenden Geste auf sich, Karin nickte. Van Laak griff in seine Geldbörse und zog eine Karte heraus. »Stets zu Diensten, Frau Hauptkommissarin, tausche diese gegen Ihre.«

Er eilte zur Basilika, in die ein nicht versiegender Menschenstrom zog, während der Platz nicht leerer zu werden schien. Karin blickte auf die Visitenkarte. »Conrad van Laak«, las sie, »Diakon«, eine Telefonnummer und ein Spruch, »Versöhnung ist ein Geschenk seiner Barmherzigkeit«, stand da in nüchterner Schrift.

Die Aufforderung, Verzeihung in Satzblöcken zu wiederholen, ein Versöhnungsspruch auf einer Visitenkarte, murmelnde Pilger in der Fußgängerzone, zittrig heruntergeleierte Psalmen im einheitlichen Tonfall, nebenan die dröhnenden Kirchenglocken. Karin schwirrte der Kopf.

***

Keiner kam ohne Vorbehalte und sichernde Blicke zu allen Seiten durch die Bürotür, Jerry hatte sogar mit Karin telefoniert, um zu erfahren, ob er mit Simon allein sein müsste. Jeder hatte seine Aufgaben außer Haus gewissenhaft erledigt, inzwischen hörte man, wie flinke Finger über Tastaturen huschten, um in wortkarger Stille Berichte zu verfassen. Mit dem Nörgler allein sein wollte niemand.

Karin saß an ihrem Schreibtisch und schaute sich das gestellt harmonische Bild durch die geöffnete Zwischentür an, so konnte es nicht weitergehen. Die kleine Lage war für siebzehn Uhr angesetzt, noch eine Stunde Zeit. Sie öffnete ihr E-Mail-Fach und ging die Nachrichten durch. Nichts von dringlichem Belang, die üblichen Infos über Neuerungen im Datenverarbeitungsablauf, man warf sie inzwischen zu mit auszufüllenden Formblättern, die als Datei von unterschiedlichen Stellen aus geöffnet werden konnten, um die formale Arbeit zu verbessern. In regelmäßigen Abständen stolperten die Beamten des K 1 über die einzuschlagenden Dienstwege, die der PC vorgab. Alles sollte die Ermittlungen optimieren, um letztlich die Arbeit zu erleichtern. Niemand hatte ihnen vorhergesagt, wie viel Zeit das Aufrufen, Ausfüllen, Abspeichern der Vorgänge in Anspruch nahm. Manchmal sehnte sich Karin nach den einfachen Programmen und vor allen Dingen nach der guten alten Gabriele 100, der elektrischen Schreibmaschine mit Korrekturtaste, zurück.

So ging es ihr nicht allein. Es gab Kommissariate, die unter chronischer Unterbesetzung litten und ständig noch Druck von oben bekamen, weil die elektronische Erfassung einfach nicht reibungslos lief. Vorgänge konnten nicht zeitnah bearbeitet werden, die Akten stapelten sich in durchgebogenen Ablagefächern. Da ging es ihnen hier in dem alten Dienstgebäude gegenüber dem Amtsgericht noch relativ gut. Nur diese Stille irritierte sie, keiner traute sich, den schlafenden Bären zu wecken, Simon Anlass zu einem Kommentar oder einer Stellungnahme zu geben. Amüsiert nahm sie seine Versuche wahr, durch ausgedehnte Seufzer auf sich aufmerksam zu machen. Sie stellten sich taub, die Jungs mit der geschulten Wahrnehmung hörten ihn nicht, tippten besonders detaillierte Berichte.

Das Öffnen einer E-Mail ihrer Behördenchefin hatte sie schon seit mehreren Tagen auf die lange Bank geschoben. Sie würde sie morgen lesen, eigentlich hätte sie freigehabt an diesem Sonntag nach dem schweren Unfall, der alles der Bahn geworfen hatte. Sie hatte heute mit Maarten und ihrer Mutter zusammen die Bepflanzung für die Kräuterecke in ihrem Garten planen wollen. Nun saßen er und Hannah wohl mit Johanna Krafft vor dem köstlichen Schokokuchen, den sie mitbringen wollte. Hoffentlich blieb wenigstens ein Stück übrig.

Eines war schon vor der Besprechung klar, es hatte kein technischer Defekt an dem Lkw vorgelegen. Auch Heierbecks Team hatte Überstunden geschoben, sie hatten das Fahrzeug auseinandergenommen und dabei nichts entdeckt, was zu diesem Unfall geführt haben konnte. Die Bremsen seien in einwandfreiem Zustand gewesen, Lenkung und auch Schaltung hätten prima funktioniert. Dieser Wagen sei nicht optimal gepflegt gewesen, jedoch wäre er bei einer spontanen TÜV-Prüfung ohne Mängelliste davongekommen. Menschliches Versagen lag also vor. Oder Absicht.

Die Kollegen hatten den Besprechungsraum vorbereitet, Simon saß da als Protokollant. Wie ein braver Junge hat er sich bestens auf seine Aufgabe vorbereitet, dachte Karin, als sie ihn mit exakt winkelig gelegtem Block, Stift und Ersatzstift dort sitzen sah. Den anderen war es anzusehen, jeder wollte, so schnell es ging, den Rest des Sonntags privat verbringen.

»Fangen wir an, bitte fasst euch kurz. Ich nehme an, dass die Berichte für die Chefetage fertig sind? Gut, dann mal los.«

Tom und Jerry hatten den Unfallablauf noch einmal von Verletzten bestätigt bekommen und wussten über den Unglücksfahrer, dass man seine Überlebenschancen inzwischen sehr hoch einschätzte.

»Der Arzt hat gesagt, mit viel Glück holen sie ihn in spätestens zwei Tagen aus dem künstlichen Koma, und laut vorliegender Untersuchungsberichte hat er gute Aussichten, ohne bleibende Schäden davonzukommen.«

»Na, das ist ja schon mal etwas. Konnte seine Identität geklärt werden?«

»Nein, nichts zu machen. Bis jetzt gibt es keine Vermisstenmeldung.«

»Können wir morgen ein Foto von ihm veröffentlichen?«

»Karin, sollten wir nicht erst mal abwarten, bis er zu sich kommt? Es hat doch keinen Sinn bei den Gesichtsverletzungen.«

»Ja, du hast recht.«

Burmeester berichtete von den Verdächtigungen der Freundin des getöteten Kai Manzel und von seinem Versuch, diese Person ausfindig zu machen.

»Es handelt sich dabei um Vera Kückel, dreißig Jahre alt, und ihre sechsjährige Tochter Melissa. Frau Engelmann wähnte sie in Büderich. Ich habe eine Dinslakener Adresse aus dem Melderegister gezogen, nur hat man sie dort seit mehreren Wochen nicht mehr gesehen. Ein Nachbar sprach davon, dass es sehr ruhig geworden sei, seit sie sich regelmäßig woanders aufhalten würde. Sie habe bestimmt einen neuen Freund. Würde er ihr auch gönnen, denn ihr Exmann sei ja wohl bekloppt gewesen.«

Eine Anfrage bei der Bereitschaftspolizei hatte ergeben, dass es diverse Anrufe wegen Belästigung, Bedrohung, sogar tätlicher Auseinandersetzungen gegeben hatte. Der Name Kai Manzel sei vielen Beamten in schlechter Erinnerung.

»Als sie noch zusammenlebten, hat es sogar einen Wohnungsverweis für ihn gegeben, der aktenkundig ist. Das Bild des vorbildlichen Partners und Vaters, das ich von Frau Engelmann bekommen habe, hat sich mittlerweile ins Gegenteil verkehrt. Der Mann hat sich eine gerichtliche Verfügung eingefangen, die es ihm untersagte, sich seiner Exfrau zu nähern. Er muss sie ständig belagert haben. Sogar das Kind habe er ihr nach einem Besuchswochenende nicht zurückgebracht. Daraufhin habe sie einen betreuten Umgang beantragt, und er durfte die Kleine nur noch unter Aufsicht sehen.«

»Der absolute Horror. Und? Wo kann sie sein?«, fragte Karin.

»Keine Ahnung, ich habe ihr eine Nachricht in den Briefkasten gelegt.«

»Wusste der Nachbar, wo sie arbeitet?«

»Sie hat wohl einen PC-Arbeitsplatz zu Hause. Ihre Aufgaben kann sie von überall aus erledigen. Er wusste nicht, für wen sie tätig ist.«

»Können wir das überprüfen? Ich meine, den Internetanschluss ausfindig machen oder so?«

»Das wird schwierig, wir haben keinerlei Info als Grundlage.« Burmeester wiegelte ab.

»Was ich gehört habe, bestätigt eher das Gegenteil von Engelmanns Aussage. Ich glaube nicht an eine Täterschaft Vera Kückels oder ihre direkte Tatbeteiligung, ich vermute eher, dass sie sich vor ihm versteckt hält, denn der letzte Einsatz in Dinslaken war genau vor einer Woche. Er hatte ihr beim Einkauf aufgelauert. Sie hatte auf dem Parkdeck bei Real im Gewerbegebiet geparkt, er hatte sein Auto hinter ihrem abgestellt und verlangte, seine Tochter zu sehen. Es gab ein riesiges Tamtam, sein Wagen blockierte noch zwei andere, er wollte sich nicht bewegen, ohne Melissa gesprochen zu haben, fuhr erst los, als er die Beamten auf sich zukommen sah. Ich kümmere mich morgen darum.«

Karin berichtete von ihren Gesprächen mit Cornelia Garowske und dem Diakon, Herrn van Laak, in Kevelaer. Sie würde sich in den nächsten Tagen intensiv mit den »Gerechten der Welt« befassen.

»Ich habe von unangenehmen Ausschlussverfahren gehört, bei denen tadelhafter Lebenswandel als Begründung diente. Die haben feste Statuten und eine hierarchische Struktur. Ich werde mehr über diese Leute in Erfahrung bringen, vielleicht finden wir dort den Schlüssel. Wisst ihr, wie man sie nennt? Con!«

Jerry lachte kurz auf.»Was soll das denn sein?«

»Eine kraftvolle Kurzform von Conny, Cornelia, meint der Diakon. Er selber heißt übrigens mit Vornamen Conrad mit C, quasi ein verdeckter Con.«

Jerry nahm den Ball auf.»Ist ein Con mächtiger als ein Bischof?« Burmeester konnte sich nicht beherrschen.»Ein männlicher Con ist gleichgestellt, aber nur was die Größe der Mitra anbelangt. Ein weiblicher Con muss als Voraussetzung die größeren Füße haben.«

Tom wusste noch eins draufzusetzen.»Bist du ein Con, bestimmst du den Ton.«

Simon blickte durch seine Lesebrille auf das kichernde Völkchen im Besprechungsraum.»Jetzt drehen sie völlig durch. Könnt ihr mal ernst bleiben, wie soll unsereins das jetzt protokollieren? Nie könnt ihr euch an die Regeln halten, ich hab dann immer doppelte Arbeit und muss mir überlegen, was ich da reinschreibe.«

Karin tätschelte beschwichtigend seinen Arm.»Mach eine Pause draus. Schreib einfach: ›kurze Toilettenpause‹.«

»Aber ...«

»Nix aber. Nun mach hier nicht ein Drama aus einer kleinen Ablenkung vom Grauen, du bist doch sonst nicht so humorlos.«

Sie schlossen die Besprechung sachlich und nüchtern, verteilten die Aufgaben für den nächsten Tag. Burmeester hatte seine Jacke schon in der Hand, als sein Telefon klingelte. Er nahm ab, suchte sich Papier, notierte eilig, was ihm durchgegeben wurde, und kam in Karins Büro.

»Wir haben sie. Das war Vera Kückel. Sie hält sich auf dem Campingplatz in Xanten-Wardt in dem Mobilheim von Freunden auf. Sie ist nur nach Hause gekommen, um ein paar Sachen zu holen, und fand meine Karte. Sie hat mir durchgegeben, wo ich sie treffen kann. Was meinst du, ist das eilig?«

»Ich denke, es hat Zeit bis morgen, ich stufe sie nicht als verdächtig ein.«

»Gut, dann werde ich morgen zu ihr fahren. Machst du noch nicht Schluss?«

»Ich sortiere mich noch ein wenig und fahre dann.«

»Das war keine leichte Begegnung mit dieser Con, oder?«

»Stimmt, sie hat mich sehr bewegt. Ich will dieses Gespräch hier-

lassen, verstehst du? Bevor ich nach Hause fahre, möchte ich den Kopf frei haben.«
»Kann ich verstehen. Pass auf dich auf.«
»Du auch.«
In diesen Räumen, die den Charme der Sechziger nie abgelegt hatten, konnte sie nicht zur Ruhe kommen. Was dachte sich diese Frau dabei, ihr Strafarbeiten wie einem Schulkind zu verordnen? Wie kam sie dazu, und was bezweckte sie damit? War das ganz bewusste Beeinflussung oder einfach Teil der Grundsätze dieser Gemeinschaft? Sie suchte die Telefonnummer heraus. Cornelia Garowske meldete sich freundlich und wach.
»Ich habe gewusst, dass Sie anrufen würden. Es lässt Ihnen keine Ruhe, richtig? Kommen Sie einfach her, dann erkläre ich es Ihnen.«
Karin Krafft machte sich auf den Weg in die nahe gelegene Weseler Feldmark, hielt vor der Haustür kurz inne, schellte dann mit ihrer gewohnten Vehemenz. Cornelia Garowske erwartete sie mit klarem Blick und erhobenem Kinn, bedeutete ihr einzutreten.
»Frau Krafft, versuchen Sie sich einmal anders hinzusetzen. Ganz gerade, genau, nicht anlehnen, den Rücken gerade ausrichten, als würde ein unsichtbarer Faden sie mit dem Himmel verbinden und aufrecht halten, genau so.«
Karin wollte etwas sagen, wurde konsequent unterbrochen.
»Nein, lösen Sie diese Haltung nicht gleich wieder auf, und sprechen Sie nur, wenn ich Sie dazu auffordere.«
»Was soll das? Ich wollte mich mit Ihnen über die ›Gerechten der Welt‹ unterhalten.«
»Und ich werde Ihnen zur Demonstration eine der meditativen Gebetstechniken zeigen, die jedem neuen Mitglied nahegelegt wird. Sind Sie bereit?«

DREI

6. Mai 2010

Der Montagmorgen hatte etwas von der Geschäftigkeit des Düsseldorfer Flughafens, so jedenfalls empfand es Simon Termath. Vorbildlich als Erster am Schreibtisch, wusste er nicht, welches Gespräch er zuerst annehmen sollte, telefonierte er gerade, klingelte der nächste Apparat. Er breitete Notizzettel vor sich aus, versuchte gleichzeitig Informationen aufzuschreiben und für seine Kollegen vorzusortieren. Die Viertelstunde, bevor Karin Krafft eintraf, war arbeitsintensiv. Sie fand Simon mit hochrotem Kopf vor, ratlos auf die vielen kleinen Notizen blickend. Seine Gesichtsfarbe hob sich deutlich von seinem üblichen beige-grauen Outfit ab.

»Simon, wieso bist du so früh schon hier? Du siehst aus, als hättest du durchgemacht.«

Seine Frisur war verrutscht, diese spärlicher gewordenen, langen Haarsträhnen, die er sich seit Jahren mühevoll quer über den kahlen Schädel legte und mit Pomade festpappte, waren durchscheinend und deckten die ausgeprägte Glatze nicht mehr ab.

»Gut, dass ich hier gewesen bin, ich habe einige Telefonate schon erledigt. Hier, es gibt Arbeit. Die Frau Pachwitz hat angerufen, das ist die lustige Witwe des toten Lehrers. Sie hat einen Brief in ihrem Kasten gefunden, der sie beunruhigt, wollte aber am Telefon nicht mehr sagen, sie kommt nachher vorbei.«

»Beunruhigender Brief, sagte sie? Die frühe Zustellung an einem Montagmorgen würde mich eher erstaunen. Das war entweder eine Kurierzustellung, oder jemand hat ihn persönlich eingeworfen. Du weißt nichts Konkreteres?«

»Nein, sie war nur sehr aufgeregt und wütend.«

Simon kramte in seinem Zettelwust, schob die Lesebrille zurecht, wirkte leicht nervös, hielt triumphierend die nächste Botschaft in die Höhe.

»Da hab ich ihn. Die Sektenbeauftragte aus Münster hat angerufen, Burmeester hat ihr wohl gestern auf den Anrufbeantworter gesprochen. Ich habe die Nummer notiert, damit er zurückrufen kann.

Das Stichwort ›Gerechte der Welt‹ gab ihr zu denken, aber sie sagte nicht viel. Sie kennt die Gruppe nur oberflächlich.«

»Er müsste gleich da sein, von der Frau erfährt er die offizielle Einschätzung, das ist gut. Ich werde nachher zum Blaufuß fahren, weißt du, die Straße direkt an der Bahnlinie, und schauen, wo sie ihren Versammlungsraum haben.«

Tom Weber trat ein, eine große Tüte mit belegten Brötchen in der Hand.

»Hi, hast du noch nicht gefrühstückt?«

»Alles lief ziemlich drunter und drüber heute Morgen. Da dachte ich, vielleicht ging es euch genauso, und habe gleich eine Auswahl für alle mitgebracht.« Er legte die Tüte neben der Kaffeemaschine ab und riss sie auf. »Inklusive Körnerbrötchen für Nikolas.«

Die eintreffenden Kollegen freuten sich über das Frühstück, in kürzester Zeit war die Tüte fast leer, während die Aufgaben neu verteilt wurden. Simon brachte die unerlässlichen Berichte in zweifacher Ausfertigung rüber ins Kreispolizeigebäude zur Behördenchefin, der einzigen Vorgesetzten im ganzen Apparat, die immer noch auf Berichtlage auf Papier und direkt ausgehändigt oder im Vorzimmer abgelegt bestand. Manche Kindheitstraumen trägt man ein Leben lang mit sich herum, alle betroffenen Mitarbeiter belächelten ihre Macke. Simon war beschäftigt.

Tom warf einen letzten Blick in die Tüte, das Körnerbrötchen war übrig. »Nikolas Burmeester, du enttäuschst mich, keine Körner mehr zum Frühstück?«

Karin nahm ihm das belegte Backwerk ab. »Seit er seine Mutter los ist, ernährt er sich nur noch von Fast Food. Siehst du den Bauchansatz?«

Entsetzt blickte Burmeester an sich hinab, während Karin schmunzelnd abwinkte.

»War nur ein Scherz. Du fährst nach Wardt und suchst Vera Kückel, telefonierst mit der Sektenbeauftragten. Ich fahre zum Blaufuß und schau mir den Versammlungsraum an. Simon kann hier auf die Frau des toten Lehrers warten.«

Sie klärte die anderen über das morgendliche Telefonat auf.

»Mir ist noch durch den Kopf gegangen, ob wir uns die Wohnung des jungen Manns, des Konditors in Hamminkeln, anschauen sollten.

Er ist der Einzige, zu dem uns detaillierte Informationen fehlen, keine näheren Freunde, keine Verwandten. Tom, du kümmerst dich darum, in seinen Sachen muss ja ein Wohnungsschlüssel sein.«
»Seine Habseligkeiten sind bestimmt noch in der KTU, ich fahre nachher da vorbei.«
»Jerry, du kümmerst dich um den Fahrer. Der soll heute aus dem künstlichen Koma geholt werden, vielleicht ist er ja ansprechbar.«
Die beiden schauten sich an, nickten kurz, Tom leerte seinen Kaffeebecher, er und Jerry verließen den Raum.
Burmeester versuchte die Fachfrau in Sachen Glaubensgemeinschaften und Sekten zu erreichen. Besetzt. Karin öffnete ihr E-Mail-Fach, die Nachricht von Frau Doktor van den Berg sprang sie an. Ein Klick, und Karin vertiefte sich darin, während Burmeester die Wahlwiederholungstaste betätigte.
»Nikolas, das glaubst du nicht, weißt du, was hier steht? Das ist eine Auflistung von Simons restlichen Urlaubstagen und seinen angesammelten Überstunden. Ich fasse das nicht! Ahnst du, zu welchem Ergebnis die Personalabteilung gekommen ist? Die van den Berg hat sich für morgen angemeldet.«
»Moment, jetzt wird mir alles zu konfus. Was sagt die Auflistung, und was will die van den Berg?«
»Simon muss schon vor Wochen mitgeteilt worden sein, dass sein letzter Arbeitstag der 7. Mai ist.«
Burmeester blickte ungläubig auf den Wandkalender, sprang auf und fuhr mir dem Finger über die Ziffern.
»Das ist ja, nee, das kann nicht. Doch, das ist ja morgen!«
»Richtig, und die Chefin erscheint um siebzehn Uhr zur feierlichen Verabschiedung.«
Beide sanken in ihre Schreibtischstühle.
»Echt?«
Karin nickte.
»Das erklärt seine zunehmende Missstimmung. Er wollte seinen Abschied nicht wahrhaben.«
»Dieser Schrat! Vermiest uns hier die Stimmung, statt sich mit der Situation abzufinden. Und jetzt? Karin, wir haben nichts vorbereitet. Ich weiß auch gar nicht, ob ich irgendwas mit dem feiern möchte. Der nölt nur und meckert und stöhnt.«
Karin öffnete abwesend einen Anhang ihrer E-Mail. »Dann gibt

es eben keine große Feier und einen Gutschein für den Anglerbedarfsladen, kleiner Festakt mit einem Glas Sekt und einem netten Blumenstrauß. Besorgst du Sekt und Saft? Ich kümmere mich um einen kleinen Snack und den Gutschein. In Xanten gibt es so einen Laden, ich rufe nachher mal an und frage nach, bis wann der auf hat. Einen Zwanziger von jedem plane ich ein, in Ordnung?«
»Für den Brummsack?«
»Ja. Verdammt, der kann gleich was erleben. Nikolas, überleg mal, der war schließlich nicht immer so verdrießlich, hat hier so viele Jahre mit uns gearbeitet. Das gehört sich nicht, ihn ohne eine gewisse Ehrung gehen zu lassen. Komm schon, spring über deinen Schatten. Und du informierst die anderen beiden per SMS, okay? Und dann ...«

Sie rückte näher an den Bildschirm, las konzentriert und schüttelte dabei den Kopf. »Schau mal, hier steht was über den Neuen.«

»Der Ersatz für Simon? Ist schon jemand im Gespräch?«

»Nicht nur im Gespräch, es ist auf höherer Ebene eine Entscheidung gefallen. Da war wohl dringend eine Versetzung fällig.«

»Wie immer, die betreffenden Kollegen erfahren es zuletzt.«

»Ein kluger Kopf, lauter Zusatzseminare, Profiling, Krisenintervention, neueste Tatortsicherung, ein wahrer Fachmann. Aber wohl ein bisschen verquer.«

Burmeester aktivierte die Rückruftaste seines Telefons, kam zu Karin und schaute ihr über die Schulter. Interessiert las er mit.

»Ausbildungen in Frankfurt und München und in New York, wow. Viel herumgekommen, der Mann. Ein Musterknabe.«

»Werde nicht zynisch.«

»Da, guck, dein Jahrgang.«

»Hm, guter Jahrgang. Der kommt aus Göttingen, auch nicht gerade um die Ecke.«

»Eine Universitätsstadt in Niedersachsen, in der Mitte der Republik. Bin gespannt, was den hierher verschlagen hat, in den äußersten Westen. In die Provinz mit einer Ausbildung, die zu einer Laufbahn in Metropolen passt. Eijeijei, was hat das denn zu bedeuten?«

»Das ist doch nicht normal, oder?«

Karin tippte mit dem Finger auf den Bildschirm. »Da, guck mal. Lese ich richtig? Schau mal, wie der heißt!«

Burmeester rückte näher heran, blinzelte, schob sich den Bildschirm zurecht, schmunzelte.

»Aha!«

***

Erleichtert schien Simon Termath nach dem klärenden Gespräch mit seiner Vorgesetzten, das sehr deutlich und teilweise sehr laut ausgefallen war. Nun war er allein in den Diensträumen des K 1, sortierte den Rest seines im Laufe der Zeit angesammelten Eigentums und räumte Bücher, Stifte, seine diversen Mäppchen, Anspitzer und Radiergummis in einen Pappkarton, aus dem er vorher die uniformierten Plüschteddys für die Kinder ausquartiert hatte. Komisch, es sollte am nächsten Tag alles zu Ende sein, und jetzt, wo es die anderen wussten, fühlte er sich ein Stück befreiter, nahezu beschwingt. Aus. Vorbei. Ohne Schussverletzungen davongekommen. Nie ein Disziplinarverfahren, keine Versetzung nach auswärts, alles in geordneten Bahnen, ein langes Berufsleben ging in die Zielgerade. Während er die beiden Ersatzregenschirme aus der untersten Schublade zutage förderte, klopfte es energisch. Frau Pachwitz trat ein.

»Ach, Sie, da bin ich froh, jemanden anzutreffen, den ich schon kenne. Da brauche ich nicht die ganze Geschichte von vorne zu erzählen. Schauen Sie mal, was in diesem widerlichen Brief hier steht.«

Während Simon kaum über den Rand der Kiste lugte, die vor ihm auf der Schreibunterlage stand, setzte sie sich auf den Stuhl und wedelte hektisch mit einem Stück Papier.

»Frau Pachwitz, guten Tag, setzen Sie sich doch, ich stelle nur kurz die Kiste runter.«

Verdutzt hielt sie inne, nur für einen Augenblick, legte wieder los, sobald sich Simon aufrichtete und sie ansah.

»Das ist unfassbar, wer macht denn so was, wer weiß denn davon? Und alles so kurz hintereinander. Erst dachte ich, ich träume, so was gibt es nur in Krimis im Fernsehen, aber da steht es wirklich. Das ist doch eine Frechheit. Ich bin ganz verwirrt. Ich wusste einfach nicht, wohin. Irgendwem muss ich das doch zeigen.«

Väterlich griff Simon nach dem Brief, ganz der Kommissar berührte er ihn an den Ecken knapp mit den Fingerkuppen von Daumen und Zeigefinger und legte ihn vor sich ab. »Dann wollen wir mal sehen.«

Souverän las er Zeile für Zeile in aller Ruhe, beschwichtigte die Frau, unterband den Ansatz einer neuerlichen Tirade mit einer stoppenden Handgeste. »Ich verstehe Ihr Entsetzen. Sie haben genau das Richtige getan, das ist ein Fall für uns.«

Sie wurde zunehmend ruhiger. »Da habe ich jahrelang diesen Mann und seine Unarten ertragen, wirklich, Herr Kommissar, mit Geduld ertragen. Und jetzt will mir jemand das einzig Positive nehmen, was er mir hinterlassen hat.«

»Haben Sie von einer Lebensversicherung gewusst?«

»Natürlich, es kam ja im Laufe der Jahre immer wieder Post von der Versicherung. Wir haben Hausrat und Haftpflicht auch bei denen. In all den Jahren sind wir immer gut beraten worden. Ich wusste durchaus über alles Bescheid. Und jetzt so was, das ist, das ...«

»Frau Pachwitz, das hier ist nichts anderes als ein Erpresserbrief. Zugegeben, ein wenig vornehmer formuliert und nicht gerade aus ausgeschnittenen Buchstaben zusammengeklebt, aber trotzdem ist es einer. Wer kann Ihnen so eine Aufforderung zu einer, wie heißt es da, ›Spende‹ schicken? Haben Sie selber eine Idee?«

Schweigend schüttelte sie den Kopf.

»Wir versuchen es andersherum: Wer weiß denn von dieser Versicherung?«

»Bestimmt die halbe Welt. Theo hat doch immer mit der guten Versorgung für seine Ehefrau angegeben. Wenn ihm etwas passieren würde, hat er überall erzählt, bräuchte sich seine Frau ihr Lebtag lang keine finanziellen Sorgen mehr machen, er hätte optimal vorgesorgt. Ich wäre dann eine gute Partie. Das war das Netteste, was ihm seit Jahren über die Lippen kam, dass ich nach seinem Tod attraktiv werden würde.«

Für einen Moment schaute sie wehmütig in die Ferne. »›Das ist eine gute Partie, sie kann nicht kochen, aber dafür wird sie tüchtig erben, und es werden einige Pfauen um sie herumscharwenzeln‹, hat er mal auf einer Weihnachtsfeier seines Kollegiums von sich gegeben. Gemeinsam mit den Ehegatten wurde nett gebruncht, und nach ein paar Gläsern Wein hat er laut in die Runde gegrölt, was er von mir hielt. Den Rest erzähle ich nicht, denn Alkohol machte den gut erzogenen Oberstudienrat zum Tier, zumindest verbal.«

»Vermutlich hat also eine ganze Anzahl von Personen von Ihrer ausstehenden Erbschaft gewusst. Das macht es nicht gerade einfach. Frau Pachwitz, überlegen Sie ganz genau und schreiben Sie uns alle Personen auf, denen er von der Versicherung erzählt hat, vielleicht finden wir auf dem Weg einen direkten Zusammenhang.«

»Oje, das kann dauern, da muss ich in die alten Kollegiumslisten schauen und in seine Adressbücher.«

»Und beunruhigen Sie sich nicht, das hört sich eher nach einem dilettantischen Versuch an als nach ernst zu nehmender Schwerkriminalität.«

»Meinen Sie wirklich?«

Simon Termath nickte, sein Gegenüber atmete beruhigt auf. Sie wollte nach dem Brief greifen, der Kommissar hielt schützend seine Hände über das Blatt.

»Bedaure, das gebe ich weiter zur kriminaltechnischen Untersuchung. Sie verstehen, Fingerabdrücke sichern, nach DNA-Spuren suchen.«

»Das klingt ja richtig spannend, ich sehe Sherlock Holmes mit der Lupe vor mir.«

»Viel nüchterner, glauben Sie mir. Sie reichen die Liste morgen ein?«

»Selbstverständlich. Ich lasse mir dieses Geld nicht streitig machen. Es steht mir zu.«

***

Die neue Umgehungsstraße von Xanten wirkte ungewohnt, wenn man die Straßenführung der alten im Gedächtnis hatte. Das Gelände des APX, des Archäologischen Parks zur Erinnerung an die Zeit, als die Römer am Niederrhein siedelten, war zusammengewachsen, die Esso-Tankstelle lag jetzt an einem Parkplatz, und die B 57 führte weiträumig um die Grundmauern der alten römischen Stadt herum. Kurz vor dem Wasserwerk erstreckte sich rechts eine neue beampelte Abzweigung vorbei an der idyllisch am See gelegenen Jugendherberge bis nach Wardt. Quer durch den Ort lotste die Beschilderung Gäste zum Campingplatz an das andere Ufer der Seenplatte, die, nach ausgiebiger und ertragreicher Auskiesung entstanden, in Nord- und Südsee unterteilt war.

Das Gelände mit seinen kleinen Straßen, den heckenumrandeten, handtuchgroßen Gärten, den Wegweisern und Hausnummern ähnelt mehr einer dörflichen Siedlung als einem Campingplatz, dachte Burmeester, als er sich auf die Suche nach dem Mobilheim machte, in dem Vera Kückel zu finden sein sollte. So etwas wie Legoland, alles in überschaubarem Format. Drüben, auf der anderen Rheinseite auf dem Campinglatz Grav-Insel bei Flüren, gab es sogar einen Gedenkstein für die, die bereits im Camperhimmel angekommen waren, sinnierte der Kommissar, links, rechts und wieder geradeaus durch das stille Gelände laufend. Über eine ordentlich gestutzte Ligusterhecke wurde er neugierig beäugt, hier blieb nichts verborgen.

»Suchen Sie wen?«

Burmeester drehte sich um. Ein faltiges Männergesicht mit Sechzehntagebart schaute ihn feindselig unter dem Schirm einer Baseballkappe an, die angespannte Körperhaltung sollte wohl eine Drohgebärde darstellen. Dem widersprach besonders der Bauch, den ein überdimensionales T-Shirt zeltartig umspannte. Einen Kopf kleiner und gefühlte mindestens achtzig Kilo schwerer, lehnte der Camper seine prallen, behaarten Unterarme auf das eiserne Törchen zu seinem Reich. Eine natürlich gewachsene Grenze zwischen Wunsch und Wirklichkeit, zwischen Bräsigkeit und Eindringlingsabwehr, dachte Burmeester.

»Ich suche die Nummer B siebzehn, kennen Sie doch bestimmt.«

Oha, jetzt kam er hinter seinem Zäunchen hervor, baute sich vor Burmeester auf.

»Ja, kenne ich.«

Sie schwiegen sich an. Sie schauten sich in die Augen, keiner rührte sich.

»Und?«

»Was, und?«

»Und wo finde ich B siebzehn?«

»Wer will das wissen?«

Burmeester entschied sich zu handeln, zückte, ohne den Blick von seinem Gegenüber zu lassen, seinen Dienstausweis. »Der Sheriff.

Und jetzt raus mit der Sprache, oder soll ich Sie mitnehmen? Sie behindern hier die polizeilichen Ermittlungen.«

Der alternde Rocky gab auf. »'tschuldigung, kann unsereiner nich wissen. Wir passen hier en bisken auf die Vera auf. Die hat so 'nen Bekloppten am Hals, der se hier nich finden darf, da guckt man doch ma, so als Nachbar. Da, zwei Parzellen weiter, und nich wundern, die linst erst durch de Gardine, bevor se jemanden reinlässt. Gut, dass die Polizei sich endlich ma kümmert.«

»Wie meinen Sie das?«

»Na, die Vera hat schließlich oft genug um Hilfe geschrien, und der Kerl rannte immer noch frei rum. Man konnte glauben, dat die Jungs sich mehr mit Rasern beschäftigen wie mit hilflose Frauen.«

»Das liegt mehr an den Gesetzen, nicht an den Kollegen von der Bereitschaft. Die gehen jedem Hilferuf nach, das können Sie glauben.«

»Nix für ungut, ich mein ja nur. Auffem Platz war se jedenfalls bis jetzt in Sicherheit.«

Nachbarschaftliches Frühwarnsystem, hier schien ein funktionierendes menschliches Miteinander möglich. Komisch, dachte Burmeester, je kleiner und enger die Räume, desto näher rücken die Menschen zusammen. Viel zu eng, nichts für ihn.

Vera Kückel schaute sofort über den Zaun, lachte ihm entgegen. Burmeester stellte sich vor.

»Ich bin dabei, mein Versteck zu räumen. Können Sie sich vorstellen, wie erleichtert ich bin? Ich werde erst wieder lernen müssen, abends durch die Stadt zu gehen, ohne mir ständig über die Schulter zu gucken. Nur Melissa wird das hier vermissen. Das ist ein Kinderparadies, überall hat sie Freunde, keine Autos und immer frische Luft. Dafür kann sie noch den Rest der Zeit vor der Einschulung in den Kindergarten gehen, das wird ihr auch gefallen.«

»Kai Manzel war ihr Vater, richtig?«

Vera Kückel kam auf ihn zu. »Ja, und jetzt kann sie ihn besuchen, ohne dass einer von uns beiden Angst haben muss. Sie kann ihm eine Blume aufs Grab stellen, gemalte Bilder dazulegen und an den Papa im Himmel denken. Den besten Papa der Welt kann sie sich nun ausdenken, und niemand wird ihr diese Illusion zerstören können. Ich habe dem Kind nie etwas nehmen wollen. Der Mann konnte nicht verkraften, dass ich ihn verlassen habe, ohne dass ein anderer im Spiel war. Der war krankhaft eifersüchtig.«

Burmeester sah sich um. »Wollen wir nicht lieber reingehen?«

»Hier weiß jeder rundherum Bescheid. Dies ist ein geschützter Ort zum Luftholen mit verständnisvollen Menschen, die sich noch füreinander verantwortlich fühlen. Außerdem mache ich drinnen gerade klar Schiff. Gepackte Taschen und abgezogene Bettdecken wirken ungemütlich, und meine Technik ist auch schon abgebaut.«

»Was machen Sie beruflich?

»Ich fertige technische Zeichnungen für ein Elektronikunternehmen an. Die liefern mir die Vorgaben, und ich setzte alles dreidimensional um.«

»Ihre Nachbarn in Dinslaken waren nicht so gut informiert wie der nette Bartträger von nebenan.«

»Die, ach. Am Anfang hielten sie zu Kai. Ich hätte ihn bei Nacht und Nebel vor die Tür gesetzt. Herzloses Wesen, kalte Schlampe, das waren die Kommentare aus meiner Umgebung. Ich habe immer gesagt, ich halte das aus, der kriegt mich nicht klein. Irgendwann ist man zermürbt, glauben Sie mir. Der hat sich lauter nette Sachen für mich überlegt.«

»Erzählen Sie.«

Und Vera Kückel legte los. Zuerst habe er während ihrer Abwesenheit ihre Wäsche durchwühlt, da habe auch kein neues Sicherheitsschloss geholfen, erst eine völlig neue Haustür mit einem Riegel, der sich seitlich in tief verankerte Schlösser schob, habe ihn dann aus der Wohnung verbannt. Dafür habe er ihren Postkasten, ihre Mailbox, das E-Mail-Fach, den Speicher für die SMS, die Garage, den Keller, den Balkon im Visier gehabt und sei allgegenwärtig gewesen.

»Ich verlor die Arbeit, weil er ständig bei der Firma herumlungerte und jeden anmachte, den er aus meinem Büro kommen sah. Als auch das mich nicht aus der Fassung brachte, lauerte er mir auf, zwängte sich hinter mir in die Wohnung.«

Eine dicke Akte über polizeiliche Einsätze habe sie gesammelt. Alle gerichtlichen Auflagen habe er in den Wind geschrieben.

»Er hatte keinerlei Respekt vor dem Gesetz. Im Gegenteil, er fand noch vor dem Oberlandesgericht einen verständnisvollen Richter, der ihm ein regelmäßiges Besuchsrecht für seine Tochter einräumte. Der hat sich schon vor dem Gerichtsgebäude kaputtgelacht. Du wirst mich nicht los, hat er über die Straße gebrüllt. Einen Kai Manzel setzt man nicht einfach vor die Tür.«

Zu dem Zeitpunkt habe er schon eine neue Freundin gehabt und der das Blaue vom Himmel heruntergelogen.

»Den perfekten Märtyrer hat er ihr vorgespielt, den ungerecht behandelten Mann, den die nymphomane Ex gedemütigt und fortgejagt hat.«

Jetzt wurde sie unruhig, griff in den altertümlichen Lampenschirm aus Rohrgeflecht unter dem Vordach zum Eingang, holte eine Zigarettenschachtel samt Feuerzeug hervor und zündete sich eine an. Schon beim ersten Zug schaute sie ständig in den Garten.

»Meine Tochter will nicht, dass ich rauche. Ich kann's aber noch nicht ganz lassen. Ich habe mich mit der Neuen von Kai verabredet, weil ich ihr die Augen öffnen wollte. Sie ist mit mir einen Kaffee trinken gegangen und hat mir die Ohren vollgesülzt über diesen liebevollen, einfühlsamen Mann und wollte mich bekehren. Können Sie sich das vorstellen? Die wollte mich für diese hirnrissige Sekte anwerben. Alles sei eine Sache des Verzeihens, man könne sich von Schuld reinwaschen, sie würden für mich beten, ob ich das schon bemerkt hätte.«

»Ob Sie was bemerkt hätten?«

»Ich habe nicht weiter nachgefragt, die war doch genauso von einem anderen Stern wie der Kai. Dass die gemeinsam in einer Sekte gelandet sind, wundert mich nicht. Solche kranken Hirne brauchen ein Zuhause. Besser beten als Amok laufen, oder?«

»Ist jemals ein psychologisches Gutachten über Ihren Exmann erstellt worden?«

»Ja, damals, als es um das Besuchsrecht ging. Von einem ihm wohlgesinnten Mann. Der hat ein Lämmchen aus ihm gemacht. Laut Gutachten war Kai ein psychisch gesunder Mann, unterstellt wurde ihm nur ein latenter Verfolgungswahn.«

»Sie sind also die Einzige, die ihm Fanatismus oder Obsession nachsagt?«

Sie drückte die Zigarette im Blumenbeet aus, bohrte sie mit dem Finger in die Erde. »Sie glauben mir auch nicht. Gehen Sie, lassen Sie mich in Ruhe. Überhaupt, was soll das hier? Ich denke, er ist bei diesem Unfall am Samstag ums Leben gekommen, wieso sind Sie überhaupt hier?«

»Es bestehen berechtigte Zweifel an der Unfalltheorie. Wir ermitteln hier wegen dreifachen Mordes, und eines der Opfer ist Ihr Exmann.«

»Na und? Was habe ich damit zu schaffen?«

»Wir beleuchten das Umfeld aller Opfer, um uns ein umfassendes Bild zu verschaffen. Sie gehören auch dazu, schließlich hatten Sie viele Gründe, Ihren Ex zu hassen.«

»Nein, ich habe ihn nicht gehasst, das war mir zu anstrengend. Die Pest habe ich ihm an den Hals gewünscht, ja. Ich war froh, als man mir erzählte, er habe eine neue Freundin. Dann ist er ja beschäftigt, dachte ich, dann vergisst er uns. Im Gegenteil, die hat ihn noch angespornt, seine Vatergefühle auf den Sockel gestellt. Nein, ich habe ihn nicht gehasst. Ich bin viel zu friedfertig, um makabre Pläne zu schmieden. Also, was wollen Sie? Ich würde jetzt gern weitermachen.«

»Wir melden uns, wenn wir noch Fragen haben.«

Burmeester spürte die Blicke in seinem Nacken, die ihn durch das Heckengrün in Richtung Ausgang begleiteten. Wir sollten ihre Bankverbindungen nach größeren Beträgen durchsuchen, die in der letzten Zeit abgehoben wurden, dachte er, als er in seinen alten Polo stieg. Da waren zwei völlig gegensätzliche Geschichten über ein und denselben Mann in Umlauf.

***

Zum dritten Mal suchten Karins Augen an den Fassaden der unscheinbaren Industriebauten an der Straße mit dem merkwürdigen Namen Am Blaufuß nach Hinweisen auf den Versammlungsraum einer Glaubensgemeinschaft. Nichts. Sie hatte repräsentative Schilder erwartet, einen gepflegten Parkplatz, der zu einem einladenden Portal führte. Sie fuhr im Schritttempo an verkrauteten Zäunen entlang und an vernachlässigten Einfahrten vorbei, wich Tiefladern aus. Ein Laden mit Teakmöbeln sah passabel aus, bot Sommermöbel, Zubehör und mehr. Karin ignorierte aufkeimende berufliche Neugier, die durch verdeckte Firmenschilder und heruntergekommene Fahrzeuge mit fremdländischen Nummernschildern auf einem anderen Gelände geweckt wurde. Eine verlassene Gegend mit teilweise zwielichtigem Potenzial. In der Nähe donnerte der nächste Zug vorbei, der aus tausend einzelnen aufgeladenen Containern zu bestehen schien. Gottverlassen, fiel ihr dazu ein, was für ein Flecken Erde mit den imposanten Anlagen der großen Weseler Firmen Keramag, Byk und Altana im Hintergrund jenseits der Bahnlinie.

Erneut wendete sie ihren Wagen und fuhr nun zielstrebig zu dem Teakmöbelladen, der ihr vertrauenswürdig erschien. Keine zehn Schritte hinter der Eingangstür kam ein junger, dynamischer Verkäufer auf sie zu.

»Kann ich Ihnen helfen?«

»Ich hoffe doch.«

Karin erklärte ihr Anliegen in knappen Worten, ohne sich als Hauptkommissarin zu outen.

»Muss ich den Chef fragen, ich bin nicht von hier und kenne mich mit Möbeln aus, aber nicht mit der Nutzung der benachbarten Gelände. Kleinen Moment, ich hole Herrn Fink.«

Karin warf einen Blick auf das Preisschild einer im englischen Stil geschwungenen Gartenbank, auf der ihre ganze Familie Platz hätte. Okay, dieses Möbel war nicht für sie importiert worden. Aus dem abgelegenen Büro eilte ein braun gebrannter Mann in den besten Jahren auf sie zu.

»Sie suchen diese Spinner?«

»Hier soll eine Glaubensgemeinschaft ihren Versammlungsraum haben. Wenn Sie die meinen, dann ja.«

»Sie müssen zwei Häuser weiter, da ist im vorderen Bereich eine Firma untergebracht, die irgendwas recycelt, da blicken wir auch nicht durch. Also da fahren Sie auf das Gelände, und der hintere Teil der Halle, da sind die.«

»Kennen Sie die religiöse Gruppe näher?«

»Nein, Gott bewahre, im letzten Jahr sind die hier im Laden aufgetaucht und wollten unsere Kunden bekehren. Sie glauben gar nicht, wie flott wir die vor die Tür gesetzt haben. Sie interessieren sich für die Bank?«

Karin schüttelte den Kopf. »Wie lief das denn ab?«

»Na, die sind hier rein ...« Fink beäugte Karin skeptisch von der Seite. »Sind Sie etwa von dem Verein und spionieren hier die Nachbarschaft aus?«

»Kripo Wesel, ich muss jemanden aus der Gruppe sprechen und

finde nirgendwo einen Hinweis. Natürlich interessiert mich auch Ihr persönlicher Eindruck.«

»Meinen persönlichen Eindruck habe ich Ihnen somit mitgeteilt, und jetzt entschuldigen Sie mich, ich habe zu tun.«

»Nein, nein, so nicht, ich befrage Sie jetzt ganz offiziell, und entweder teilen Sie mir mit, was Sie wissen, oder ich lade Sie vor.«

Herr Fink schien zu überlegen.

»Ich habe mir hier eine Existenz aufgebaut, die ich nicht gefährden will, verstehen Sie? Ich weiß doch nichts, und können Sie mir garantieren, dass da nicht auch radikale Köpfe bei sind? Mir nützt Ihr Einsatz sehr wenig, wenn hier zum Beispiel der Laden brennt.«

»Gab es denn einen vergleichbaren Vorfall?«

»Ich sage nichts.«

»Herr Fink, von Ihnen habe ich nichts gehört, ehrlich.«

Er bewegte sich in einem inneren Zwiespalt, Karins hartnäckiger Blick schien sein Schweigen zu durchbrechen.

»Na gut. Die Spedition dahinten, die hat ihre Erfahrungen gesammelt. Es war nichts nachweisbar, aber knapp eine Woche, nachdem sich zwei Aushilfsfahrer über Leute aus diesem Verein lustig gemacht hatten, brannte bei denen der Abfallcontainer. Mehrere Mitglieder standen bei den Löscharbeiten am Zaun. So was schreckt ab. Was ein Feuer in einem Gewerbegebiet anrichten kann, können Sie sich ausmalen. Fragen Sie die anderen, ich garantiere Ihnen einen flächendeckenden Gedächtnisschwund. Bedaure, ich muss los. Es sei denn, ich kann Ihnen bei der Bank entgegenkommen.«

»Vielen Dank.«

Ob »Die Gerechten der Welt« die Sache mit der Gerechtigkeit wirklich selber in die Hand nahmen? Karin konnte es sich nicht vorstellen nach allem, was sie mittlerweile von Con wusste.

Die Recyclingfirma wirkte ein wenig marode, viele begehbare Container standen auf dem Hof, mittelgroße Transporter ohne Fenster parkten an der Hallenseite. Karin fuhr zum hinteren Teil des Gebäudes und stellte ihr Auto ab. Die gepflasterte Fläche hier wirkte aufgeräumt, und die blank geputzte Glasscheibe in der Eingangstür bot mit den simplen Buchstaben »GdW« eher den nüchternen Zutritt zu einem Gewerkschaftszentrum, wenn nicht das Wort »Glaubenszentrum« darunterstanden hätte. Keine Öffnungs- oder

Versammlungszeiten, keine Kontaktmöglichkeiten. Karin Krafft legte ihre Hand auf die Türklinke.

***

Die Wohnung von Holger Winter lag im Erdgeschoss eines Hinterhauses in unmittelbarer Nähe zu seiner früheren Arbeitsstelle, dem Café Winkelmann.

Tom Weber hatte zuvor die materiellen Überbleibsel eines Menschenlebens gesichtet, die in einer simplen Plastiktüte mit beschriftetem Etikett im Regal der kriminaltechnischen Untersuchungsabteilung endeten. Egal ob teurer Brillantring oder zerrissene Jeans, auf der getrocknetes Blut markante dunkle Flecken hinterließ, alles zusammen würde nach der Untersuchung auf Hinterbliebene warten oder auf festgelegte Lagerzeit im Archiv landen. Tom hatte Einweghandschuhe übergestreift und durchgeatmet. Er tat sich jedes Mal schwer, in solch einen Beutel zu greifen, das Hab und Gut eines Toten in Augenschein zu nehmen. Als Erstes schlug ihm der Geruch entgegen, Blut, Ausscheidungen, alles, was der Kleidung bis zum Zeitpunkt des Todes anhaftete, wurde mit dem Öffnen des Beutels aus dem konservierten Zustand befreit und entwich als eine für die Nase widerliche Mischung. Er arbeitete sich systematisch durch, nichts. Er blickte ins Regal und sah einen Rucksack, auf dem ebenfalls der Name Holger Winter stand. Man hatte das Gepäck aus dem Begleitfahrzeug auch hier untersucht und gelagert. In einer der Seitentaschen wurde der Kommissar fündig, nahm einen Schlüsselbund, einen Taschenkalender sowie ein Handy an sich. Den weiteren Inhalt stufte er als belanglos ein, packte alles zurück in die Behältnisse und verstaute sie wieder im Regal.

Tom Weber suchte den passenden Schlüssel, öffnete die Wohnungstür. Ihm fiel das Atmen schwer, der Mief, den dieser junge Mann hinterlassen hatte, staute sich. Er zog die Rollläden hoch und ließ den Raum auf sich wirken. Wohnung konnte er diese Behausung nicht nennen. Insgesamt ungefähr zwanzig Quadratmeter groß, unterteilt in einen Wohnschlafraum mit Kochnische und ein Bad. Der Kommissar stand mitten in dem multifunktional genutzten Raum, unter seinen Füßen eine Mischung aus gebrauchter Wäsche, alten Zeitungen und leeren Pizzapackungen, Getränkedosen und

Chipstüten. In der Kochnische stapelte sich verdrecktes Geschirr mit verkrusteten Mustern, in einem Topf bildeten sich Blasen auf einer undefinierbaren Flüssigkeit mit pelzigem Belag. Vermodernde Kohlsuppe, ekelhaft. Das schien die Hauptursache für den widerlichen Geruch zu sein, der in der Luft stand.

Tom suchte einen Deckel, fand einen Teller, der passte, dichtete das Gefäß ab und öffnete die beiden Fenster. Ratlos blickte er sich um. Dies war das Zuhause des untadeligen Konditorlehrlings, fleißig, korrekt, immer pünktlich und ach so ordentlich. An der Wand über der Schlafgelegenheit mit längst überfälliger Bettwäsche hing eine Sammlung höchst erotischer Poster, die es bestimmt nicht am Kiosk gab. Tom Weber holte sich die Aussagen des Lehrherrn ins Gedächtnis zurück: »Der Holger hatte nichts mit Frauen, war einfach ein netter Junge.« Und die Nachbarn hatten zu erzählen gewusst, er lebe zurückgezogen, habe nie Besuch. Kein Wunder.

Zwischen dem ganzen Chaos machte Tom Weber ein Laptop aus, halb verdeckt in Bettnähe stehend, offenbar schnurlos mit dem Internet verbunden. Er zog sein Handy aus der Jackettasche und wählte Heierbecks Nummer, gab die Adresse durch und orderte Unterstützung.

»Hier sieht es aus wie nach einem Bombeneinschlag.«

»Brauchen wir die Spezialisten?«

»Nein, pardon, das war nicht korrekt. Der junge Mann war so eine Art Messie, das ist wieder mal so eine völlig zugemüllte, verkommene Wohnung. Das Opfer hatte einen guten Leumund, und allein dieser Widerspruch macht mich stutzig. Ich möchte hier auf keinen Fall etwas übersehen.«

Heierbeck versprach, sich schnell auf den Weg zu machen.

Unterdessen schnappte der Kommissar sich das Laptop, räumte eine Fensterbank frei und drückte die Starttaste. Benutzername und Passwort wurden von ihm erwartet, das hätte er sich denken können. Was ging in dem Kopf des angehenden Konditors vor sich, was würde so einer als Passwort auswählen? Joghurterdbeerkuchen, Lady Gaga, Schalke 04 oder Rosenstolz? Tom Weber zog das Asservatentütchen mit dem Taschenkalender des Toten aus seiner Brusttasche. Die meisten Seiten des in weichem Kunststoff gebundenen Büchleins waren unbeschriftet, die Wallfahrt des vergangenen Wochenendes war dick eingekreist, seit Februar hatte auch jeder Donnerstag solch einen Kreis, in dem eine Zwanzig stand. Es gab nur wenige Telefonnummern im Verzeichnis. Eine von seiner Arbeitsstelle, eine andere Nummer war betitelt mit »GdW«, mehrere 09005-Nummern, manche mit Ausrufzeichen, andere mit Fragezeichen versehen, manche durchgestrichen. Offensichtlich ein Fan des privaten Nachtprogramms.

Bei einer Weseler Nummer stand »CON«, in großen Lettern und ungelenk unterstrichen. Okay, das konnte sich Tom Weber denken, aber für was stand »GdW«? Gewerkschaft der Weckmänner? Einem Geistesblitz folgend gab er »CON« als Passwort ein, das Programm reagierte, die gespeicherte Welt des jungen Mannes stand ihm zur Verfügung. Tom Weber klickte sich durch die Dateien, ging ins Netz, um das E-Mail-Fach zu suchen, fand mehrere Verbindungen zu unterschiedlichen Chats, öffnete virtuelle Räume, in denen sich das untadelige Kerlchen als gut bestückter Supermann präsentierte. Er fand Flirtchats und Partnervermittlungen. Alles drehte sich um zwei elementare Schwerpunkte eines fremden Lebens: Sex und Einsamkeit. Tom Weber wählte Karins Nummer.

»Hi, weißt du, wofür ›GdW‹ steht?«

»Ja, da bin ich gerade, das sind die ›Gerechten der Welt‹. Gibt's was Neues?«

»›Gerechte der Welt‹ – was es alles gibt«, staunte Tom Weber. Er berichtete in Kurzform von seinen Eindrücken und der Entscheidung, Heierbeck dazu zu ordern.

»Gut. Bring das Laptop mit, vielleicht versteckt sich da noch etwas hinter dem Offensichtlichen.«

So war sie, die Chefin, dachte er noch. Nicht aufgeben, alles auseinandernehmen und selbst im Nanobereich zuversichtlich nach verwertbaren Informationen suchen.

***

Karin Krafft war nicht überrascht gewesen, Con in den kargen Räumlichkeiten anzutreffen. Der Innenbereich der unscheinbaren Halle war mittels eines Ständerwerks mit Gipswänden in mehrere Räume unterteilt. Es gab einen durchaus repräsentativen Versammlungsraum, in dem sich einige Stuhlreihen einem Rednerpult zuwandten, neben dem ein Banner in einer Halterung stand. Im vorderen Drittel stand ein schlichter Altar, und an der Wand hing ein sehr futuristisch anmutendes, aus Metall geschmiedetes Kreuz. Alle Seiten waren gleich lang, die Enden wanden sich im Uhrzeigersinn zu Spiralen. Es wirkte fremd, erinnerte entfernt an keltische Kreuze. Um den Altar, den ein rotes Tuch mit einer einzigen Kerze in der Mitte zierte, standen im Halbkreis fünf Stuhlpaare, sich jeweils zugewandt angeordnet. Spartanisch und edel zugleich, Ahornparkett auf dem Boden, die Wände cremefarben gestrichen, kein Tand, kein Schmuck, keine Musik, Tageslicht drang durch die Fensterkette knapp unterhalb der Decke. Karin schwankte zwischen anerkennendem Nicken und Kopfschütteln. Sich auf das Wesentliche zu konzentrieren sollte in so einer Umgebung wohl gelingen. Sie sah die Einrichtung von Cornelia Garowskes Wohnung vor ihren Augen und erkannte die Parallelen. Dies hier entstammte einem einzigen Geist. Con hatte sie streng angeschaut, als ihr Handy sich meldete und Tom aus Hamminkeln berichtete.

»Ich bin im Dienst, da kann ich mich nicht ausblenden.«

»Alles geht, wenn man nur will, glaub mir, Kindchen.«

Das war neu, das traf Karin irgendwo tief in ihrem Inneren. »Kindchen« hatte zuletzt die alte Nachbarin gesagt, der sie versehentlich die Milchflasche vor der Tür zerdeppert hatte. Da musste sie vier oder fünf Jahre alt gewesen sein. »Kindchen«, hatte die alte Hexe ihr hinterhergeschrien, »wenn du es noch einmal wagst, vor meiner Tür zu spielen, dann ziehe ich dir die Ohren lang.« Die Phantasie von lang gezogenen Ohren, die bis zu den Schultern reichten, hatte sie wochenlang nicht ohne Kopfbedeckung aus dem Haus gehen lassen, bis ihre Mutter der Sache auf den Grund ging, da sie das einzige Kind war, das im Juni darauf bestand, eine Mütze zu tragen.

Cons Stimme durchbrach ihre Erinnerungen.

»Das war ein Ausflug in die Kindheit, richtig? So tragen wir alle unsere Erinnerungen mit uns herum, die an bestimmte Worte, Gerüche, Berührungen gebunden sind. Manche stärken uns, andere rauben uns die Kraft. Hier im Glaubenszentrum besteht immer die Möglichkeit, sich mit ganz aktuellen Erinnerungen auseinanderzusetzen. Die bereits geschulten Mitglieder helfen den Neulingen dabei.«

Karin schaute auf den Kreis um den Altar. »Dafür sind die paarig angeordneten Stühle?«

»Richtig, wollen wir es ausprobieren?«
»Vielen Dank, aber ich bin im Dienst. Das geht jetzt nicht. Ich habe gehört, hier wird in einer Art Gruppengebet für die Welt gebetet?«
»Wer sich befreit hat, kann durch intensive mentale Arbeit die Geschicke des anderen mit beeinflussen, das meinst du bestimmt. Das findet in der nächsten Stufe statt, nach der Befreiung und dem Akt der Vergebung.«
»Deshalb dein, Ihr Entsetzen über die eigene Unfähigkeit, dem Unfallfahrer verzeihen zu können?«
Con berührte mit einer hauchzarten Bewegung ihre linke Schulter. »Wir sagen hier alle Du zueinander.«
Nachgeben, darauf eingehen oder beim klassischen Sie bleiben, das war hier die Frage. Karin schwankte, erkannte die Chance, per Du an wesentlich mehr Interna der Gruppe zu gelangen.
»Gut. Ich bin Karin.«
»Ich weiß, ich bin Con, so nennen sie mich hier und anderswo.«
»Seit wann gibt es die GdW?«
»In meinem Herzen schon sehr lange. Es gibt Passagen in jedem Lebenslauf, die nicht göttlich und keineswegs heilig oder heilbringend sind. Ich musste mir viele Jahre meines Lebens immer und immer wieder anschauen, bis ich sie loslassen konnte.«
Klingt eher nach Psychotherapie als nach Glaubensrichtung, dachte Karin, während Con ihre Augen auf das Kreuz heftete.
»Ich habe mich erst in den letzten drei Jahren damit an die Öffentlichkeit getraut. Etwas so Intimes, wie einen eigenen Glaubensweg zu leben, dazu bedarf es in den eigenen vier Wänden nicht viel. Der Schritt nach außen, das ist etwas anderes. Ich habe nicht schlecht darüber gestaunt, wie viele gleich schwingende Seelen sich hier in kürzester Zeit einfanden. Die Menschen streben nach etwas, was ihnen Halt bietet. Hier gibt es keinen Ausverkauf an Absolution, hier erarbeitet sich jeder seinen Status nach eigenem Vermögen. Wer sich nicht zu Hause fühlt, der wird auch wieder gehen. Alle anderen sind an ihrem irdischen Ziel angekommen.«
Con stand nun neben dem Tisch mit dem roten Tuch und entzündete die Kerze.
»Ich spüre dein inneres Interesse, deine gottgegebene Neugier. Ich entzünde das Licht für eine neue Seele, die mit ihrer Aura die-

sen Raum erhellt. Ich bin überzeugt, du wirst den Weg zu uns finden.«

Karin Krafft blickte sich um, sie war allein mit Con im Raum, zuckte automatisch zurück. Con meinte sie. Unverständnis überkam sie, ähnlich wie bei dem Auftrag zur Wiederholung der Verzeihensformel. Andererseits konnten die wichtigsten Merkmale dieser Gemeinschaft anscheinend nur durch individuelle Erfahrung klar benannt werden. Theorie und Praxis waren zwei Paar Schuhe. Was konnte es schaden, ein wenig tiefere Einblicke zu erlangen?

»Komm her zu mir.«

Karin bewegte sich langsam auf die Frau neben der brennenden Kerze zu.

»Knie dich hin, Kindchen.«

Das würde sie auf keinen Fall machen, nicht sie. Karin spürte Cons drängende Hand auf ihrer linken Schulter, hielt sich standhaft auf den Beinen. Ihr Handy klingelte und durchbrach diese unangenehme Situation, holte sie in ihren Dienst und zu ihrem Auftrag zurück. Sie fingerte das Gerät aus der Jackentasche, Jerry meldete sich aus der Unfallklinik in Duisburg.

»Ja? Nein! Und? Die Duisburger Kollegen werden sich über jede Entlastung freuen, ich mache mich auf den Weg. Ja, kenne ich, in Buchholz, über die A 59 zu erreichen, richtig? Bis gleich.«

Con stand mit verschränkten Armen stumm vor ihr.

»Ich habe gleich betont, dass ich im Dienst bin. Diese Nachricht ist auch für Sie von Interesse. Der Fahrer ist trotz positiver Prognosen gerade gestorben. Das Personal ist ratlos, und mein Kollege vor Ort vermutet, dass jemand nachgeholfen hat.«

Karin lief in Richtung Ausgang, Cons kalte Stimme traf sie bei der Tür.

»Wir waren beim Du angekommen, Kindchen. Ich hatte gestern dazu aufgerufen, den Mann in unsere Gebete einzuschließen.«

Was sollte dieser Nachsatz bedeuten? Karin Krafft wies hirnrissige Phantasien von gedanklichen Fernmorden, quasi Tod durch Telepathie, weit, weit von sich. Jetzt begann sie schon zu spinnen, sie musste sich eine Möglichkeit der Supervision suchen, wenn sie den Kontakt zu Con aufrechterhalten wollte. Jedenfalls hatte sie dieser Frau ein hieb- und stichfestes Alibi gegeben, Con konnte nicht in Duisburg gewesen sein. Die Hinterbliebenen der anderen

Opfer mussten überprüft werden, die der Verletzten ebenfalls und die treuesten Mitglieder der GdW. Blinder Glaube konnte jeden Auftrag ausführen.

Nachdem sie ihn über die letzten Ereignisse informiert hatte, erteilte die Hauptkommissarin Simon Termath telefonisch den letzten Auftrag seiner beruflichen Laufbahn.

»Stell schon mal die Liste der Personen zusammen, die überprüft werden müssen, und hol Burmeester und Tom zurück, die können dir helfen.«

Jerry hatte von einer Insulinampulle auf der Bettdecke gesprochen, die dem Personal nicht bekannt war. Sie würden von einer anderen Firma beliefert. Wenn das stimmte, dann bestätigte es alle bisherigen Vermutungen. Der Mann war angeheuert worden, um in diese Gruppe zu fahren.

Kein leichtes Spiel, Kindchen.

VIER

23. Mai 1960, 9.45 Uhr

Wehe dem, dessen Schicksal in die Hände von »Blut-Traudl« gelegt wurde. Der gebückte Mann, der in Hand- und Fußketten in den Gerichtssaal geführt wurde, blickte erst hoch, als er von zwei Bewachern auf die Bank des Angeklagten gedrückt wurde. Erhöht auf einem Podest und vor einer schweren, dunkel getäfelten Holzwand saß die Frau, die im ganzen Land als gefügige Vollstreckerin der Staatsanwaltschaft bekannt war. Wie ein Racheengel breitete sich Gertraud von Ehrenhain auf einem thronartigen Stuhl aus, neben ihr die ausgewählt staatstreuen Schöffen. Der Mann hatte bisher nur geahnt, wie Schauprozesse abliefen. Nun war er selbst der Angeklagte, dem schon optisch demonstriert wurde, wer in dieser Verhandlung oben und wer unten sein würde, der merkte, dass alle Abläufe vorgefertigt waren und das Ende vorbestimmt war.

Zwei Tage zuvor war er unter strengsten Sicherheitsvorkehrungen ins Dienstzimmer der gespielt freundlichen, aber bestimmten Frau mit der dezenten Hornbrille und der strengen Frisur gebracht worden. In Zimmer 95 mit heimeliger Blumentapete, wohnlichen Gardinen und unter einer einem Riesenbonbon ähnlichen Deckenlampe saß sie und verlangte ein umfassendes Geständnis. Das könnte den Staat gegenüber einem Zersetzer wie ihm milde stimmen.

Zurück in der abgedunkelten Zelle, in die nur mageres Licht durch Glasbausteine fiel, hatten seine Mitgefangenen nur hämisch aufgelacht. »Weißt du nicht, das ist Blut-Traudl, das ist die Richterin Gnadenlos, wenn man kein Risiko beim Urteil eingehen will. Eine Adelige, die schon 1932 in die KPD eintrat, die 1945 und 1946 die Volksgerichtsschule Potsdam absolvierte und dann ohne Jurastudium ins Oberste Gericht der DDR aufstieg. Eine Hundertfünfzigprozentige, die hat schon zehn Todesurteile auf dem Gewissen.«

Nein, so klar war das dem Mann nicht gewesen, verzweifelt und hilflos hielt er die geballten Fäuste vor den Mund, um nicht loszuschreien.

Betont formal korrekt war die Anklageverlesung »wegen Verbrechens gegen Artikel 6 der Verfassung der DDR« gewesen. Gegen den Vorwurf »Spionage, Staatsverbrechen, Fluchthilfe« hatte er sich gewehrt, aber natürlich ließ sich nicht leugnen, dass er den Arbeiter- und Bauernstaat verlassen und die Staatssicherheit hinters Licht geführt hatte, also ein Geheimnisverräter war. In schneidendem Ton und voller inbrünstiger Staatstreue wies Gertraud von Ehrenhain den Angeklagten ein ums andere Mal zurecht. Das Licht fiel durch schöne Rundbogenfenster sanft in den Gerichtssaal, aber der Mann in den Ketten erlebte ein finsteres Schauspiel, ein Drama, in dem er ungewollt die Hauptrolle spielte.

Es hatte schon begonnen, als die Richterin um Punkt neun Uhr zehn den Ausschluss der Zuschauer wegen »Gefährdung der öffentlichen Ordnung« verkündete. Bis zu diesem Zeitpunkt hatte der Angeklagte noch gehofft, er könne sich durch demonstrative Kooperation selbst retten. Er wollte sich als warnendes Beispiel herumreichen lassen, allen Instanzen und sogar dem Volk erzählen, wie verführerisch die Konterrevolutionäre aus dem Westen arbeiteten und was man tun müsse, um sich selbst nicht vom rechten sozialistischen Weg abbringen zu lassen. Das war nur Selbstschutz und so etwas wie die Suche nach der letzten Chance. Doch er war als Exmajor der Stasi lange genug Teil des Machtapparats gewesen, um zu wissen, dass ihm mit diesem abgekarteten Beginn der Verhandlung auf dieser Erde nicht mehr zu helfen war. Er war verloren, und er verzichtete augenblicklich auf die Hilfe seines Verteidigers, der mit scheinbar empörtem Gesichtsausdruck das Weite suchte.

Der Vorwurf des Staatsanwalts war so allgemein gehalten, dass die Schar der Zeugen aus Staatssicherheit und Volkspolizei, aus Behörden und Familie ihre gewünschten und abgesprochenen Aussagen ungestört machen konnten. Um sechzehn Uhr fünf ergriff »Blut-Traudl« das Wort, plusterte sich auf und ließ jede strafverschärfende Erkenntnis wie ein Schwert herniedersausen. In seelenloser Prosa begann sie mit seinen Taten als Wilddieb 1944, seiner angeblich vorgetäuschten Staatstreue, die ihm die Einstellung als Volkspolizist einbrachte, wenig später der Übertritt zur Staatssicherheit, wobei er seine Zeit beim faschistischen Selbstschutz in Polen verschwiegen habe, die zersetzende Kritik an der Stasi, obwohl er der Lohn und Brot verdanke, bis hin zu seiner Republikflucht.

»Damit hat er bewusst zur Führung des Kalten Krieges gegen die DDR die Fronten gewechselt und das Volk verraten. Damit hat er die bereits in der DDR begangenen Verbrechen und die infame Hetze gegen unseren Arbeiter-und-Bauern-Staat fortgesetzt. Und gegen die Staatssicherheit«, donnerte Gertraud von Ehrenhain in den leeren Saal.

Kein Wort darüber, wer mich von West- nach Ostdeutschland verschleppt hat und wer sich schuldig gemacht hat, dachte der Angeklagte, der dem Redeschwall längst nicht mehr folgen konnte.

Um sechzehn Uhr fünfzig beendete die Richterin ihre krausen Ausführungen mit dem Schlusswort, dass die Schwere des Verbrechens die härteste Strafe erfordere, die unverzüglich auszuführende Todesstrafe.

Später würde sie in ihrem Dienstzimmer die Urteilsbegründung diktieren. Sie würde sich keine Mühe geben, nicht einmal Tipp- und Schreibfehler korrigieren. Das mit Hammer und Zirkel gesiegelte Urteil 1Ks20/1960 würde nie publiziert werden. Sie würde nur eine formelle Begründung zum Urteil an das Politbüro der DDR schicken. Dort war das Verfahren fünf Wochen vor dem Beginn des Prozesses als »Verschlusssache« behandelt und unter Punkt 7a der Urteilsvorschlag »Gegen den Angeklagten soll die Todesstrafe beantragt werden« höchstpersönlich vom Staatsratsvorsitzenden Walter Ulbricht abgezeichnet worden. »Blut-Traudl« hatte ihren Auftrag erfüllt und würde dafür belohnt werden.

Der Angeklagte brach vor Gericht nicht zusammen, dazu hatte er nicht mehr die Kraft. Er ahnte erst widerwillig, dann wusste er klar und sicher, an ihm sollte ein Exempel statuiert werden. Er nahm es hin. Ihn quälte nur die Frage, warum ausgerechnet jemand aus seinem persönlichen Umfeld der Stasi geholfen hatte, ihn aufzuspüren. Jemand, der ihm ganz nahestand und der wissen musste, dass man ihn dem Tod ausliefern würde. Warum nur, warum hatte sich so viel Hass gegen ihn aufgestaut? Das würde die Frage sein, die ihn bis zum Gang aufs Schafott verfolgte. Er würde ohne Antwort darauf sterben.

***

7. Mai 2010

Nach allerbester Kleinkindmanier hatte Hannah die Nacht zum Tage gemacht und ihre Eltern abwechselnd bis zum Morgengrauen auf Trab gehalten. Nach einer kurzen Tiefschlafphase schreckte Karin Krafft hoch, konnte keine Ruhe mehr finden und entschied sich, vor der Zeit aufzustehen. Liebevoll blickte sie hinüber zum schlafenden Maarten, zwischen ihnen lag friedlich schlummernd ihre Tochter mit rosigen Wangen, die Arme abgewinkelt neben dem Körper, die kleinen geballten Hände neben dem Kopf. Ein Bild des Friedens, aus dem sie sich so leise wie möglich fortschlich. Ein schneller Kaffee musste genügen, die Maschine in der Küche zauberte mittels eines Pads eine genau portionierte Tasse, während Karin unter der Dusche über die Ereignisse des Vortages sinnierte.

Simon hatte seinen letzten Auftrag mit Bravour und in unglaublich kurzer Zeit erledigt. Sämtliche Angehörigen der Verletzten und Opfer waren überprüft worden und waren über jeden Verdacht erhaben, manche von ihnen äußerten sich entsetzt über die indirekt ausgesprochene Verdächtigung. Niemand konnte in die Nähe des Todesfahrers gekommen sein. Auch die Überprüfung des Personals sowie der medizinischen Abläufe ergab nichts außer tadelloser Dokumentation und, dank der Zertifizierung dieses Hauses, einen übersichtlichen und lückenlosen Ablauf der Behandlung. Die auf dem Bett des Toten gefundene leere Ampulle Insulin deutete als Erstes auf vorsätzliches Handeln, und die Klinik konnte nachweisen, dass sie dieses Präparat von einem anderen Hersteller bezog. Es musste jemand an seinem Bett gewesen sein und ihm eine tödliche Dosis in den Tropf gespritzt haben. Bei Menschen mit gesunden Blutwerten löst dies einen anämischen Schock mit Todesfolge aus, der später kaum nachgewiesen werden kann.

In der Küche saß Karins großer Sohn Moritz am Tisch und trank genüsslich ihren Kaffee. Karin sah erst zur Maschine, dann zur Uhr. Der Fünfzehnjährige bot ihr den verbliebenen halben Becher an. Karin lehnte dankend ab, zu viel Milch, zu süß.

»Sorry, Mom, ich habe mich drüber gefreut, dass der fertig war. Du stehst doch sonst nicht so früh auf, ich dachte, Maarten ...«

»Ja, ja, Maarten hat den Haushalt im Griff, und wenn ich mal eine Tasse Kaffee durchlaufen lasse, dann funke ich zwischen eure

eingespielten Abläufe. Was machst du überhaupt so früh hier unten?«
»Praktikum. Du erinnerst dich?«
Karin nahm einen langen Schluck aus einer Wasserflasche.
»Du musst mir davon erzählen. Heute Abend.«
»Da bin ich bei Florian, der hat zwei neue Games, coole Sachen.«
»Dann eben morgen.«
Moritz stand auf und räumte seinen Becher in die Spüle. Seine Worte im Hinausgehen trafen sie in der mütterlichen Ecke ihrer Seele. »Wenn du dann mal hier bist, können wir reden. Tschö.«
Ja, dachte Karin, wenn ich mal hier bin, dann schau ich der Kleinen beim Wachsen oder Schlafen zu, und Moritz ist ja schon so groß. Verdammt, die werden so schnell erwachsen!

***

Leichter Bodennebel lag über dem Altrhein bei Birten, verbarg das stille Wasser unter einem Schleier, die Pappeln am gegenüberliegenden Ufer ragten aus geheimnisvollem Nichts in die klare Morgenluft. Auf dem Weg nach Wesel fiel Karin der Abschied von Simon wieder ein. Der Gedanke ließ ein wenig Wehmut zu. Dieser altertümliche Kauz, der manchmal mitleidige Blicke bei Kollegen anderer Dienststellen hervorrief, die fast geneigt schienen, ihm mit Einkaufsgutscheinen aus seinen Pullundern und beigefarbenen Hosen aus den Sechzigern zu helfen. Ganz Mutige planten, mit dem Sponsoring eines Besuchs bei einem anständigen Friseur die Welt von dem letzten mit quer angepappten Haaren kaschierten Schädel zu befreien und Simon zu einer selbstbewusst getragenen Glatze zu verhelfen. Sein Äußeres veranlasste seine Umwelt manchmal zu spöttischen Bemerkungen, seine fachliche Arbeit hingegen bot keinen Anlass zur Kritik. Wenn jemand im größten Chaos besonnen den Überblick behielt im K 1, dann war es Simon Termath. Karin seufzte. Nie wieder Leberwurstbrote, die seine Frau ihm mit stoischer Regelmäßigkeit einpackte und die er allzu gern verschenkte, weil er sie nicht mehr sehen konnte.
Die Zufahrt zur neuen Rheinbrücke schlängelte sich elegant auf den Pylon zu, der mit seinen weit gespannten roten Litzenbündeln

imposant aus weißer Watte aufragte, für Karin und viele andere Pendler zwischen den Ufern immer noch einen bewundernden Blick wert. Was für ein Bauwerk!

***

Sie stellte ihr Auto hinter dem Kommissariat ab und schaute ins frische Grün der Linden auf dem Mittelstreifen des Herzogenrings. Auch hier nisteten sich die Saatkrähen ein, die mittlerweile den ganzen Niederrhein zu bevölkern schienen. Sie passierte die Pforte gedankenversunken, bemerkte nicht den Versuch des Diensthabenden, sie per Handzeichen aufzuhalten. Es gab genug zu tun. Drei Tote zwischen Xanten und Sonsbeck, ein Toter in einem Duisburger Krankenhaus. Der direkte Zusammenhang war offensichtlich, und das K 1 hatte keinen blassen Schimmer, wohin die Ermittlungen sich entwickeln würden. Sie öffnete die Bürotür und nahm sofort diesen Geruch wahr. Ein Männerparfüm, markant, nicht aufdringlich, nicht zu süß, herb, interessant und nicht billig.

Sie warf ihre Jacke über die Stuhllehne, als sie aus dem Nebenraum des Durchgangsbüros ein Geräusch hörte. Sollte Simon schon wieder in aller Herrgottsfrühe hier gestrandet sein? Die Hauptkommissarin wollte endlich mal eine Stunde nur für sich. Berichte sichten, Gedanken ordnen, Fakten sortieren. Na warte, der sollte sich auf was gefasst machen. Energisch schritt sie zur Tür.

Bevor sie etwas sagen konnte blickten ihr bernsteinfarbene Augen hinter einer rechteckig gehaltenen Hornbrille entgegen, welche die Augenpartie breiträumig einrahmte. Hellbraune, kurze Haare standen, im Wetlook mit Haargel geformt, gewollt wirr vom Kopf ab.

»Sie müssen Hauptkommissarin Karin Krafft sein.«

»Dann sind Sie …«

»Aha. Gero von Aha.«

Karin stand wie vom Donner gerührt im Türrahmen, erstaunt, diesen Namen ausgesprochen zu hören, dem sie eine Betonung gegeben hätte, als hätte sie gerade etwas völlig Überraschendes entdeckt. »Aha.«

»Genau, nicht wie der Ausruf des Erstaunens, sondern mit der Betonung auf dem ersten Vokal: Aha wie Uhu.«

Gockelhaft verrückte der Neue seine Brille, knöpfte sich das elegante Sakko zu und warf sich mit einem Hauch von Understatement in Pose. Nicht zu viel und nicht zu wenig und wohl wissend, wie er in der nüchternen Kommissariatsstube Wirkung entfalten konnte. Ein bisschen Snob, ein wenig Dandy, auf jeden Fall mit Stil und mit der permanenten Botschaft: »Ich bin anders, und ich werde nie so sein wie ihr.«

Karin Krafft empfand den Aha-Effekt als textil überkandidelt und den Auftritt als bemüht blasiert. Was war denn das für einer? Wollte der das Ekel vom Dienst werden? Die Kommissarin flüchtete sich zur Begrüßung in allgemeine Freundlichkeit.

»Na, dann herzlich willkommen. Ich war darauf gefasst, Sie im Laufe des Tages hier zu begrüßen. Was machen Sie so früh hier im Büro?«

»Die Pforte hat mich eingewiesen. Dies ist doch der Platz des ausscheidenden Kollegen oder etwa doch nicht? Ich wollte mich schon mal einrichten. Die restlichen Utensilien des Vorgängers habe ich auf die Fensterbank gelegt. Ist schon ein wenig veraltet, die Büroausstattung, wirkt wie tiefste Provinz.«

Der plustert sich auf, der Aha, dachte Karin, erinnerte sich gleichzeitig an die Flut von jährlich gestellten Anträgen zur Erneuerung der Einrichtung, die in gleichem Turnus abgelehnt zurückkamen. In der Beziehung war die Weseler Dienststelle tiefste Provinz. Sie schmunzelte in der Erinnerung an Simons Antrag auf ein Lineal, der zweimal zur Feststellung der Notwendigkeit begründet werden musste, genehmigt und nach sagenhaften zwei Jahren ausgeliefert wurde. Erst jetzt bemerkte sie die Kiste mit Bilderrahmen und anderem Kleinkram, die neben dem Schreibtisch stand. Aha folgte ihren Blick.

»Da habe ich Fotos von meinen Trekkingtouren gerahmt. Ich erlebe die Welt gerne auf eigenen Füßen. Ich konnte nicht schlafen, da habe ich eine Auswahl zusammengestellt. Die erste Nacht an einem fremden Ort ist nie von Entspannung und Ruhe geprägt.«

Karin stöhnte auf. Jetzt fing der auch noch an zu erzählen, und gleich würde er mit seiner letzten, natürlich mit Bravour gemeisterten Mount-Everest-Besteigung prahlen.

Das interessiert hier keinen, wir sind auf dem ganz platten Land. Da ist die Zufahrt zum Parkdeck am Kreishaus die steilste Strecke, auf der sich Bergsteigen oder Anfahren am Berg üben lässt, wollte sie dem fremden Wesen zurufen. Doch lieber antwortete sie in bewusst schlappem Tonfall.

»Das kenn ich. Egal, ob auf Fortbildungen oder im Urlaub, die erste Nacht gehört den fremden Geräuschen und Gerüchen.«

»Stimmt, und manches erledigt sich in der Reizarmut der Nacht wesentlich konzentrierter.«

Erstaunt bemerkte Karin das Laptop auf dem Schreibtisch, das neben einem brandneuen iPad stand. »Ihr Gerät?«

»Ja und nein. Das iPad gehört natürlich mir, man muss nur wissen, wo man eins vor dem offiziellen Kaufstart in Deutschland herbekommt. Eine faszinierende Erfindung. Das Laptop stand auf der Ablage mit der Notiz, es müsse nach Hinweisen durchleuchtet werden. Da habe ich mal eine Bestandsaufnahme gemacht.«

»Ohne Passwort, ohne Fakten?« Die Hauptkommissarin entschied intuitiv, dass jetzt und genau in dieser Situation geklärt werden sollte, wie es hier im K1 von Wesel, einer Mittelstadt mit dreiundsechzigtausend Einwohnern, lief. »Und ohne vorherige Absprache?«

Damit hatte er anscheinend nicht gerechnet, ein kurzes Flackern in den Augen verriet eine kleine Verunsicherung. Diplomatisch lenkte Aha ein.

»Die Aufgabe kribbelte in den Fingern. Ich wollte niemandem die Kompetenz streitig machen. Ich wühle gern so lange, bis es passt. Das Passwort stand übrigens auf dem Zettel, und die Bestandsaufnahme habe ich erst mal allgemein gehalten. Da gibt es interessante Dateien, die extern gespeichert sind. Aber vielleicht erzählen Sie mir erst mal was zu dem aktuellen Fall, dann kann ich es zuordnen. Kaffee?«

»Gern.«

Auch das war neu. Hinter ihm auf der Ablage stand eine chromblitzende Maschine mit einer Warmhaltekanne, aus der es verführerisch duftete. Nicht irgendeine. Eine Saeco Xelsis Digital ID mit digital blinkender Anzeige, sündhaft teuer und so perfekt wie in einem Café. Die danebenstehenden leicht angeschlagenen und mit Werbelogos oder Emblemen von Schalke 04, Borussia Dortmund, MSV Duisburg und Borussia Mönchengladbach versehenen Tassen des Kommissariats gaben zwar Auskunft über typische fußballeri-

sche Vorlieben der Region, wollten aber nicht so recht dazu passen. Gero von Aha stand auf und gestattete sich, das Sakko auszuziehen und über einen Bügel zu hängen. Weißes Hemd mit dezentem Glanzmuster, Weste, graublau melierte Edeljeans mit breitem Gürtel, ein neuer Stil hinter Simons Schreibtisch, der gegensätzlicher nicht sein konnte. Auf Augenhöhe hielt er ihr einen Becher entgegen.
»Donnerwetter, das riecht gut.«
»Ich kenne das Gesöff aus diversen seelenlosen Großautomaten und bringe lieber die eigene Marke mit. Die Seele von echtem italienischem Kaffee, meine Leidenschaft. Genauer eine meiner Leidenschaften. Milch und Zucker?«
»Schwarz.«
»So habe ich Sie eingeschätzt. Ohne Schnörkel, ganz pragmatisch.«
Ganz schön von sich selber überzeugt schien der Neue zu sein. Karin erahnte lebhaftes Konfliktpotenzial mit Kollegen, die es gern hart, aber herzlich mochten und sich daran gewöhnt hatten, in bodenständigen oder, wie manche meinten, festgefahrenen Strukturen zu leben.
»Wie kommen Sie zu dieser Erkenntnis?«
»Ihr Arbeitsplatz ist praktisch und nüchtern angelegt, das sagt schon etwas aus.«
Dann wollen wir uns mal ganz nüchtern und praktisch dem laufenden Fall widmen, dachte Karin, zeigte ihm die Räumlichkeiten und präsentierte die vorläufigen Fakten an der Infowand, wo sich Fotos und Notizen befanden. Aha hörte interessiert zu, stellte die eine oder andere Frage, begann Zusammenhänge zu konstruieren und war innerhalb kürzester Zeit im Bilde.
»Das Laptop ist also von einem der Opfer, und das Passwort ist der Name der Sektenführerin?«
»Genau.«
»Ich habe da was gefunden, was Sie sich unbedingt anschauen sollten.«
Es war an der Zeit, ihm ein paar Gepflogenheiten der Abteilung mitzuteilen.
»Noch etwas, hier innerhalb des Teams duzen wir uns. Ich bin die Karin.«

Er schaute kurz auf, nickte und hockte sich vor den kleinen Bildschirm. »Gut, da werde ich mich wohl dran gewöhnen können. Gero.«

Er klickte sich von dem Gerät aus ins Internet. »Schau, der Mann verfügte über ein breit gefächertes virtuelles Leben. Findet man oft bei Menschen, denen der PC näher ist als direkte soziale Kontakte. Daher hat er sich in seiner Welt nicht nur einen Ruf als Draufgänger geschaffen, sondern nebenher auch noch Möglichkeiten, Foto- und andere Dateien zu speichern. Man findet sie wirklich erst, wenn man gezielt danach sucht, das hat er geschickt gemacht. Die innere Furcht, Mami könnte die Schmuddelheftchen unter der Matratze finden, macht erfinderisch. Bei der Auswahl der Passwörter war er allerdings weniger kreativ als bei seinen Entwürfen für Hochzeitstorten.«

Karin staunte nicht schlecht. »Interessant, mach weiter.«

»Wenn ich dich richtig verstanden habe, dann geht es nicht um Pornos in allen Variationen, das dürfte nicht zu den Grundsätzen der Sekte gehören.«

»Im Gegenteil, ihre Lehre teilt die Welt in Paare ein, lebenslange Beziehungen, zwei Kinder mindestens, auch wieder paarig, ein Junge, ein Mädchen. Da passt zügellose Sexualität nicht rein.«

»Davon gibt es hier aber genug, und wenn ich von allen Variationen spreche, dann meine ich das auch«, entgegnete von Aha. »Ich kenne den Ursprung vieler Dateien nicht, er muss sie aus dem Ausland haben, viel SM, Bondage, Sodomie, alles dabei. Wenn diese Con Kenntnis davon hatte, dann musste er wohl zur Dauergehirnwäsche antreten und in der Mönchszelle einsam büßen.«

Karin beschrieb ihm das Ritual der Vergebung unter der Assistenz eines bereits versierten Mitglieds im Versammlungsraum.

»Ist man da unter sich? Ich meine, können die anderen mithören?«

»Na klar, der ganze Raum kann beobachten, was bei den fünf Stuhlpaaren geschieht.«

»Dann wird wohl jeder von seinen Exzessen gewusst haben, wenn er sich geoutet hat.«

»Was hatte so ein junger Kerl bei einer verstaubten Truppe wie den GdW zu suchen? Hast du eine Idee?«

»Habe ich vorhin schon ganz flapsig angedeutet«, erinnerte von Aha. »Eine Mischung aus devoten Gefühlen und dem Drang zum

Verbotenen. Kann ganz früh angelegt worden sein. Unterdrückte Gefühle, verbotene Gefühle, die trotzdem vorhanden sind und anderweitig ausgelebt werden.«

»Die überstrenge Mama, die Körperlichkeiten oder Emotionen ignoriert oder bestraft.«

»Zum Beispiel. Und zum Ausgleich für seine Phantasien und weil man eine Mami zum Liebhaben braucht, hat er die strafende Mutter in der Person von Con wiedergefunden.«

Karin dachte nach. Welchen Einfluss das Erleben der Kindheit auf das ganze Leben hat, erstaunte sie immer wieder.

»Was für eine Menschengruppe hat sie da um sich geschart? Ob diese Wallfahrt eine Art Büßergang nach Kevelaer gewesen ist?«

»Möglich. Der Schlosser war geschieden und lebte in zweiter Beziehung, bekannt sind gewalttätige Übergriffe auf seine Exfrau. Der Oberstudienrat befand sich in einer nicht ausgeglichenen Partnerschaft und konnte seine Frau nicht zur Teilnahme überreden. Den Geheimnissen von Holger Winter sind wir gerade auf der Spur, die anderen Teilnehmer müssten dazu etwas sagen können.«

Karin schüttelte den Kopf. »Gut, das sind einzelne Erkenntnisse, die stimmen jede für sich. Das alles ist aber im Zusammenhang nicht schlüssig, da fehlt noch was.«

Aha arbeitete sich von Mausklick zu Mausklick durch ein Gewirr von Dateien, bis er mit einem energischen »Ja« auf den Bildschirm deutete.

Karin versuchte zu entziffern, was da stand. »Was ist das? ›IM Heidi‹, das klingt nach Staatssicherheitsdienst. ›Informeller Mitarbeiter‹ hieß das doch, oder?«

»Richtig, das sind Auszüge aus der Geschichte einer IM mit Decknamen ›Heidi‹, die selber von einem anderen IM beobachtet und ausspioniert wurde.«

»Birthler-Behörde? Arbeitet die nicht die Stasiverstrickungen in der früheren DDR auf? Benannt nach ihrer Chefin Marianne Birthler?«

»Genau, da muss Holger Winter oder jemand aus seinem Umfeld Einblick genommen haben. Das sind mehrere Akten mit unterschiedlichen Decknamen, und alles ist schlecht zu entziffern.«

»Wenn ich mich nicht irre, bestehen die Originale aus mittlerweile sehr vergilbtem Papier minderer Qualität.«

»Die Typen der viel genutzten Schreibmaschinen waren nie einwandfrei sauber«, wusste von Aha zu berichten. »Und das Ganze kann die Behörde nur als Kopie verlassen haben. Die sowieso schon undeutliche Schrift wurde noch verschwommener.«
»Nicht erstaunlich, nur ärgerlich.«
Für Karin ergab sich kein formulierbarer Zusammenhang. Stasi. Was hatte man tief im Westen und nahe an den Niederlanden damit zu tun? »Was macht so eine politisch oder persönlich relevante Datei auf dem PC eines eher einfach strukturierten Konditorlehrlings?«
Aha verschränkte die Arme über dem Kopf und lehnte sich zurück. »Ich muss das Ding an einen Drucker anschließen, hoffentlich lässt es sich komplett entziffern. Bei eingescanntem Material kann es manchmal recht undeutlich werden.«
»Das geben wir weiter an die Kriminaltechnik. Ich rufe Heierbeck gleich an.«
Bei der KTU ging niemand ans Telefon, Karin kontrollierte auf dem Display, ob sie die richtige Verbindung gewählt hatte, und stolperte dabei über die Uhrzeit. Halb sieben. Da konnte noch niemand erreichbar sein.
»Dann müssen wir versuchen, uns so weit einzulesen, wie es geht.«
Eine halbe Stunde später stand Simon Termath mit entsetztem Gesichtsausdruck vor seinem Schreibtisch. Seine alte Aktentasche an der Hand registrierte er, wie seine Chefin und ein ihm unbekannter Mann dicht nebeneinandersaßen, mit hochroten Wangen konzentriert auf den kleinen Bildschirm eines Laptop starrten und sich lebhaft über einzelne Begriffe austauschten. Sie schienen ihn nicht zu bemerken. So schnell konnte das gehen. Am letzten Tag schon aussortiert. Er knallte seine Tasche auf den Schreibtisch.
»Guten Morgen.«
»Auch einen italienischen Kaffee? Leider in stilloser Tasse. Ich glaube, ich bringe morgen ein Set passender, zeitlos eleganter Gefäße mit«, wurde er vom neuen Kollegen begrüßt.
Der Nachfolger war offensichtlich angetreten, dem Pullunderschick im Büro den Garaus zu machen.

***

Gero von Aha wurde an seinem ersten Morgen in Wesel von allen Seiten beäugt. Die Männer blieben wortkarg, man umkreiste den Neuen, checkte ihn ab. Burmeesters Augen wanderten zwischen Aha und der Chefin hin und her, die bereits per Du waren. Viel zu schnell. Und viel zu blasiert war ihm der Kerl, an dem alles sportive, teure Marke zu sein schien.

Die Behördenchefin Frau Doktor van den Berg fand zwischen zwei wichtigen Meetings extra Zeit zur Begrüßung des neuen Mitarbeiters. Die Art, wie sie ihn umgarnte, beobachtete Karin Krafft mit Verwunderung. Herr von Aha hier und Herr von Aha dort, sie schien es zu genießen, ein lautmalerisches »von« anstelle ihres eigenen, in der Region häufiger anzutreffenden »van« auszusprechen, betonte seinen Namen immer wieder mit spielerischer Freude. Zwischendurch tätschelte sie das durchgestylte Gehäuse der Saeco. Das war der Stil, mit dem sie sich anfreunden konnte.

»Herr von Aha verfügt über ausgewählte Fortbildungsabschlüsse und wird Ihre Abteilung in jeder Hinsicht mit seinem Wissen und seinen Fähigkeiten unterstützen. Herr von Aha war unter anderem maßgeblich bei der spektakulären Aufklärung einer Mordserie im ländlichen Eichsfeld zuständig, richtig, Herr von Aha?«

Genug, dachte Karin, jetzt reicht's. Wieso war er dann in die Provinz abkommandiert worden? Welches Geheimnis verbarg dieser vermeintliche Mann von Welt?

»Das kann er uns ja demnächst in einer Mittagspause erzählen, wir koordinieren gerade die Ermittlungen im Fall der Pilger. Sehen wir Sie am Nachmittag, so gegen siebzehn Uhr, zur Verabschiedung von Herrn Termath?«

»Wie? Ja, ja, wenn nichts dazwischenkommt. Eine nahtlose Übergabe, gut, dass Sie auf Ihren Resturlaub aus der alten Stelle verzichtet haben, Herr von Aha. Ich muss, Ihre Berichte bekomme ich vor dem kleinen Festakt.«

Jerry telefonierte mit Heierbeck, während Karin mit Nachdruck eine kleine Lage organisierte, Simon erreichte den letzten zu überprüfenden Angehörigen, Tom hatte den Pathologen in der Leitung, der die im Krankenhaus vermutete Todesursache nach den letzten Laborergebnissen bestätigte.

»In zehn Minuten im Besprechungsraum, damit Gero gleich einsteigen kann.«

Tom wollte sich dem Laptop zuwenden, bemerkte, dass es nicht auf dem Schrank stand. »Wo ist das Gerät von Holger Winter? Habt ihr es schon zur Spusi gegeben?«

Aha schlenderte zu Simons Schreibtisch. »Ich habe es geknackt und einiges an Material gefunden.«

»Einfach so?«

Sie schauten sich durch den Türrahmen an.

»Einfach so, war nicht gut gesichert.«

»Ich meine, einfach so, ohne vorherige Absprache?«

Oh nee, keine offenen Animositäten im Team. Karin schritt ein. »Wir waren zufällig beide total früh hier und haben schon mal losgelegt. Eine kurze Zusammenfassung gibt es gleich, in, was sagt die Uhr, in vier Minuten.«

Aha folgte der Chefin, stützte sich auf ihren Schreibtisch und sah die sitzende Hauptkommissarin ernst an.

»So einen Kinderkram bin ich nicht gewohnt. Erst der verdeckte Anschiss von dir, dann meldet sich der Kollege noch mal hinterher, das ist doch Klein-Klein. Läuft das hier so?«

Karin stand auf und baute sich vor ihm auf. Dies war offene Kritik nach ganzen drei Stunden gemeinsamen Handelns. Das kann ja heiter werden, dachte sie und nahm angespannte Gesichter wahr, die, auf eine Reaktion wartend, aus dem Nebenraum in ihre Richtung blickten. Sie deutete Burmeester an, die Tür zu schließen.

»So läuft das hier, richtig. Koordinierte Aufgabenvergabe, regelmäßige Lagebesprechungen in unterschiedlicher personeller Zusammensetzung, die gute alte Sitte, Berichte zu schreiben und sich nicht nur auf das Erfassungsprogramm zu verlassen. Man trifft sich als Team, jeder übernimmt, was anliegt, hat aber auch seine favorisierten Spezialgebiete. Gibt es etwas daran auszusetzen, Gero?«

»Das kostet wahnsinnig viel Zeit, die effektiver genutzt werden kann. Ich bin es gewohnt, loszugehen, wenn mein Hirn und mein Gespür es befehlen.«

Sie sah ihn mit gleichbleibender Ernsthaftigkeit an, er schien innerlich aufzubrodeln. »Dann wirst du dich an unser System gewöhnen. So ist das hier in der Provinz.«

Sie standen sich gegenüber, nur der Schreibtisch zwischen ihnen. Karin bemerkte, wie er sich mühevoll beherrschte, um nicht aus der Rolle zu fallen.

»Provinz, ja. Wäre ich doch lieber in Göttingen geblieben.«
»Auch Göttingen ist nicht New York, nehme ich an.«
»Nein, aber da hat mir niemand reingeredet, und ich musste mich nicht rechtfertigen, weil ich gearbeitet habe.«
Musste sie sich das anhören? »Es steht dir frei, dorthin zurückzugehen. Oder etwa nicht?«
Damit hatte er nicht gerechnet, schien einen Moment irritiert, ähnlich wie in der Frühe, als sie ihn das erste Mal mit den internen Regeln vertraut machte. Noch immer standen sie sich gegenüber wie zwei Kampfhähne, die Augen fest fixiert.

»So ist das also, Frau Hauptkommissarin Krafft«, wobei er Name und Titel ausgedehnt betonte, »Sie sagen, wo es langgeht, und die anderen spuren.«

Karin gab sich unbeeindruckt vom plötzlichen Wechsel in der Anrede. »Haben Sie ein Problem mit weiblichen Vorgesetzten, Herr von Aha?« Sie deutete auf die Wanduhr links von ihr. »In zwei Minuten können Sie die Komplexität des laufenden Falles erkennen. Es sei denn, Sie entscheiden sich spontan zur Abreise. Andererseits wirken Sie nicht wie ein Mann, der schnell aufgibt.«

Sie setzte sich, blickte auf ihren Bildschirm, beendete dieses Gespräch in souveräner Gelassenheit. Energisch riss der Neue die Tür auf und stieß fast mit den vier Kollegen zusammen, die offensichtlich gelauscht hatten. Karin verkniff sich das Grinsen, als sie die Männer sah, die sich eilig und wortlos davontrollten wie Kinder, die das Christkind durch das Schlüsselloch beobachten wollten. Sie meinte, im Bruchteil einer Sekunde in Burmeesters Gesicht ein hämisches Grinsen erkannt zu haben, als Aha an ihm vorbeiging.

***

Es wurde eine ganz spezielle Lagebesprechung an diesem Morgen. Als die bisherigen Erkenntnisse zusammengefasst wurden, lag Spannung in der Luft, die vier altgedienten Kommissare boten ihrer Chefin eine Eifrigkeit, die schon streberhaft wirkte. Schlag auf Schlag und sachlicher als sonst wirbelten die neuen Fakten durch den Besprechungsraum.

»Die Chargennummer auf der Insulinampulle konnte zurückverfolgt werden. Sie entstammt einer Lieferung, die an zwei Apotheken am Niederrhein ausgeliefert wurde. Eine in Kevelaer und die andere in Weeze.«

»Lässt sich nachvollziehen, an wen sie weiterverkauft wurden?«

»Wir sind dran.« Karin berichtete von ihren Erfahrungen mit der Sektenführerin, was aufmerksam kommentiert wurde.

»Also das typische System der Gehirnwäsche, du sollst deine Gedanken kontrollieren und nach einem vorgegebenen Schema in eine andere Richtung denken.«

»Genau, das Ganze unter mehr oder weniger öffentlicher Kontrolle.«

»Das Offenbaren der intimsten Verfehlungen macht zudem noch angreifbar.«

»Druck. Was will sie erreichen und was verbirgt sie?«

Jerry hatte schweigsam zugehört, meldete sich aus dem Hintergrund. »Bislang laufen die Fäden bei ihr zusammen. Aus der Führerin der Wallfahrt ist bereits ein Sektenoberhaupt geworden. Wer weiß, was sie noch alles verbirgt. Wir müssen uns in ihre unmittelbare Nähe begeben, das ist die einzige Möglichkeit, Einblick zu kriegen.«

»Wie meinst du das?«

»Na, sie wird uns ihre Beweggründe nur in platten Phrasen darbieten, die Hintergründe, Ziele und den Kern verschweigen. Wir müssen jemanden einschleusen, der mitmacht und seine Erfahrungen reflektiert.«

Simon winkte entsetzt ab. »Viel zu gefährlich. Mensch, hier geht es nicht um K.-o.-Tropfen, die träufeln dir ihren Mist direkt ins Hirn. Wen willst du so einer Gefahr aussetzen?«

Die Runde schwieg. Karin meldete sich in die Stille hinein, trat mit Simon in einen ihrer legendären niederrheinischen Dialoge.

»Ich.«

»Wie, du?«

»Na, ich!«

»Du? Nee.«

»Doch.«

»Nee, nee, nee, viel zu gefährlich.«

Von Aha schaute entgeistert von einem zum anderen, Jerry Patalon bemerkte sein Erstaunen.

»Das macht man hier so. Keine Sorge, die finden da raus.«
Missbilligend schüttelte von Aha den Kopf. Karin blieb bei ihrem Vorhaben.
»Con kennt mich schon und hat mir jedes Mal ein Stück ihres Glaubensalltags aufdrücken wollen. Ich kann mich nach Feierabend bei ihr einfinden und mal sehen, was die Am Blaufuß treiben. Außerdem sehe ich bei den Zusammenkünften auch noch die anderen Gesichter aus dem Verein.«
Von Aha blendete sich ein. »Frau Krafft, ich kann Herrn Termath verstehen. Man kann sich den Einflüssen nur schlecht entziehen, alles geschieht schleichend und außerhalb des bewussten, kontrollierbaren Rahmens. Ich würde abraten.«
Tom blickte von seinen Notizen auf. »Dann müssen wir zu zweit da auflaufen.«
»Karin, meinst du nicht, sie begegnet dir mit Misstrauen, weil du bei der Kripo bist?«
»Wieso, wir ermitteln doch nicht bei ihr. Wir wollen nur den Anschlag aufklären, und sie ist selber fast zum Opfer geworden. Nein, die würde mich mit Kusshand aufnehmen und bekehren.«
Burmeester deutete auf den Neuen. »Nur wenn er mitgeht.«
Kommissar von Aha zog mit leicht schräg gelegtem Kopf die linke bauschige Augenbraue hinter seiner Brille hoch. »Sie erläutern mir noch, warum?«
»Klar doch, ich erläutere. Uns kennt Cornelia Garowske schon, wir sind alle am Tatort gewesen, und sie hat ein blendendes Gedächtnis. Es gibt nur einen in dieser Runde, der dazukommen könnte, ohne Misstrauen zu erwecken.«
Alle blickten auf Aha.
»Na gut, ich werde Sie beschützen, Frau Hauptkommissarin.«
Oder ich dich, dachte sie, nickte kurz und fuhr unbeirrt fort. »Gibt es was zu dem Erpresserbrief, den Frau Pachwitz erhalten hat?«
Tom hatte eine Theorie. »Da stehen ganz konkrete Zahlen in dem Brief, richtig?«
Karin überflog die Kopie und stimmte ihm zu.
»Dieser Oberstudienrat hat doch nicht besoffen mit der exakten Versicherungssumme geprahlt, sondern lediglich aus seiner Gattin eine gute Partie gemacht, auch richtig?«

Burmeester stieß ihn an. »Komm zum Punkt.«
»Nur Leute, die Einsicht in die Unterlagen haben, können den Betrag nennen. Ich denke da an Versicherungsagenten, deren Angestellte, vielleicht noch Bankangestellte, denen die Police als Sicherheit für einen Kredit gezeigt wurde. Da sollten wir suchen ...«
»... oder bei den Brüdern und Schwestern der GdW.«
Aha stimmte zu. »Genau, deshalb ist die Idee der Undercoverermittlung bei der Gemeinschaft gut.«
Als Letztes streifte Karin die neuesten Erkenntnisse aus den Dateien von Holger Winter, die zu gut versteckt waren, um bedeutungslos zu sein.
Burmeester schüttelte den Kopf. »Ach, komm. Du meinst wir sollten das verfolgen? Stasiakten, ist doch absurd. Wo soll denn da ein Zusammenhang bestehen?«
Karin bestand unter den aufmerksamen Augen von Ahas auf der Suche nach Zusammenhängen, erteilte Burmeester gleich den entsprechenden Auftrag, in der Datei zu recherchieren, und behielt sich vor, mit in diese Ermittlung einzusteigen. Aus seinem Aufatmen wurde ein kurzes Schnauben, das sie mit einem ebenso kurzen wie strengen Blick quittierte.
Jerry sollte den Weg des Insulins weiter verfolgen, Tom sich um die anderen Opfer kümmern. Vielleicht würde noch jemand eine Aussage machen können, die von entscheidendem Interesse war. Simon würde die formellen Mitwisser des Vertrages von Frau Pachwitz ausfindig machen, Burmeester übernahm die Recherche über Cornelia Garowske aus dem Hintergrund. Hatte sie etwas zu verbergen? Was war ihr wirklicher Antrieb?
»Und, Nikolas, du gibst unserem Zeichner den Auftrag, ein Porträt des toten Fahrers zu erstellen, das die Pressestelle ausgeben soll. Irgendwie muss er doch zu identifizieren sein.«
»Ist schon geschehen, vorhin, als du, ihr, als Sie und du, er und du miteinander, äh, im Gespräch wart.«
Karin Krafft schaute in die Runde, blickte in unschuldige Augen, niemand hatte mitbekommen, worum es zwischen dem Neuen und ihr gegangen war. Niemand außer den Anwesenden.
»Herr von Aha, Sie und ich werden uns im Anschluss über das Vorgehen in der GdW kurzschließen. In einer Stunde in meinem Büro. Die anderen sehen wir erst zur kleinen Lage um siebzehn Uhr.«

Von schneller Duzerei war sie geheilt. Karin Krafft war entschlossen, die verbale Distanz wiederherzustellen. Bei Konflikten wäre es so einfacher, die Rollenverteilung zu klären. Situationen, in denen sie mit diesem seltsamen Neuling aneinanderrasselte, würde es geben. Das würde die Zukunft zeigen. Die Vergangenheit saß neben ihr. Sie blickte auf den eifrig protokollierenden Simon.
»Und danach feiern wir Abschied.«

***

Alle zogen die direkte Ermittlung vor Ort der Atmosphäre im Büro vor. Selbst Burmeester hatte sich ins Archiv verabschiedet, um über die GdW zu recherchieren. Wieder war die Hauptkommissarin mit dem merkwürdigen Neuen allein im Büro. Er vertiefte sich in die Dateien mit Informationen aus Stasiakten, neben dem Laptop lagen ordentlich aneinandergereiht ein Block, zwei Bleistifte, ein Anspitzer mit Reservoir und ein Stabradiergummi. In Göttingen kennt man also auch so etwas Primitives wie handschriftliche Notizen zum Fall, dachte Karin, bevor sie sich ihren E-Mails widmete.

Exakt zur vereinbarten Zeit stand von Aha im Türrahmen, klopfte dezent und begab sich auf den Weg zu ihrem Schreibtisch, ohne ihre Reaktion abzuwarten. Bevor sie etwas sagen konnte, saß er mit erwartungsvoller Miene ihr gegenüber, unruhig mit den Knien wippend. Geduld schien nicht seine Tugend zu sein.

»Also, wie lautet Ihre Strategie?«

»Da wir gemeinsam in der GdW-Sekte arbeiten werden, sollten wir zusammen entwickeln, wie wir vorgehen«, erklärte Karin.

Er bastelte an einer passenden Antwort. Karin sah eine neuerliche verbale Spitze voraus, kam ihm aber zuvor.

»Herr von Aha, sparen Sie sich Ihren Kommentar und lassen Sie uns loslegen. Brainstorming. Ihre Taktik?«

»Sie sind dort schon bekannt, ich noch nicht. Vielleicht ist es besser, sich in den Räumen kennenzulernen, statt gemeinsam aufzutauchen.«

»Guter Gedanke. Am Donnerstag ist großes Treffen. Vielleicht informieren Sie sich unverbindlich in dem Laden, und wir begegnen uns dann am Donnerstag. Ich habe keine Ahnung, was da abgehen wird, kenne auch niemanden, von dem ich entsprechende Infos kriegen könnte, ohne ins Blickfeld zu geraten.«

»Ich kann über sektenähnliche Systeme berichten. Wir hatten mehr mit esoterischen Gruppierungen zu tun, die nach den Vorbildern aus den Sechzigern das freie Ausleben der Gefühle propagierten. Nacktcamps, Kundalini-Meditationen bis zum Exzess, und die Kollegen hatten anschließend mit dem Ordnungsamt zusammen reihenweise Einweisungen in die Psychiatrie zu begleiten, weil manche Gruppenmitglieder in psychotische Zustände gerieten und nicht zurückkommen konnten. Da habe ich eine Zeit lang mitgemacht, um Einblick in Struktur und Abhängigkeitsverhältnisse zu bekommen.«

»Weswegen wurden die überwacht?«

»Drogen, Halluzinogene, Verkauf und Weitergabe unter anderem an Minderjährige, ein dicker Fisch im Hintergrund, der den Mitgliedern die Ersparnisse aus den Taschen zog und ihnen bei mangelnder Liquidität Kredite zu mörderischen Konditionen verschaffte.«

»Und? Wie lief das ab?«

Wieder diese leicht hochgezogene Augenbraue, diese Sekunde bis zur Antwort.

»Man verspricht nichts, keine Überzeugungsgespräche, alles läuft viel subtiler ab. Man lädt nur ein. Man lässt teilhaben an Harmonie und Offenheit, ist Vorbild und Beispiel, schau her, so toll wirst du, wenn du hier mitmachst. Niemand muss bleiben, aber jeder fühlt sich schlecht, wenn er einen Vortrag, ein Meeting, ein Mantra wieder verlässt, deshalb ist man weltoffen und bleibt. Die finden immer den Ankerpunkt in der Persönlichkeit, den schwachen, verborgenen Punkt, dessen Berührung schamhaft besetzt oder schmerzhaft ist.«

»Der wunde Punkt.«

»Genau. Um in dieser Atmosphäre nicht dem System zu unterliegen, ist es wichtig, so viele eigene wunde Punkte wie möglich zu kennen, Frau Krafft. Das ist immens wichtig, um nicht gleich über die erste Hürde zu stolpern.«

Karin Krafft dachte nach. Von Aha schien ihr Zeit zu geben, ließ sie gleichzeitig nicht aus den Augen. Sein Blick schien sie zu durchbohren.

»Warum starren Sie mich so an?«
»Ich will mir ein Bild von Ihnen machen. Wenn wir beide uns auf dieses Experiment einlassen, will ich vorher wissen, wie stabil Sie innerlich sind. Ich lasse mir ungern fahrlässiges Handeln oder Nachlässigkeiten nachsagen.«
»Was soll das? Ich habe nicht vor, Ihnen die Verantwortung für mein Wohlergehen zu überlassen, ich kann gut selber auf mich aufpassen.«
»Frau Krafft, ich möchte, dass Sie sich darüber im Klaren sind, wie gefährlich der Einsatz sein kann.«
Karin schüttelte den Kopf. »Ich habe schon einige Stunden mit der Frau verbracht, lebe noch in meinem Weltbild und bin körperlich unversehrt. Machen Sie sich nicht ins Hemd, ich würde jetzt gerne auf die Strategie zurückkommen. Mir ist wichtig, herauszufinden, wie und womit sie ihre Mitglieder an sich fesselt. Bislang ist nur durch Zeugenaussagen klar, dass sie eine gewisse Macht im gemeinsamen Gebet propagiert und das Verzeihen eine große Rolle zu spielen scheint. Sie will die Welt verbessern und bedient sich der mentalen Stärke der anderen. Ich weiß nicht, ob das alles ist, bestimmt nicht. Sie will die Lebenspartner ihrer Leute sehen, und ob sie auch die Kontostände kennt, wäre interessant zu wissen. Alles dort wirkt einfach und bescheiden, aber die Oberfläche trügt ja oft. Man fesselt eine Gruppe von Menschen nicht ohne Background nur durch gemeinsames Gebet an sich. Mir fehlt sozusagen die Firmenphilosophie.«
»Was für eine Persönlichkeit ist die Garowske?«
Da musste Karin nicht lange nachdenken. »Sie hat eine gewisse Ausstrahlungskraft, eine von innen kommende Autorität. Was sie nicht will, das prallt von ihr ab. Sie beendet Gespräche durch Stille, sie steht auf, wenn sie gehen will, sie weist zur Tür, wenn ihr Gegenüber verschwinden soll. Sie arbeitet mit Wiederholungen. Mehrmals täglich eine gewisse Anzahl persönlicher Affirmationen, also Bekräftigungen, sprechen und so. Mehr weiß ich noch nicht.«
»Sie waren bei ihr zu Hause?«
»Ja, kurz.«
»Wie sieht es dort aus?«
Karin überlegte kurz, wie sie mit wenigen Worten diese ungewohnte Kargheit beschreiben sollte. Das Telefon durchbrach ihre

Gedanken. Die Pforte meldete einen Besucher an. Kurz darauf stand er schon in ihrem Büro.
»Herr van Laak, was führt Sie her? Das ist mein Kollege von Aha.«
Die Männer nickten sich kurz zu, van Laak blickte die Hauptkommissarin konzentriert an.
»Ich war gerade in der Nähe, da dachte ich, schau doch mal vorbei, ob es inzwischen Neues gibt.«
»Bedaure nein, nichts Neues zum jetzigen Zeitpunkt. Und es tut mir auch sehr leid, ich kann Ihnen keine Einzelheiten aus den laufenden Ermittlungen erzählen.«
Irritiert schaute van Laak mit leichtem Kopfschütteln zu dem neuen Kommissar. »Ach, ich hatte den Eindruck, wir befinden uns in interdisziplinärem Austausch.«
»Nein, das haben Sie leider falsch verstanden. Meine Telefonnummer sollten Sie zur Verfügung haben, falls Ihnen noch etwas Wichtiges einfällt. So sind die Regeln. Alles Wesentliche erfahren die Bürger aus den Medien, egal ob Zeuge oder einfach nur Zeitungsleser oder Internetnutzer.«
Van Laak tippte sich an die Stirn. »Ich hätte es wissen müssen. Die ganze Fernsehwelt mit ihren Krimis zeigt ja nicht unbedingt die Realität. Klar, Sie sind die Puzzler, und wir Normalsterblichen bringen die Teilchen.«
»Fast. Und? Gibt es noch etwas, was Sie mir mitteilen wollen?«
Etwas zögerlich verneinte er die Frage. Er wolle dann nicht weiter stören, meinte van Laak und verschwand genauso überraschend, wie er aufgetaucht war.
Von Aha ließ keine Sekunde hinter dem Schließen der Tür verstreichen. »Wer war das?«
»Der Pilgerbetreuer aus Kevelaer. Komischer Vogel. Wo waren wir stehen geblieben? Ach ja, die Wohnung. Reizarme Kargheit. Nicht verklärte Armut oder so, eher unpersönliche Schlichtheit.«
»Gibt es Sichtbares aus ihrer Vergangenheit? Ich meine Bilder, Fotos, Bücher, sentimentale Erinnerungsstücke.«
Da brauchte sie nicht zu überlegen. »Nein, nichts.«
Die buschigen Augenbrauen des Mannes verengten sich, wieder schaute er Karin durchdringend an. »Da haben Sie das erste Mysterium um diese Frau.«

Komische Type hin oder her, denken konnte er, nur mit der verbalen Kommunikation schien es noch zu hapern. »Jetzt reden Sie, ich bin nicht gut in Telepathie.«

»Der wunde Punkt. Bestimmt liegt der wunde Punkt von Cornelia Garowske in ihrer Vergangenheit. Sie hat sie völlig ausgelöscht. Nichts erinnert sie selber daran, nichts kann von anderen erfragt werden. Frau Krafft, selbst Ordensleute in Klöstern haben persönliche Gegenstände und berichten über ihr weltliches Leben.«

Karin gab sich beeindruckt. »Sie meinen ...«

»... genau, ich meine, dass sie ihre eigene Not zur Tugend gemacht hat. Was sie zur Prämisse der Sekte macht, hilft ihr, selber zu leben. Und sie schart andere um sich, damit sie daran teilhaben können. Es wird Parallelen zu ihrem Leben geben, mit denen sie die Leute beeinflusst und hält.«

»Selbsttherapie durch Gruppendruck. Das ist ja krank.«

»Nein, das hat System. Und genau davor habe ich vorhin versucht Sie zu warnen. Wenn es wunde Punkte gibt, die Ihnen bewusst sind, dann passen Sie darauf auf. Und wenn es Sequenzen in deren Sitzungen gibt, die Ihnen nahegehen und noch tagelang hinterher wirken, dann sollten Sie darüber sprechen.«

Er schien zu merken, dass er ihre Grenze erreicht hatte. »Ich meine, Sie sollen einen Ansprechpartner in der Warteschleife haben, das ist alles.«

»Schon gut, ich hab's kapiert. Wie gehen wir vor?«

»Wie besprochen. Ich schaue mich nachher dort um, am Donnerstag gehen wir einzeln hin und treffen uns dort zufällig, stellen uns brav einander vor und machen mit. Mal sehen, was für einen Budenzauber diese Gruppe bietet.«

Karin konnte sich eine gewisse Süffisanz nicht verkneifen. »Die bleiben auf jeden Fall angezogen und kiffen nicht.«

Von Aha blickte sie ernst an. »Es dürfte weitaus ungefährlicher sein, nackt zu kiffen, als angezogen einen Seelenstriptease zu machen.« Er stand auf. »Melde mich ab zur Dateisichtung, Frau Hauptkommissarin.«

Sie rief hinter ihm her. »Ich erwarte alle zehn Minuten detaillierte Berichte. Mündlich reicht.«

Er kam zurück und blickte ihr tief in die Augen. »Das meinen Sie jetzt nicht ernsthaft, oder?«

Karin musste grinsen. Seine Mundwinkel zuckten sichtbar, man konnte es den Ansatz eines Lächelns nennen.
»Nicht direkt, das war eher ein spontaner Witz.«
»Bitte in Zukunft rot unterstreichen, damit ich Ihren Humor verstehe.«
Auch das noch, dachte Karin, der geht zum Lachen in den Keller.

***

»Kannst du mich abholen?«
Maarten wusste Karins Stimme nicht auf Anhieb zu deuten, ihr Anliegen war jedoch ungewöhnlich. »Was ist passiert?«
»Nichts, ich bin nur angesäuselt. Simon hat zum Abschied eine erstaunliche Auswahl an Getränken aufgefahren. Bei einem wunderbaren 2005er Rioja konnte ich nicht Nein sagen.«
»Ich organisiere die Nachbarin zum Babysitten, bin gleich da. Ich warte unten.«
Karin blickte in die illuster plaudernde Runde im Besprechungsraum. Simon saß träumerisch vor der Anglerausrüstung, die Chefin der Behörde ließ sich vom Neuen die Organisation der Dienststelle im niedersächsischen Göttingen erläutern, Jerry zeigte aktuelle Fotos von den ersten Erfolgen der Hilfsmaßnahmen in seinem Herkunftsland Haiti. Nach dem verheerenden Erdbeben dort hatte er in der Kreispolizeibehörde Benefizveranstaltungen organisiert und Spenden gesammelt für seine vielköpfige Ursprungsgemeinde. Burmeester und Tom Weber beschäftigten sich damit, hochgeworfene Erdnüsse mit dem Mund zu fangen, und erzählten sich zwischendurch die neuesten Witze.
»Sagt die Verkehrsstreife zum jungen Porschefahrer: ›Na, Porsche vom Papi?‹ Sagt der Porschefahrer zum Streifenfuzzi: ›Na, Passat vom Staat?‹ Gut, oder?«
Es sah entspannt und harmonisch aus. Karin war nur unglaublich müde. »Nein, komm doch nach oben. Ich sage dem Pförtner Bescheid, okay?«
Das obligatorische kleine Küsschen ins Telefon beendete das Gespräch. Sie schenkte noch einmal nach, der Rotwein war einfach klasse, und ging zu Simon.
»Wir werden dich wohl in Zukunft beim Anleger im Hafen fin-

den, wo du nicht nur Fische fangen, sondern gleichzeitig auch Leute gucken kannst.«

Sie mussten lachen.

»Mich wirst du am Ende der Kribbe sitzen sehen, mit Sicht auf die neue Brücke und auf die Reste der alten gemauerten Eisenbahnbrücke. Das Vergangene und das Moderne im Blick, so werde ich die leckersten Fische fangen.«

»Du wirst beschäftigt sein ...«

»... und meine Frau wird beschäftigt sein, wenn ich nach Hause komme ...«

»... und alles wird gut.«

Jetzt setzte seine gute Laune für einen Moment aus. »Hoffentlich.«

Sie klopfte ihm aufmunternd auf die Schulter. »Wird schon. War schön, mit dir zusammenzuarbeiten. Auch deine letzten Ergebnisse, Donnerwetter.« Bloß kein Abschiedsschmerz, auf keinen Fall von Vermissen und Lücke reden, nahm sie sich blitzschnell vor.

Er seufzte. »Man soll eben gehen, wenn es am schönsten ist.«

Sie prostete ihm zu. »Genau, du sagst es.«

»Und ihr seid ja nicht aus der Welt.«

Nur nicht zur Rückkehr ermutigen, dachte Karin, wähl die richtigen Worte. »Nein, sind wir nicht. Du lädst uns einfach mal zum Fischessen ein.«

Maarten stand in der Tür, ihr großer, schöner, starker Maarten, der Hüne mit dem Zopf aus dichten langen Haaren, die allmählich von einzelnen grauen Fäden durchzogen wurden, in schwarzer abgewetzter Lederhose, unter der Weste ein weites weißes Hemd mit lässigem Stehkragen, im Ausschnitt ein Lederband mit der Replik eines römischen Anhängers in Form der in Xanten gefundenen Viktoria.

»Taxi für die Hauptkommissarin«, rief er mit seinem sympathischen niederländischen Dialekt in die Runde, »ich soll Frau Krafft abholen.«

Von Aha blickte auf, als seine Vorgesetzte sich von einem Taxichauffeur in die Arme nehmen ließ und nach kurzen Abschiedsworten Händchen haltend mit ihm verschwand.

Im Treppenhaus musste sie kichern. »Hast du den Neuen gesehen?«

»Du meinst dieses Brillengesicht mit den buschigen Augenbrauen und den Denkerfalten auf der Stirn, der eine gewisse Ähnlichkeit mit einer Eule hat?«

»Genau, der glaubt jetzt, nach zwei Glas Wein lasse ich mich von einem gut gebauten Taxifahrer abschleppen.«

***

Auf dem Weg zum Auto berichtete Karin ihrem Mann von dem Plan, gemeinsam die Weseler Sekte auszukundschaften, und dem Anliegen des Neuen, ihren wunden Punkt zu entdecken. »Damit er mich vor dem bösen Blick beschützen kann.«

Maarten sah Karin ernst an. »Ganz wohl ist mir auch nicht bei dem Gedanken, wo du dich rumtreibst in letzter Zeit.«

Im Wagen schmiegte sie ihren Kopf an seine Schulter. »Stimmt, erst gehe ich eng umschlungen mit dem nächstbesten Taxifahrer, und dann trete ich einer geheimnisvollen Sekte bei. Ist schon bedenklich, oder?«

»Solange ich der Fahrer bin, ist das in Ordnung. Du wirst schon auf dich aufpassen. Seid ihr heute weitergekommen?«

»Das darf ich dir überhaupt nicht erzählen, wie immer.«

»Ich werde schamlos auskosten, dass du beschwipst bist. Du wirst mitteilungsbedürftig nach zwei Schluck Wein, schon vergessen?«

Wie gut er sie kannte.

Sie überquerten die Brücke, deren einzige Beleuchtung die Scheinwerfer der Autos waren und die selbst im Dunkeln imposant wirkte.

»Und?«

»Es gibt interessante Details. Am Nachmittag hat Simon herausgefunden, dass der Versicherungsagent, dessen Kundin aufgrund einer ausstehenden Lebensversicherungssumme erpresst wird, ebenfalls Mitglied der Sekte ist. Der hat in Winnekendonk in seinen Räumen simpel gedruckte Flyer von GdW liegen. Ob das Zufall ist, müssen wir noch herausfinden. Fahr langsamer, bitte, ich fahr so gerne mit dir durch die Nacht. Was ist das für Musik?«

Aus den Lautsprechern drangen entspannende, zugleich sehr rhythmische, sanfte Töne.

»Das ist House von ›De-Phazz‹, die CD heißt ›Death by Chocolate‹. Ich hab sie wegen des Titels gekauft und bin selber überrascht.«
»Wer sich solche Namen ausdenkt. Ach, und Burmeester hat was überaus Wichtiges zu der Sektenanführerin herausgekriegt. Stell dir vor, die stammt ursprünglich aus dem Osten.«
»Aus den neuen Bundesländern?«
»Ja, bloß damals hießen die noch DDR. Du erinnerst dich an die innerdeutsche Staatenteilung?«
»Ja, als Kind habe ich nie verstanden, was schlimm daran sein sollte. Man spricht in Österreich und in der Schweiz schließlich auch Deutsch, obwohl die Staaten nichts mit der BRD zu tun haben. Erst später in der Schule habe ich die geschichtlichen Hintergründe erkannt. Einmal sind wir nach Berlin gefahren, und meinem Vater hat man das Auto an der Grenze auseinandergenommen. Komplett, weißt du, Sitze rausgeschraubt, Seitenverkleidungen abgerissen, Radkappen abmontiert. Es stellte sich heraus, dass er eine verdächtige deutsche Illustrierte auf dem Rücksitz liegen hatte. Der hat geflucht, sage ich dir. Und diese Frau stammt von dort?«
»Sie ist knapp nach Maueröffnung hergekommen und hat 1989 übergangsweise in der ehemaligen Zitadelle Wesels gewohnt.«
»Verstehe ich nicht. Im Museum?«
»Nein, bevor ein Teil der Zitadelle zum Preußenmuseum umgebaut wurde, beherbergte die alte Kaserne Aussiedler, Leute, die zu DDR-Zeiten geflüchtet waren und über die zentrale Auffangstelle Friedland im Land verteilt wurden, und solche, die in der wirren Nachwendezeit folgten. So ist sie an den Niederrhein gekommen.«
»Wie hat er das rausgefunden?«
»Er hat das Kreisarchiv bemüht und den Namen eingegeben. Da erschien der Hinweis auf ein Interview. Die Lokalpresse hatte nach Aussiedlern gesucht, die über ihre Geschichte und ihre Pläne berichten wollten. Sie hatte keine Pläne, Arbeit finden, eine andere Bleibe. Sie betonte, sie habe ihr altes Leben zurückgelassen. Morgen wird Burmeester sich auf die Suche nach dem alten Leben machen, dann wissen wir mehr.«
Das Auto glitt am nächtlich dunklen Ginderich vorbei, seit Neuestem auch Wallfahrtsort, nicht so bekannt wie Kevelaer, jedoch im Aufschwung begriffen.
»Und?«

»Was, und?«

»Ich will mehr von Mord und Totschlag hören, gib's mir.«

»Okay, mein Kutscher, aber nur, wenn du noch einen Abstecher zum Fähranleger machst.«

»Ich denke, du bist müde?«

Sie gab ihm einen Kuss auf die Wange. »Die Aussicht auf ein Tête-à-Tête mit einem gut gebauten Kraftfahrer belebt mich ungemein.«

»Geht in Ordnung. Ich brauche aber noch ein wenig Input kriminalistischer Natur.«

»Also, Jerry hat heute herausgefunden, wo das Insulin herkam, mit dem der Lkw-Fahrer umgebracht wurde. Es entstammte einer Lieferung nach Kevelaer, wurde dort an mehrere Personen ausgegeben und an drei Altenheime. Die Personenüberprüfung verlief negativ, und in den Senioreneinrichtungen tappen wir noch im Dunkeln. Nichts Offensichtliches bis jetzt. Ich bin gespannt, ob der tote Fahrer morgen einen Namen bekommt. Unser Zeichner hat sein Gesicht gut rekonstruiert, es wird veröffentlicht.«

»Hört sich nach filigraner Kleinarbeit an. Bewohner, Personal, Reinigungskräfte.«

»Das wird es werden, da kannst du von ausgehen. Tom hat über die besorgten Äußerungen eines der Opfer berichtet. Eine Frau, der beide Beine amputiert werden mussten, kannst du dir das vorstellen? Furchtbar. Und als Erstes erkundigt sie sich nach dem Befinden der Garowske.«

»Donnerwetter, das nenn ich Glaubenstreue.«

»Nicht nur das. Die Garowske hätte die Fahne tragen sollen an dem Morgen, verstehst du? Im Normalfall hätte sie die Pilgergruppe angeführt.«

Maarten überlegte kurz. »Du meinst, eigentlich hätte sie unter den Toten und Verletzten sein müssen. Es hat die falschen Opfer gegeben, weil sie nicht in der geplanten Position die Gruppe anführte.«

»Genau, die Frau in der Unfallklinik hält Cornelia Garowske für das potenzielle Ziel des Anschlags.«

Maarten dachte nach. »Das klingt nicht logisch. Der Fahrer hätte doch merken müssen, dass ein Mann die Fahne trug statt einer Frau.«

»Vielleicht hat er nicht gewusst, was er in diesem unvorherseh-

baren Fall tun sollte, und einfach auf die Spitze der Gruppe zugehalten. So oder ganz ähnlich hätte sein Auftrag lauten können.«
»So viel Kaltblütigkeit und so viel Sinnlosigkeit in einem. Sei vorsichtig bei dieser Sekte, hörst du?«
»Versprochen.«
Maarten setzte den Blinker, um nach rechts auf die B 57 abzubiegen. »Wie du das immer herausfindest, meine Meisterdetektivin.«
»Eins ergibt das andere, so war es jetzt auch. Wie bei dir, wenn ihr wieder eine Insula im Archäologischen Park freilegt. Die Teile fügen sich zusammen. Das Beste kommt noch.«
»Wie, alles heute ermittelt?«
»Fleißige Truppe, du sagst es. Der Neue ...«
»Dieses Kauzgesicht?«
»Ja, aber der hat auch einen Namen. Der heißt Gero von Aha.«
Maarten lachte kurz auf und ließ sie den Namen zweimal wiederholen.
»Künstlername, Pseudonym?«
»Nein, anscheinend echt. Jedenfalls hat von Aha im PC eines Opfers Stasiakten gefunden.«
»Moment, da komm ich nicht mit. Redest du vom Geheimdienstsystem dieses untergegangenen Staates? Ein Staatssicherheitsapparat, der Verdächtige ausspionieren ließ wie in dem berühmten Film, dessen Regisseur den Oscar bekam. Wie hieß der Streifen noch, mit Ulrich Mühe in der Hauptrolle?«
»Das Leben der Anderen‹. Richtig, ich meine die Stasi. Im Volksmund wurde sie die Firma Horch und Greif genannt. Die totale Überwachung, Tausende informeller Mitarbeiter, kein freies Leben, nicht einmal freie Gedanken, wenn sich jemand außerhalb der verordneten Linie stellte. Keine gute Zeit für Querdenker und Freiheitsliebende! Aber ein fürsorglicher Staat, mit dem sich arrangieren konnte, wer das wollte. Jedenfalls gibt es in dem PC eingescannte Akten, deren Inhalt wir noch nicht deuten können. Ist nur auffällig, dass ein junger Mann, der sonst nur Frauen, Erotik und sein Konditorhandwerk im Kopf hat, über so eine Datei verfügt.«
»Vielleicht muss er seine eigene Familiengeschichte bewältigen?«
»Haben wir auch gedacht, nur, die Einwohnermelderegister zeigen an, dass keine seiner Linien dorthin führt, alles gebürtige Ruhrgebietler und Niederrheiner.«

»Du willst sagen, der Tote stammt von hier. Die Akten dokumentieren eine Bespitzeling ...«
»Niedlich in deinem Dialekt, aber es heißt Bespitzelung.«
»... die Bespitzelung einer Person zu damaligen Zeiten ...«
»... in den frühen Sechzigern, genauer gesagt ...«
»... und ihr habt gleichzeitig herausgefunden, dass die Wurzeln der Anführerin von dem Verein, in dem auch der Tote Mitglied war ...«
»... ebenfalls aus dem Osten stammt.«
Sie schwiegen, als Maarten am Abzweig zur Rheinfähre den Blinker rechts setzte.
»Mann, dat is en dickes Ding.«
»Kannst du laut sagen. Ich bin echt gespannt, wie es weitergeht.«
Er legte ihr eine Hand auf den Oberschenkel. »Ich auch.«
»Meinst du jetzt den Fall?«
Die Hand bewegte sich langsam nach oben. »Nein. Ich spreche von deiner aufregenden erotischen Affäre mit dem attraktiven Taxifahrer.«
Maarten bog vor dem Restaurant Zur Rheinfähre links ab zur Natostraße und parkte seinen Wagen mit Blick auf den Fluss. Vom gegenüberliegenden Bislicher Ufer spiegelten sich Scheinwerfer in der sanften Strömung, die nur selten von Schiffskörpern durchpflügt wurde. Rote, grüne, weiße Positionslichter verschwanden unter dem Tuckern der schweren Motoren in der Ferne. Irgendwo im Weidenhain oberhalb des Ufers rief eine Eule.
Das freudige Kichern zweier Menschen ging über in genießerische Stille, nur durchbrochen von einzelnen, lustvollen Seufzern.

FÜNF

23. Mai 1960, 21.17 Uhr

Die Nacht vor der Hinrichtung ist eine unvorstellbare Situation. Gedanken drehen sich im Kreise, endlos und immer wieder, und wenn es dazu reicht, lässt einer vielleicht sein ganzes Leben Revue passieren. Denken – wozu denken, wenn sich das Leben fremdbestimmt dem Ende zuneigt, weder Hoffnung bleibt, noch die Möglichkeit, mit einem einzigen großen Befreiungsschlag dem Schicksal zu entrinnen. Er grämte sich nicht, er fühlte keinen Schmerz, er spürte nur Leere und eine große Enttäuschung, dass ihn irgendeine göttliche Macht, wenn es sie da draußen gab, nicht gerettet hatte. Bilder bewegten sich an die Oberfläche seines Bewusstseins wie Luftblasen aus der Tiefe des Meeres. Seine Familie, seine Frau, von der er längst getrennt lebte, und die Kinder, von denen ihn das Mädchen, längst eine erwachsene junge Frau, in seinem selbst gewählten Fluchtort fern der DDR in Nordrhein-Westfalen erst aufgespürt, dann besucht hatte. Er war überrascht gewesen, nein, er hatte sich von so viel Nähe erwärmt gefühlt und bei sich väterliche Fürsorge bemerkt, deren er sich nicht mehr fähig glaubte.

Die Bilder verschwanden im Strudel der Gedanken so zusammenhangslos, wie sie emporgeschwebt waren. Der Mann warf die Arme, die er um den Kopf geschlungen hatte, im Bogen zur Seite und schnellte aus dem Kauersitz hoch. Er begann zu schreien und holte Töne tief aus der Kehle heraus wie ein waidwundes Tier. Dabei hatte er das Gefühl, sich zu befreien, obwohl er wusste, dass nicht einmal das kleinste Geräusch aus dem abgedunkelten Raum drang. Die Schallwellen wurden geschluckt von der Wandverkleidung, die wie eine riesige gewellte Eierverpackung aussah und die unterbrochen war von kleinen, vorragenden Schallbrechern.

Vom Bezirksgericht hatten sie ihn direkt in den zweiten Stock des Stasigefängnisses in Dresden gebracht und sicherheitshalber in die Einzelhaftzelle gesperrt, die nicht nur fensterlos, sondern rundherum von innen präpariert war. Hier konnte man die Renitenten wie ihn unterbringen. Hier konnte scharf verhört werden, ohne dass

Schläge und Schreie nach draußen drangen; hier konnte jemand, der seine Todesängste herausbrüllen wollte, vor den Mitgefangenen geräuschlos versteckt werden.

Der Mann trommelte gegen die gepolsterte Tür, gegen die Wand, er verfiel der Raserei, schlug um sich, kreischte, das zumindest konnte ihm jetzt keiner nehmen. Er hörte nicht, wie das Verdeck des Gucklochs vom Gefängnisgang her zur Seite bewegt und der kantige, schwere Türriegel mit einem harten Ruck zurückgeschoben wurde. Ein Major, mit dem der Verurteilte viele Einsätze gemeinsam absolviert hatte und zu dem bei seinem letzten Stasijahrestreffen mit Hilfe von Rotkäppchen-Sekt und einer deftigen Füllung Wodka und Nordhäuser Korn eine gewisse Nähe entstanden war, war der Auserkorene, der den Todeskandidaten ruhigstellen sollte. Nicht etwa, um ihm Beistand zu leisten, sondern um der Staatssicherheit den Weg freizuräumen, ihren Auftrag bis zum bitteren Ende des Delinquenten unter dem Fallbeil zu vollstrecken.

Der Uniformierte öffnete ein kleines Köfferchen und zeigte auf ein Tablettenröhrchen und eine Spritze.

»Ich weiß, das ist die Hölle für dich. Ich habe hier ein paar Mittel, die dir Ruhe geben werden. Dann schläfst du ein. Du kennst mich, ich will dir helfen«, sagte er im bemüht freundlichen Tonfall, der verriet, dass der Mann sonst gewohnt war, schnarrende Befehle auszusprechen und neue zu erhalten. Er kam dabei so nah an den Tobenden heran, dass er gehört, aber nicht von Schlägen getroffen werden konnte.

»Was willst du? Ich will nicht ruhig werden, ich muss sterben, und ich weiß nicht, warum. Das Urteil ist lächerlich. Ich bin ein Opfer dieses verdammten Staats, dem ich so lange gedient habe.«

»Schluss jetzt, stopp! Du weißt, du bist abgehauen. Abgehauen in einer Zeit, in der mehrere Leute der Staatssicherheit rübergemacht haben. Das können wir nicht dulden. Die Grenze ist zu offen, das werden wir ändern. Ich darf das eigentlich hier nicht sagen, das weißt du. Ich bringe mich in Gefahr damit. Aber der wahre Grund für deinen Tod ist, dass du das System verraten hast.«

»Ich habe niemandem Leid zugefügt, ich bin einfach gegangen. Bis mich irgendjemand über die Grenze zurückgekarrt hat. Ich weiß nicht, wie und warum. Ich war total besoffen. Ihr seid wie eine Krake. Wer einmal in euren Fängen war, den lasst ihr nicht in

Frieden. Jetzt bin ich der ehemalige Stasimajor, der aufs Schafott geht, und jeder von Horch und Greif soll es wissen. Das ist perfide, eiskalt ist das.«

»Du hast es begriffen, du bist das Exempel, das zu statuieren war. Es hätte auch jemand anders sein können. Dein Tod soll abschrecken. Nicht dass ich das gutheiße. Ich wollte, ich könnte etwas für dich tun. Aber wer zulässt, dass die eigenen Leute keinen Respekt mehr vor dem Geheimdienst haben, kann den Laden zumachen.«

Der Major pumpte seinen Brustkorb auf, als wolle er eine dienstliche Standpauke loslassen und gewissermaßen den militärischen Befehl zum ehrenvollen Gang in den Tod geben. So wie er es gewohnt war und wie er gelernt hatte zu reden. Doch er blickte auf einen verzweifelten Mann mit wirren Haaren und stierem Blick, der so nicht zu erreichen war. Eine Verständnis signalisierende Formulierung, einen Tonfall der Annäherung – das konnte er sich nicht leisten, während das Wachpersonal vor der Zellentür stand und er gleich Rapport erstatten musste.

»Gut, setz dich bitte hin, ich gebe dir eine Spritze. Du merkst, ich möchte dir nichts Böses, ich will dir helfen in deinen letzten Stunden.«

»Ich will keine Spritze und keine Pillen. Ich will wissen, was hier gespielt wurde! Sag mir, warum ich sterben muss!«

Der Major hielt inne und klappte den Medizinkoffer zu. Er hatte sich dazu entschlossen, ein bisschen Zivilcourage zu zeigen und etwas zu berichten, was eigentlich strikt untersagt war. Warum er so handeln wollte, das wusste er selbst nicht genau.

»Du weißt, Gewissheit zu geben ist in der Dienstvorschrift nicht vorgesehen. Aber ich kenne dich, und ich mag dich. Ich erzähle dir jetzt die Geschichte. Aber es darf nicht zu lange dauern. Schaffst du es, eine Viertelstunde lang nicht auszurasten? Du musst es mir versprechen, sonst bin auch ich dran.«

Der verurteilte Mann ließ die Arme sinken, sein Gesicht entspannte sich leicht. Mühsam brachte er hervor: »Ich verspreche es dir. Wenn ich gehört und verstanden habe, fällt es mir hoffentlich leichter, mit dem Leben abzuschließen.«

Der Major ging zur Zellentür, rief durch den offenen Türspalt den links und rechts danebenstehenden Wachleuten zu: »Ich habe ihn überredet, auf die sanfte Tour. Muss auch mal sein. Jetzt setze ich ihm die Spritze und warte noch zehn oder fünfzehn Minuten, bis die Wirkung eintritt. Bitte nicht reinkommen währenddessen. Ihr wollt doch auch keinen Ärger mit dem hier haben.«

Er wartete die gemurmelte Bestätigung des Befehls ab und begann, die Geschichte einer Entführung von West nach Ost bis in diese Todeszelle zu erzählen.

Die ganze Geschichte.

***

8. Mai 2010

Gero von Aha ließ auf sich warten.

Erst hat er einen fulminanten Frühaufstehereinstieg hingelegt, und nun geht er zur Tagesordnung über, dachte Karin, während Staatsanwalt Haase die stylische Kaffeemaschine des Neuen bewunderte. Er hatte sich über den aktuellen Stand der Ermittlungen informieren wollen, schien verhalten erstaunt über die Entwicklung hin zu einem gezielt durchgeführten Anschlag und bot dem K1 jegliche Rückendeckung auf dem kurzen Dienstweg an.

»Donnerwetter, hat einen guten Geschmack, Ihr Neuzugang. Wo ist er übrigens? Ich hörte von seinem gestrigen Einstand. Aber diese alten Kaffeepötte ...«

»Das war Simon Termaths Ausstand.«

Erst jetzt schien ihm aufzufallen, dass der stille Protokollant aus diversen gemeinsamen Besprechungen nicht an seinem Platz saß und statt der gequälten alten Zimmerpflanzen nun dieses Hightechgerät an derselben Stelle auf dem Sideboard stand. Karin legte noch ein Schüppchen drauf.

»Wir hatten mit Ihnen gerechnet. Schließlich kannten Sie beide sich schon wesentlich länger als der Rest des Kommissariats.«

Haase blickte leicht irritiert auf, Karin genoss es sichtlich, ihn zu brüskieren.

»Er hat auf Sie gewartet.«

»Ja, ja, ich war verhindert, Sitzung in Düsseldorf. Frau van den Berg hat meine Grüße sicherlich wie besprochen übermittelt.«

Fluchtartig griff der Staatsanwalt zur Türklinke, er und von Aha

trafen sich im Türrahmen. Haase gewann seine Souveränität schlagartig zurück, indem er in seine Vorgesetztenrolle schlüpfte.
»Haase, Staatsanwalt, willkommen in Wesel.«
»Gero von Aha, Kommissar. Danke.«
»Ich hörte, Sie kommen aus Göttingen?«
»Ja.«
»Herrliche Stadt, viel Bewegung in der Studentenschaft, schon von jeher.«
»Ja.«
»Beizeiten muss ich mal Ihren Kaffee probieren, tolle Maschine. Ich bringe gelegentlich ein paar neue Tassen mit, dann trinkt es sich nobler. Ich denke da an Villeroy & Boch oder vielleicht besser Ritzenhoff.«
»Ja, gerne«, sagte von Aha, der wohl daran dachte, dass er ebenfalls Trinkgefäße kaufen wollte, was er bislang vergessen hatte. Bald würde das Kommissariat über eine ganze Flut eleganter Tässchen verfügen.

Ihr Geplänkel wurde von einem Paar in mittleren Jahren unterbrochen, einfach gekleidet, schlecht frisiert, beide mit sorgenvollem Blick und unsicherer Gestik die Türschilder auf dem Flur nach einem Namen absuchend. Von Aha wirkte erlöst.
»Kann ich Ihnen helfen?«
Der Mann kam einen Schritt auf ihn zu. »Der da unten hat gesagt, zu Hauptkommissarin Krafft müssen wir. Kennt sich ja keiner aus, in so 'nem Gebäude, kann man nicht leicht finden.«
»Setzen Sie sich einen Moment, ich melde Sie an. Wie heißen Sie?«
»Leschek, Erich und Ria Leschek.«
Diesmal stieß er mit seiner Vorgesetzten im Türrahmen zusammen. Die Pforte hatte Karin telefonisch über das Paar informiert. Sie flüsterte von Aha im Vorübergehen ihre Vermutungen zu.
»Vielleicht die Eltern des toten Fahrers.«
Von Aha nickte, während Karin die Lescheks in ihr Büro bat. Unsicher nahmen sie vor ihrem Schreibtisch Platz. Nein, sie hätten noch nicht daran gedacht, eine Vermisstenmeldung aufzugeben, schließlich wohne der Patrick schon lange woanders. Nein, seine aktuelle Adresse wüssten sie nicht. Nein, sie hätten das Foto in der Zeitung nicht selbst entdeckt. Herr Leschek räusperte sich und legte los.

»Wir waren ziemlich früh bei der Arge heute. Schikanetermin, sagt meine Frau immer, du musst um halb neun da sein und kommst eine Stunde später dran, weil erst noch freie Sprechstunde ist. Wir haben auf dem Flur gesessen, zusammen mit zwei Kollegen, die ich schon lange kenne. Und der Heini hat die Zeitung aufgehoben, die ein anderer vorher unter dem Stuhl vergessen hatte. Der blättert und blättert, und plötzlich sagt er, da, sagt er, ich könnt schwören, das ist euer Patrick. Erst nicken die Kollegen ab, und dann reißt ihm meine Frau das Papier aus der Hand und kann sich kaum beruhigen.«

Frau Leschek brach wie auf Kommando in Tränen aus und erntete unverständiges Kopfschütteln ihres Mannes.

»Hör schon auf, wir wissen doch noch nichts.«

Karin griff in ihre Schreibtischschublade und stellte eine Box Papiertücher vor Frau Leschek, die sich dankbar ein Tuch herauszupfte. Ihr Mann fuhr unbeirrt fort.

»Eine gewisse Ähnlichkeit ist vorhanden, aber Lkw fahren? Der hatte ja noch nicht einmal den normalen Führerschein, da kann der nicht einfach so eine Kiste lenken, oder?« Er schüttelte energisch den Kopf. »Ich kann mir auch nicht denken, dass Patrick das sein soll. Ähnlichkeit, ja.«

Die Kommissarin sortierte die Informationen.

»Sie sind Herr und Frau Leschek, und die Person auf unserem Bild hat eine gewisse Ähnlichkeit mit Ihrem Sohn Patrick, richtig?«

Das Paar nickte einträchtig.

»Sie kennen den derzeitigen Aufenthaltsort Ihres Sohnes nicht. Haben Sie eine Handynummer von ihm?«

Synchrones Kopfschütteln. Frau Leschek schniefte in ein weiteres Papiertuch. Eine Geste von Karin reichte aus, und Tom Weber setzte sich im Nebenraum an den PC, um sich ins Melderegister einzuloggen.

»Der wechselt doch ständig den Anbieter. Immer nur Ärger mit den Gesellschaften hat der, die wollen ihm immer Gebühren berechnen für irgendeinen Scheiß, den er nicht nutzt. Deshalb hat er meistens solche billige Kartenhandys vom Trödel und so. Keine Ahnung, wie unser Herr Sohn zu erreichen ist.«

Frau Leschek zupfte. »Der Lange ...«

»Wen und was meinst du?«

»Na, der Lange muss doch wissen, wo Patrick ist.«
Herr Leschek lehnte sich mit einer ablehnenden Geste zurück.
»Weißt du, wo ich den Langen das letzte Mal gesehen habe? In der Fußgängerzone. Und weißt du, wie? Mit seinem Hund an der Ecke sitzend und die Leute anbettelnd. Haste mal 'nen Euro, den Spruch hat er draufgehabt und mich nicht erkannt. Der kennt seinen eigenen Namen nicht mehr, so besoffen, wie der durch die Stadt taumelt.«
»Der weiß noch genau, wen er kennt und wen nicht, vielleicht ...«
»Nie und nimmer, der doch nicht.«
Karin unterbrach die Diskussion. »Hat der ›Lange‹ auch noch einen anderen Namen?«
Sie schienen angestrengt nachzudenken. Schließlich zupfte und schniefte Frau Leschek erneut, bevor sie sich mit erhobenem Zeigefinger zu Wort meldete.
»Seine Mutter hieß Martmann, bevor sie den Dvornik heiratete.«
»Von dem ist die doch schon lange weg.«
»Und hat den Schmitz geheiratet.«
Karin notierte, strich, notierte erneut.
»Schmitz oder Schmidt?«
»Schmitz mit ›Tür zu‹ am Ende. Aber der Lange ist nicht der Sohn vom Schmitz, der stammt noch vom Martmann, genau wie die beiden Mädchen.«
»Martmann, nicht vom Dvornik?«
»Der konnte doch nicht.«
Karin schritt ein. »Martmann – und der Vorname?«
Beide blieben stumm.
»Weiß ich jetzt auch nicht.«
Tom Weber blickte durch die geöffnete Zwischentür und schüttelte den Kopf. Karin ging kurz zu ihm.
»Patrick Leschek ist noch unter der Adresse seiner Eltern gemeldet, kein weiterer Eintrag. In unseren Akten steht er mit kleineren Jugendsünden, Ladendiebstahl und so, seit Jahren unauffällig.«
»Mein Kollege hat Ihren Sohn nicht einzeln im Melderegister gefunden. Er steht mit Erich und Maria gemeinsam eingetragen.«
Sie nickten.

»Das sind wir, Erich und Ria. Der wollte sich doch ummelden. So ist er, wenn man nicht alles für den erledigt, dann passiert nichts.«

Tom blickte Karin an und zog die Schultern hoch.

»Dann müssten Sie mit in die Pathologie kommen und sich den jungen Mann anschauen.«

Sofort schluchzte Frau Leschek herzergreifend, zupfte und schlug die Hand ihres Mannes zur Seite, der ihren Oberarm berührte. »Alles nur deinetwegen. Hättest du nicht ewig auf dem Jungen rumgehackt, dann wäre er nicht weg.«

»Komm, jetzt mal langsam. Nichts hat der gemacht, gar nichts, nur vor dem Bildschirm gehangen und den Kühlschrank leer gefressen. Uns auf der Tasche gelegen hat er, sich um nichts gekümmert. Keine Arbeitsstelle war ihm gut genug.«

»Die haben ihn auch nie richtig verstanden. Immer sollte er Dinge machen, die er nicht wollte, ist doch auch nicht gerecht.« Ihr Blick suchte solidarische Unterstützung bei Karin.

»Wie alt ist Ihr Sohn, Frau Leschek?«

»Achtundzwanzig, nächsten Monat.«

Karin schaute Tom an, der mit einem Ausdruck aus dem Melderegister zu ihr trat. »Patrick Leschek«, las sie da, »geboren am 30. August 1980 in Wesel«.

»Dreißig wird er im August, Frau Leschek.«

Sie funkelte Karin aufgebracht an. »Sag ich doch.«

Tom Weber schaute das Paar an. »Ich habe mit der Pathologie telefoniert, wir können gleich hinfahren.«

Beide richteten sich erschrocken auf.

»Jetzt gleich? Dann brauchen wir aber eine Bescheinigung, warum wir den Termin in der Arge nicht wahrnehmen können. Das gibt sonst Abzug.«

Karin nahm eine Visitenkarte aus ihrer Ablage. »Sie geben einfach meine Karte weiter. Wenn es Schwierigkeiten gibt, sollen die mich anrufen.«

»Wenn das mal reicht.«

Sie bewegten sich nicht.

»Muss. Wird schon klappen.«

Tom Weber wartete mit Autoschlüssel und Jacke an der Tür. Herr Leschek druckste herum.

»Der Kollege von mir sagte, da wären noch Sachen von ihm im Auto gewesen.«

»Wie kommt Ihr Kollege darauf?«

»Hätte vor Tagen in der Zeitung gestanden. Man hätte Geld im Laster gefunden.«

Tom Weber ahnte, dass diese Frage seiner Chefin überhaupt nicht gefiel. Er beobachtete, wie ein mittlerer Wutausbruch sich durch kleine rote Punkte am Hals ankündigte, die sekundenschnell zum Gesicht aufstiegen.

»Sie wissen nicht einmal, ob der tote junge Mann Ihr Sohn ist, und sprechen schon über das Geld, dessen Besitzer noch nicht ermittelt wurde? Das grenzt an Leichenfledderei, jetzt aber raus hier, bevor ich mich vergesse!«

Die drei machten sich auf den Weg, während von Aha neugierig um die Ecke linste.

»Das klang temperamentvoll.«

»Das war auch nötig. Und jetzt zu Ihnen. Eine plausible Erklärung für Ihren verspäteten Dienstbeginn bitte, wir sind hier Pünktlichkeit gewohnt.«

Er starrte durch seine eckige Brille. »Jetzt mal nicht ausrasten, ich will keine Leiche fleddern und kann nichts für den Kater, den Sie hier ausleben.«

»Ich bin nicht verkatert, weise nur auf die hiesigen Gepflogenheiten hin, und ohne dieses Paar hätte ich Sie gleich mit dieser Frage begrüßt.«

Sie schauten sich wie zwei Kontrahenten an, die sich für Werbezwecke vor dem Boxkampf der Presse präsentieren. Und schwiegen.

»Ich warte.«

Schnaubend verschränkte von Aha die Arme. »Mein Umzugsunternehmen hat mich versetzt. Geplant war sechs Uhr Ankunftszeit am Großen Markt, ich wollte den Schlüssel übergeben, damit die alles nach oben bringen. Ein Fahrer war ausgefallen, Ankunft gegen Mittag. Ich habe der Hebamme aus der Praxis im ersten Stock meinen Schlüssel gegeben. Die war nicht begeistert. Ich kann nur hoffen, dass ihr kein Kind dazwischenkommt. Frau Krafft, mit viel Glück sind meine Sachen nachher oben in der Dachwohnung. Wenn die keinen Ersatz zum Schleppen kriegen, stehen sie auf dem Marktplatz, bestenfalls noch unter der Arkade.«

»Am Marktplatz im Herzen von Wesel wohnen Sie also, das ist ja nicht weit von hier.«

»Ja, ich habe per Internet gesucht und den Innenstadtbereich bevorzugt. Domviertel fand ich anrührend als Namen für ein Wohnquartier. Letztlich hat mich das Erkerzimmer überzeugt mit dem seitlichen Domblick. Und dann soll ja die gegenüberliegende Fassade mitten in der Trapp-Zeile wieder ihr historisches Gesicht bekommen. Das ist zwar kein Vergleich mit Göttingen, aber immerhin eine attraktive Facette.«

»Warum nehmen Sie sich nicht den Tag für den Umzug frei?«

»Dann verpasse ich ja den Einstieg.«

»Wie wollen Sie die Klamotten unter das Dach transportieren, wenn das Unternehmen versagt? Alleine?«

»Irgendwie, Stück für Stück.«

Burmeester horchte auf. »Wir können in der Mittagspause gemeinsam nachschauen. Ich frage noch Tom und Jerry, zu viert geht das flotter.«

Ungläubig schaute von Aha ihn über die Schulter hinweg an. »Das wäre prima. Ich kenne doch hier sonst niemanden.«

Bevor sich die Männer verbündeten, gönnte sich Karin noch ein Schlusswort. »Wir leben nicht hinter dem Mond, eine Verspätung kann durchaus durchgegeben werden. Wenn nicht dienstliche Belange Einsatz oder Ermittlung vor Ort voraussetzen, dann beginnen wir hier pünktlich und gemeinsam, Herr von Aha.«

Er salutierte mit übertriebener Geste. »Sehr wohl, Frau Hauptkommissarin Krafft.«

Karin Krafft ahnte, dass ihr die Zurechtweisung zu autoritär geraten war. »Gut, dann setzen Sie sich mit dem Kollegen Burmeester zusammen und tauschen Sie sich über die Informationen aus dem Osten aus, vielleicht gibt es in den Stasi-Akten sogar Hinweise auf Cornelia Garowske.«

Sie bekam am Rande mit, wie Burmeester sich mit einem Stuhl neben den Neuen hockte, der das Laptop hochfuhr.

»Ich heiße Nikolas, wir duzen uns hier. Meistens jedenfalls und trotz deines etwas merkwürdigen Einstiegs bei uns. Aber in der Not halten wir zusammen.«

»Freut mich, Gero.«

Das Telefon klingelte, und Karin konzentrierte sich wieder auf ihren Schreibtisch. Gespannt hörte sie zu, was Tom Weber zu berichten hatte.

»Sie haben ihn identifiziert. Der Tote ist eindeutig Patrick Leschek, ein neunundzwanzigjähriger Weselaner. Ein echter Loser, wie ich auf der Fahrt hierher erfahren habe. Immer waren andere Schuld an seinem Scheitern, nichts hat er zu Ende gemacht, auch keinen Schulabschluss.«

»Wir müssen herausfinden, wo er gelebt hat, mit wem er Kontakt hatte. Ich frage nachher bei der Telefonzentrale, ob es inzwischen weitere Hinweise gibt.«

»Den Eltern ist noch ein Schrottplatz in Duisburg als möglicher Unterschlupf eingefallen. Irgendein entfernter Verwandter, bei dem Patrick hätte unterkriechen können.«

»Gut, mach den Platz ausfindig. Das würde ja zum geklauten Lkw passen, wenn Leschek in der Nähe gelebt hätte.«

»Das passt nur alles noch nicht zu dem hoch dotierten Auftrag, in eine Menschengruppe zu rasen.«

»Setz die beiden Lescheks in einen Streifenwagen, der sie nach Hause bringt, und bleibe gleich in Duisburg«, ordnete Karin an, »Die Kollegen waren bislang sehr kooperativ. Es gibt echte Meister der Ermittlung unter denen, denk an die Erfolge auf internationaler Ebene zur Aufklärung des sechsfachen Mafiamords in der Duisburger Innenstadt.«

***

Die arbeitsame Atmosphäre in der Dienststelle wurde wenig später jäh von einer ungeheuren Nachricht unterbrochen, mit der die Hauptkommissarin die Aufmerksamkeit aller Anwesenden auf sich zog.

»Ich hatte eben die Einsatzzentrale am Ohr. Jerry, Burmeester, wir rücken aus, es hat einen Anschlag auf Cornelia Garowske gegeben. Sie ist auf dem Weg ins Marienhospital. Ich werde zu ihr fahren, ihr beide lasst euch am Tatort blicken, das ist die Halle Am Blaufuß. Die Kollegen sind noch vor Ort.«

Hektik verbreitete sich, alles in Gero von Ahas Nähe geriet in Bewegung.

»Und ich?«

Karin kam zurück und antwortete, während sie ihre Dienstwaffe anlegte und die Jacke überzog.

»Sie halten hier die Stellung. Es macht wenig Sinn, an der Halle oder im Krankenhaus aufzutauchen, ich brauche Sie später als unbekanntes Gesicht. Wir werden Bericht erstatten. Sie erinnern sich? Regelmäßige Lagebesprechungen, das System hat Vorteile, Sie werden sehen. Auf geht's, denkt an Heierbeck.«

»Die Spurensicherung ist schon unterwegs.«

»Gut, achtet auf kleinste Details und befragt selbst den Wetterhahn der nächsten Kirche. Das ist kein Zufall.«

Nein, dachte Karin, während sie zu ihrem Wagen hastete, das sieht nach Absicht aus. Jemand hat es tatsächlich auf die Frau abgesehen.

**

Im Warteraum der Notaufnahme herrschte Gedränge, Karins Ausweis bahnte ihr den Weg in einen der Behandlungsräume. Auf der Liege lag Cornelia Garowske, ein dicker Verband verhüllte ihren Kopf, die Kleidung war mit Blut getränkt, ihr Gesicht leidlich gereinigt, ihr Arm hing an einem Tropf.

»Wie geht es Ihnen, was ist passiert?«

Sie schwieg mit abgewandtem Blick.

»Frau Garowske, das galt offensichtlich Ihnen. Sie sind jetzt nicht Zeugin, Sie sind Opfer. Ihr Schweigen hilft nur dem Täter oder der Täterin.«

Widerwillig schaute sie Karin an. »Ich bete um Vergebung für die verirrte Seele und danke für mein irdisches Sein. Das ist alles.«

»Con, bitte, so geht das nicht. Was ist passiert?«

»Ich kann wieder gehen, wenn der Tropf durchgelaufen ist. Das werde ich auch machen, mir geht es gut. Nur eine Platzwunde, vielleicht eine leichte Gehirnerschütterung, das haut mich nicht um.«

Karin setzte sich auf einen Hocker, rollte neben die Liege.

»Ich glaube Ihnen. Ehrlich, ich nehme Ihnen jedes Wort ab. Sie sind so stark, bewundernswert. Sie kennen sich aus in Selbstüberwindung und Selbstkasteiung. Sie propagieren die Vergebung für alle erlittene Schmach.«

Sie machte eine Pause, eine Schwester kontrollierte den Tropf.

»Con, es gibt Dinge, die kann man nicht selber lösen. Und wenn wir von einer Straftat Kenntnis bekommen, läuft eine Maschinerie an, die Sie selber nicht mehr stoppen können und sollen. Deshalb ist es besser, uns in Ihr Denken und Handeln zu integrieren. Wir erledigen den weltlichen Teil, Sie kümmern sich um den geistigen, seelischen, esoterischen, die Metaebene gehört Ihnen.«

Con drehte ihr das Gesicht zu.

»Sie werden immer besser. Ich weiß nicht, was geschehen ist. Ich habe einen Schlag auf den Kopf bekommen, als ich unsere Räume betreten wollte. Ich nahm den Schlüssel aus der Jackentasche, führte ihn ins Schloss, und ab da weiß ich nichts mehr. Alles gelöscht. Seit ich hier aufgewacht bin, suche ich die Erinnerung, hangele mich an allem entlang, was mir der Morgen bescherte. Da lief nichts außer der Reihe, bis mich dieser Schlag traf.«

»Haben Sie nur Ihre Bilder überprüft oder auch die anderen Erinnerungen?«

»Was meinen Sie?«

»Vielleicht haben Sie etwas Bekanntes oder Ungewöhnliches gerochen oder gehört, einen Schatten erahnt, den Sie nur im Augenwinkel huschen sahen?«

Con dachte nach, ein paar Sekunden zu lange, fand Karin.

»Nein, nichts Besonderes. Ich werde Sie informieren, wenn mir etwas einfällt.«

»So einfach geht das nicht. Wir brauchen Ihre Aussage auf Papier, wir brauchen einen Ortstermin, damit wir uns Ihre Position anschauen können.«

»Nehmen Sie einen Schlüssel in die Hand, stellen Sie sich vor den Eingang und stecken Sie den Schlüssel ins Schloss. Das war meine Position.«

»Wo kamen Sie her, welchen Weg über das Gelände haben Sie genommen, Frau Garowske? Nehmen Sie das hier nicht auf die leichte Schulter. Vielleicht hat schon der Lkw am Samstag niemand anderen treffen wollen als Sie. Wir nehmen das sogar an.«

Der letzte Satz saß. Cornelia Garowske wurde unruhig, wollte sich aufrichten. Ein Arzt sah durch die Scheibe in der Tür und trat ein.

»Sie müssen wirklich noch bleiben, bis der Tropf durch ist, ehrlich. Es ist schon leichtsinnig genug, dass Sie nach Hause wollen.

Ein, zwei Tage zur Beobachtung, und wir könnten eventuelle Folgeschäden ausschließen.«

Sie sank zurück auf die Liege.

»Con, ich bringe Ihnen Sachen, wenn Sie mir sagen, was Sie brauchen und wo ich sie finde. Bleiben Sie wenigstens bis morgen. Ich stelle Ihnen einen Beamten vor die Tür. Hier sind Sie besser zu bewachen als in einem Mehrfamilienhaus, glauben Sie mir.«

»Sie meinen wirklich, ich bin in Gefahr, Kindchen?«

Karin nickte. Con gab sich unbeeindruckt.

»Ich danke Ihnen für so viel Fürsorge, aber ich möchte nach Hause in mein Bett. Wenn es mir am Morgen schlechter geht, komme ich freiwillig wieder her. Zunächst gehe ich davon aus, die Versammlung morgen zu leiten, wie immer. Ich habe noch nie gefehlt.«

Der Arzt widmete seine Aufmerksamkeit seinen Aufzeichnungen. »Gut, ich notiere, ›verlässt die Ambulanz auf eigene Gefahr‹. Bleiben Sie noch eine halbe Stunde, dann ist der Tropf durch.«

Er reichte ihr das Formular zur Unterschrift, verabschiedete sich kurz angebunden.

»Ich bringe Sie nach Hause, ich warte draußen.« Karin verließ den Behandlungsraum, fischte ihr Handy aus der Tasche und tippte Burmeesters Nummer ein.

»Sie hat direkt vor der Tür einen Schlag auf den Hinterkopf bekommen. Habt ihr Spuren?«

»Abrieb von dunklen Sohlen, aber kein Abdruck.«

»Gibt es Zeugen?«

»Offensichtlich nicht, wie geht es ihr?«

Karin schilderte ihre Eindrücke.

»Typisch Frau, oder? Bloß nicht im Krankenhaus bleiben, nur nicht entbehrlich werden.«

Hörte sie da einen kleinen süffisanten Unterton? »Wer hat sie denn gefunden?«

»Ein anderes Mitglied der Gruppe. Der Mann hatte sie vom Parkplatz aus um die Ecke gehen sehen, und als er sie erreichte, lag sie schon auf dem Boden.«

»Wirkt er glaubwürdig?«

»Schon. Er ist völlig in Sorge, steht echt unter Schock, ich werde ihm gleich mitteilen müssen, wie es seiner Chefin geht. Die Große nennt er sie, unser Licht.«

»Hm. Hat der Täter gemeint, es sei mit dem Schlag getan, oder ist er gestört worden?«
»Keine Ahnung.«
»Kramt alles durch, hörst du, jeden zarten Halm von allen Seiten beleuchten. Ich werde das Licht nach Hause bringen. Ich glaube, sie erinnert sich und verschweigt es. Auf jeden Fall will sie die morgige Versammlung leiten.«
»Nicht kleinzukriegen.«
»Typisch Frau eben.«
Burmeester schien zu wissen, wann das letzte Wort seiner Chefin gehörte.

***

Karin Krafft verharrte mit den Fingern am Reißverschluss ihrer Jacke und traute ihren Augen und Ohren nicht. Was war los im K1? Atmosphärischer Mischmasch oder einfach frischer Wind? Staatsanwalt Haase und Gero von Aha hockten vor dem Laptop mit dem seltsam geheimnisvollen Material und tranken gemeinsam Kaffee aus den beiden einzigen Bechern mit einheitlichem Dekor. Leicht plaudernd erläuterte von Aha die Herkunft seines aromatischen Heißgetränks.

»Einmal im Monat kommt eine genau bemessene Menge direkt aus Österreich, immer mit mehreren Proben innovativer Geschmacksrichtungen, die auf eine detaillierte Bewertung vom Kenner warten. Nur handverlesene Genießer werden darum gebeten. Die kommen auch raus, wenn das Gerät gewartet werden muss. Alle dreitausend Tassen ungefähr, besser ist besser. Vollmundig, nicht?«

»In der Tat, das nenne ich Kaffee.«

Die Hauptkommissarin schnallte ihr Waffenhalfter geräuschvoll ab und ließ es in die Schublade plumpsen, bevor sie das angrenzende Büro betrat. Die Männer erkundigten sich nach dem Stand der Dinge, ließen sich die Fakten schildern. Karin blickte von einem Tässchen haltenden Mann zum anderen.

»Die Herren haben es sich beim kollektiven Blick in die Ostdateien bequem gemacht?«

Von Aha nahm den Ball auf. »Kaffee belebt Geist und Körper, und diese Marke erst recht. Herr Staatsanwalt Haase, der uns übrigens preisgekröntes italienisches Porzellan passend zum Saeco zugesagt hat, wollte sich einen eigenen Eindruck von der Sisyphusarbeit machen. Ich kann bislang nicht mehr tun, als einzelne Angaben zum Inhalt zu machen. Ich finde den roten Faden nicht, zumal alles verschlüsselt ist und ich keinen Anhaltspunkt für beteiligte Personen erkenne. Jahreszahlen gibt es, die dürften verlässlich sein. Diese ganze Verschleierungstaktik der Stasi, das war doch ›Kalle Blomquist‹ für Erwachsene. Die haben Toilettengänge und Essgewohnheiten für ebenso wichtig erachtet wie konspirative Kontakte oder politische Meinungen, die im Konsum zwischen Spreewaldgurken und dem schlauen Spee-Fuchs geäußert wurden. Und alles war aktenkundig. Was für ein perverser Haufen, wer denkt sich so was aus?«

Haase setzte seine Tasse mit beschwichtigender Geste lautlos auf dem Schreibtisch ab.

»Das ist Geschichte. Offenbar kennen wir noch längst nicht das ganze Ausmaß des Wahnsinns. Wenn die Mauer nicht gefallen wäre, hätte es tonnenweise Papier gegeben, dessen Bearbeitung aus zeitlichen Gründen ins Hintertreffen geraten wäre. Es klaffte schon 1989 eine große Lücke zwischen personeller Besetzung und effektiver Auswertung. Man fand in den Zentralen nicht nur Ordner, sondern auch wahllose, ungeordnete Stapel, Papier mit Informationen über Nachbarn, Kollegen, über nahe Verwandte, alles in allem einhundertachtundfünfzig Kilometer Akten.«

»Das muss man sich vorstellen! Jeder kontrollierte jeden, und niemand sollte sich davor sicher fühlen.«

»Die Folgen sind noch nicht bewältigt, immer wieder brechen auch heute noch Menschen zusammen, wenn sie erkennen, was ihre langjährigen Freunde über sie weitergeleitet hatten.«

Karin Krafft musste ihn stoppen, diesen Wissensaustausch im Café-Stil. »Und?«

Von Aha blickte seine Vorgesetzte fragend an, bevor die hochgezogene Augenbraue ein Fünkchen Verständnis verriet.

»Niederrheinischer Dialog, habe ich gestern schon gelernt. Einsilbige Fragen werden zweisilbig gekontert, bevor jemand zu mehrsilbiger Beantwortung findet. Mein Konter wäre jetzt erst mal ›Wie, und?‹, ich kürze ab.«

Karin musste schmunzeln, er besaß einen bissigen Humor. »Dann los.«

»Es handelt sich um die Bespitzelung einer Familie in den fünfziger Jahren, bis hin zum Anfang der Sechziger. Ich kann immer nur Sequenzen entziffern, die mangelhafte Qualität der Scans, die wir bei dem Konditorlehrling gefunden haben, ist technisch nicht zu verbessern. Die Sätze sind deshalb unvollständig, vieles ist kontrastlos grobkörnig und wirkt verwischt. Verschiedene IMs mit so merkwürdigen Namen wie ›Honett‹ waren im Einsatz. Fakt ist, dass der Mann als Stasi-Major eingesetzt war und selbst überwacht wurde. Was ich lesen kann, klingt harmlos, wie gesagt, Observation auf ›Kalle-Blomquist‹-Niveau. Datiert auf 1954 bricht diese Familie auseinander. Die Frau gerät in Dauerverhöre, man spricht von der Unterbringung der Kinder in politisch einwandfrei denkenden Familien oder Heimen, erst nach zig Seiten wurde es mir klar. Der Mann war abgehauen, der hatte in den Westen rübergemacht.«
Von Aha schlürfte den letzten Schluck aus seiner Tasse.
Karin wartete auf die Fortsetzung. »Kommt da noch was?«
»Schlecht zu sagen, die IMs wechseln, ich habe keine Ahnung mehr, wer wen zu überwachen hatte. Alles immer verschleiert und verschlüsselt, meine Phantasie darf sich austoben, aber Sie wollen gar nicht wissen, was sich dort verbirgt. Mit dem Material ist nichts zu machen, Frau Krafft. Ich habe noch keine Ahnung, wo ich die Garowske zuordnen kann, ich brauche Einblick in die Originale.«
Er erläuterte die Möglichkeit, die Akten vor Ort einzusehen. Es sei nichts Besonderes für ihn, den Mann aus der Mitte Deutschlands, er sei schon öfter zu Ermittlungszwecken in östlichen Behördenarchiven gewesen.
»Haben Sie denn eine Ahnung, von welcher Stadt wir hier reden?«
»Erfurt, eindeutig Erfurt. Die zu entziffernden Straßennamen zeigen es. Außerdem gibt es Fragmente eines entsprechenden Dienststempels. Wir müssen vor Ort in Thüringen recherchieren.«
Karin Krafft lehnte sich zurück. »Das ist nicht gerade um die Ecke.«
Haase blickte auf seine neue Luxusuhr, deren Krokoband sich an sein Handgelenk schmiegte.
»Ich muss, Herr von Aha, ein winziger nachweislicher Hinweis auf die Garowske als IM oder bespitzeltes Opfer, auf eindeutige Indizien für eine ermittlungsrelevante Tätigkeit in der DDR, und ich

unterstütze eine Dienstreise nach Erfurt. Aber das sehe ich nicht. So ist mir der Einsatz zu vage.«

Das ist auch ein Spiel für kleine Jungs, dachte Karin, von Aha betrachtend, der sich die Hände rieb, anschließend mit den Knöcheln knackte und sich nach einem lang gezogenen »Okay« wieder mit voller Aufmerksamkeit dem Bildschirm widmete.

Karin sah auf die Wanduhr. »Vierzehn Uhr dreiundzwanzig. Was ist mit Ihren Möbeln? Die Kollegen sind noch alle unterwegs.«

So beiläufig, als handele es sich um ein nicht bestelltes Päckchen, kam die Antwort. »Die Hebamme sagt, alles versperre den Hausflur, niemand käme durch. Ins Haus haben sie alles gebracht, alles dort stehen gelassen, hätten sich geweigert, ohne Aufzug in die vierte Etage zu laufen.«

Er blickte vom Bildschirm auf. »Die Frau hatte den Schlüssel zu meiner Wohnung und die beiden Männer ein Transportband. Verstehen Sie? Sie hätte sie reingelassen, die Spediteure hätten Fenster für den Möbelaufzug geöffnet, alles hätte planmäßig oben sein können. Sie hat vergessen, dass die Leute kommen, und war weg. Damit war mein glasklarer Plan hinfällig.«

Er schlug sich an die Stirn. »Die Kollegen helfen mir nach Feierabend, alles schon besprochen.«

»Erinnern Sie die anderen bitte an die kleine Lage morgen um zehn.«

Mit hängenden Mundwinkeln nickte er abwesend. Den Neuen mit richtig schlechter Laune, das wollte sich die Hauptkommissarin gar nicht erst vorstellen.

***

Jerry hatte eine Kiste Bier besorgt, Tom im Baumarkt einen Satz Arbeitshandschuhe gekauft, und unter Burmeesters Arm klemmte ein transportabler CD-Player mit beschwingender Musik von Carlos Santana. Gut gelaunt erschienen die drei am Großen Markt, motiviert und gewillt, den Klacks an Möbeln in die vierte Etage zu schleppen. So viel konnte es nicht sein, wenn ein Mietshausflur reichte, alles unterzustellen. Von Aha empfing sie in einem blauen Overall, die Stirn bereits bedeckt mit Schweißperlen. Burmeester begrüßte ihn lautstark.

»Der späte Rächer der Verfolgten des Arbeiter-und-Bauern-Staats im Blaumann, das passt.«

»Wie kommst du darauf?«

»Na, bei den Verbindungen, die du gerade ausbuddelst, schien mir der Vergleich ganz angemessen. Stimmt es, dass du eine Dienstreise nach Erfurt beantragen willst?«

Von Aha nahm einen wachsamen Ausdruck an und wurde ernst.

»Was gäbe es daran zu kritisieren, wenn dem so wäre?«

Burmeester trat einen Schritt auf ihn zu. »Mensch, Erfurt, thüringische Landeshauptstadt, das liegt am Ende der Welt.«

»Da, schau, wie schlau Nikolas Burmeester aus dem tiefen Westen ist. War noch nie in einem der neuen Bundesländer, spürt aber, dass sie auf einem fernen Kontinent im Osten liegen. Da habe ich doch zur Einführung in mein Weseler Dasein einen markanten Satz von Hanns-Dieter Hüsch gelesen. Der Niederrheiner kennt nix, weiß aber alles oder so ähnlich.«

»Dass es vor zwanzig Jahren einschneidende politische Veränderungen in der Republik gegeben hat, ist selbst am Niederrhein angekommen.«

»Wie wäre es mit einem Gesuch um Amtshilfe an die dortige Polizeibehörde? Das soll im Rahmen des Machbaren liegen.«

Von Ahas Augen blitzten hinter seiner Brille, unwirsch wischte er sich den Schweiß von der Stirn. »Wie soll besagtes Kollegenteam im Osten mit den fragmentarischen Vermutungen, die sich aus der Kleinarbeit ergeben haben, klarkommen? Man bräuchte Stunden für eine filigrane Einarbeitung. Das ist ineffizient.«

»Oh, ineffizient! Du kennst aber Wörter!«

Jerry verdrehte die Augen. »Sagt mal, wollen wir hier den Fall lösen, oder gibt es ein paar Möbel zu schleppen?«

Gemeinsam betraten sie das Treppenhaus. Auf jedem Absatz bis hinauf in die dritte Etage stapelten sich Möbelteile und Kisten bis zur Decke, Dutzende von Kisten, laut Aufschrift gefüllt mit Büchern. Burmeester stöhnte auf. »Wie kann ein Single so viel Einrichtung und eine ganze Bibliothek besitzen. Das ist ja dekadent.«

Tom, dessen Bücherwand aus einem halben Meter Bildbände vom Niederrhein bestand, hob vorsichtig eine der Kisten an, stellte sie umgehend wieder ab. »Sag mal, von Aha, hast du diese Zentner Papier wirklich gelesen?«

Zart strich der Neue über die hellbraune Transportpappe. »Gelesen, nach Genres sortiert, in Karteien erfasst, und hoffentlich wurden sie von den Fachmännern genauso eingepackt wie besprochen, sonst kann ich von vorne anfangen.«
Bücherkisten, prallvoll, toll, Burmeester bereute seinen Einsatz. Immer wieder brachte ihn sein großes Herz ins Schwitzen.
Von Aha sah die Motivation seiner Kollegen schwinden. »Wir beginnen unten und arbeiten uns vor zu den kurzen Wegen nach oben, einverstanden?«
Burmeester nutzte die Situation schamlos aus. »Und anschließend lädst du uns unten ins Hellas ein, da gibt es traditionelle griechische Küche. Hast du gesehen, dass die Tische draußen auf dem Großen Markt stehen? Nettes Ambiente. Wenn wir flott sind, können wir vielleicht in der Abendsonne sitzen.«
»Einverstanden.«
Jerry zählte die Kartons auf dem Absatz der zweiten Etage. »Vierundzwanzig! Und nach dem Essen gehen wir zu einem Absacker an der Ecke in die Weinzeit.«
»In Ordnung.«
Tom klopfte auf die Seitenplanke einer massiven Stollenwand. »Und dann rüber zum Kornmarkt, noch kurz ins Meyers, das ist ein Muss.«
»Nein, das heißt doch Müllers und liegt hier direkt um die Ecke. Die Betreiber sind gerade Eltern geworden, fast jeder Gast schaut in den Kinderwagen und stößt Begeisterungsrufe aus. Offensichtlich kenne ich nach ein paar Tagen in Wesel mehr als du von deiner Stadt.«
»*Touché*. Und? Dein Angebot?«
»Alles, was ihr wollt, aber wir sollten uns zuerst oben anschauen, wo die Sachen hinsollen, damit alles gleich an Ort und Stelle steht. A und O eines gelungenen Umzugs ist die Logistik.«
Die drei Helfer tauschten verstohlene Blicke aus.
Im vierten Stock befand sich eine geräumige Dachwohnung mit einer reizvollen Raumaufteilung. Tom und Jerry standen vor dem Erkerfenster und bestaunten die Aussicht. Menschen flanierten in leichter Bekleidung über das Kopfsteinpflaster, in einigen Etagen der mehrgiebeligen Trapp-Zeile gegenüber wurde noch gearbeitet. In Praxen, Kanzleien, bei der Bank und beim Optiker herrschte re-

ger Kundenverkehr. Die Teddys in den Dachfenstern des Kinderschutzbunds lachten, die Arbeiten an der Rekonstruktion der alten Fassade wuchsen erst bis zum Erdgeschoss. Eine Frau in weißem Kittel führte ihren schwarzen Hund mit bodenlangen Rastalocken aus.

Jerry deutete auf das Tier. »Das ist Emma, ein echter Puli, davon gibt es nur ganz wenige in Deutschland. Ich dachte erst an Jamaika als Herkunftsland, aber die kommen ursprünglich aus Ungarn. Witzig, oder? Ich kenne die beiden, die Kleine bewacht energisch die Apotheke ihres Frauchens, drüben an der Ecke.«

Sie blickten weiter mit kindlicher Neugier auf die Idylle, alte Damen hinter Rollatoren suchten sich unsicher den Weg über den unebenen Platz, Teenager kreuzten ihn lautstark. Die Tische der Eisdiele waren dicht besetzt, und auf der anderen Seite schlugen die Glocken des Doms zur vollen Stunde.

»Schöne Perspektive so hoch über dem Marktplatz. Du wirst sehen, es ist nett hier. Zweimal in der Woche ist Wochenmarkt, da kriegst du alles Leckere frisch.«

»Und Veranstaltungen mit viel Publikum gibt es, das Hansefest, die PPP-Tage, den Adventsmarkt, du wirst sehen, der Markt lebt.«

Burmeester musste kichern. »Und wenn sie diesen Weihnachtsbaum aus Stahl wieder aufstellen, wird es besonders besinnlich.«

»Was meinst du?«

»Na, die hatten im letzten Winter so was Innovatives hier stehen, kegelförmig mit weißen LED-Reifen wie ein Michelin-Männchen und mit Standfüßen aus Betonklötzen. Fast jeder hat sich drüber aufgeregt.«

»Burmeester, nun lass gut sein, er wird das Teil schon kennenlernen. Oder glaubst du, dass diese Augenweide verschrottet wurde, weil ein paar Leute gemeckert haben?«

Burmeester suchte eine Steckdose und sorgte für schwungvolle Hintergrundmusik, tänzelte in Richtung Erker. »Ich finde die Idee mit der Fassadenrekonstruktion an der Trapp-Zeile noch viel bekloppter.«

Jerry suchte sich ein passendes Paar Handschuhe aus. »Da muss ich dir zustimmen, das Geld hätte in Haiti bessere Dienste geleistet.«

Tom öffnete eine Bierflasche und nahm einen kräftigen Schluck.

»Das sind doch keine öffentlichen Gelder, da hat sich doch eine engagierte Bürgerinitiative drum gekümmert. Das sind Menschen, denen die Geschichte der Stadt am Herzen liegt und die exakt dafür gesammelt haben. Ich finde das Projekt toll, du kannst schon sehen, wie es wächst, es lässt die vergangene Pracht dieser Innenstadt erahnen.«

Von Aha räusperte sich. »Wollen wir anfangen? Sonst ist es Mitternacht, und Hellas macht dicht.«

SECHS

9. Mai 2010

Um zwanzig Minuten nach zehn rauschte die Behördenchefin van den Berg an Hauptkommissarin Krafft vorbei. »Das wird ein Nachspiel haben! Was ist los mit dem disziplinierten, kompetenten K 1? Frau Krafft, sorgen Sie dafür, dass die Herren für den Rest des Tages einen zivilisierteren Eindruck hinterlassen. Sonst sehe ich mich gezwungen, Aktenvermerke zu erstellen.« Der Leiterin des K 1 blieb nichts anderes übrig, als resigniert zu nicken. Van den Berg verließ den Flur der Dienststelle mit energisch hallenden Schritten. Karin Krafft schnaufte, verengte ihre Augen zu Schlitzen, ballte die Fäuste und atmete ein paarmal tief durch, bevor sie die Tür zum Besprechungsraum zaghaft öffnete, den Raum betrat und dieselbe Tür mit einem ohrenbetäubenden Knall ins Schloss donnern ließ. »Was war das für eine Vorstellung?«

Vier Männer zuckten durch die unvermittelt laute Stimme zusammen.

»Von Aha, Sie erscheinen hier im schmuddeligen Blaumann und sind so übermüdet, dass Sie Ihren Namen kaum kennen. Tom Weber, du platzt völlig verspätet in die Lage, ich habe noch nie so dicke Augen bei dir gesehen. Und Jerry, wie kannst du der Chefin sagen, sie solle leiser sprechen und dir dabei den Kopf halten, und Burmeester ...?«

Sie baute sich vor dem Häufchen Elend auf, das zusammengesunken auf dem Stuhl hing und krampfhaft versuchte, die Augen offen zu halten.

»... Burmeester, du gibst ein Bild des Verfalls ab. Was habt ihr gemacht? Ich denke, ihr wart gemeinsam Möbel schleppen!«

Die Herren bewegten vorsichtig die Köpfe, man konnte ein Nicken erahnen.

»Ihr wirkt eher grob fahrlässig verkatert, als hättet ihr die halbe Nacht durchgesoffen.«

Von Aha sah sich zur Antwort genötigt. »Ich kann das alles erklären. Die Kollegen haben mir aus der Patsche geholfen, allein hätte ich den Umzug nie geschafft. Ja, und danach sind wir zum Essen ins Hellas gegangen. Da gab es mehrere Runden Ouzo, weil ich ein neuer Nachbar bin.«

Burmeester hatte einen sehr wachen Moment. »Wir waren nicht in dem Ecklokal, Karin, nein. Weinzeit hatte schon zu.«

»Ach, wie heldenhaft, mich überkommt großes Mitleid. Fakt ist nur, dass dies hier keine Paradeleistung war. Verdammt, wie konntet ihr so desorientiert hier aufkreuzen?«

Wieder meldete sich von Aha zu Wort. »Anschließend haben wir die Kneipen am Kornmarkt getestet. Sehr gastlich bei Ihnen hier am Niederrhein.«

»Ein ganzes Team mitten in der Woche niedergemetzelt durch den Suff, ich fasse es nicht.«

Sie blickte auf den maroden Haufen und musste angesichts der schuldbewusst gesenkten Köpfe fast schon wieder grinsen. Ihre Wut verflog. Sie tippte auf ihre Armbanduhr.

»Ich gebe euch eine Stunde zum Duschen, für ein Katerfrühstück und um Aspirin zu besorgen. Und, von Aha, ziehen Sie sich um, wir sind hier modische Extravaganzen gewohnt. Aber in dem Overall wirken Sie wie ein … ein Schrottsammler.«

Langsam standen die Männer auf.

»Die verlorene Zeit fügen wir am Abend an, heute ist Einsatz bei der Sekte. Ich will ein aufmerksames, konzentriertes Team in der Nähe wissen.«

***

Der restliche Arbeitstag war geprägt von ruhiger, geordneter Geschäftigkeit. Der Einsatzplan für den Abend sah für Jerry und Tom Stallwache vor und versetzte Burmeester in der Nähe des Versammlungsortes in Bereitschaft. Von Aha sollte das Gebäude zehn Minuten vor der Zeit betreten und nach Möglichkeit einen Platz neben sich frei halten, damit Karin Krafft sich in seine Nähe setzen konnte.

In der Zentrale der GdW verlief alles nach Plan. Der Raum füllte sich mit Menschen unterschiedlichen Alters, viele Paare darunter, alle Eintreffenden wurden herzlich von Con begrüßt, die jedem mit frischem Blick in die Augen schaute. Die Blessuren an ihrem Kopf verbarg sie unter einem sehr vorteilhaft gebundenen Tuch. Sie lächelte Karin entgegen.

»Ich habe gewusst, dass Sie kommen würden, Kindchen, Sie werden sehen, wie weise diese Entscheidung für Ihr Leben war.«

In den sich füllenden Stuhlreihen nahm die Hauptkommissarin die struppige Frisur ihres neuen Mitarbeiters wahr. Mit beiläufigem Kopfnicken begrüßten die beiden sich, während sie neben ihm Platz nahm. Stille trat ein.

Con betrat die hell beleuchtete Mitte des altarähnlichen Raums und sammelte sich. Mit klarer Stimme begrüßte sie die Anwesenden und hielt eine flammende Rede über die Gefahren der Welt und den bevorstehenden Untergang, den nur sie, die »Gerechten der Welt«, durch gemeinsames Beten und besonnenes Handeln aufhalten könnten. Dazu wäre es vonnöten, die Seele in der Mitte Gleichgesinnter zu reinigen. Die Novizen der Gemeinde dürften der Zeremonie beiwohnen, damit sie selbst künftig die Gunst der reinigenden Wirkung erfahren könnten. Zunächst seien sie herzlich aufgenommen.

Mit einer kleinen Geste forderte sie einen Handlanger auf, Karin Krafft, Gero von Aha und einer weiteren Frau ein Papier zu überreichen, das zusammen mit einem Kugelschreiber auf eine Pappunterlage geklemmt war. Zur Aufnahme gehöre die Offenbarung der gegenwärtigen Lebenssituation, fuhr Con fort. Man lasse sie in gutem Geist den Bogen ausfüllen und sich somit der Gemeinde öffnen.

Karin versuchte, ihre Überraschung zu verbergen, und zog in Zeitlupe den Kugelschreiber von der Unterlage. Worauf hatte sie sich eingelassen? Name, Geburtsdatum, Adresse. Die wollten eine Bestandsaufnahme. Zweifel packten sie. Wollte sie ihre privaten Daten preisgeben? Name des Lebenspartners, Alter und Namen der Kinder – dieser Teil verfügte über viele Sparten. Sie befürworten Kinderreichtum, dachte Karin, mein Gott, soll ich Moritz und Hannah diesen Menschen preisgeben? Den lieben Maarten hier in einer Kartei aufführen, ohne die Konsequenzen meines Tuns einschätzen zu können?

Die Gemeinde wartete auf die Neulinge, die Stille drückte auf Karins Schläfen, nahm ihr die Luft zum Atmen. Aufstehen und gehen? Den Einsatz gefährden oder abbrechen? Plötzlich fühlte sie sich von vielen Augenpaaren beobachtet. Schnell, sie musste unverzüglich eine Entscheidung treffen, um nicht aufzufallen. Mutter. Ihre Mutter Johanna Krafft lebte in Bislich-Büschken an der Himmelsstiege inmitten einer aufmerksamen Nachbarschaft und beschützt durch ihren Partner Henner Jensen. Sie würde sich diese Adresse borgen.

Karin begann zu schreiben. Hauptkommissarin, keine Kinder, geschieden, alleinstehend. In der letzten Zeile bestätigte sie mit ihrer Unterschrift die gewissenhafte Angabe ihrer Lebensdaten. Und völlig überraschend verselbstständigten sich ihre Finger und zauberten einen zweiten Vornamen auf das Papier. Karin Sybille Krafft. Sybille, die Freundin aus alten Schulzeiten, die es schaffte, ohne mit der Wimper zu zucken, das Blaue vom Himmel zu lügen. Sybille unterschrieb diese schmale Biografie.

Karin schielte auf von Ahas Bogen, erkannte als Berufsangabe »Koch« und einen schwer leserlichen Phantasienamen. Als Neuling in der recht übersichtlichen Stadt konnte er sich die angebrachte Tarnung leisten und musste nicht fürchten, entlarvt zu werden. Die andere Frau war noch beschäftigt, schien einige der vielen Zeilen für die Angaben über Kinder zu füllen. Lautlos näherte sich der Handlanger und sammelte Formulare, Unterlagen und Stifte wieder ein. Karin tauschte mit ihrem Nachbarn einen schnellen Blick aus. Irgendwo in diesen Räumlichkeiten gab es eine Mitgliederkartei.

Mit geteilter Aufmerksamkeit folgte Karin dem Rest des Abends. Die Reinheit des Geistes beschwor Con herauf, bot Meditation und Zeit zum Gebet, rief zur Läuterung im Zweiergespräch auf. Bereitwillige standen auf, setzten sich hinter Con einander gegenüber und begannen, über Verfehlungen und schlechte Gefühle zu berichten. Karin erkannte ein festgelegtes Ritual, bestehend aus einer Kette unterschiedlicher Fragen. »Du hast etwas getan?« »War es recht?« »Willst du dich mit Herz und Geist verändern?« Es folgte eine Anleitung zur inneren Veränderung. »Bemüh dich, denke um, fühle anders. Zeig uns dein aufrichtiges Bemühen. Wiederhole folgenden Satz zwanzigfach morgens, mittags, abends und zur Nacht.«

Die sogenannten »Gereinigten« stellten sich neben Con und trugen der Gemeinde ihre Zustimmung in ständig zu wiederholenden Leitsätzen vor.

»Ich werde mit reinen Gedanken den Tag gestalten und freundlich zu meinen Mitmenschen sein.«

»Ich werde treu sein und den Versuchungen an meiner Arbeitsstelle widerstehen.«

So befremdlich die ganze Veranstaltung wirkte, den Männern und Frauen, die sich abwechselnd neben ihrer Glaubensführerin aufbauten, standen Erleichterung und Glück in die Gesichter geschrieben. Die Gemeinde reagierte mit tiefer Zuneigung, applaudierte nach amerikanischem Vorbild begeistert nach jeder Offenbarung. Con besaß eine charismatische Strenge und bestimmte mit unscheinbaren Gesten Länge und Intensität des dargebotenen Jubels.

Welch ein Theater, dachte Karin, so etwas brauchen die Menschen, Führung und Vergebung. Über allem stand sie, Cornelia Garowske, Con. Milde, Strenge, Gerechtigkeit austeilend. Karin spürte die Ausstrahlung dieser Frau, fühlte sich in ihren Bann gezogen. Da war etwas Undefinierbares, etwas, was Funken überspringen ließ. Con hatte alles unter Kontrolle, ihre Augen waren überall, nichts entging ihrer Aufmerksamkeit, was wiederum niemandem verborgen blieb. Karin überlegte, ob ihre Persönlichkeit ein Produkt jahrelanger Unterdrückung, Unfreiheit und Bespitzelung war. Würde man so werden, wenn die Seele ausweglos gepeinigt wurde? Sie beobachtete die strenge Con, der die Gemeindemitglieder an den Lippen hingen.

Noch einmal forderte Con die Menschen auf, sich streng und bewusst an die »gottgegebenen Regeln« der Gemeinschaft zu halten. Begeistertes »Amen« stimmte ihr zu, ekstatische Gesänge dankten ihr. Mit einer segnenden, fast herrisch ausladenden Geste und einem Schlussgebet beendete Con die Zusammenkunft. Sie war die unbestrittene geistliche Führerin, sie war die Heilsbringerin, war dieser Dramaturgie zu entnehmen.

Beim Hinausgehen flatterten lauter Scheine, Fünfziger, viele Zwanziger, aber auch Hunderter in Cons Spendendose. Man verabschiedete sich stumm und ging vergeistigt seiner Wege. So also finanziert sich die Gemeinschaft, dachte Karin.

Im Auto aktivierte sie ihr Handy, sofort ertönte das Klingelzeichen. Burmeester wollte wissen, ob alles in Ordnung sei. Karin berichtete kurz von ihren Eindrücken und wollte das Gespräch schnell beenden, um noch mit ihrer Mutter zu reden.

»Ich habe ihre Adresse angegeben, weil ich meine Kinder da raushalten wollte. Hoffentlich ist sie nicht sauer.«
»Adresse angegeben? Wie meinst du das?«
Sie berichtete von dem Aufnahmebogen und ihrer Blitzentscheidung. Burmeester kannte die Mutter seiner Chefin, die gleichzeitig seine Vermieterin war.
»Deine Mutter wird nicht sauer sein, sondern neugierig. Beschreib ihr deine Zweifel an dem Verein ganz farbig, sonst sitzt sie nächsten Donnerstag auch in dieser Halle.«
»Du hast recht, ich werde sie eindringlich warnen. Du, ich bin so kaputt, ich mach mich auf den Weg.«
»Ich warte noch, bis das Licht bei denen aus ist. Mal schauen.«
»Burmeester, was hast du vor?«
»Nichts, ich will nur sehen, ob die Garowske mit irgendwem plaudernd das Gelände verlässt. Da muss es doch eine Hierarchie geben, eine Stellvertretung, die rechte Hand oder so.«
»Sie ist der Boss und duldet niemanden neben sich, garantiert.«
»Ich werde es dir berichten. Fahr du nur, ich gebe noch Entwarnung in der Dienststelle und bin dann auch weg.«
Karin schwirrte der Kopf, als sie die Freisprechanlage aktivierte und die Nummer ihrer Mutter wählte. Dies war das erste schwere Gespräch des Abends. Was Maarten zu der ganzen Aktion sagen würde?
»Hallo, Mutter.«

***

10. Mai 2010

Burmeester klopfte vorsichtig an den Rahmen der geöffneten Tür zu Karin Kraffts Büro. Sie deutete mit einer Handbewegung an, er solle eintreten, während sie ihr Computerprogramm herunterfuhr.
»Hi, was gibt's?«
»Ich habe es befürchtet, deine Mutter hat alle gut gemeinten Warnungen ignoriert und ist neugierig wie ein Kind. Die hat mich gestern Abend abgepasst und wollte alles aus mir herausquetschen, was ich über den Verein weiß.«
»Und?«

»Wie, und?«
»War sie erfolgreich?«
Burmeester seufzte. »Du kennst sie doch, wenn Johanna Lunte gerochen hat, lässt sie nicht mehr locker.«
»Stimmt, man kann ihr einfach nichts vormachen. Ich hoffe, du warst wenigstens bei den wichtigsten Informationen standhaft.«
»Schon, aber sie wird sich heute auf die Suche begeben. Glaube mir, sie will sich Bücher über Sektenwesen in der Bücherei ausleihen, wird in ihrer Kirchengemeinde nachfragen, wo es einen Sektenbeauftragten gibt, und ihre Freundinnen vom Yogakurs zum Thema interviewen.«
Karin verdrehte die Augen. »Ich hab's geahnt, gib ihr den kleinen Finger, und sie nimmt die ganze Hand, da ist sie wie Margaret Rutherford als Miss Marple. Wenn man dann noch Begriffe wählt wie ›gefährlich‹ oder ›Dienstgeheimnis‹, dann hat man sie aufgezogen wie ein Spielzeugauto mit Federantrieb, und sie spurtet los.«
»Potenzielle Reizworte habe ich ja schon in weiser Voraussicht vermieden, du kannst eine neue Umschreibung hinzufügen. Sie sprang mit den Worten ›Also doch!‹ auf, als ich den Ausdruck ›nicht konkret einzuordnen‹ benutzte. Karin, mal im Ernst: Was macht dich so sicher, dass von diesen Leute keine Gefährdungsmomente ausgehen?«
Karin schaute für einen Moment durch ihn hindurch. »Ich kann es nicht ausschließen. Deshalb habe ich ja die Entscheidung getroffen, meine Kinder zu schützen, indem ich sie verschweige.«
Burmeester schüttelte missbilligend den Kopf und sprach mit theatralischen Gesten weiter. »Stattdessen schreibst du die Adresse deiner armen, alten, gebrechlichen Mutter auf und wirfst sie den Wölfen zum Fraß vor.«
Gero von Aha steckte seinen Kopf durch die Tür.
»Was, wie, Sie haben eine falsche Adresse angegeben? So haben wir nicht gewettet, die überprüfen die persönlichen Angaben bestimmt, und dann?«
»Dann werden sie feststellen, dass ich dort gelebt habe, na und? Ich werde eben vorübergehend in mein altes Zimmer eingezogen sein. Irgendwas werde ich denen schon erzählen, wenn es überhaupt zum Thema wird.«
»Ach, und so lange wird Ihr, wie sagte Nikolas gerade, armes, al-

tes, gebrechliches Mütterlein unter Umständen in die Schusslinie geraten. Können Sie das vor Ihrem Gewissen verantworten?«

Karin Krafft sah dem Neuen in die Augen. »Ja, das kann ich.« Verächtlich hob von Aha die Augenbrauen und blickte scharf durch die dunkel gerandete Brille im Retrolook. Er sah aus wie eine Eule, die eine Schar Mäuse bestaunt, die unverschämt freizügig vor ihrem Schnabel flanieren.

»Über Ihr Verhältnis zu Ihrer Mutter mag ich nicht weiter nachdenken. Hätten wir den ganzen Undercovereinsatz doch nicht durchgeführt. Viel hat es nicht gebracht bis jetzt, außer dass meine Adresse bei denen liegt und Ihre bedauernswerte Mutter vielleicht von Mitgliedern belagert wird. Haben Sie denn gar kein Mitleid?«

»Nein, sie fühlt sich doch wohl in der Abstellkammer, die wir ihr eingerichtet haben, seit ihre restlichen Räume an rumänische Erntehelfer vermietet sind, und sie ist dankbar für jede trockene Knifte und kaltes Wasser. Mutter führt uns den Haushalt für Kost und samstags Baden und trägt Sachen aus der Kleiderkammer auf, damit sie uns mit ihrer Rente unterstützen kann. Gucken Sie nicht so entsetzt, von Aha. Hier in der Provinz gibt es kein Generationenproblem, hier hat alles seine Ordnung.«

Burmeester bedeutete seinem Kollegen energisch, ihm zu folgen, bevor dem verdutzten Mann die passende Antwort in den Sinn kam. »Komm auf den Teppich. Noch eine Viertelstunde bis zur kleinen Lage. Bei einer Tasse Luxuskaffee erzähl ich dir gerne ein paar Anekdoten zu Johanna Krafft.«

»Du kennst sie?«

»Ich wohne bei ihr im Dachgeschoss, und, glaub mir, die Frau ist topfit und putzmunter. Außerdem ist sie über die Weitergabe ihrer Adresse informiert. Mutter und Tochter haben ein beneidenswert gutes Verhältnis zueinander, glaub der Chefin kein Wort zu dem Thema. Die ist ein Familienmensch.«

Irritiert blieb von Aha stehen. »Wie passt so eine familiäre Idylle zu ihrer offensichtlichen Vorliebe für hormongesteuerte Taxifahrer?«

Erst wusste Burmeester nicht, was er meinte, dann lachte er schallend los. »Das erzähl ich dir ein anderes Mal.«

Die Behördenchefin van den Berg steckte ihren Kopf durch die

Tür. »Staatsanwalt Haase lobte Ihren wohlschmeckenden Kaffee in höchsten Tönen, Herr von Aha. Gibt es noch eine Tasse vor der Besprechung?«

Was die für einen Zirkus um diesen Kaffee machen, dachte Karin, ich könnte weder Herkunft noch Röstverfahren erschmecken.

***

Während der geordnet verlaufenden Erörterung der aktuellen Lage wurden die, ihrer Meinung nach, einseitig verlaufenden Ermittlungen von Frau Doktor van den Berg scharf kritisiert.

»Was ist mit dem Aufenthaltsort des toten Fahrers? Noch wissen Sie nichts über Auftraggeber und Verbindungen. Der Erpressung der Witwe Pachwitz wird ebenfalls nicht die gebührende Aufmerksamkeit gegeben. Wie kommt das Insulin aus einer Kevelaerer Apotheke in die Venen des Patrick Leschek? Alles ungeklärte Fragen, ich wünsche Tempo, die Presse sitzt in den Startlöchern, um uns zu zerfleischen, und in Düsseldorf beäugt uns das LKA, schließlich ist eine Glaubensgemeinschaft involviert. Überall, wo das drübersteht, ist man in erhöhter Alarmbereitschaft.«

Sie nahm einen letzten Schluck Kaffee aus ihrer Tasse, der ein winziges Lächeln auf ihre Lippen zauberte, das umgehend wieder verflog. »Ich muss in die Leitstelle. Frau Krafft, ich erwarte zeitnahe Erfolge.«

Haase blickte ihr nach. »Tja, Sie haben gehört, was die Leitung erwartet.«

Karin traute ihren Ohren nicht. »Herr Haase, nicht Sie auch noch. Wir waren noch nicht bei der Aufgabenverteilung angelangt, hätte sie abgewartet, dann wäre ihr klar geworden, dass hier nichts und niemand vergessen wird. Wir müssen das Umfeld der Cornelia Garowske kennen, um zu wissen, wer die Anschläge auf sie plante und durchführte.«

Von Aha unterbrach sie vehement. »Fakt ist, dass eines der Opfer eine Datei mit Informationen aus Stasi-Akten in Zusammenhang mit den GdW gespeichert hatte. Wir können die Geschichte jedoch nur dann komplettieren, wenn wir die Akten direkt sichten. Es wäre sinnvoll, direkt im Osten zu ermitteln.«

Karin fühlte sich überrumpelt, von Aha wollte ungehemmt die

Gunst des Kaffeestündchens unter Männern vom Vortag nutzen. Haase reagierte anders als erwartet.

»Das muss zunächst intern im K 1 abgeklärt werden. Mir ist alles um die Garowske herum zu diffus und viel zu dünn, wir wollen doch nicht überreagieren, oder? Der Spesenetat ist jetzt im Mai schon nahezu erschöpft. Die Kosten muss ich verantworten. Nein, nein, vergessen wir den Ausflug nach Thüringen.«

Burmeester meldete sich zu Wort. »Nach letzten Erkenntnissen gibt es in den Räumen der GdW ein Register der Mitglieder. Ermöglichen Sie uns Einsicht, das würde uns die Arbeit erleichtern. Wir brauchen einen Durchsuchungsbefehl.«

»Zu welchem Zweck? Wollen Sie eine unbekannte Anzahl von Personen nach möglichen Motiven durchleuchten? Bringen Sie mir begründete Verdachts- oder Verschleierungsmomente, und ich unterschreibe Ihnen einen Durchsuchungsbeschluss für die Räume der Sekte.«

Auch Haase leerte entspannt seine Kaffeetasse und stand auf. »Ich bin zufrieden mit Ihrer Arbeit. Knapp eine Woche nach Beginn der Ermittlung haben Sie doch schon einiges vorzuweisen. Weiter so. Wünsche einen erfolgreichen Tag.«

Jerry schien verwundert über die kontroversen Töne, im Normalfall vertraten Haase und die van den Berg identische Meinungen.

»Was mischst du denen in den Kaffee? Kann ich auch mal ein Tässchen probieren?«

Von Aha wuchs sichtbar vor Stolz, er war mit seiner Super-Saeco der Highender des vollmundigen Geschmacks und würde den Rest des K 1 noch überzeugen. »Das macht das schonende, Aroma erhaltende Röstverfahren. Qualität hat Preis und Wirkung.«

Karin Krafft unterbrach das Geplänkel, um den Tag zu strukturieren. »Jerry, du kümmerst dich um die Frage rund um das Insulin.«

»Okay, das Altenheim und alles, was dort Zugang zu den Medikamenten hat.«

»Genau. Tom, du schaust dir den Schrottplatz in Duisburg an und versuchst, die Bleibe von Patrick Leschek zu finden.«

Sie schaute auf Burmeester, der wohl noch an der ablehnenden Entscheidung des Staatsanwalts knabberte. »Bleibst du für die Erpressung. Horch bei der Frau nach, ob es weitere Aktivitäten gegeben hat. Vielleicht hat die Polizeipräsenz den Täter abgeschreckt.«

»Was, ich soll wieder zu der lustigen Witwe? Ach nö.«

»Oh doch, und jetzt an die Arbeit, und Herr von Aha zu mir ins Büro, bitte.«

Sie hörte noch, wie Tom flüsterte, da würde ihm auch sein Kaffee nicht helfen, und sah aus dem Augenwinkel, wie Jerry grinste, als von Aha in ihrem Büro verschwand. Keine Woche war der Kerl hier und hatte schon für Unruhe auf allen Ebenen gesorgt. Betont ruhig schloss sie die Tür hinter sich.

»Herr von Aha, sollen wir beide uns noch einmal über interne Abläufe und Hierarchien unterhalten?«

»Aber ich bin davon überzeugt, dass die Lösung in Erfurt zu finden ist. Das kann sich jeder zusammenreimen, der die Aktenfragmente durchgearbeitet hat.«

»Haben wir irgendwo einen bekannten Namen, können wir irgendwas vorweisen, statt reimen zu müssen? Nein, ein Amtshilfeersuchen an die ostdeutschen Kollegen muss reichen.«

Resigniert schüttelte von Aha den Kopf, sprang unerwartet auf. »Ich hab's. Wir können aus zwei Gründen keine Namen zuordnen. Erstens hat die Stasi immer Decknamen benutzt. Und zweitens ...«

Er nickte sich selber zu, blickte aus dem Fenster in die Linden am Ring vor dem Polizeigebäude, in dem sie untergebracht waren, und nickte und nickte. Karin klopfte ungeduldig mit einem Kuli auf die Schreibtischplatte.

»Weiter, was meinen Sie mit ›zweitens‹?«

»Und zweitens forschen wir wahrscheinlich nach einem falschen Namen. Die Garowske hat doch bestimmt eine Ehe hinter sich. Kennen wir ihren Geburtsnamen? Nein. Ich klemme mich dahinter.«

Ohne das Ende des Gesprächs abzuwarten, rannte er zu seinem Schreibtisch. Karin Krafft gab kopfschüttelnd auf. Dieses Mal.

***

Um siebzehn Uhr sah die Informationslage schon anders aus. Tom berichtete von einem ausgedienten Container auf dem Schrottplatz, den sich Patrick Leschek notdürftig eingerichtet hatte.

»Eine stinkende, fensterlose Bude mit Sperrmüllmöbeln und Hausmüllaroma, ein heilloses Chaos, wo man hinschaut. Nicht viel Verwertbares darunter, aber ich fand einen Computerausdruck aus dem Routenplaner mit einer Wegbeschreibung nach Sonsbeck, dem Tatort, und ...«

Er drehte den zerknitterten Bogen, der sich in einer Plastiktüte befand, vorsichtig um.

»... auf der Rückseite sind Datum und Zeit notiert. Das ist eindeutig nicht seine Handschrift. Ich habe mir Eintragungen in Unterlagen der Firma zeigen lassen, der hatte eine eher kindliche Schrift, unzusammenhängende Buchstaben in schräger Rechtslage. Das hier ist gestochen scharf und gut leserlich, völlig anders. Wenn ihr mich fragt, stammt dies hier von dem Auftraggeber des Anschlags. Ich gebe das gleich in die KTU, vielleicht sind Fingerabdrücke zu finden. Ach, und die Jungs auf dem Platz sagten, der Patrick habe richtig gestrahlt in den letzten Tagen dort, und Andeutungen habe er gemacht. Nie mehr Geldsorgen, er würde nach Kanada gehen, ab in die Wälder. Man munkelte von dunklen Geschäften, wusste nichts Genaueres. Ich glaube, die Meute vom Schrottplatz hat seinen Container auf den Kopf gestellt, weil sie sein Geld darin vermutete.«

Von Aha saß mürrisch am Rande des Arbeitstisches und reagierte zunächst nicht. Jerry versuchte feixend, ihn aus der Reserve zu locken.

»Na, schmollst du noch, weil du nicht nach Erfurt darfst? Komm schon, hier ist es auch nett.«

»Herr von Aha, gibt es bei Ihnen neue Fakten?«

»Ja. Sie hieß mal Unterhagen. Und davor Stricker.«

Alles schaute ihn an, Karin wollte es genauer wissen.

»Können Sie das näher erläutern?«

»War nicht einfach, hat mich viel Zeit gekostet, in alten Einwohnermelderegistern zu stöbern. Hier ist sie nur als Garowske, geborene Stricker, vermerkt. Den Garowske hat sie wohl im Westen kennengelernt und geheiratet. Kann nicht lange gehalten haben. Erst in den Registern im Osten, fragt nicht, wie, es hat Überzeugungsarbeit auf Amtshilfeebene mit viel Gesülze gekostet, kam noch ein Name zum Vorschein. Sie hatte dort ganz jung geheiratet und hieß Unterhagen. Sie hat auch Kinder, die aber nicht mit ihr in den Westen gegangen sind. Die müssen jetzt sechsundvierzig und zweiundvierzig Jahre alt sein, Beate und Uwe. Sie lebt in Rostock, und was meint ihr, wo der Sohn sich aufhält? Genau, in Erfurt. So, Frau Hauptkommissarin Krafft, haben wir jetzt genügend Namen, um endlich den Ausflug zu genehmigen?«

»Nein, Herr von Aha, Sie gestatten, dass ich mir erst mal ein Gesamtbild der heutigen Ermittlungen mache, um dann das weitere Vorgehen zu planen.«

»Ach, verdammt!«

Er klatschte mit der flachen Hand auf den Tisch, schob unwirsch den Stuhl nach hinten und verließ wutschnaubend den Raum. Burmeester wollte hinterhergehen, Karin hielt ihn auf.

»Der kommt schon zurück. Was gibt es noch?«

Während Burmeester eifrig suchend in seinen Unterlagen blätterte und gleichzeitig über ein weiteres Erpresserschreiben berichtete, das die Witwe ganz mutig in die Schublade gelegt und ignoriert hatte, schlich sich von Aha wieder auf seinen Platz.

»Die Pachwitz lässt sich nicht mehr einschüchtern, das hat Simon noch erreicht in seinem letzten Gespräch mit ihr. Wieder enthält der Brief Einzelheiten, die auf die Versicherungsagentur hindeuten.«

Tom tippte sich an die Stirn. »Entweder ist da jemand völlig naiv, oder es soll eine falsche Fährte gelegt werden. So blöd kann doch niemand sein.«

Burmeester hatte eine Anzahl von glatten und geknickten, auseinandergefalteten Blättern vor sich ausgebreitet, die er aus Hemden- und Hosentaschen ans Licht beförderte, und ließ seine Augen über Zeilen, Zeichen und Stichworte gleiten. Seine Kollegen beobachteten ihn amüsiert. Sie kannten seine Art, Notizen zu verwalten. Der Neue starrte ihn konsterniert an, hielt sich jedoch zurück.

»Ich, ähm, ich werde den Mann in Winnekendonk mal genauer unter die Lupe nehmen. Der hat zwar im ersten Gespräch entsetzt und besorgt gewirkt, aber der zweite Brief deutet für mich auf die Herkunft aus seiner Agentur.«

Burmeester schien gefunden zu haben, was er suchte, stieß einen triumphierenden Ruf aus und hielt einen Fetzen Papier in die Höhe. »Und jetzt haltet euch fest. Gero, welche Namen hast du im Zusammenhang mit der Garowske ermittelt?«

»Cornelia Garowske, geschiedene Unterhagen, geborene Stricker.«

»Da! Und nun ratet mal, wie der Versicherungsagent in Winnekendonk heißt?«

Jerry raufte sich die kurzen krausen Haare. »Mensch, jetzt mach hier nicht den Quizmaster, spuck's aus.«

»Alexander Stricker. Wenn das mal kein Zufall ist.«

Karin lehnte sich zurück. »Gute Arbeit, bleib dran, ich will wissen, ob die beiden miteinander verwandt sind. Die Sekte verbindet sie auf jeden Fall, ich erinnere mich an Flyer in seinen Räumen.«

Jerry beugte sich über den Tisch und schaute in die Runde. »Ich sage euch, wir vernachlässigen die linke Rheinseite, die liefern uns wichtige Spuren dort, und wir entdecken alles im Zeitlupentempo. Ich kann noch was zum Thema Insulin beisteuern, unter anderem einen bereits bekannten Namen.«

Burmeester sprang fast vom Stuhl. »Noch einmal Stricker?«

»Nein, das wäre zu einfach.«

Jerry hatte sich in dem Altenheim am Rande Kevelaers umgeschaut, das mit Ampullen der Charge beliefert worden war, aus der die tödliche Dosis für den Todesfahrer stammte.

»Seniorenresidenz sagt man, klingt viel freundlicher. Ich musste mich von der Pforte über die Stationsleitung zur Pflegedienstleitung vorarbeiten, um beim Personalchef Einsicht in die Mitarbeiterakten zu bekommen. Ihr glaubt nicht, wie viele Leute dort arbeiten, Honorarkräfte, Angestellte in Teilzeit, geringfügig Beschäftigte, Kräfte für vierhundert Euro, gelernte, angelernte, ungelernte Kräfte, da soll einer durchblicken. Jedenfalls saß ich mit Blümchenkaffee versorgt und von Praktikantinnen umlagert im Büro und ließ mir erklären, wer von den vielen Menschen Zugang zu den Medikamenten hat. Da geht die Tür auf, und man begrüßt ganz höflich den Herrn Diakon, der zu einer letzten Ölung erwartet wurde.«

Von Aha unterbrach ihn. »Du meinst diesen van Laak, der letzte Tage ganz zufällig im Kommissariat vorbeischaute, um sich nach dem Stand der Dinge zu erkundigen?«

»Genau den meine ich. Ich ließ Herrn van Laak seine Pflicht tun und bat ihn anschließend zum Gespräch. Nichts, es gibt da nichts, was wir ihm anlasten können. Er kommt auf seinen Runden durch das Haus nicht einmal in die Nähe der Medikamentenausgabe. Die gesamte Ausgabe wird äußerst penibel dokumentiert, immer zur eigenen Sicherheit gegengezeichnet, da man auch mit hochsensiblen Präparaten wie Morphium zu tun hat. Zudem hat er Kevelaer nach eigenen Angaben nur ein einziges Mal in den letzten Wochen verlassen, exakt, um nach Wesel zu fahren. Und da lebte Patrick Leschek bereits nicht mehr.«

Skeptische Blicke trafen ihn.

»Lässt sich das nachweisen? Ich meine, wie kann jemand behaupten, den Ort nie zu verlassen? Das heißt doch, er war dauernd unter Beobachtung oder in Gesellschaft.«

»Karin, nachdem er dich in Kevelaer getroffen hatte, ist er ins Hospiz gerufen worden und hat dort zwei Menschen auf dem letzten Weg begleitet. Er hat das Haus nicht mehr verlassen, hat dort übernachtet, geduscht, gegessen und ist jede Minute in greifbarer Nähe gewesen. Und wisst ihr was? Das glaube ich ihm. Ich kann es noch konkret überprüfen, aber, Karin, traust du ihm zu, dass er mit so brisanten Themen wie Sterben und Tod spielt? Nein. Der Mann kann zur fraglichen Zeit nicht in der Unfallklinik gewesen sein und das tödliche Insulin verabreicht haben.«

Das Team befand, dass bei Ausschluss des Verdachts gegen van Laak doch die Mitarbeiterschaft der Seniorenresidenz weiter unter die Lupe genommen werden musste. Besonders das Personal mit Zugang zu den Medikamentenschränken sollte überprüft werden. Das war's mit dem freien Wochenende. Wieder einmal Akten wälzen, Befragungen, Lagebesprechungen und rauchende Köpfe statt skaten, sonnen, fläzen und die Postkartenlandschaft genießen, in der sie lebten. Nur für einen schien die Situation noch unklar zu sein. Von Aha meldete sich zu Wort.

»Frau Krafft, ich erwarte eine Entscheidung zu meiner Anfrage bezüglich der Dienstreise nach Erfurt.«

Die Kollegen stöhnten genervt auf. Karin schüttelte nur den Kopf.

»Abgelehnt.«

»Begründung?«

»Zu konstruiert, zu wenig untermauert, ich glaube an Motive in unmittelbarer Nähe und nicht in der Vergangenheit an einem über vierhundert Kilometer entfernten Ort.«

»Aber ...«

Jerry sprang auf und ging zu von Aha, beugte sich zu ihm hinunter. »Mensch, du hast es gehört, kapier doch, wir ermitteln hier vor Ort und basta.«

Von Aha verschränkte seine Arme vor der Brust und schien zu schmollen. Plötzlich packte er seine Unterlagen zusammen und stand auf.

»Frau Krafft, hiermit nehme ich den freien Umzugstag und dazu einen freien Sonntag, ich muss mich einrichten, sonst kann ich meine Arbeitskraft nicht effizient regenerieren. Brauchen Sie einen schriftlichen Antrag? Bestimmt, mache ich gleich fertig. Gibt es vorgefertigte Formulare? Wo finde ich eins?«

Sie sah ihn lange und ruhig an.

»Verschwinden Sie schon. Ich erwarte Sie am Montag, pünktlich und effizient regeneriert.«

Sie wolle jetzt nichts dazu hören, sagte sie, nachdem der Neue den Raum verlassen hatte. Sie teilten sich die Aufgaben ein, dringlichste Stufe für die Überprüfung des Personals in Kevelaer und die Befragung des Versicherungsagenten Stricker. Sie verließen das Kommissariat mit der vagen Aussicht auf einen freien Sonntag. Wenn es am nächsten Tag gut laufen würde.

SIEBEN

23. Mai 1960, 21.35 Uhr

Der Verurteilte kauerte in einer Ecke der nur von einer trüben Funzel erhellten, komplett schallgedämpften Zelle. Die Worte des Majors klangen wattig, als sei es Absicht, die bittere Geschichte hier und nirgendwo anders zu erzählen. Als sei sie nur erträglich, wenn die gepolsterten Zellenwände die grausigen Details schluckten.
»Weißt du, du sitzt hier im Stasi-Gefängnis für Politische. Kriminelle und Verbrecher werden woanders inhaftiert, du bist ganz unten angekommen, du bist der letzte Dreck. Damit dir klar ist, dass du von vornherein nur politische Bedeutung für uns hattest. Zur Abschreckung. Deshalb haben wir die ganze Maschinerie in Gang gesetzt, dich aus dem Westen zurück in unsere Republik zu schmuggeln. Du magst darüber lächeln, weil es sich nach Spion und wie eine Spielerei anhört. Aber wir hatten den Auftrag, allen zu zeigen, dass wir uns als Stasi nicht düpieren lassen von einem, der einfach abhaut. Mit uns nicht, verstehst du, also haben wir ausgeklügelt, wie man dich holen kann. Der operative Vorgang ›Lump‹ begann – unser Ziel hieß offiziell ›Zurückführung des Republikflüchtigen‹. Das wurde alles sorgfältig bürokratisch verzeichnet.«

Der Verurteilte hörte zu, aber was er hörte, bewegte ihn nicht. Die Methoden, darüber war er sich klar, hätte er selbst angewendet, wenn er einen solchen Auftrag von der Staatssicherheit bekommen hätte. Professionell ist daran nichts auszusetzen, dachte er noch und erschrak über seine fast beifälligen, distanzierten Gedanken, als sei das Todesurteil in einem fernen Fall und nicht gegen ihn selbst ausgesprochen worden.

»Wir haben unsere Akten gewälzt und zwei schwere Jungs herausgefiltert, die wir für die Entführung einsetzen konnten. Die Stasi konnte nicht selbst im Westen einen der ihren herausfischen, stell dir vor, das wäre aufgeflogen! Wir benötigten Strohmänner, die gewannen wir in einer HO-Kneipe am Alexanderplatz in Berlin. Nennen wir sie N. und M. Der eine war ein verschlagener, trickreicher Typ, der andere für sich einnehmen konnte. Leider besaß er keinen Führerschein, deshalb zog er seinen wegen kleinerer Delikte vorbestraften Kumpel in die Sache hinein. Mit der Aussicht auf eine ordentliche Summe war der schnell bereit, einzusteigen. Herr M. mietete in Westberlin einen Opel Kapitän. Als Heinz-Bernd M., Berlin-Steglitz, Charlottenburger Straße 12, zahlte er fünfhundertneunzig Mark an. Wir lieferten gefälschte Ausweise. Zur Reise über die Transitstrecke nach Helmstedt gab's für Benzin, Reparaturen und Spesen noch einmal fünfhundert Mark auf die Kralle. Sollte es Ärger geben, stand Herrn N. eine Pistole FN, Kaliber 7,65, mit acht Schuss Munition zur Verfügung. Wir hatten ihnen gesagt, eine Frau sei vor Ort ebenfalls an der Aktion beteiligt, dich zu holen. Und wir hätten immer ein Auge auf sie. Wo du wohntest, wussten wir ja. Du hattest dich korrekt angemeldet. Eine Abmeldung ist nicht verzeichnet, heißt es in der Einwohnermeldekartei. Wie auch!«

Der Major hielt bedeutungsvoll inne. Niemand durfte je erfahren, was er hier einem verurteilten Staatsfeind berichtete. Er beugte sich herab zu dem kauernden Häufchen Elend und senkte die Stimme.

»Dein Ende stand schon fest, als wir die ersten Fäden des Netzes spannten, in dem du festhängen solltest. Wir haben deine Tochter, ja, deine geliebte Lilli, benutzt, damit du wieder rückwärts rübermachst. Sie hat uns geholfen, wir haben ihr gute Gründe dafür gegeben. Du weißt ja, das beherrschen wir.«

Der Verurteilte riss die Augen auf, ein leichtes Stöhnen entrang sich seinem geschundenen Körper. »Nein, nicht auch noch Lilli. Ihr seid grausam, sie ist eine junge Frau, gerade einundzwanzig, sie weiß nicht, welches Spiel ihr treibt.«

»Stimmt, das wusste sie nicht, ahnte es bestenfalls. Aber sie wusste, dass ihr Verlobter bei der Volkspolizei war. Genauer bei der ›Kasernierten Volkspolizei Luft‹. Da wäre es schädlich gewesen, einen Republikflüchtling in der Familie zu haben. Weißt du, da benötigt man nicht viele Erklärungen, manchmal kommt die Einsicht, uns zu helfen, durch die besonderen Umstände ganz von alleine. Deine Tochter bot sozusagen ihre Unterstützung an.«

Der Major sinnierte, als habe er eine schwere Entscheidung zu fällen. Dann sagte er: »Oder warum glaubst du, hat Lilli dir ein Telegramm geschickt? ›Treffe ein Dienstag, 11.07 Uhr, Duisburg

Hauptbahnhof. Gruß‹. Du erinnerst dich an den Wortlaut? Damit war dein Todesengel unterwegs.‹

Als könne er das Böse mit einer Banalität zu einem normalen Vorgang machen, fügte er hinzu: »Die acht Wörter kosteten laut DDR-Gebührenordnung für den Verkehr nach Westdeutschland vier Mark. Ich habe den Beleg abgeheftet. Ordnung muss sein.«

Der Verurteilte drohte für einen Moment zur Seite zur kippen, der Major rüttelte ihn energisch.

»Mach jetzt nicht schlapp, du wolltest die Geschichte hören. Wir können unsere Sondersitzung auch beenden, das ist sowieso sicherer für mich. Ich weiß gar nicht, wieso ich dir Klarheit geben will. Vielleicht mach ich das eigentlich für mich, aber wenn es nicht weitergeht, geht es eben nicht.«

Der Verurteilte blickte desorientiert hoch wie nach einer kurzen Ohnmacht. Doch, doch, doch – erzähle weiter, ich muss einen Abschluss finden, wollte er schreien. Nur ein brüchiges, abgehacktes Wort brachte er zustande: »Weiter!«

»Du hattest begonnen, dich im Westen zu etablieren. Du hast dich gefreut auf deine Tochter, aber du warst vorsichtig genug, sie nicht am Duisburger Hauptbahnhof abzuholen. Ihr habt euch in einer Bar an der Königstraße mitten in der Innenstadt verabredet. Es war für dich einfach, du warst in einer psychologisch schwierigen Situation. Die Staatssicherheit hatte als Faustpfand deine Familie, deine zwar geschiedene Frau, aber auch deine Kinder waren im Osten geblieben. Es hat dich nervös gemacht, dass Lilli nun wie eine Sendbotin deiner Vergangenheit erschien. Du wolltest vorsichtig sein, bevor du sie in deine Wohnung einlädst. Dem ausgeflogenen Vogel die Leimrute in einer Bar auszulegen war geschickt. Alkohol war schon immer dein Problem, in Bierlaune hast du gerne von Stasiangelegenheiten erzählt. Lilli wusste es, und wir wussten es auch. Also hat sie deinen Vorschlag, die Bar in der Innenstadt zu besuchen, aufgenommen.«

Der Major schaute sein Gegenüber kontrollierend an. Das sah kurz auf, nickte schwach als Aufforderung, weiterzuerzählen.

»Dann ist sie unter einem Vorwand raus aus der Bar, hat den wartenden M. und N. erzählt, dass es nichts würde mit einer freiwilligen Rückkehr ihres Vaters in unsere Republik. Also griff Plan B. Sie brachte dich und die beiden nun am Nebentisch sitzenden Spezln zusammen. Ihr habt gezecht bis um vier Uhr früh, dann ging's zum Auto. Du warst sturzbetrunken und hast auf der Rückbank gleich ein Nickerchen eingelegt. Genauer gesagt einen langen, tiefen Schlaf. Statt zu deiner Wohnung in Duisburg ging es stramm gen Osten. Bist du zwischendurch mal hochgefahren, hat dich deine Tochter mit einem ›Alles wird gut‹ wieder in den Schlaf beruhigt.«

Schmerzlich und gedankenklar erkannte er den Verrat seiner Tochter, seiner kleinen, geliebten Lilli, ausgetrickst durch das perfide Spiel der Stasi. Sie hatten ihn mit viel Alkohol abgefüllt, ihn, das kleine unwichtige Licht, aber wichtig genug, um als Warnung den zum Tode verurteilten Staatsfeind zu geben. Die doppelte Erkenntnis traf ihn wie ein Schlag. Er war Mittel zum Zweck in einem abgekarteten Spiel gewesen, und ausgerechnet sein Kind war darin die abgefeimteste Verräterin von allen. Es war wie der Gang zu einem anderen Schafott schon vor der Exekution.

***

11. Mai 2010

Es gibt Tage, die sucht man sich nicht aus. Man wird von ihnen ausgesucht, dachte Gero von Aha, als er missmutig an diesem Samstag erwachte. Er blickte auf das Fenster, das ein Stück Himmel freigab, über das ein bedrohlicher, dunkler niederrheinischer Wolkenberg heranzog. Er wird sich in einem gewaltigen Guss entladen und wahrscheinlich direkt über mir, dachte er, der sonst keineswegs depressive Neigungen besaß, dafür aber ein erkleckliches Maß an Aufmüpfigkeit und Freibeutertum.

Gero von Aha schälte sich aus der wärmenden Bettdecke, setzte sich seine megamoderne Hornbrille auf die Nase, deren oberer Rand von seinen buschigen Augenbrauen überwuchert wurde. Links und rechts standen seine dunklen Haare winklig vom Kopf ab, was ihm schon früh den Ruf eines eulenartigen Aussehens eingebracht hatte. Aha, der Uhu. Seine Augen glitten über gestapelte Umzugskartons, von denen einige als Couchtischersatz zusammengeschoben waren. Dass sich darauf angefettete Imbissteller, Plastikbesteck nebst offenen, müffelnden Bierdosen verteilten, weckte seine Sinne wie mit einem Alarmruf.

Düster kam die Erinnerung an einen improvisierten Umzug mit Kollegenhilfe, die Anstrengung, zig Treppenstufen ins Dachgeschoss des Gebäudes am Großen Markt unter Schwerlast bewältigen zu müssen, weil er dummerweise zu viele Kartons mit seinen Büchern vollgestopft hatte, und protestierende Helfer. Harte Arbeit und der anschließende Absturz in wechselnder Gastronomie am Weseler Kornmarkt waren nur noch gekrönt worden von der Abfuhr, die er sich, zugegebenermaßen restalkoholgeschwächt und übernächtigt, im Kommissariat geholt hatte, als er die Dienstfahrt nach Erfurt erneut vorschlug. Das alles hatte ihn mental so ausgelaugt, dass er erst zielstrebig seine neue Heimat am Kornmarkt aufsuchen musste, bevor er im schleppenden Gang seine Wohnung eine Ecke weiter ersteigen konnte.

Diese und wahrscheinlich noch mehr ungeordnete Gedanken blubberten in Gero von Aha hoch an diesem Samstagmorgen, an dem das Leben unterhalb seiner Bleibe auf dem Wochenmarkt bereits munter tobte. Er nannte die Erkenntnisse in solchen unübersichtlichen morgendlichen Situationen gern den ›Aha-Effekt‹, was schlicht umschrieb, wie lange er nach dem Aufwachen oft brauchte, um sich zu orientieren.

Mühselig schleppte er sich ans Fenster und nahm den nicht unattraktiven Blick über den Platz, auf den Dom und die gegenüberliegende Trapp-Zeile auf. Mochte ja sein, dass dies das Herz der Stadt war, wie die Einheimischen gern gemütvoll fabulierten. Das kam ihm, der aus der historischen Universitätsstadt Göttingen an den Niederrhein geraten war, nein, gab er vor sich selbst zu, geflüchtet war, doch überzogen vor. Früher war er beim LKA Niedersachsen gewesen, hatte es sattgehabt, sich mit Durchstechereien, organisierter Kriminalität und immer grotesker werdenden Einmischungen junger, topausgebildeter Vorgesetzter, die wenig Ahnung vom Aufwand minutiöser Fahndung, dafür umso mehr von Ergebnispräsentationen zugunsten eigener Karriereschritte hatten, herumzuschlagen. Was seine Ex nicht nachvollziehen konnte. Weshalb sie sich aufs Übelste stritten, ja sich heillos zerstritten. Eine Scheidung und zwei Versetzungsanträge waren das Ergebnis. Sie ging nach Berlin.

Und er? Gero von Aha hatte sich entschlossen, ins selbst gewählte Exil zu gehen, in eine kleine, überschaubare Mittelstadt in größtmöglicher geographischer Distanz zur Ex und mit messbarer Entfernung zu den Metropolen und ihrer wuchernden Kriminalität. Im Internet hatte er gelesen, dass Wesel den Beinamen »Vesalia hospitalis« führte, was er als alter Lateiner sofort mit »gastfreundliches Wesel« übersetzen konnte. Wer vor Jahrhunderten Glaubensflüchtlinge aufgenommen hatte, damit auch die Blüte der Stadt vorangetrieben hatte, der würde auch Gero von Aha aufnehmen. Zumal noch genügend Distanz zum Ruhrgebiet bestand, das ihn zwar kulturell anzog, jedoch für harte kriminelle Strukturen bundesweit bekannt war.

So wie die Glaubensflüchtlinge mit ihren Kenntnissen als Tuchmacher und in anderen Handwerken die Stadt Wesel vorangebracht hatten, so hatte er in einem Anfall von Selbstbewusstsein, der ihm jetzt wie Überheblichkeit vorkam, geglaubt, er würde der hiesigen Kriminalpolizei mit seinem schieren Erscheinen einen Schub verpassen. Doch was war der Fall? Er war nach wenigen Tagen mit seinen eigenwilligen Methoden aufgelaufen, musste kriminalistische Kleinarbeit verrichten und wurde zu allem Überfluss rüde gestoppt, als er mehr intuitiv als begründet die persönliche Stasiuntersuchung in der thüringischen Landeshauptstadt vorschlug. Der mittelstädtische Behördenapparat hatte diesen unkonventionellen Vorstoß mit bürokratischer Sturheit und niederrheinischer Innovationsfurcht abgeblockt. In Person einer Vorgesetzten, die zudem noch eine entfernte Ähnlichkeit mit seiner Ex hatte. In Rekordzeit war er zum Störenfried der Gemächlichkeit und der Beharrenden geworden.

Ja, würdigen die denn nicht meinen Spürsinn? Merken die nicht, dass man Weitblick haben und ganz nah dran sein muss, wenn es einen verzwickten Fall wie diesen gibt? Die können mich mal mit ihrem Berichtswesen, den ewigen Besprechungen, ihren Kostenstellen und dem Anschleimen an Staatsanwaltschaft und Behördenleitung, schrie Gero von Ahas Hirn.

Als sich in diesem Augenblick der dunkle Wolkenberg öffnete und einen nicht enden wollenden Sturzbach von Regen entließ, stellten sich zuerst seine Augenbrauen noch steiler auf, und dann fasste der geflüchtete Kommissar sekundenschnell einen Entschluss. Er würde für den besonderen Aha-Effekt im Weseler Kommissariat sorgen, rief ein Taxi, griff sich seinen Rucksack, stopfte Laptop, Kamera, Handy, einen Ordner mit Dateiauszügen und Kopien hinein

und ließ sich zum Bahnhof fahren. Er begab sich schleunigst zum Schalter in der aufgepeppten Bahnhofshalle, die optisch so sehr im Widerspruch zum schäbigen Backstein des Gebäudes und des geschlossenen Bahnhofshotels nebenan stand.
»Einmal Hin- und Rückfahrt nach Erfurt, bitte.«
Es war Samstagmorgen, und dieser Tag hatte sich offensichtlich Gero von Aha ausgesucht.

***

Karin Krafft erwachte aus traumlosem, tiefem Schlaf. Am Vorabend hatte sie lange mit Maarten auf der Terrasse vor dem knisternden Feuerkorb gesessen und das Für und Wider ihres Einsatzes bei der Weseler Sekte durchgesprochen. Er machte sich große Sorgen um ihrer aller Sicherheit, zumal aufgeweckte GdW-Mitglieder sehr schnell den Trick mit Johannas Adresse durchschauen würden. Sie war so erschöpft gewesen, dass selbst Maartens Ankündigung, er habe noch eine Überraschung, sie nicht auf den Beinen halten konnte. Sie war todmüde ins Bett gefallen.

Es war wie ein Déjà-vu-Erlebnis, alles schien bekannt, wiederholte sich. Wieder war es Samstag, Karin konnte dank ihres umsichtigen Liebsten, der sich rührend um ihre Tochter kümmerte, länger in den Federn bleiben. Ein kleines munteres Wesen bahnte sich wuselig seinen Weg ins Schlafzimmer und erklomm das große Bett. Karin ließ sich die zarten Weckversuche gefallen, das Zupfen der Nase, das Piksen der Lippen. Erst als kleine Finger versuchten, sich in ihre Augen zu bohren, schoss sie auf und knuddelte ihre Tochter so lange, bis diese herzhaft kicherte.

»Geh runter und sag dem Papa, die Mama kommt gleich.«
Hannah wackelte zur Tür und verschwand. »Mama tommt, Paapaa, Mama tommt.«

In der Küche erwartete Karin ein opulent gedeckter Tisch mit einem riesigen Blumenstrauß in der Mitte. Sie kramte in ihrem Gedächtnis, um den Grund für diese festlich dekorierte Tafel zu finden. Geburtstag vergessen? Nein. Maarten stand in ihrem Rücken und küsste sie zart in den Nacken.

»Lass mich raten, du überlegst gerade, was das zu bedeuten hat. Nein, ich habe nicht Geburtstag, ich habe auch kein schlechtes Gewissen, und du musst auch keins haben. Ich wollte nur diesen speziellen Morgen zu einem ganz besonderen machen und habe einen Anlass gesucht.«

Sie drehte sich um. »Und offensichtlich hast du etwas gefunden. Was feiern wir? Oh, ich möchte aus diesem Hemd raus, warte, ich zieh mich schnell an.«

Er hielt sie an den Schultern fest. »Bleib genau so, ich mag, wenn du gerade aus dem Bett kommst, das steht dir. Setz dich erst und bedien dich. Schau, auch das kleine Kind zu deiner Linken sieht schon ganz hungrig aus.«

Ein leckeres Frühstück, Schinken, Käse, selbst gekochte Marmelade für knackige Brötchen, ein frisch gekochtes Ei, in der Mitte noch weich, genau richtig, und aus dem Nichts stand plötzlich ein kleines schwarzes Schmuckdöschen auf ihrem Tellerrand. Karin starrte es an.

»Für mich?«

Maarten nickte amüsiert, schien den Moment der Überraschung zu genießen. »Für meine Karin. Das solltest du schon in der Nacht bekommen, mach auf.«

Karin öffnete die Dose und fand im Inneren einen Silberring, auf dessen Rund ihr der Umriss des Xantener Doms entgegenprangte. Sie nahm den Ring aus der Verpackung und drehte ihn zwischen den Fingern. Der Dom, das Gotische Haus, die Michaelskapelle, das Rathaus, die Kriemhildmühle, ein ganzer Stadtrundgang war erhaben auf diesen Ring geprägt.

»Das ist Xanten im Kleinformat, hab ich ja noch nie gesehen.«

»Den hatte der Mathias von der Kleinen Schmiede im Fenster liegen, da konnte ich nicht vorbeigehen. Eine Xantener Künstlerin hat die Idee zu einem Stadtring gehabt, und er hat ihn erarbeitet. Ich habe den Namen der Frau leider vergessen, wir fragen Mathias bei Gelegenheit.«

Sie streifte ihn über und hielt sich die Hand auf Augenhöhe. »Danke. Aber verrate mir noch, womit ich ihn verdient habe.«

»Ich habe beschlossen, Jahrestag zu feiern. Du erinnerst dich an das Porträt, das allererste von mir?«

Das würde sie nie vergessen. Bei den Ermittlungen zu einem Fall mit Raubgrabungen hatte sie Maarten de Kleurtje im Archäologischen Park der Stadt kennengelernt. Er hatte sie während des Ge-

spräches ganz nebenbei gezeichnet und ihr das Blatt mit seiner Telefonnummer zum Abschied geschenkt.
»Ich habe auch das Datum draufgeschrieben. Heute kennen wir uns fünf Jahre. Ich finde, das sollte gefeiert werden. Und da bot es sich an, dir die Stadt über den Finger zu streifen, in der wir uns begegnet sind.«
Er erntete eine heftige Umarmung.
»Und solange du auf deiner Meinung beharrst und nicht noch einmal heiraten willst, feiern wir das jedes Jahr. Es sei denn, du änderst deine ...«
Sie wollte ihm antworten, als das Telefon klingelte und sie mit der Umbarmherzigkeit des Alltags aus dieser rosaroten Wolke wieder auf den Boden plumpsen ließ. Maarten schüttelte den Kopf und wandte sich an Hannah.
»Schau es dir an, deine Mutter ist im Dauereinsatz, bis sie einen Fall gelöst hat. Du wirst später nicht Kommissarin, oder? Nee, du buddelst mit mir nach alten Scherben, die können auch mal warten. Im Gegensatz zu Räubern.«
Karin kam aschfahl zurück in die Küche. Dieser ganze Morgen schien ein einziges Déjà-vu-Erlebnis zu werden.
»Du liebe Zeit, du bist ja ganz blass. Was ist passiert? Schon wieder ein Einsatz?«
»Ja, nein, es gibt schlechte Nachrichten. Das war Johanna, sie hat Besuch gehabt. Unangemeldet stand in aller Herrgottsfrühe eine Teilnehmerin aus ihrem Yogakurs vor der Tür. Sie habe mit Freude in ihrer Glaubenszentrale gehört, dass Johannas Tochter jetzt auch zu den ›Gerechten der Welt‹ käme. Und sie würde ja bei ihr wohnen, das habe Johanna ganz verschwiegen. Bei ihr wohne doch der Herr Burmeester, würde denn die Frau Kommissarin mit ihm zusammenleben?«
Zusammengesunken saß sie schlotternd in ihrem Nachthemd an diesem prachtvollen Tisch. »Mutter hat mich notgedrungen mit Nikolas verkuppelt.«
Maarten lächelte fast mitleidvoll und tätschelte ihren Arm. »Damit können wir leben, oder?«
Karin seufzte und hielt sich die Hände an die Wangen. »Wenn es nur das wäre. Als sie ging, hat sie noch gefragt, wo denn Johannas Enkelkinder wären, ob sie auch unter dem Dach leben würden.«

Jetzt sackte auch Maarten auf einen Stuhl. Sie schwiegen eine Weile, während Hannah ganz versunken die Nougatcreme von ihrer Brötchenhälfte schleckte.

»Mutter hatte im Kurs stolz von ihren Enkelkindern erzählt.«

»Jetzt mach dir nicht gleich Sorgen. Die Leute sind doch nicht als militant eingestuft. Vor dem letzten Wochenende habe ich nie von denen gehört.«

»Man hatte auch über Scientology noch nichts gehört, da hatten die schon ihre Zentralen in deutschen Großstädten eingerichtet und gingen auf Menschenfang. Maarten, ich weiß die ›Gerechten der Welt‹ ab jetzt nicht mehr einzuschätzen. Verflixt, ich wollte euch da raushalten. Das war doch ein geplanter Besuch in Bislich. Die wussten genau, dass Johanna mich umgehend informieren würde. Nenn es Machtbeweis. Wir sind überall, wo du uns nicht vermutest. Genau das wollen die mir mitteilen. Belüge uns nicht und verschweige uns nichts.«

Schweigend sahen sie zu, wie Hannahs Gesicht hinter den dunklen Schlieren der Frühstückscreme verschwand.

»Wenn es dich beruhigt, dann fahre ich eben für ein paar Tage mit Hannah nach Texel zu meinem Onkel. Der wird sich freuen, uns zu sehen.«

»Und Moritz?«

»Komm, Karin, der ist doch schon groß. Wenn wir dem die Sachlage genau erläutern, wird er auf sich aufpassen, glaub mir.«

»Nein, nein, der muss mit, dann wird er eben sein Praktikum abbrechen und in den Ferien nachholen. Ich werde mit dem Rektor sprechen.«

»Das kannst du vergessen. Er ist so begeistert von dem Betrieb, kein Argument der Welt wird ihn da vorzeitig wegkriegen. Du kannst ihn höchstens für ein paar Tage bei Florian einquartieren. Karin, überlege, die werden uns schon in Ruhe lassen, die wollen bestimmt nicht mit dem Gesetz in Konflikt geraten, das können die sich nicht erlauben, sonst wird ihr heiliger Laden aufgelöst. Meinst du, die riskieren das?«

Hannah hatte inzwischen ihre erreichbare Umgebung völlig mit der schokoladigen Masse eingesaut und blickte ihre Eltern glücklich an. Maarten stand auf und lief, um einen feuchten Waschlappen zu holen.

»Na, mein kleines Schokomonster, wollen wir zwei ein bisschen ans Meer fahren?«

Hannahs Augen leuchteten. Schöner, als mit Papa im Garten zu werkeln, fand sie, mit ihm zusammen Auto zu fahren. Ihre natürliche Gesichtsfarbe kam wieder zum Vorschein.

»Auto?«

»Klar, mit dem Auto fahren wir zu Onkel Geerd. Ich ruf ihn gleich an.«

Karin stand auf. »Ich gehe ins Bad und fahre dann ins Büro. Vielleicht haben wir irgendwas Wichtiges übersehen, was die GdW betrifft. Ich schwöre dir, die kommen uns nicht zu nahe.«

Die Entschlossenheit in ihren Augen kannte Maarten, in diesem Zustand war sie nicht zu stoppen.

***

Die Regionalbahn RE5 verschaffte Gero von Aha eine Tour durch das eher ländliche Friedrichsfeld, durch das wohnliche Voerde, von wo aus es durch das dicht besiedelte Dinslaken vorbei an immer mehr Industrieflächen durch Sterkrade, Holten und Oberhausen bis zum Hauptbahnhof Duisburg ging. Kilometer für Kilometer roch und sah es immer mehr nach Ruhrgebiet mit seiner Mischung aus heruntergekommenem Charme und gebautem Neuaufbruch aus.

Im morgendlichen Tran hatte Gero von Aha am Weseler Schalter verstanden, dass er in der Revierstadt auf Gleis drei ankommen würde, dann vierundzwanzig Minuten Zeit hätte, auf Gleis zwölf zu gelangen, um von dort mit dem Intercity IC 2357 in einem Rutsch Erfurt zu erreichen, was ihm sehr gelegen kam. So konnte er sein eigentliches Aufwachen auf ein paar Stunden später verschieben. Er fühlte sich großartig, folgte seiner Intuition, pfiff auf die Vorschriften und würde am Ende mit dem entschlüsselten Geheimnis um Con, der faszinierenden Sektenführerin von Wesel, glänzend dastehen.

Der Zug fuhr fast pünktlich in den Hauptbahnhof ein, der Kommissar fand mühelos seinen Platz im Großraumabteil, richtete sich ein und strich sich die Augenbrauen glatt. Nachdem sich der IC 2357 sanft in Bewegung gesetzt hatte und schnell an Geschwindigkeit gewann, meldete sich die Zugbegleitung über die Bordanlage und wünschte allen Zugestiegenen eine angenehme Fahrt, die voraussichtlich um zwölf Uhr neunundzwanzig in Erfurt enden würde.

Der Kommissar blickte aus dem Fenster auf die vorbeifliegende Landschaft, nickte ein, verschlief die Stationen Essen, Bochum, Dortmund, ein paar andere ebenfalls und schreckte in Kassel-Wilhelmshöhe hoch, als er einen dunkelhäutigen Servicemitarbeiter »Einen Kaffee, der Herr?« fragen hörte. Gero von Aha orderte einen Becher, schlürfte das dunkle Getränk mit kritischer Miene, kein Genuss, aber der Schuss Koffein erfrischte ihn. Er griff beherzt zum Laptop, legte sein Handy bereit. Kurz vor Erfurt holte ihn eine Stimme mitten aus den guten Ansatzpunkten, die er für seine Ermittlungen gefunden hatte. Die Zugbegleiterin verabschiedete die Reisenden über die Bordanlage, und die Ansage endete mit dem mittlerweile legendären Satz »Sänk ju for trrräveling wis Deutsche Bahn«.

Gero von Aha konzentrierte sich erneut auf das Laptop. Die Zeit drängte, er war noch nie in Thüringen gewesen, hatte einiges sondiert und organisiert – alle Achtung, Herr von Aha, versuchte er sich selbst anzufeuern. Der sanft gleitende IC 2357 verlangsamte seine Geschwindigkeit, das Ziel »Erfurt« kam in Sichtweite.

Er stand staunend auf dem Bahnsteig, sein bewundernder Blick glitt nach oben auf die avantgardistische Glaskuppel. Wer gerade eben durch das marode Ruhrgebiet gefahren war, konnte durchaus neidisch werden. Aber konnte man so etwas aufrechnen? Was scherten ihn Gefühle und Politik! Gero von Aha rief sich zur Ordnung. Er hatte einen klaren, wenn auch selbst erteilten Auftrag, und er stand unter Erfolgszwang, sonst würde ihn die Kommissariatsleiterin daheim noch mehr fertigmachen, als sie es ohnehin tun würde. Keine Frage, er stand unter enormem Druck.

Wie gut, dass er noch im Zug per Handy die Landesbeauftragte für die Stasi-Untersuchungen erreicht hatte, die in vorbildlicher Weise am Samstag an ihrem Schreibtisch Akten abarbeitete. Sie hatte sofort und ohne Frage nach seiner Legitimation ihren Beißer auf den Weg geschickt, der, so vermutete von Aha nach ihren begeisterten Ausrufen, sofort zufasste und nie losließ, wenn er eine Spur gewittert hatte, die zu alten Stasiverstrickungen zu führen versprach. Von Aha fürchtete, einen Fanatiker vorgesetzt zu bekommen. Das hatte ihm gerade noch gefehlt.

»Unser Mitarbeiter ist normalerweise im ehemaligen Gefängnis an der Andreasstraße eingesetzt. Das ist heute Gedenkstätte mit Dokumentation und so weiter. Vielleicht haben Sie schon einmal von ihm gehört. Er hat vor dem Landesgericht München I im April letzten Jahres durchgesetzt, dass ein enttarnter Stasioffizier, der aber nie verurteilt wurde, heute mit seinem vollen Namen öffentlich genannt werden darf. Das ist eine Entlastung für die Verfolgten, denn bisher hatten die Stasitäter Erfolg, wenn sie gegen die Nennung ihres Namens klagten. In den Wirren der Wendezeit hatte sich dieser Mann bei uns Dissidenten eingeschlichen, um uns auszuspionieren. Er hat unsere Debatten befeuert und wie ein Freiheitskämpfer an vorderster Front gegen die DDR protestiert. Der war immer vorne dabei und hat darüber sofort massenweise Berichte geschrieben und an die Stasi weitergeleitet. Der Freund, ein Verräter. Wir dürfen weiter öffentlich sagen, was der Kerl angerichtet hat, der kann sich nicht davonschleichen in die Anonymität. Sie glauben ja nicht, wie gut das dem Gerechtigkeitsgefühl tut.«

»Heißt das, die hiesigen Akten sind alle erhalten? Gibt es jemanden, der einen inhaltlichen Überblick hat? Ich brauche Belege, aber ich kann nicht erst tonnenweise Papiere sichten. Ich brauche jemanden, der mir schnell hilft.«

»Ja, da sind Sie hier richtig. Herr Beißer ist der absolute Fachmann. Wenn Sie ihn von Ihrer Sache überzeugen, hängt er sich völlig rein.«

Kaum zu fassen, der hieß wirklich Beißer. Gero von Aha streckte sich lang, er hatte den ersten Volltreffer gelandet. Sein Näschen dafür, dass der Weseler Fall alte Wurzeln in Erfurt hatte, hatte ihn geleitet. Es war nicht das erste Mal, dass er eigene Wege in einer Ermittlung ging und sich plötzlich alles wie von selbst entwickelte. Was würde nun kommen, könnte er die Fäden in der Hand halten, oder würden sie ihm am Ende entgleiten? Er schwankte zwischen Spannung und Unsicherheit.

»Hallo, sind Sie noch da?« Die Landesbeauftragte reagierte irritiert auf Gero von Ahas unbewusste Schweigeminute. Zudem verschlechterte sich die Verbindung zu seinem Handy, er lauschte konzentriert.

»Bitte merken Sie sich Folgendes, seien Sie um achtzehn Uhr im

Restaurant ›Übersee‹, in der Innenstadt ... am Ufer der Gera ... schicke Ihnen umgehend eine Stadtführerin zum Bahnhof ... verbummelte Politikstudentin ... sehr engagiert ... eine von uns ... erspart die Sucherei auf dem Stadtplan.«
Das Handy rauschte bedenklich, als ihre Stimme noch einmal klar zu ihm durchdrang.»Wie sind Sie zu erkennen?«
Gero von Aha reagierte wie ein Großteil der mobil kommunizierenden Menschen, er ersetzte fehlende technische Übertragungsleistung durch eigene Lautstärke.
»Ich warte beim Fahrkartenverkauf. Ich habe eine moderne Hornbrille und starke Augenbrauen.«
Er zog einige Silben in extreme Länge.»Meine Haaaaare sind dunkel, duuunkel, besonders die Restfrisur über den Oooohren. Die Frau soll an eine Eule denken, man sagt, ich hätte Ääääähnlichkeit mit einer Eule.«
Eine Gruppe von Studenten in seiner Nähe hatte unweigerlich zugehört, die jungen Leute glucksten vor Vergnügen.
»Eine Eule ist doch lautlos und weise ...«
»Gräm dich nicht, Alter, du siehst doch megaintelligent aus ...«
Gero von Aha blickte in die Scheibe eines einlaufenden Zuges, lächelte sein Spiegelbild an. Die Beschreibung war doch treffend. Sie würde ihn finden.

***

Burmeester saß schon am PC, als Karin Krafft eintraf.
»Sag nichts, Johanna hat mich schon über den offiziellen Charakter unserer Beziehung informiert. Sie war ganz aufgelöst, nachdem ihre Bekannte aus dem Kurs wieder fort war. Ich krame alles Mögliche nach Informationen über die ›Gerechten der Welt‹ durch, Zeitungsarchive, Illustrierte, selbst bei der Blöd-Zeitung habe ich schon angefragt, so weit nichts. Jetzt gehe ich die Informationen der Sektenbeauftragten des Landes NRW durch. Ganz viel Scientology gibt es da, Okkultismus, ich arbeite mich durch.«
»Ein guter Mann denkt mit.«
»Danke. Schatz.«
Karins Augen blitzten auf, bevor sie antworten konnte, lenkte er ein.

»Sorry, aber unser zeitlich begrenztes Techtelmechtel muss ich ein wenig auskosten, in diese Situation komme ich nie wieder.«

Karin erinnerte sich an das Getuschel in der Polizeibehörde, als der fürsorgliche junge Kollege während ihrer Schwangerschaft in den Fokus einiger Beamter geraten war.

»Na, sei ehrlich. Dass ein paar Kollegen aus anderen Abteilungen immer noch glauben, du seist der Vater von Hannah, lässt deine Brust schon genügend schwellen. Werde bloß nicht übermütig.«

Burmeester arbeitete sich durch die Landesdateien. »Keine Sorge, ich werde unser kleines Geheimnis nicht preisgeben.«

»Wo bleiben Jerry und Tom?«

»Die sind doch schon unterwegs, der Jerry zur Seniorenresidenz, und Tom zum Versicherungsagenten Alexander Stricker nach Winnekendonk.«

»Was, schon unterwegs? Ich muss Tom erreichen, der soll den Stricker zur Befragung herbringen, ich will wissen, ob es eine verwandtschaftliche Verbindung zur Garowske gibt und was er mit den ›Gerechten der Welt‹ zu tun hat. Das soll er mir erklären. Hier im Vernehmungsraum, vielleicht beeindruckt ihn das.«

Während sie telefonierte, lehnte sich Burmeester zurück und starrte aus dem Fenster in das zarte Lindgrün der Alleebäume am Ring. Karins Stimme holte ihn zurück.

»So, er wird ihn herbringen. Was ist los mit dir?«

»Ich will einen Durchsuchungsbeschluss für das Zentrum der GdW, es müsste doch langsam reichen, oder? Verdunklungsgefahr, Behinderung der Ermittlungen, was auch immer.«

»Vergiss es ganz schnell, das unterschreibt der Haase nie und nimmer. Das ist doch alles viel zu dünn.«

»Aber der Besuch bei deiner Mutter und die Mitgliederliste, die es dort geben muss ...«

»Bleib mal ganz sachlich und betrachte das Geschehen von oben: Eine Frau aus einem VHS-Kurs besucht die andere und erzählt von ihrem Wissen aus der Glaubenszentrale in Wesel. Was ist daran jetzt verdächtig? Nichts. Erst der Kontext macht es denkwürdig, mehr nicht. Nikolas Burmeester, du verrennst dich in unhaltbare Theorien.«

Burmeester schaute schnell wieder aus dem Fenster, damit sie in seinen Augen nichts von seinem aufkeimenden Plan erkennen konnte. Er würde schon einen Weg finden, an die Listen heranzukommen. Kleiner Fotoapparat, gestochen scharfe Aufnahmen, klasse Auflösung über die Bilddatei seines Laptops, und dann würden sie schon sehen.

***

»Ich bin Christiane, Sie sind der Polizist aus dem Westen, stimmt's? Dass ich mal der Polizei helfen würde, unglaublich. Wissen Sie, mein Umfeld hat eher mit der linken und autonomen Szene zu tun. Staatliche Aufpasser sind nicht mein Ding, wir haben als christliche Jugendgruppe in der DDR damals genug Bespitzelung erlebt. Aber in Ihrem Fall ...«

Gero von Aha blickte die nicht mehr ganz junge, die dreißig schon deutlich tangierende Studentin im lässigen wetterfesten Outfit an, deren Begrüßung offen bis spöttisch rüberkam. Sie würde mehr als seine Stadtführerin sein, sie war anscheinend die kenntnisreiche Unterstützung, die er in dieser für ihn fremden Stadt brauchte. Das spürte er sofort, und eine gewisse Vertrautheit bestimmte von Anfang an ihr Beisammensein.

»Ich tauge nicht zum Polizeibeamten, der sich ausschließlich in Akten und Berichte vertieft. Ich finde meine eigenen Wege. Und hier brauche ich Ihre Hilfe. Ich heiße übrigens Gero ...«

»Mit Aha-Effekt hinten dran, habe ich schon gehört. Wohin soll's denn gehen, Gero?«

Der Kommissar blickte über den Bahnhofsvorplatz, seine Augen blieben an einer meterhohen Aufschrift auf der gegenüberliegenden Hotelfassade haften. »Willy Brandt ans Fenster« stand dort, und er erinnerte sich vage an die Zeit der geöffneten Ostpolitik, die der erst bewunderte und legendäre, dann an sich selbst gescheiterte Bundeskanzler eingeleitet hatte. Brandt war 1970 in Erfurt gewesen, hatte den damaligen Vorsitzenden des Ministerrates der DDR, Willi Stoph, getroffen. Der Bundeskanzler war zwar abgeschirmt worden, aber die Erfurter hatten sich vor dem Hotel versammelt und skandiert: »Willy ans Fenster ...«

Christiane folgte seinem Blick. »Wir waren schon immer etwas aufmüpfiger als andere, damals hatten die Staatsorgane ihre liebe Mühe mit uns linientreuen Bürgern ...«

Gero von Aha erkannte den routiniert gesetzten Anfang eines Vortrags und zog die Notbremse.

»Interessant, das mit Willy Brandt war ein historisches Ereignis. Ich komme bestimmt noch einmal als Tourist nach Erfurt, aber jetzt geht es um andere Dinge. Ich will Verbindungen zu einem Mordfall am Niederrhein aufdecken, der als Verkehrsunfall getarnt werden sollte. Die Ursache liegt meines Erachtens weit zurück, die Spuren führen hier nach Erfurt. Es muss familiäre Verstrickungen gegeben haben, tiefe Verletzungen, die nie aufgearbeitet wurden und sich in einer Gewaltexplosion am Niederrhein, in der Nähe von Xanten und Wesel, entladen haben. Und zwar Jahrzehnte später. Ich weiß es nicht genau, meine Nase sagt es mir.«

»Das ist ein bisschen wenig, um mir einen Anhaltspunkt zu geben, wie ich helfen kann.«

»Ja, aber es gibt Mosaiksteine. Irgendwann vor rund vierzig Jahren wurde in unserem Fall der Stasiapparat angeworfen mit geheimen Treffen, Festnahme und Verhören. Ich habe herausgefunden, dass es besondere Zusammenkünfte in einer konspirativen Wohnung gab.«

Noch immer standen sie auf dem Bahnhofsvorplatz, ungeachtet der Menschen, die ständig an ihnen vorbeihasteten.

»Gut möglich, das war ein übliches Verfahren bei Horch und Greif. Gero, das hier war ein Überwachungsstaat. Penible Aufarbeiter haben für die Landeshauptstadt das Thema konspirative Wohnungen überprüft. Du ahnst nicht, wie viele sie gefunden haben: fast fünfhundert. Es gibt heute sogar eine Stadtkarte, in der sie alle eingezeichnet sind. Wie lange, hast du gesagt, bleibst du hier, um allein diese Wohnungen zu überprüfen?«

»Christiane, bis morgen. Meinetwegen bis spät in die Nacht. Es freut mich, dass du dich auskennst, du steckst richtig drin im Thema. Im Zug habe ich im Internet gesurft. Das ist ja unglaublich, was hier alles von der Stasi recherchiert wurde, welche Geheimaktionen bekannt sind, welche Wohnungen verwanzt waren, wohin welche Leute eingeladen wurden. Günter Grass war zum Beispiel im Visier der Stasi. Seit 1961, also zwei Jahre nach Erscheinen der ›Blechtrommel‹, versorgte unter anderem Hermann Kant die Firma mit Expertisen über den späteren Nobelpreisträger aus dem Land des Klassenfeindes. Der Mann war immerhin früher Präsident des DDR-Schriftstellerverbandes.«

Gero von Aha redete sich in Rage, er konnte nicht nachvollziehen, warum und wie dieser nun vergangene Staat geglaubt hatte, seine Existenz durch absolute Kontrolle sichern zu können. Seine neuen Kollegen in Wesel hatten ihm erzählt, dass kürzlich im Preußenmuseum in der Zitadelle eine Ausstellung über die DDR zu sehen gewesen war. Ein Weseler Pfarrer, der lange Verbindung zu einer Gemeinde in Brandenburg pflegte, hatte zusammengetragen, was ihm kennzeichnend für den anderen deutschen Staat erschien. Die Ermittler vom Niederrhein, sozusagen die Leute vom Fach, hatten staunend bis belustigt den legendären Fotokoffer mit der Mini-Praktica, der heute als Relikt des Kalten Krieges im Leipziger Stasimuseum zu sehen ist, von allen Seiten begutachtet. Als noch kurioser beschrieben sie die Blechgießkanne, die mit einem Fotoapparat bestückt bei der Beerdigung eines Dissidenten auf dem Boden drapiert wurde und die Trauernden von unten ablichtete. Alles sei ihnen wie die Ideen eines mittelmäßigen Filmregisseurs für einen Spionagethriller vorgekommen.

»Finde ich völlig gaga, welcher Überwachungsaufwand da betrieben wurde. Das war echt skurril. Warte, ich habe mir etwas notiert.« Gero von Aha fingerte in seinem Rucksack nach dem Schnellordner, während Christiane ihn spöttisch und von so viel Eifer fasziniert beobachtete.

»Da, ich hab's. 1988 wurde Grass bei seinem Besuch hier in Erfurt bespitzelt. Der Arbeiter-und-Bauern-Staat hat Folgendes herausgefunden: ›Grass und seine Ehefrau waren im Beobachtungszeitraum sauber und ordentlich gekleidet. Grass ist starker Pfeifen- und Zigarrenraucher. Nur seine Ehefrau fuhr den Pkw. Bei ihren Fahrten in Erfurt und Weimar konnte eingeschätzt werden, dass beide über keine Ortskenntnisse verfügen …‹«

Christiane prustete höchst amüsiert los. »Das habe ich auch gelesen, das ist der Stoff, aus dem Stadtführer Anekdoten in ihre Rundgänge einbauen. Wenn ich das höre, läuft ein Film in meinem Kopf ab. Weißt du, in graue Mäntel gehüllte, fotografierende und notierende Geheime, geduckt hinter Hausecken und so. Aufgeplustert und beeindruckt von der eigenen Bedeutung, um ein Rinnsal an Erkenntnissen zu produzieren. Aber was willst du mit solchen Informationen, bringt dich das voran?«

Der Kriminalkommissar blickte ernst auf. »Könnte man sich

ernsthaft fragen. Das hört sich alles komisch an, ist dennoch nicht zum Lachen. Weil dahinter Menschenrechtsverletzungen stehen, weil diese kleinen Geschichten den Geist kennzeichnen, der herrschte und die Basis für andere, harte Maßnahmen war. Der die Firma Horch & Greif wie im Automatikgang vorantrieb. Der bedeutete, dass die Stasi Erfolge vorweisen und ihre Wichtigkeit bestätigen musste. Der zeigte, wie wenig Selbstbewusstsein dieser Staat hinter der politischen Fassade besaß. Günter Grass hatte ja keine Folgen gespürt, man hat ihn nur beschattet. Aber andere Schriftsteller in Ostdeutschland wurden zensiert und kaltgestellt. Einer wurde zum Beispiel von seinem eigenen Bruder, einem strammen Parteimitglied, verraten. Weißt du, Christiane, ich will über den Umweg des alltäglichen Stasigeschäfts verstehen lernen, zu welchen Monstrositäten ein nur sich selbst verantwortlicher Überwachungsstaat fähig war. Ich versuche nachzuvollziehen, wie die dachten, die geheim handelten. Das ist der Schlüssel zu unserem Kriminalfall am Niederrhein.«

Gero von Aha zwang sich, wieder den Bogen zu seiner Ermittlungsarbeit in Wesel zu spannen.

»Mann, wie viele Kräfte und wie viel Geld da gebunden wurde, das hätte man in die Versorgung der Menschen stecken sollen. Die Liste mit den konspirativen Wohnungen kenne ich, ich habe sie durchforstet. Auf den unvollständig erhaltenen Kopien in meiner Dienststelle, die wir bei einem Sektenmitglied gefunden haben, steht ›Mühl…‹. Darauf passt nur eine Adresse hier, die Mühlhäuser Straße.«

Die Augen der Stadtführerin blitzten auf, das Jagdfieber hatte sie infiziert, packte sie. »Das ist mal ein Fakt, die Straße liegt in einem schönen, unspektakulären Wohnviertel nahe der Uni. Wir nehmen die Straßenbahn direkt dorthin, von da sind es nur ein paar Meter zu Fuß zur früheren Stasizentrale von Erfurt und der Gefängnisgedenkstätte, wo der Beißer arbeitet. Also ab!«

Sie zögerte, sprach dann doch aus, was geheimnisvoll klang. »Da ist noch ein Freund von mir, ein Hacker. Der hockt auf dem Petersberg in einem Bau, der trotz der vielen Restaurierungen vor sich hingammelt.«

»Was kann er uns liefern?«

»Der knackt uns Informationen, die nicht offiziell in den Stasiuntersuchungsakten stehen. Die sind vorhanden, dürfen aber aus verschiedenen Gründen nicht verwertet werden. Manchmal hat auch niemand Interesse daran, sie zu nutzen. Es gibt zu viele alte Seilschaften, die arbeiten teilweise in Geheimbünden. Die alten Kader halten zusammen. Aber wir wissen mehr über sie, als sie ahnen. Wir sollten auf den Petersberg, denn dort gibt es nicht nur die von deiner persönlichen Stadtführerin empfohlene Festung und Zitadelle zu erkunden.«

»Du meinst, es gibt so etwas wie Schattenermittlungsakten?«

»Schlaues Kerlchen, der Herr Eule! Das ist alles nicht ungefährlich, und obendrein nicht legal. Nicht so richtig jedenfalls. Komm, da fährt unsere Straßenbahn ein.«

Gero von Aha liebte diese leichte Gänsehaut, diese kribbelnden Augenblicke, in denen Bewegung in einen schier aussichtslosen Fall kam. Er fühlte sich beschwingt von Christianes Energie und Wissen, das musste er zugeben. Am Abend würde er sie fragen, ob sie nach dem Treffen mit Beißer mit ihm noch etwas trinken gehen würde. Er nahm seine Kamera aus dem Seitenfach des Rucksacks und machte, während sie losliefen, ein paar Aufnahmen von dem geschichtsträchtigen Hotel. Natürlich auch von Christiane, die keck ins Objektiv grinste. Er blickte abrupt zur Haltestelle und bemerkte im Augenwinkel eine schemenhafte Bewegung. Jemand schien seinen Rhythmus aufzunehmen und ihm zu folgen.

***

Alexander Stricker, dem Versicherungsagenten im Freizeitoutfit, sprich Luxusjeans und Jackett, darunter ein lässiges Polohemd mit einem kleinen Reptil auf der Brust, stand Angstschweiß auf der Stirn, als Karin Krafft ihn in das offizielle Verhörzimmer bat. Der fensterlose Raum mit dem großen Spiegel, der kargen Einrichtung, Tisch, zwei Stühlen, auf dem Tisch ein Mikrofon, schien den Mann zu beeindrucken. Tom Weber hatte ihm nicht verraten, zu welchen Fragen er Stellung zu nehmen hatte. Die Hauptkommissarin verließ noch einmal den Raum, ließ Stricker ein wenig im eigenen Saft schmoren, gesellte sich kurz zu Tom, der hinter der verspiegelten Scheibe saß.

»Die Erpressung der Witwe aus Hamminkeln kriegst du wahrscheinlich innerhalb der ersten halben Stunde aus ihm heraus. Der rieb sich während der Fahrt ständig die verschwitzten Hände an den Oberschenkeln trocken, der ist fertig, glaub mir. Sei nicht zu hart mit dem Milchbubi, der kippt dir sonst vom Stuhl.«

Karin Krafft zog die Jacke aus, um das angelegte Halfter für die Dienstwaffe wirkungsvoll in Szene zu setzen, und nahm einen Schnellhefter mit, den sie knallend auf den Tisch fallen ließ.

»So, Herr Stricker, Sie wissen, warum Sie hier sind?«

Er schaffte es nicht, so souverän zu agieren, wie er vermutlich im Alltag die effektivsten Versicherungsverträge an den Mann brachte. Er schaffte es nicht einmal, Karin Krafft länger als Bruchteile von Sekunden in die Augen zu schauen, nestelte nervös an seiner Jacketttasche. Kaum hörbar murmelte er eine Antwort.

»Herr Stricker, ich muss Sie schon verstehen können.«

»Ich weiß, was Sie meinen, aber das war ich nicht, und ich werde mich im Namen meiner Agentur bei der Geschädigten entschuldigen. Ich kann nur immer wieder beteuern, ich habe von nichts gewusst und bin selber ganz schockiert.«

Karin Krafft wartete auf eine Erläuterung, er blieb nach den ersten, recht oberflächlichen Worten wieder stumm.

»Und? Weiter?«

»Der Schaden für mein Geschäft ist nicht auszudenken, wenn der Vorfall an die Öffentlichkeit gerät. Kann ich mit Ihrer Diskretion rechnen?«

Die Hauptkommissarin gab die Strenge und fixierte ihn ruhig.

»Das hängt davon ab, was Sie uns alles erzählen werden.«

»Wenn ich nur den Laden behalten kann, ich muss doch meine Familie ernähren, ich habe mein ganzes Geld da hineingesteckt.«

Es wurde Zeit für ein wenig Aktion. Die Fragen kamen schnell und unbarmherzig, beliebig in der Reihenfolge. Alexander Stricker redete wie ein Buch.

»Was wissen Sie über zwei Erpresserschreiben an eine Ihrer Kundinnen?«

»Das war meine Aushilfe für die Verwaltung, die hat mir alles gestern gestanden. Ich habe es mir von ihr unterschreiben lassen, bevor ich sie rausgeschmissen habe.«

Er fingerte einen gefalteten Bogen Papier aus der Brusttasche. »Hier, bitte, ich habe nichts davon gewusst und nichts damit zu tun.

Der erste Besuch Ihrer Leute, den fand ich schon peinlich genug. Winnekendonk ist ein Dorf, da sieht man, wer kommt und wer geht. Daraufhin habe ich die Frau beobachtet und mir ihren Rechner vorgenommen, als sie sich gegenüber im Edeka ein Brötchen zum Mittag holte. Den hatte sie ja sonst passwortgeschützt, ich habe immer gesagt, sie soll das nicht machen. Also, da fand ich doch eine ganze Reihe von Briefen, die sie schon vorbereitet hatte. Die hätte noch bei anderen versucht zu kassieren, wenn ich sie nicht zur Rede gestellt hätte. Nicht auszudenken, der Skandal, ich hätte auswandern können.«

»Ist Stricker Ihr Geburtsname?«

Er blickte irritiert auf. »Ja, ich heiße schon seit Geburt so.«

»Da liegen Flyer einer Glaubensgemeinschaft in Ihrer Agentur aus. Haben Sie Kontakt zu den ›Gerechten der Welt‹?«

Der Themenwechsel machte ihm zu schaffen, er schien krampfhaft über Zusammenhänge nachzudenken.

»Ja, ich bin selber Mitglied.«

»Seit wann genau?«

»Im letzten Jahr hatte ich eine Reihe neuer Kunden, die alle auf Empfehlung des verunglückten Studienrats kamen. Eine meiner Kundinnen brachte die Flyer mit und lud mich ein. Ansehen schadet nichts, dachte ich mir und bin hingefahren. Ich sehe im Kontakt zu der Gemeinschaft eine Bereicherung für mich persönlich. Das Leben im Dorf geht wie gewohnt weiter.«

»Verstehe, sonntags in die Kirche und donnerstags nach Wesel ins Zentrum.«

Ihr sarkastischer Unterton erschreckte die Hauptkommissarin, sie rief sich innerlich zu mehr Dienstdisziplin. »Sie kennen Cornelia Garowske?«

»Ja, sie hat eine außergewöhnliche Strahlkraft, sie bringt mich weiter als jeder teure Marketinglehrgang.«

»Der Geburtsname von Frau Garowske ist ebenfalls Stricker. Sind Sie mit ihr verwandt?«

Alexander Stricker schaute erstaunt auf. »Nicht dass ich wüsste. Das muss ein Zufall sein. Oder ...«

»Oder was?«

»Nein, es war nur eine blödsinnige Idee, nichts.«

»Lassen Sie mich teilhaben.«

»Nein, wirklich, ich bin nicht mit ihr verwandt. Eigentlich schade, es wäre mir eine Ehre.«
Stimmt, dachte Karin Krafft, der würde sie persönlich jeden Sonntag zum Sauerbraten mit Rotkohl abholen.
»Was ist Ihre Rolle in der Gemeinschaft?«
»Meine? Ich bin einfaches Mitglied, kann mittlerweile an den reinigenden Dialogen teilnehmen. Ich kann schließlich gut mit Menschen kommunizieren.«
»Was hat es mit den Dialogen auf sich?«
»Bewusst werden, reinigen, neu überdenken, alte Denk- und Handlungsstrukturen abbauen. Wir sollen doch frei werden für die kollektiven Gebete, die die Welt verändern müssen. Sie kennen die Prophezeiung vom Untergang der Welt im Jahr 2012? Der finale Bankencrash wird kommen, Währungen und politische Systeme sich in Luft auflösen. Wir können es verhindern, es muss weitergehen, ohne Revolte und Blutvergießen, aber gerechter.«
»Und da verkaufen Sie heute noch Versicherungspolicen?«
»Das ist mein Geschäft.«
»Herr Stricker, Sie haben vorhin eine Idee zurückgehalten, bitte äußern Sie sie jetzt.«
Er blickte sie fragend an.
»Ihr Name, Stricker, Sie hatten noch einen wichtigen Gedanken.«
Alexander Stricker zögerte einen Moment lang und rieb zum x-ten Mal seine Handflächen über die Oberschenkel.
»Mein Vater.«
»Was ist mit ihm?«
»Ich habe ihn nie über seine Herkunft reden hören. Irgendwie schon merkwürdig, die ersten zwei Jahrzehnte seines Lebens sind mir verborgen.«
»Wie heißt er, und wie können wir ihn erreichen?«
»Ich weiß nicht recht ...«
»Aber ich, bitte, den Namen, Stricker, Vorname?«
»Er heißt nicht mehr Stricker, ich stamme aus erster Ehe, meine Mutter ist früh gestorben. Jetzt hat er einen noblen niederrheinischen Namen geheiratet. Er hat den Namen seiner Frau angenommen. Van Laak, Conrad van Laak.«
Karin Krafft blickte auf, den Mann kannte sie. »Ist er der Pilgerbetreuer in Kevelaer?«

Jetzt schaute ihr Gegenüber sie staunend an. »Richtig, woher wissen Sie ...«

»Im Rahmen der Ermittlungen zu dem Anschlag auf die ›Gerechten der Welt‹ in Sonsbeck bin ich ihm begegnet. Vielen Dank, Herr Stricker. Einen Moment bitte.«

Sie ging in den Nebenraum, in dem inzwischen auch Burmeester hinter der Scheibe saß.

»Da hatten wir einen Stricker schon mal hier im Dienstgebäude und haben es nicht gewusst.«

»Was bringt uns das?«

»Weiß ich auch noch nicht genau, aber wir sollten van Laak überprüfen, vielleicht ist er nur halb so heilig, wie er tut. Und vielleicht hat er noch eine späte Rechnung mit der Garowske offen.«

Tom blätterte in seinen Notizen. »Was ist mit den Erpressungsversuchen?«

»Wirtschaftskriminalität, das sollen die Kollegen machen. Wir geben die Informationen in die andere Abteilung, vielleicht hat diese Aushilfe sich schon bei anderen bedient.«

Burmeester nickte versonnen. »Ich sage schon seit Tagen, dass wir die ›Gerechten der Welt‹ genauer unter die Lupe nehmen sollen. Das erspart uns solche Umwege wie diesen hier.«

Karin sah ihn ernst an. »Hör auf zu schmollen. Einer von euch bringt den da zurück und holt mir den Diakon her. Halt, nein, da fahre ich selber hin.«

Sie knallte die Tür hinter sich zu. Immer diese Animositäten. Ich habe ganz andere Probleme am Hals, dachte sie.

**

Der Kommissar und seine Stadtführerin eilten zum ersten Wagen der Linie drei, deren Ankunft sekundengenau auf einem Display über dem großformatigen öffentlichen Fahrplan verkündet wurde. Fahrtziel »Europaplatz«, sah er noch, dann glitt er von der hohen Bordsteinkante in den modernen Waggon. Mit sanftem elektrischem Rauschen setzte sich die Straßenbahn in Bewegung. Durch eine anfangs etwas abgerissene Einkaufsstraße mit Arkaden führte die Fahrt in die Mitte der Einkaufszone am Anger. Gero von Aha hörte Christianes routinierte Erklärungen zu Erfurt wie aus der

Ferne. Er verließ sich darauf, was er sah, und auf seinen ersten Eindruck, und der war gut. Vorbei an Breuninger und der alten Wassermühle, durch eine enge Gasse, die halsbrecherische Radler neben der Straßenbahn noch enger machten, Richtung Fischmarkt, vorbei am historischen Rathaus, hinter dem sich die berühmte Krämerbrücke befand, wie Christiane erzählte, und dem angekokelten Zunfthaus, in dem Handwerker damit beschäftigt waren, Brandfolgen zu beseitigen.

Die stramme Fahrt ging weiter an gepflegten historischen Bauten entlang. Kein Zweifel, hier hatte man vorzüglich restauriert und viel investiert. Aus der engen Gasse kommend, öffnete sich der Blick auf den Domplatz mit den zwei Kirchen, die imposant über der Stadt thronten. Die breite Treppe mit den zahllosen Stufen hinauf zu den Gotteshäusern war verhüllt von Transparenten, die ein Open-Air-Konzert ankündigten, und gesäumt von Kassenhäuschen. Als sich an der Haltestelle Domplatz die Bahntüren kurz öffneten, klang Gesang aus Carl Orffs ›Carmina Burana‹ über die Szenerie. Viele Gäste in den Cafés, die den Platz umsäumten, hatten sich so gesetzt, dass sie den Klängen lauschen konnten, die ein ferner, imaginärer Chor für den großen Auftritt am Abend probte. Das war Lebensart, fand Gero von Aha, als die Straßenbahn weiterzockelte.

»Da, da ist sie«, weckte ihn die Stadtführerin aus seinen Betrachtungen. »Die alte Stasi-Zentrale an der Andreasstraße«, deutete sie linker Hand zum Fenster.

Das repräsentative Gebäude strahlte Macht aus, aber auch versteckte Gefahr. Wer hierin einst Unrecht begangen hatte, tat es verborgen vor aller Augen.

Vorbei an der Andreaskirche, die einst Hort der Protestler während der Wende war, ging es weiter Richtung Universität. Als die markante Architektur der Unibibliothek, die wie ein Schiff mit gläsernem Oberdeck auf dem Campus ankerte, in Sicht kam, drückte Christiane auf das Haltesignal und riss den Kommissar am Ärmel hoch.

»Wir müssen hier raus«, spornte sie ihn zur Eile an.

Sie holte die Karte mit den eingezeichneten konspirativen Wohnungen hervor. Zügig gingen sie in eine Nebenstraße, vorbei an einer Behinderteneinrichtung des CJD, und bogen linker Hand in die Mühlhäuser Straße ein.

Gero von Aha schaute sich um in dieser viel befahrenen Wohnstraße mit Siedlungshäusern aus den sechziger Jahren und hohen verzierten Fassaden aus der Gründerzeit. An einem veilchenblauen alten Mietshaus blieben sie stehen. Es hatte passenderweise als »Veilcheneck« firmiert, bevor der Gastwirt die Segel strich. Nun war es ein reines Wohnhaus.

Die Tür öffnete sich, ein paar schlaksige Studenten kamen palavernd heraus, stöhnten über die anstehende Klausur und planten den Abend bei der preiswerten Preview des neuesten Kinofilms, um den ersparten Eintritt anschließend in den benachbarten irischen Pub ›Dubliner‹ zu tragen. Dort hofften sie, beim kneipeninternen Quiz so viele Getränkegutscheine zu gewinnen, dass sich der Abend richtig lohnte. Die Truppe genoss augenscheinlich das Studentenleben. Gero von Aha beneidete sie einen Moment lang.

Er sprach einen der jungen Männer an. »Mahlzeit, Deutschland, guten Morgen, liebe Studenten. Wir suchen die Nummer zweiundsiebzig. Wisst ihr, wo der Eingang ist?«

Abschätzige Blicke trafen ihn.

»Ja, wissen Sie, die ungraden Hausnummern sind immer auf einer Seite, und das hier ist Nummer siebzehn, das Veilcheneck. Na? Genau, die geraden Zahlen findet man gegenüber. Wohl nicht ganz ausgeschlafen, wie?«

Gero von Aha lachte. »Sorry, sollte nur ein kleiner Einstiegsscherz sein, das mit Mahlzeit. Die Zweiundsiebzig sehe ich, klar. Dort sind mehrere Wohnungen leer. Tut sich da nichts?«

»Suchen Sie eine Wohnung? Dann müssen Sie schnell zuschlagen, bevor das Semester wieder beginnt. Einige Zimmer sind aber schon länger leer. Im Parterre lebt eine ältere Frau, immer freundlich, aber ein bisschen versponnen. Klingeln Sie da doch mal.«

Die Studenten entfernten sich bestens gelaunt und nicht ohne eine Serie von SMS verschickt zu haben, mit denen sie sich für den Abend verabredeten. Gero von Aha holte seine Kamera heraus, fotografierte das Haus, in dem sich laut Plan eine der alten konspirativen Wohnungen befand. Dann wechselten er und Christiane die Straßenseite, und er drückte auf den untersten Klingelknopf. Nichts geschah. Missmutig kickte der Kommissar einen Kieselstein vom alten Plattenpflaster des Bürgersteigs. Dann öffnete sich die Tür.

Der älteren Frau waren viele Geschichten eingefallen, Begebenheiten aus einem einfachen Leben, von mancher Drangsal, aber auch von Vergünstigungen, die sie im Zusammenhang mit der Stasiwohnung und wechselnden Benutzern erlebt hatte. Ihr Mitteilungsdrang war unerschöpflich, dafür umso ermüdender gewesen. Nun wusste von Aha, dass ein Offizier der Stasi in der Wohnung neben ihr gewohnt und sie belästigt hatte. Der Mann wollte seine eigene Dreiraumunterkunft um ihr Zimmer mit Kleinküche erweitern und hatte zu diesem Zweck seine Position ausgenutzt. Nebenher war er offensichtlich ein Säufer gewesen, fuhr unbehelligt alkoholisiert mit seinem Dienstwagen vor und wand sich mit dem Hinweis auf seine wichtige Tätigkeit für den Staat aus den Fängen der Volkspolizei.»Vor den Augen und Ohren aller Nachbarn. So war das mit den Leuten, die mit ihren Kontakten prahlten und sich alles meinten erlauben zu können. Aber die gibt es ja überall«, hatte die Frau geschimpft.

»Ja, ja, solche Leute könnte ich ihr auch bei uns nennen, die Leistung durch Seilschaft ersetzen. Gibt es in allen Gesellschaften.«

Gero von Aha ereiferte sich, während Christiane besänftigend an seine Seite rückte. Sie gingen, und er spürte plötzlich die Hand von Christiane, die sich in seine schob. Sie drückte ihren Daumen fest in seine Handfläche, er drückte zurück. Ein herzliches, ein warmes Gefühl durchströmte den zerzausten Kommissar, der ungläubig seitlich zu der mindestens zehn Jahre jüngeren Stadtführerin blickte. Seit Jahren hatte er nicht mehr so viel Sympathie erlebt, seit Ewigkeiten nicht mehr so direkt Nähe gespürt. Er, der kühle Fahnder, der sich als einsamer Wolf und Querdenker verstand.

Sie schaute offen zurück und lächelte. »Es ist zum Kugeln, wie du dich aufregst. Was hast du erwartet? Dass das Mastermind aus dem tiefen Westen in den wilden thüringischen Osten kommt und angesichts dieser Erleuchtung sofort in einem Akt der Befreiung die Vergangenheit aufarbeitet? Die Frau hatte einfach Redebedarf und hat dich als freundliche und verständnisvolle Eule identifiziert, die ihr zuhört. Selbst ich weiß nicht, was du genau willst. Also kann ich dir auch nicht besonders effektiv helfen.«

Gero von Aha hob die buschig gekrümmten Augenbrauen als äußeres Zeichen seiner Nachdenklichkeit. Ja, sie hatte recht. Wenn er als Kriminaler ohne offizielle Erlaubnis seiner Weseler Dienststelle als Einzelkämpfer in Thüringens Landeshauptstadt Spuren der fernen Vergangenheit nachforschte, konnte er nicht mit schnellen Erfolgen rechnen. Er fühlte immer noch die Hand von Christiane in seiner und wusste, er konnte Vertrauen zu ihr fassen. Was hatte diese Spur gebracht? Sie führte in die Leere. Nicht einmal der von der alten Frau nur geraunte Name des trunkenen Offiziers war ihm aus der Recherche bekannt. An diesem Punkt brauchte er nicht mehr weiterzuforschen. Dennoch hielt sich Gero von Ahas Enttäuschung in Grenzen. Er fühlte sich wohl, mit Christiane gemeinsam unterwegs zu sein. Unerwartet wohl. Eine beschwingende Erkenntnis, wie er fand. Und eine vertrauenerweckende. Er beschloss spontan, die angelernte Vorsicht des Kriminalisten abzulegen.

»Ich erzähle dir die Geschichte. Die, wie ich vermute, hinter dem Mordfall von Wesel und Xanten steckt. Und wegen der ich in Erfurt bin.«

***

»Du bist schon da?«

Maarten stand neben seinem heiß geliebten Hollandrad und schnallte Hannah auf einem Kindersitz fest. Umsichtig setzte er ihr die Miniversion eines Schutzhelms auf, als Karin in der Einfahrt aus ihrem Wagen stieg.

»Komm, hol dein *fiets*, ich habe der Kleinen versprochen, dass es noch ein *lekker ijsje* gibt. Wir fahren nach Xanten ins Eiscafé Teatro.«

Karin überlegte kurz, der Tag hatte sie geschlaucht, ihr Bedürfnis lag exakt zwischen Beinehochlegen im Garten und Mitfahren.

»Kann man dort mittlerweile wieder in Ruhe sitzen?«

»Was meinst du?«

»Na, die ganze Umgestaltung des Marktes hat sich doch unter anderem wegen euren neugierigen Archäologennasen in die Länge gezogen. Ständig mussten deine Kollegen wichtige historische Funde sichern und verzögerten die Fertigstellung des Platzes. Als ich zum letzten Mal in der Stadt gewesen bin, saßen die Menschen beim Teatro an den Tischen direkt vor dem Bauzaun, hinter dem ein munterer Bagger brummte und stank. Das war eine groteske Szene.«

Maarten lachte laut auf. »Das habe ich auch gesehen, das hatte was von der Manie meiner Landsleute, Picknick an der Autobahn zu zelebrieren. Nee, nee, der Platz ist fertig, und die restlichen Arbeiten am Kanal ruhen um diese Uhrzeit bestimmt.«

Sie radelten vorbei an dem kleinen Hafen, der vor den Toren Lüttingens entstanden war, Xantens eigene Marina im Verbund der Seenplatte aus ehemaligen Baggerseen, hinlänglich bekannt als Nord- und Südsee. Sie kreuzten das kaum befahrene Reststück der alten Bundesstraße. Die nun sehr ruhig frequentierte Tankstelle lag neuerdings statt an der Durchfahrt an einem Parkplatz.

»Seid ihr heute weitergekommen?«

»Den Fall der versuchten Erpressung haben wir mit Aussicht auf Aufklärung an das zuständige Dezernat weiterreichen können. Ein wichtiger Zeuge, also zunächst noch als Zeuge angesehener Diakon aus Kevelaer, konnte heute nicht befragt werden, da er für einen Tag an die Nordsee gefahren ist. Das Gesicht in den Wind halten und den Kopf durchpusten, sagte seine Frau.«

»Siehst du, noch ein Meeresliebhaber. Was wollt ihr von einem Diakon?«

An der farbenprächtig renovierten Polizeiwache vorbei radelten sie in Richtung Rathaus. Die Tische beim Einstein lagen bereits im abendlichen Schatten, waren trotzdem dicht besetzt.

»Der Mann ist der Vater des Versicherungsagenten, der ebenfalls Mitglied in der Sekte ist und dessen Angestellte sich als mutmaßliche Erpresserin entpuppte. Wichtig an dem Ganzen ist der Name Stricker. Das ist der Geburtsname der Sektenführerin, es ist der Name des Versicherungsagenten und dementsprechend auch der Geburtsname des Diakons.«

»Hat er jetzt den Namen seiner Frau angenommen?«

»Genau, deshalb blieb uns der Zusammenhang bis jetzt verborgen. Der Diakon könnte also mit der sogenannten Con verwandt sein.«

»Wenn es so wäre, was würde das bedeuten?«

Am Marktplatz stiegen sie ab und schoben die Räder. Es wirkte immer noch fremd, den kleinen Platz unter den Platanen zugeparkt zu sehen. Dafür bildete nun der neu gestaltete, große Marktplatz den glanzvollen Mittelpunkt der Stadt.

»Wenn es Zusammenhänge zwischen dem Geistlichen und Con

gibt, dann haben beide es bis heute verschwiegen. Ich frage mich, warum, denn niemand hätte dadurch offensichtliche Nachteile.«

Hannah juchzte vor Begeisterung. Nicht die Aussicht auf ein Eis schürte ihre Freude, sondern am Rand des Norbertbrunnens mit den Fingern im Wasser planschen zu können. Seit sie auf eigenen Beinen durch die Welt wackelte, brauchten ihre Eltern stets einen freien Tisch in Brunnennähe.

»Noch etwas ist merkwürdig. Wir beide haben uns nächtelang unsere Geschichten erzählt, wo wir geboren wurden und aufwuchsen und wer uns da wichtig war und so.«

»Das ist doch ganz natürlich, dass man Einzelheiten aus dem Leben des anderen kennt, oder?«

»Das sagst du so einfach. Für uns ist das selbstverständlich. Die Frau des Diakons verfügt erstaunlicherweise über ganz gewaltige Lücken. Eigentlich kennt sie nur seinen Werdegang, seit er in Kevelaer in die Lehre ging. Die erste Ehe, der Sohn Alexander, der Tod seiner Frau, sein Engagement in der Kirche und seine Ausbildung zum Diakon, all das kennt sie. Ich glaube, sie hat sich bis heute keine Gedanken darüber gemacht, dass es davor ungefähr zwanzig Jahre im Leben ihres Mannes gibt, von denen sie nichts weiß. Das ist ihr richtig bewusst geworden, man konnte zuschauen, wie sie in ihrem Gedächtnis nachsuchte und nichts fand. Es gibt wohl auch keine Fotos aus der Zeit, und die Unterlagen wie Stammbuch mit den persönlichen Familiendaten hat er unter Verschluss. Sie hätte es nie gebraucht und deshalb auch nie nachgefragt.«

»Klingt schon ein bisschen naiv, oder?«

Hannah lag schon mit dem Bauch über dem Brunnenrand und schnippte ins Wasser.

»Sag nicht naiv, vielleicht hat sie ihm einfach vertraut. Es gibt auch heute noch Ehen, in denen eine strikte Aufgabenteilung herrscht. Vielleicht ist ihr Leben so reich an Gesprächsstoff und Themen, dass es bislang keinen Grund für Geschichten aus der Kindheit gab.«

Maarten schüttelte den Kopf. »Nee, meine Liebe, wie oft fragst du, ob ich dies oder das als Kind schon erlebt oder gesehen habe. Die Erinnerungen sind doch allgegenwärtig. Wenn du einen Gänseblümchenkranz für unsere Tochter flichtst, dann hast du das als Kind gelernt, und wenn ich ihr ein Schiff aus einem großen Blatt

baue oder Seifenblasen anmische, dann sind das Bauanleitungen und Rezepte aus meiner Kindheit. Man nimmt doch die Dinge mit und gibt sie an eigene Kinder weiter. Nee, nee, ich glaube, der Mann hat seine Kindheit bewusst gekappt.«
»Warum sollte man das machen?«
Hannahs Freude sprang über auf andere Kleinkinder, ein Junge lehnte neben ihr auf der Umrandung, gemeinsam spritzten sie Wasser an die Säule in der Mitte des Beckens. Andere Kinder wurden von Eltern mit strengen Blicken und laut verkündeten »Bahs«, »Iihs« und »Neins« zurückgeholt, was lautstarken Protest zur Folge hatte.
»Schau zum Brunnen. Die beiden da dürfen experimentieren, miteinander in Kontakt treten, die haben Spaß und Freude. Die zwei dahinten müssen stillsitzen, da nützt auch das Gebrüll nichts, keine Freude, kein Spaß. Die sehen nicht vernachlässigt aus, aber die Eltern haben eine andere Vorstellungen von Erziehung.«
Die planschenden Kinder wurden belächelt, die immer noch heulenden mit genervten Mienen betrachtet. Maarten ließ seine These nicht mehr los.
»Ich glaube, es gibt gute Gründe, seine eigene Kindheit auszublenden. Vielleicht kommt der Mann als Diakon heute dem Himmel sehr nah, weil er als Kind die Hölle durchlebt hat.«
»Da könnte was dran sein. Aber wird man nicht dennoch von den Dämonen der Vergangenheit eingeholt?«
Karin bestellte sich eine kleine Eisportion und ein Extrahörnchen für Hannah, Maarten einen Amarenabecher. Kaum war die Bedienung verschwunden, fuhr er fort.
»Ich glaube, es gelingt lange Jahre, nicht dran zu denken. Das heißt nicht, dass sich nicht aus dem Erlebten resultierende Handlungen und Wünsche ergeben. Zwanghaftigkeiten, unerklärbare Verhaltensweisen, was weiß ich.«
Karin staunte über diesen logisch erarbeiteten Zusammenhang.
»Ich werde am Montag unsere Psychologin mal fragen.«
Die Pausen, die Hannah zum Eisschlecken einlegte, waren kurz, das Wasser zog sie magisch an. Maarten strich ihr die verschwitzten Löckchen aus dem Gesicht, bevor sie wieder zum Brunnen wackelte.
»Wenn der Mann Diakon wurde, dann hat er vielleicht den Weg des Glaubens für seinen inneren Frieden gefunden.«

Karin ließ ihren Löffel sinken und starrte Maarten an. »Was sagst du da?«

»Na, ich glaube, dass für manche Menschen das Leben leichter wird durch den Glauben zu Gott. Da ist eine höhere, gerechte Instanz, eine Leitfigur zum Anlehnen, zum Verzeihen, zum Festhalten. Vielleicht ist er Diakon geworden, weil er genau dies gefunden hat.«

Karin schaute sich um, neigte sich zu Maarten und flüsterte ihm ihre Eingebung zu. »Es passt genau. Maarten, die zwei sind vielleicht sogar Geschwister.«

»Wer?«

»Na, die Garowske und der Diakon van Laak. Beide haben sich für den Glauben entschieden, der ihnen Halt gibt. Der eine in der anerkannten Kirche, und sie hat sich ein eigenes Netz gebaut, charismatisch, gradlinig. Strukturen, die sie selber braucht, hat sie für sich und andere als Regeln aufgestellt. Die könnten beide die Hölle durchgestanden haben. Morgen werden wir mehr wissen, und dann findet sich wahrscheinlich auch ein logischer Zusammenhang zu den Vorkommnissen der letzten acht Tage.«

Hannah würde nachher müde ins Bett plumpsen. Maarten beobachtete sie mit väterlichem Stolz. »Ach, ich habe uns beide übrigens für morgen bei Onkel Geerd angemeldet. Er ist entzückt und lässt dich schön grüßen.«

Karin blickte erst ihn, dann ihre Tochter an. »Morgen schon?«

»Ja, ich hätte im Moment wenig Ruhe, sie alleine in den Garten laufen zu lassen. Ich habe uns für zwei Wochen angemeldet, so lange braucht ihr doch eigentlich nie. Mit Moritz habe ich auch geredet, er wird heut schon zum Florian ziehen. Ich habe mit seiner Mutter telefoniert, sie ist einverstanden.«

Karin stocherte in ihrem Eis herum und schwieg.

»Und du wirst zu deiner Mutter ziehen.«

Jetzt blickte sie auf, als er ihre Augen gefährlich aufblitzen sah, wusste er um den Reizwert des angesprochenen Themas. Karin liebte ihre Mutter, nur konnte die Tochter die übermäßige Bemutterung schlecht ertragen und Johanna sich in ihrer Fürsorge nicht beherrschen.

»Genau das werde ich nicht machen. Ich werde mich nicht verkriechen. Ich kann schon auf mich aufpassen, vielen Dank für deine Fürsorge.«

»Es ist nur, weil ich dich nicht gern allein lasse in dieser undurchsichtigen Lage. Ich wüsste dich gerne in Sicherheit, meine Liebe. Versprich mir, dass du die Flucht ergreifst, wenn deine Sensoren Gefahr wittern, okay?«
Er drückte ihr einen Kuss auf die Wange.
»Versprochen, aber ich werde es erst ausprobieren. Wenn es mir zu unheimlich wird, dann fahre ich freiwillig nach Bislich.«
Der kleine Junge mit dem Planschverbot hatte es doch noch einmal bis zum Brunnenrand geschafft und wurde, als er gerade die Hand ins Wasser tauchen wollte, von seiner Mutter zurückgeholt. Strenge Worte, Protesttränen, gestresste Eltern, ein nörgeliges Kind. Karin und Maarten schauten sich lächelnd an, während sich Hannah mit feuchten Ärmeln noch einen Happen Eis abholte.

***

Als sein Handy mit einem Rolling-Stones-Song rockig in die neue Offenheit mit Christiane hineinklingelte, verzog Gero von Aha das Gesicht. Sein unwilliger Ausdruck löste sich, als er den Anrufer erkannte.

»Ach, Mist, es ist schon Viertel nach sechs, stimmt, Herr Beißer, entschuldigen Sie, wir haben die Verabredung übersehen, ja, wir waren zu sehr mit den Ermittlungen beschäftigt. Ja, ich weiß, wie ich zum ›Übersee‹ komme, gut, wenn Sie die nötigen Unterlagen dabeihaben, ja, ich habe jemanden an der Seite, der mir den Weg zeigt. Ja, wir steigen sofort in die nächste Straßenbahn, ja, es sind nur zwei Haltestellen, ja, die Bahn fährt gerade vor. Ja, Sie können meiner Begleiterin vertrauen, kein Risiko.«

Er beendete das Gespräch und erinnerte Christiane daran, dass er mit dem Kontaktmann der Stasilandesbeauftragten verabredet war und das Treffen beinahe verschwitzt hätte. Sie solle einfach mitkommen, dann würde sie über die Aktenlage informiert sein und gleich die ganze Geschichte erfahren, so wie er sie sah. Er, nicht seine Chefin in Wesel und größtenteils nicht mit hieb- und stichfesten Beweisen gesichert.

Christiane lachte zustimmend, strich sich eine Haarsträhne aus der Stirn. Wie strahlend lebenslustig sie aussah. So einfach war das also, sich zu verlieben. Bevor er aufkeimenden romantischen Ideen

nachhängen konnte, erinnerte sie an den Computerfreak vom Petersberg.
»Den kontaktiere ich jetzt und melde uns für morgen an. Am Mittag ist er wahrscheinlich aufgestanden und kommt langsam auf Touren.« Sie schickte routiniert eine SMS ab. Dann zog sie Gero von Aha energisch in Richtung Straßenbahnhaltestelle.

Erst als sie sich auf der hölzernen Terrasse des ›Übersee‹ einen Platz suchten, hatte er das Gefühl, dass sich ein Schatten aus seiner Nähe löste und am Ufer der Gera verschwand, irgendwo dort, wo sich der Fluss erst aufteilte und dann pittoresk unter der mit schmalen Häusern bebauten Krämerbrücke durchschlängelte. Hier pulsierte das Leben, spätestens in einer Stunde zur Abendessenszeit würde das Restaurant dicht besetzt sein. Ein grauhaariger, blasser Mann gesellte sich nach knappen einführenden Worten zu ihnen. Sein Name schien Programm zu sein, er wirkte streng und direkt. Der Kommissar fand den leicht belebten Treffpunkt falsch, hielt seine Meinung jedoch zurück, denn noch konnte man zwischen den nur vereinzelt besetzten Tischen sprechen, ohne gehört zu werden.

Gero von Aha skizzierte mit knappen Sätzen seine Ermittlungen in Wesel und den Mordfall. Mit Seitenblicken bezog er immer wieder Christiane mit ein, die wissbegierig seiner Darstellung folgte. Sie pfiff tonlos zwischen den Zähnen, als er geendet hatte.

Ohne ihm die Möglichkeit zu nehmen, aus seiner persönlichen Geschichte als ehemaliger verfolgter Bürgerrechtler und heutiger Aufarbeiter der staatlichen Vergangenheit zu erzählen, drängte von Aha den Beißer behutsam zur Eile. Dieses Ventil musste er ihm lassen, wenn er Informationen bekommen wollte, bevor sich das Restaurant füllte. Christiane begriff seine Vorgehensweise, Gero von Aha war zufrieden, dass sie ihn kommentarlos agieren ließ.

Beißer erzählte von jenem IM Schubert, der sich als falscher Freund in die Protestbewegung vor der Wende eingeschlichen hatte, dem man absolutes Vertrauen entgegengebracht hatte und der doch einhundertachtzig Seiten Interna, meist über Kirchenvertreter, bei denen er ein und aus ging, für die Staatssicherheit verfasst hatte. Ganz und gar irre sei gewesen, dass der Informelle Mitarbeiter im Auftrag der Bürgerrechtler die Versiegelung der Stasi-Zentrale an der Andreasstraße begutachtete. Der IM habe praktisch die Ergebnisse seiner eigenen Spitzelarbeit beschützt und vor dem Schredder bewahrt, es gebe sogar Pressefotos davon, wie besagter Schubert am Nachmittag des 4. Dezember 1989 einen Staatsanwalt dabei beobachtet, wie der Aktenschränke voller Unterlagen und Verhörprotokolle versiegelt.

»Das war ein Tag! Erfurt war die allererste Stadt der DDR, in der die Bezirkszentralen des Ministeriums für Staatssicherheit besetzt wurden. Rostock im Norden, Leipzig in der Mitte, Erfurt im Süden – hier ging es zuerst zur Sache. In dieser Stadt zogen morgens fünf Frauen los in der heroischen Absicht, die begonnene Vernichtung der Akten zu stoppen. Stellen Sie sich diese Ungeheuerlichkeit vor gegen den einst allmächtigen Sicherheitsdienst, der über neunzigtausend hauptamtliche und hunderttausend nebenamtliche Mitarbeiter verfügte und ja immer noch schwer bewaffnet war. Die fünf Frauen erreichten ihr Ziel, und von hier aus ging die Besetzungswelle der Stasibehörden weiter, bis sie Mitte Januar 1990 die Oberzentrale in der Berliner Normannenstraße erreichte«, dozierte Beißer.

Christiane fiel spöttelnd ein: »Aber die Revolution blieb friedlich. Das hat der Erich Mielke, unser großer und gefürchteter Stasichef selbst geschafft. Da gab es kurz nach seiner Abdankung diese legendäre Rechtfertigungsrede in der DDR-Volkskammer, ihr erinnert euch? ›Ich liebe doch – ich liebe doch alle – alle Menschen – na ich liebe doch – ich setze mich doch dafür ein.‹ So ein heuchlerisches Gestammel. Von dieser Liebeserklärung haben sich die Tschekisten nicht mehr erholt. Die alte Kampfmoral des MfS war nicht mehr zu retten. Damals war ich erst knapp zehn Jahre alt, aber die Geschichten der Wendezeit klingen mir noch heute in den Ohren.«

»Ja, und kurz zuvor war das Ministerium für Staatssicherheit in ›Amt für Nationale Sicherheit‹ umbenannt worden. Amt und nicht mehr Ministerium, Sicherheit und nicht mehr Staatssicherheit – es war vorbei mit der alten Macht«, beeilte sich Beißer, das Thema wieder an sich zu reißen.

Gero von Aha war einerseits fasziniert von den mit einer Prise Abenteurertum nacherzählten Geschichten derjenigen, die einen Umsturz erlebt hatten, und von dem Gedanken, dass ein Zipfel der Weltgeschichte über zwanzig Jahre später bis in die kleinkriminalistische Aufklärungsarbeit in der niederrheinischen Provinz hinüberreichte. Andererseits füllte sich jetzt schlicht das Restaurant, und es war höchste Zeit, an den Austausch von Fakten ohne gefährliche Mithörer zu erinnern.

Beißer öffnete seine Aktentasche, holte einen USB-Stick und ein paar abgeheftete, sichtbar mit Marker bearbeitete Seiten hervor. »*Nomen est omen*. Herr Beißer hat sich in die Aufgabe verbissen, die Gero von Aha erst vor ein paar Stunden stellte, und einige interessante Informationen gefunden.«

Er legte eine Kunstpause ein, bevor er fortfuhr.

»Es gab 1954 einen Fall von Republikflucht, ausgerechnet den eines Stasimannes. Der hatte in den Westen rübergemacht, nach Duisburg. Stricker hieß der Mann. Jetzt haltet euch fest: Der hat seine Familie einfach sitzen lassen. Die Tochter – sie hieß Lilli Stricker – war gerade mal neunzehn und wohl etwas labil, als die Firma Kontakt zu ihr aufnahm. Die Stasi hat sie unter Druck gesetzt, ihr berufliche Hilfe versprochen und sie dazu bewogen, ihren Vater zu kontaktieren. Dann ist sie rüber und hat ihn in die DDR zurückentführt. Alles minutiös von der Firma vorbereitet.«

Gero von Aha war beeindruckt. Seine These, dass der niederrheinische Mordfall, der erst wie ein tragischer Unfall aussah, tiefe Wurzeln in der DDR-Vergangenheit hatte und die späte Eruption eines lange schwelenden Konflikts war, bekam nicht nur Nahrung. Die von Beißer genannten Zusammenhänge zeigten, dass mit Sicherheit eine Geschichte hinter der Geschichte steckte und es keinen Anlass gab, ausschließlich im Westen zu ermitteln.

»Lebt die Frau heute noch? Und wenn ja, wo? Gab es weiterhin Verbindungen nach Duisburg?«

»Das kann man nicht sagen. Ich weiß aber, dass Lilli Stricker einen Führungsoffizier hatte. Der hatte den Auftrag von ganz oben, am Stasioffizier Stricker zu demonstrieren, wie der Sicherheitsdienst mit Abtrünnigen umgeht. Dazu sind noch Schriftstücke in den Archiven, die meisten sind sogar gut lesbar. Also der Führungsoffizier, der hieß Unterhagen, hat Lilli als Lockvogel eingesetzt, die die Rückholaktion ihres Vaters erst ermöglichte. Vielleicht konnte sie sich als naive Neunzehnjährige nicht vorstellen, was das hieß. Vielleicht war es persönliche Rache. Jedenfalls lieferte sie damit ihren Vater seinem Henker aus. Die Akten belegen das, übrigens in einem jubelnden Tonfall ob der gelungenen Aktion im feindlichen Gebiet.«

»Respekt, Herr Beißer, in der Kürze so viel ermittelt, phantastisch. Ich kann mich in diesen ungeheuerlichen Fall hineindenken, das alles muss tiefe Wunden geschlagen haben. Doch wo ist der rote Faden, der sich heute mit dem Niederrhein verknüpfen lässt? Da muss etwas sein!«

»Da ist auch etwas. Die Akten sind so alt, dass sie noch nicht alle aufgearbeitet und inventarisiert sind. Ich wusste nicht weiter, dann kam ich auf die Idee, in separat geführten Unterlagen für besondere Fälle nachzusehen, quasi einen Blick in den Giftschrank zu werfen. Man glaubt es kaum, hier gibt es Schriftstücke, in denen der Führungsoffizier seine IM Honett, das ist Lilli Stricker, in den höchsten Tönen lobt. Sie wurde noch mehrfach eingesetzt, bevor Unterhagen mitteilte, dass seine Frau Lilli Unterhagen wegen des Eheverhältnisses aus dem aktiven Spitzeldienst ausscheiden müsse. Erst liefert diese Frau ihren Vater dem Henker aus, dann heiratet sie den Mann, der ihn geradewegs aufs Schafott beförderte – das ist doch pervers.«

Christiane nickte fassungslos, Gero von Aha jubelte innerlich. So niederschmetternd diese Geschichte auch war, er hatte mehr zu hören bekommen, als er hoffen durfte.

Beißer meldete sich zurück. »Was Sie noch interessieren dürfte, ist Folgendes: Die Frau hat es mit dem Henkershelfer nicht ausgehalten und sich scheiden lassen. Ob sie wieder Stricker heißt, weiß ich nicht. Aber ich weiß, dass sie kurz nach der Wende 1989 weggegangen ist. Als Zielort hat sie Duisburg angegeben, eine konkrete neue Meldeadresse ist nicht vermerkt.«

Da war sie also, die konkrete Spur zum Niederrhein. Gero von Aha konnte sein Glück nicht fassen.

»Es könnte für Ihren Fall vielleicht von Interesse sein, dass die Stricker zwei Brüder hat, Zwillinge. Reichlich spleenig fangen alle Vornamen mit dem Buchstaben C an: Conrad, Carl, Cornelia.«

Gero von Aha blickte ihn irritiert an. »Moment mal, wer ist den jetzt Cornelia, ich denke, die Frau heißt Lilli?«

Christiane blendete sich helfend ein. »Na, Lilli war eine allgemein verwendete Abkürzung, die irgendwann auch aktenkundig wurde. Also, ich war früher die Crissi.«

»Genau so wird es gewesen sein. Noch etwas: In den Sonderakten unserer Stelle sind in jüngster Vergangenheit zwei Nachfragen registriert. Die Unterschriften sind unleserlich, Klarnamen lassen sich daraus nicht rekonstruieren. Aber die Herkunftsorte der Auskunftssuchenden wurden notiert: Erfurt und Wesel im Kreis Wesel. Ob sie stimmen, wissen wir auch nicht. Personalausweise müssen nicht vorgelegt werden. Aber es waren zwei Männer. Und beide haben über schwer zu lesende, weil offenbar mit mangelhaftem Farbband einer Schreibmaschine getippte Textstellen in den alten Akten geflucht.«

Die letzten Sätze hatte Beißer nur noch geflüstert. So unterstrich er ihre Bedeutung und schloss mögliche Mithörer auf der nun gut gefüllten Restaurantterrasse aus. Er blickte sich sichernd um. Augenblicklich erhoben sich die drei, dankten und sicherten sich gegenseitig weitere Unterstützung zu. Am Nebentisch faltete ein Gast seine Zeitung zusammen, zahlte und erhob sich ebenfalls. Lilli, dachte von Aha, Lilli als Koseform von Cornelia. Streng und erwachsen, nannte sie sich jetzt Con. Cornelia Garowske.

An der Krämerbrücke hakte sich Christiane bei Gero von Aha unter. Sie trennten sich nicht, sondern tauchten in den Strom der Ausflügler ein und schlenderten ein paar Meter weiter ins Erfurter Nachtleben an der Michaelisstraße. Im Hemingway tranken sie einen Absacker. Christiane bat ihren Begleiter, nach draußen auf die Fassaden zu schauen.

»Siehst du den alten Häusergiebel neben der Kirche? Dort wohne ich im Dachgeschoss.«

Sie hatten keine Augen für den Nachtschwärmer, der ihnen vorsichtig folgte. Er drehte erst ab, als das Paar im Hausflur verschwand. Als sich Gero von Aha einem Gespür folgend umdrehte, war der Schattenhafte schon verschwunden.

***

Fest entschlossen saß Burmeester in seinem alten roten Polo und ließ die endlosen Schlangen von Güterwaggons an sich vorbeirattern. Auf dem Beifahrersitz stand die riesige Verpflegungspackung einer Fast-Food-Kette, er pickte dünne Pommes aus einer Papiertüte und schaute nach draußen. Er hatte sein Auto in der Nähe des

Glaubenszentrums dicht am Seitenstreifen geparkt, fast verdeckt von wilden Weißdornsträuchern an der Bahnlinie, die Wesel durchschneidet, und so von den Wohnhäusern getrennt. Es tat sich nichts auf dem Parkplatz, die Gelände der umliegenden Firmen schienen verlassen, nur die Güterzüge fanden keine Pause.

Er solle nach Hause fahren und sich einen schönen Abend machen, hatte Karin Krafft ihm gesagt, ihm dabei beschwörend in die Augen geschaut, als hätte sie geahnt, was sich den ganzen Tag über hinter seiner Stirn zusammengebraut hatte. Wenn es schon keinen offiziellen Durchsuchungserlass gab, würde er die Sache eben selber in die Hand nehmen. Klar, nichts von seinen Erkenntnissen aus diesem illegalen Eindringen in ein Haus würde von gerichtlich verwertbarem Belang sein. Einen Überblick wollte er sich verschaffen, einen Blick auf die Anmeldebögen werfen, vielleicht das eine oder andere Foto machen und dann so unbemerkt, wie er das Gebäude betreten würde, auch wieder verlassen. Kein Durcheinander, keine Spur, Burmeester *undercover*.

Nach einer Stunde war der Himmel endgültig dunkel, die Straßenbeleuchtung ließ zu wünschen übrig. Das Gewerbegebiet zeigte sich düster und unbelebt. Mittlerweile hatte er auch den Burger und den halben Liter Cola verputzt, doch in seinem Magen befanden sich anscheinend weitere kratergroße Löcher. Das Zeug machte nie satt, aber immer glücklich. Er blickte lauernd in alle Richtungen, alles still, jetzt oder nie. Burmeester griff in seine Jackentasche, das kleine Werkzeugset von der Kriminaltechnik zum problemlosen Öffnen von unterschiedlichen Türschlössern zu bekommen hatte ihn einiges an Überredungskunst und Phantasie gekostet. Seinen Schlüsselbund hätte er verloren, mindestens zwei verschlossene Türen zu öffnen, ohne dass seine Vermieterin dies bemerken solle, schließlich lägen die Ersatzschlüssel in der Wohnung. Und der Kollege wüsste doch Bescheid über die gigantischen Preise von Schlüsseldiensten. Vor lauter Verständnis hatte er ihn sogar in die Funktion verschiedener Dietriche und Hebel eingewiesen, die er zielstrebig aus einer Lade im hinteren Teil des Tatortfahrzeugs hervorholte. Ja, auch seine Taschenlampe steckte, mit neuen Batterien versehen, in der anderen Jackentasche, und oben in der Brusttasche spürte er seine Kamera. Burmeester war startklar. Er konzentrierte sich auf seine Aufgabe, schreckte zusammen, als es energisch an seine Autoscheibe klopfte. Ein Lichtstrahl traf ihn unvermittelt ins Gesicht, als sich die Tür öffnete.

»Schröder und Seegers vom Sicherheitsdienst, guten Abend. Bei Ihnen ist alles in Ordnung? Wir haben Sie schon vor einer Stunde hier stehen sehen und dachten uns, jetzt fragen wir mal nach.«

Es gab also einen Sicherheitsdienst. Burmeester fischte seinen Dienstausweis hervor und ließ beide Männer in Dunkelblau einen Blick darauf werfen.

»Ich bin ebenfalls dienstlich hier, Observationseinsatz.«

»Ah, ein Kollege, na, dann wollen wir mal nicht weiter stören. Wen haben Sie denn hier auf dem Kieker?«

Fast anmaßend empfand Burmeester diesen verbalen kollegialen Schlag auf die Schulter und musterte die Männer im trüben Licht. Die dunkelblaue Uniform ähnelte sehr der neuen Dienstbekleidung des Streifendienstes. Selbst ihre Schirmmützen trugen sie korrekt, und ihre wichtigsten Utensilien schienen überdimensionierte Funkgeräte zu sein, die sie einsatzbereit in den Händen hielten.

»Da darf ich leider nicht drüber reden. Sie machen hier stündlich Ihre Runde?«

»Genau, zwischen zweiundzwanzig Uhr und sechs Uhr sind wir hier unterwegs, jede Stunde der gleiche Gang. Sagen Sie, Sie gucken sich doch bestimmt die Heiligen dahinten an, oder? Hab ich immer schon gesagt, die sind nicht ganz koscher.«

»Ich darf Ihnen doch nichts sagen, Herr Seegers, aber ich darf ganz konzentriert zuhören, wenn Sie mir etwas erzählen.«

Seegers verstand den Hinweis, er nahm Haltung an und legte los.

»Nachts ist da nie jemand. Genau genommen sind die still und unsichtbar. Nur diese Oberfromme von denen hat bei uns mal angefragt, ob wir eine Zeit lang Extrarunden machen könnten. Warum, hat sie nicht gesagt. Ich vermute, da hatte jemand was gegen diese Spinner. Ehrlich gesagt, begreifen kann ich nicht, wie man zu einer Truppe rennen kann, die sich ›Gerechte der Welt‹ nennen. Aber anscheinend haben die Zulauf. Schauen Sie sich mal um, Kollege, ist das ein Ort zum Beten?«

»Wem es hilft. Ist es am Wochenende immer so ruhig?«

»Nur am Samstag meint man, hier sei eine verlassene Gegend, denn sonntagabends kommen schon wieder Lieferungen an, wenn die Brummis wieder fahren dürfen.«

»Ja dann, eine friedliche Nacht wünsche ich.«

Die beiden machten sich davon, Burmeester sah ihre Taschenlampen in andere geparkte Autos leuchten. Mist, dachte er, jetzt hatten die sein Kennzeichen, seinen Namen, den Standort. Wie Glühwürmchen glimmten die Taschenlampen in der Ferne, als er einen Entschluss fasste. Morgen. Er würde in der morgigen Nacht hier sein. Ohne Auto, mit komplettem Equipement in seinen Taschen würde er sich von der Hauptstraße aus anschleichen, sobald der Sicherheitsdienst weit genug entfernt war.

Fast erleichtert startete er den Motor und begab sich auf den Nachhauseweg. Es könnte noch was werden mit dem gemütlichen Abend.

ACHT

12. Mai 2010

Sie waren glücklich, weil ihnen in dieser Nacht alles gefiel, was sie voneinander erfahren hatten. Es war nicht viel, sie hatte nicht von ihrer anstehenden und längst überfälligen Masterarbeit gesprochen und er nicht von seinen unvollständigen Ermittlungen. Auskünfte über ihre Familien, die Freunde, auch Lieblingsfilme oder -bücher gaben sie nicht preis. Aber wie sie gemeinsam und unabgesprochen Spuren erkundet und interpretiert hatten, wie sie sich zugehört und miteinander gesprochen hatten, ohne aneinander Ansprüche zu stellen, war gut für sie beide. Für die junge, temperamentvolle und kluge Frau aus dem Osten, für den kauzigen, eigenbrötlerischen Eulenkopf aus dem Westen. Sie waren in diesem Augenblick glücklich, weil sie einander gern rochen, schmeckten und fühlten. Sie lagen nackt auf Christianes Bett und genossen, dass ihre Körper einander mochten und dies nicht unabhängig von ihren Herzen taten. Sie verschwendeten nicht einmal einen Gedanken daran, ob ihre einmal begonnene Geschichte weitergehen würde. Gero von Aha würde den Abendzug nehmen. Sie wussten es, aber es war ihnen gleichgültig.

Mit dem Gefühl, den Augenblick gelebt zu haben, machten sie sich am Sonntagmorgen von Christianes Wohnung in der Erfurter Innenstadt auf den Weg zum Petersberg. Weil ihr Kontaktmann ein notorischer Nachtarbeiter war, hatten sie noch Zeit, bis er verhandlungsfähig sein würde. Christiane und Gero von Aha schlenderten untergehakt über den Domplatz und ließen die historische Häuserzeile der Altstadt hinter sich. Der Kriminalkommissar stöhnte auf, als er den steilen Anstieg zur Festung vor sich sah, und ergab sich schwer atmend in sein Schicksal. Christiane foppte ihn mit dem Hinweis, dass er in der Nacht aber mehr Kondition bewiesen hätte. Ein groß gewachsener Mann mit hochgeschlagenem Mantelkragen und einer Zeitung unter dem Arm überholte sie schon auf den ersten Treppenstufen. Dort oben thronte über der Stadt die alte Festung, zwar größer und bedeutender, aber unübersehbar ein Pendant zur Zitadelle in Wesel. Auf der Anhöhe angekommen, wies Christiane auf ein futuristisch anmutendes Restaurant auf Stahlstelzen, ein kalkulierter, nicht allen gefälliger Stilbruch zum historischen Umfeld. Auf jeden Fall gab es hier ein bekannt üppiges Frühstück. Die Glashütte lag in Blickweite eines heruntergekommenen, lang gestreckten Kasernengebäudes. Statt den Abschluss des Festungsensembles zu restaurieren, gammelte die weitläufige Kaserne mit ihren zahllosen Räumen vor sich hin, was wiederum einem Hacker, der sich nach Christianes Auskunft »Police Attack« nannte, eine Menge Spielraum ließ.

Sie sahen den mit ihnen aufgestiegenen Mann mit der Zeitung im Restaurant wieder, das sie eine Stunde später nach einem guten Frühstück und einer herrisch formulierten SMS von Police Attack verließen. Er habe jetzt sofort eine Viertelstunde Zeit, ließ er wissen.

»Der Superhacker gewährt Audienz«, bemerkte von Aha ungehalten.

Er und Christiane überquerten den Platz auf dem Petersberg, sahen sich vorsichtig um und drückten sich durch eine Seitentür des alten Kasernengebäudes. Sie folgten einer gefährlich ausgetretenen Treppe, die von offen verlegten Kabeln gesäumt war. Hinter einer weiteren Tür und vor einer angeschimmelten Wand stand eine neu glänzende Servereinheit. Kartons lagen herum, aus einem weiteren Raum leuchtete bläuliches Bildschirmlicht. Eine klägliche Stehlampe warf neben wenig Licht viele Schatten auf Computerequipment, leere Getränkedosen und fettige Pizzaschachteln, malte abstrakte Formen auf die ansonsten kahlen Wände. Heruntergelassene Jalousien riegelten die Welt von Police Attack vor der Außenwelt ab. Luftaustausch hatte hier schon lange nicht mehr stattgefunden, das Raumklima gehörte in die Kategorie »stark belastet«.

»Müllmann wäre der passende Name für diesen Stinker«, flüsterte Gero von Aha seiner Stadtführerin zu.

Eine mächtige Stimme grollte aus dem künstlichen Blau. »Hast du diesen Fascho aus dem Westen dabei? Wieso glaubst du Schlampe eigentlich, dass ich den Bullen helfe? Ich deale doch nicht mit Leuten, die Anarchos wie mich hochgehen lassen würden, wenn sie könnten. Schätzchen, ich bin autonom, der Top-Netz-Pirat aus der Region, was also sollte mich dazu bringen, der Staatsmacht unter die Arme zu greifen?«, kam es aus kaum geöffneten Lippen zwischen einem Rauschebart, der bis zu den obersten Rippen heruntereichte.

Er gehörte zu einem Fleischberg, der eingepfercht in einem Schreibtischstuhl hockte und dem Geruch zufolge schätzungsweise seit Wochen hier festgeklemmt war. Dafür hatte der Superhacker die motorische Meisterschaft entwickelt, mit im Mundwinkel festgetackerter Zigarette lauthals zu tönen, wenn er es, wie jetzt, für nötig hielt.

»Also, ich höre«, forderte Police Attack, der erstaunlicherweise die vermeintlich verankerte Kippe ohne weitere Kopfbewegung aus dem Mund zielgenau in einen überfüllten Aschenbecher fallen ließ.

Der Anblick dieses vermüllten Grottenolms veranlasste Gero von Aha zu einen lästernden Bemerkung. »Du lässt auch keinen Risikofaktor aus!«

Umgehend schleuderte der Top-Fachmann aus dem Untergrund eine Ladung Schlamm zurück. »Und sag deinem Faschobullen, ich red nicht mit dem Arsch.«

Gero von Aha wünschte sich augenblicklich in die heile niederrheinische Oberwelt ohne solche Freibeutertypen zurück. Hatte er dies hier nötig? Er hatte, und er hörte, wie Christiane dem Fleischberg am PC die Fakten verständlich machte.

»Nun mach mal halblang, der wird dich schon nicht an den Polizeipräsidenten verpfeifen. Du kannst schon froh sein, wenn ich das für mich behalte von dem, was du hier alles machst, Herzchen.«

Police Attack alias Müllmann schaute sie kurz aus schmalen Augenschlitzen wie ein Junkie an, riss zischend eine Coladose auf, schüttete ihren giftbraunen Inhalt in sich hinein, warf sie geleert an die Wand und ließ ein grunzendes Geräusch hören. Christiane setzte unbarmherzig nach.

»Es gibt noch ganz andere Kräfte, die du kennst und die ihr Schattenreich führen. Der Bulle hier ist ganz okay, der hat selbst Stress mit der Staatsmacht drüben bei ihm im Westen. Police Attack, du weißt, es gibt einen alten Feind, der uns eint. Und der ist für einen Mord verantwortlich, das glauben wir. Komm, Superhirn, mach sie fertig, hol uns ein brandaktuelles Update raus. Wenn wir jetzt nicht langsam aufräumen, regieren die alten Stasisäcke *forever.*«

***

Hauptkommissarin Karin Krafft raufte sich die Haare. Kein Fortkommen in Sicht, die Bemühungen der Vortage verliefen wie Wasser auf ausgedorrtem Boden, versickerten in Furchen und Spalten, verdunsteten vor ihren Augen. Die Frau des Diakons aus Kevelaer hatte gerade ihrem Kollegen Tom Weber telefonisch mitgeteilt, sie wüsste gar nicht, wo und wie ihr Mann an der Küste zu erreichen sei. Er habe kein Handy mit und ließe sich immer Zeit für den Rückweg. Dies gehöre zu seinem Ritual, um am nächsten Tag wieder stark für die Anforderungen des Lebens zu sein.

»Ist doch alles vorgeschobener Kram, die kann mir doch nicht weismachen, sie könne ihren Mann nicht an die Strippe kriegen. Schieb mir mal die Nummer rüber, ich versuche es selber.«

Karin ersparte sich am Telefon einleitende Worte, was dann folgte, war nicht einmal ansatzweise von Höflichkeit geprägt.

»Jetzt hören Sie mir mal genau zu, Frau van Laak. Ich nehme Ihnen die Nummer mit der Unerreichbarkeit Ihres Gatten nicht ab. Ich erwarte ihn im Laufe der nächsten drei Stunden hier in Wesel im Kommissariat, denn länger braucht man von keinem Fleck unseres Nachbarlandes, um an den Niederrhein zu gelangen. Teilen Sie ihm mit, wenn die drei Stunden ohne ein Zeichen von ihm verstrichen sind, werde ich ihn auf internationaler Ebene suchen lassen. Und wenn Sie uns noch einmal für dumm verkaufen wollen, dann gebe ich eine Anzeige wegen Behinderung der Ermittlungen an die Staatsanwaltschaft weiter. Ich mache jetzt die Leitung frei, damit Sie ihn anrufen können.«

Burmeester schüttelte den Kopf. »Hammerhart am Sonntagmorgen, was ist dir denn über die Leber gelaufen?«

»Ach nichts, ich kann es nur nicht ausstehen, wenn uns jemand zum Deppen machen will.«

Burmeester schaute seine Chefin mit strengem Blick an. »Wenn du ›Ach nichts‹ sagst, dann heißt das alles.«

Karin konnte sich seiner Fürsorge nicht entziehen. »Es ist nur, weil Maarten und Hannah jetzt auf dem Weg nach Texel sind. Es

bedrückt mich so. Ich bin vielleicht einen Schritt zu weit gegangen und weiß überhaupt nicht mehr, ob diese obskure Sekte irgendwas mit der ganzen Geschichte um Cornelia Garowske zu tun hat.«
Burmeester setzte sich aufrecht, sein Gesichtsausdruck wechselte von verständnisvoll zu entsetzt.
»Natürlich hängt eins mit dem anderen zusammen. Ohne diese Frau gäbe es die GdW nicht, ohne die Geschichte der Con hätte der Laden nicht die Strukturen, die wir bislang kennen. Und ohne deinen und Geros Einsatz hätten wir nicht einen ersten Einblick. Zweifel bringen uns nicht weiter.«
Er ging zu ihr hinüber und hockte sich vor ihren Schreibtisch.
»Schau, dass die so gerissen sind und umgehend bei der Bislicher Adresse auftauchen, konnte keiner ahnen. Erst recht nicht, dass der ausgesandte Spitzel sich bereits in unmittelbarer Nähe von Johanna befand. Es tut mir leid für dich, dass du deine Familie bedroht siehst. Dir würde es schlechter gehen, wenn die beiden nicht gefahren wären, richtig?«
Missmutig nickte sie.
»Wie wäre es, wenn ich mich heute Abend bei dir einlade, wir können ja zusammen den ›Tatort‹ gucken. Heute wieder mit den Kölner Ermittlern Schenk und Ballauf, die siehst du doch gerne.«
Jetzt musste sie doch lachen. Seine tröstlichen Versuche hatten etwas Kindliches, er würde den Rest seines Lollis mit ihr teilen, damit sie wieder froh wäre.
»Vielen Dank, ich werde darüber nachdenken.«
Burmeester legte sich einen Zeitplan zurecht. Der »Tatort« wäre um Viertel vor zehn zu Ende, wenn sie noch eine Stunde plauderten, wäre es fast elf. Wenn er gegen Mitternacht im Gewerbegebiet Am Blaufuß zuschlagen würde, nachdem die Sicherheitspatrouille das Gebäude bereits passiert hatte, würden die Lieferungen für die umliegenden Gewerbebetriebe noch nicht in Sicht sein. Er hätte ausreichend Zeit, um im Verborgenen zu agieren.
Anschließend hasste er sich für seine verborgenen Gedanken. Er mochte seine Chefin doch, und zu lügen war nicht sein Ding. Er würde seine Pläne einfach verschweigen. Verschweigen, das ging, damit konnte er leben.

***

Christiane erstaunte Gero von Aha. Ihr harter Slang war nicht seine Sprache und nicht seine Methode, aber wie sollte er den »Müllmann«, der als Police Attack gegen ihn sein musste, sonst anzapfen? Seine Gedanken erübrigten sich. Superhirn blinzelte Christiane in plötzlicher Wachheit zu, nickte und hackte. Er fragte einen Datenspeicher ab, lange Kolonnen von Programmierbefehlen rollten den Bildschirm herunter. Die Aufforderung, ein Passwort einzugeben, erschien. Police Attack stöhnte auf, als sein erstes Log-in misslang. Er fuhr ein Spezialprogramm hoch.

»Nenn mir einen Namen, am besten von einem Stasioffizier, ein Datum, wenn du hast, die Bezeichnung des offiziellen Vorgangs. Kaum zu glauben, funktioniert immer noch. Es gibt Archivmaterial satt, wenn man weiß, wo es zu holen ist.«

Police Attack schob sich eine neue Zigarette in den Mundwinkel, während Christiane ihn mit Einzelheiten versorgte. Er grunzte auf, ein untrügliches Zeichen von Selbstzufriedenheit, während die Daten auf seinem Bildschirm erschienen.

»Also, Schlampe, sag dem Bullen-Heini, ich habe ein paar News für ihn.«

Konsequent ignorierte Police Attack Christianes Begleiter, doch ungeniert las er laut die gefundenen Informationen vor.

»Da war jemand im offiziellen Suchsystem und hat Ermittlungsergebnisse zu den Stasi-Untersuchungen gefilzt. Der hat die IP-Adresse hinterlassen, eine leichte Übung für mich, auf seinen oder ihren Computer zu hacken. Dann war da noch ein Zweiter, der war cleverer und hat sich ins Allerheiligste der alten Horch-und-Greif-Seilschaft gehackt. Also, der hat gelesen, dass es einen alten Entführungsfall gab mit üblen Verstrickungen. Der hat herausbekommen, dass die erste Anfrage vom Niederrhein kam, von einer gewissen Con. Die hatte aber früher einen anderen Namen, das kann ich bei dem Hacker lesen. Ja, die hieß Unterhagen, also, die war da verheiratet, ganz einfach. Ja, genau, und vorher hieß die Stricker, Cornelia Stricker, genannt Lilli. Ach du Scheiße, von wegen ganz einfach, so ein Miststück, ich fasse es nicht. Die hat ihren eigenen Vater verraten, der dann von unserer unabhängigen Justiz zum Tode verurteilt wurde. Der Hacker war scharf auf die Info, hat er gut geknackt, hätte ich nicht besser machen können. Respekt!«

Police Attack verstummte, Gero von Aha ballte die Fäuste. Er war im richtigen Augenblick am richtigen Ort. Wie gut, dass er sich auf sein Näschen und nicht auf Hauptkommissarin Karin Krafft verlassen hatte. Christiane ergriff seine Hand und drückte sie. Die sonore Stimme aus dem Nikotinnebel erreichte sie wieder.

»Halt, stopp, hier ist der andere Hacker wieder. Ja, der hat weiter recherchiert. Und hier, hier sehe ich, dass er die ermittelten Daten gesichert hat, die kurze Zeit später jemand versuchte zu löschen. Sie zu vernichten ist aber nicht gelungen. Er war schneller, der ist noch am Werken.«

Gero von Aha war verwirrt. »Wer ist das, der sich einhackte, wer ist noch im Spiel? Da steckt doch mehr dahinter. Eben meinte ich noch, besagte Con wäre die direkte Spur zu dem Fall, jetzt ist ein großer Unbekannter zugange. Los, Mann, versuche mehr herauszufinden.«

Police Attack lehnte sich zurück, soweit er überhaupt konnte, und steckte sich die nächste Kippe an.

»Hey, Schlampe, sag dem Bullen-Heini, er kann froh sein, wenn er mithören darf. Ich kann auch auf echt Thüringisch, so, dass er nix versteht ... als Wessistrafe sozusagen. Wenn der Schlaumeier nämlich meint, hier war nur das Tal der Ahnungslosen, dann muss er eben leiden. Bei uns herrschte nicht nur gute Gemeinschaft, hier lief manches echt gut. Ob der Schlaumeier weiß, dass fünfhunderttausend Wessis in die DDR gewechselt sind, weil die sozialer war und Arbeit bot? Ein paar RAF-Leute kamen auch in die Republik. Ja, das passt nicht in euer Bild, ist aber so. Also, Schlampe, sag dem Knecht der Staatsmacht, er soll von dieser arroganten Wolke runterkommen und das tun, was er am besten kann: Schnauze halten!«

Der Kommissar hob beschwichtigend die Hände. Das reichte schon, um Police Attack wieder zu besänftigen. Beide, der Bulle und der Anarcho, wollten es wissen, beide verfolgten ein- und dasselbe Anliegen. Das Ziel einigte sie zumindest innerlich.

»Das wird ja immer geiler. Der hat sich durchgehackt bis zu einem gewissen van Laak. Der ist Diakon, was auch immer das sein mag bei euch da Richtung Wesel und Xanten. Mit der Kirche kenn ich mich nicht aus, meine Religion ist der Computer. Hat viel zu tun in Kevelaer und so drum herum, Uedem, Winneken-Dingsbums – nä, wie die Käffer im tiefen Westen heißen, abartig. Und hier, dieser van Laak, der hieß früher auch Stricker, genauso wie die Frau. Der

hat am Niederrhein geheiratet und den Namen der Frau angenommen. Der ist im Netz der Frau hinterher, dieser Con.«
Was hatte das zu bedeuten? Gero von Aha und Christiane schauten sich an. Die Informationen waren klar und eindeutig, sie mussten nur richtig kombiniert werden.
»Hier ist er noch mal, dieser verflucht gute Kollege Hacker. Diesmal war er unvorsichtiger, er hat im Einwohnermelderegister gesucht. Eijeijeij, da ist sogar ein Geburtsdatum eingegeben. Ja, das kennen wir doch. Das ist identisch mit dem des Diakons. Privatmails hat der auch geknackt. Alles nicht verschlüsselt, wie leichtsinnig. Der van Laak war wohl durch den Wind, schreibt, wie sehr er darunter gelitten hat, dass die Familie zerstört worden ist. Staatliche Erziehung, Jugendwerkhöfe und so. Hartes Los, und keiner habe die Geschichte aufgearbeitet.«

Gero von Aha beugte sich gespannt zum Bildschirm hinab. Police Attack schob seinen ungeduschten Körper in die Blicklinie und unterband so die Grenzüberschreitung in sein Hackerleben. Niemand sollte seine geheimen Wege erkennen können, erst recht kein Wessi-Bulle. Hackers Wissensmacht sollte unangetastet bleiben.

Gero von Aha bemühte sich, die neuen Erkenntnisse zu sortieren. »Identische Geburtstage, persönliche Mails zur Familiengeschichte, eine Schwester, zwei Brüder. Klingt ganz danach, als könnten es Zwillingsbrüder sein. Damit wäre klar, dass der Todesfall bei der Prozession am Niederrhein einen Hintergrund hat, der familiär ist. Nur, wo lebt der andere Zwilling heute, seit wann kennt er die Geschichte um den verurteilten Vater? Wieso hat er die Verräterin nicht direkt bestraft, warum musste jemand anders bei einem fingierten Unfall sterben? Oder liegen wir ganz falsch?«

Police Attack hatte den Weg geebnet, nun erklärte er seinen Job und die Viertelstunde für beendet.
»Schlampe, sag dem Bullen, das muss er woanders herausfinden. Ich habe ihm die Fakten geliefert, jetzt müsst ihr zusammen oder er allein die Story kombinieren. Mit einer Adresse des bislang unbekannten Bruders kann ich nicht dienen, ein bisschen soll der Bulle ruhig selber machen, um sich seine Pension zu verdienen. Aber die Personen stammen alle aus Erfurt.«

Police Attack fuhr seine Computeranlage herunter. Dann besann er sich auf ein Abschiedswort.

»Hätt ich fast vergessen. Der hat online ein Bahnticket von Erfurt über Duisburg nach Wesel gekauft.«

***

Selbst die dritte Tasse Kaffee konnte kein gesteigertes Maß an Konzentration in den Köpfen der Fachleute vom K 1 bewirken, die Kommissare Weber und Burmeester umkreisten gemeinsam mit ihrer Chefin die zusammengetragenen Fakten.

»Wir sollten sie erneut zum Gespräch laden, warum machen wir eigentlich so einen großräumigen Bogen um Cornelia Garowske?«

Tom Weber stand vor der mittlerweile gut beschrifteten und mit Bildern bespickten Infowand, die einen visuellen Überblick bieten sollte. Alles verlief sich in Hypothesen und Fragen, langsam fiel es schwer, den Überblick zu behalten. Tom hatte ein Foto von Con herausgepickt und an das freie zweite Bord geheftet.

»Sie wird als potenzielles Opfer betrachtet, seit sie einen Schlag auf den Schädel bezog. Vorher war sie die Leiterin der Pilgergruppe, danach stellte sich heraus, dass sie eine neue Glaubensgemeinschaft gegründet hat.«

Burmeester starrte das Foto an. »Genau, ein Opfer. Warum sollten wir sie befragen, statt ihr Umfeld weiter zu beleuchten?«

Karin blendete sich ein, die Finger abschleckend vom Brötchen mit Frischkäse und Marmelade, das sie mitgebracht hatte.

»Wir gehen die ganze Zeit von einem direkten Zusammenhang zwischen dem beziehungsweise den Anschlägen und einem Motiv im Rahmen der Gemeinschaft aus. Warum sollten wir die Frau wieder vorladen? Ich finde, die hat genug zu verkraften, und sie wird sich nicht selber eins über den Schädel gezogen haben.«

Tom widmete sich erneut seinem Kaffee, wies auf das Foto und steigerte sich vehement in seine Ausführungen hinein.

»Jetzt betrachtet diese Frau doch mal objektiv. Ihre persönliche Geschichte liegt in ganz diffusem Licht, sie rückt selbst damit nicht raus, wir haben Verbindungen zur ehemaligen DDR gefunden und kreisen wie die Geier über jedem Brocken, den wir aus irgendeiner Ecke prokeln, anstatt sie selber damit zu konfrontieren, bis sie redet. Das nervt mich, wir packen die doch in Watte, gehen so obskure Wege, wie Beitritte von Kollegen zu der Glaubensgemeinschaft zu befürworten. Karin, du sitzt doch da und fürchtest um die Sicherheit deiner Familie. Was bewirkt dieses Durcheinander? Einerseits verbreitet Con Respekt und Angst. Betrachte doch deine eigene Reaktion, die falschen Angaben bei der Anmeldung und die überstürzte Reise deines Lebensgefährten mit Tochter in die Niederlande! Andererseits wird sie tätschelnd ins Abseits gestellt, wie die alte Dame aus dem Seniorenstift, der man gerade die geklaute Handtasche zurückgebracht hat.«

Tom schnaubte. »Was oder wer ist Cornelia Garowske? Ein durchtriebenes Aas mit Charisma, Kontroll- und Machtansprüchen, wie sie auch im Osten der Republik das Leben beherrschten, oder die gütige ältere Dame, die aus innerer Überzeugung Gleichgesinnte um sich schart? Sie muss hierher, bis sie uns alles erzählt, wer sie ist, warum sie diese Gemeinschaft gegründet hat und wer einen solchen Hass auf sie haben kann, dass er Unbeteiligte zu Opfern macht. Da ist einer mit einem Lkw in die Pilgergruppe gerast, hat drei Menschen getötet und andere für den Rest ihres Lebens gezeichnet, das ist doch krank. Ich will endlich wissen, in wessen Kopf solche Pläne reifen. Das ist noch nicht zu Ende, solange sie lebt und der oder die Täter frei herumlaufen.«

Nachdenkliche Stille breitete sich aus, er hatte den Nerv getroffen. Karin nickte stumm, stand auf und griff zu ihrer Jacke.

»Du hast recht. Schluss mit dem Schutzmäntelchen für die Patronin. Burmeester, komm, wir holen sie her.«

»Ohne Staatsanwalt, ohne Beschluss?«

»Wir wollen sie ja nur befragen. Ich befürchte nur, dass sie ihr probates Mittel einsetzt, um sich den Antworten zu entziehen.«

Burmeester stand schon neben ihr. »Wie meinst du das?«

»Immer wenn ich ihr zu nahe gekommen bin mit meinem Bedürfnis nach Information, hat sie schlicht und einfach geschwiegen.«

Tom blickte ihnen nach und donnerte seinen Kommentar in Richtung der sich schließenden Tür: »Das werden wir ja sehen!«

***

An der Balustrade der über Erfurt thronenden Festung Petersberg lehnte eine Gestalt. Wie so viele Touristen genoss sie den weiten

Blick über das nahe historische und das in der Ferne von Plattenbauten gekennzeichnete Panorama. Mit einem Fernglas zoomte sie den gewünschten Blickwinkel heran und drehte sich just in dem Augenblick herum, als Gero von Aha und Christiane still den alten Kasernenbau verließen. Die Gestalt, aus deren Manteltasche eine gerollte Zeitung herausragte, hielt inne und fixierte das ungleiche, händchenhaltende Paar durch den Feldstecher.

Gero von Aha blickte hinüber.

Sich losreißen von Christiane und durchstarten war eine einzige blitzartige Bewegung. Der leicht plump wirkende Mann schoss regelrecht auf die beobachtende Gestalt zu, seine Haare standen im Gegenwind fast rechtwinklig vom kauzigen Kopf ab. Christiane blieb regungslos zurück. Die Gestalt ließ das Fernglas fallen, drehte sich auf dem Absatz um und flüchtete mit wehendem Mantel, aus dem eine Zeitung fiel.

Der Kommissar war schnell gestartet, aber im Sprint hatte er die besten Zeiten hinter sich. Er polterte über das unebene Kopfsteinpflaster auf dem Weg zum Haupttor der Festung, der hinab in die Stadt führte. Im letzten Augenblick fing er sich ab, verhinderte einen Sturz, was sein Tempo spürbar verlangsamte.

Sein Widersacher, der sich hier oben offensichtlich auskannte, riss im Torgewölbe eine schwere Holztür auf, rannte durch einen Pulk Touristen, der sich gerade die ehemalige Wachstube erläutern ließ, umkurvte Aufsichtspersonal, knallte dabei gegen ein Diorama mit den Figuren angreifender Soldaten, das wackelte und seine Stabilität wenig später vollends einbüßte, als der Verfolger Gero von Aha es streifte. Die Gestalt verschwand hinter einer weiteren Holztür, direkt neben drei ausgestellten toten Katzen. Deren Schicksal hätte Gero sicherlich interessiert, wenn er sich nicht hätte aufrappeln müssen, nachdem sich ihm die Vitrine mit dem Diorama vor die Füße gelegt hatte. Ohne zu zögern, stürzte sich der Kriminalkommissar durch die noch schwingende Holztür, hinter der ihn, so sein Gefühl, die Tiefe wie ein Schlund verschlang.

Die Gestalt schien genau zu wissen, dass hier der unterirdische Gang der Zitadelle begann, was Gero von Aha nicht ahnte. Der tief in den Berg hinabreichende Verteidigungsgang unter der alten Festung war über Jahrhunderte tatsächlich von den Wachsoldaten genutzt worden. Jetzt war er von Fackelträgern bevorzugte Touristenattraktion. Vor sich sah Gero von Aha Lichter, er hörte ferne Stimmen. Er wusste nicht, wie wagemutig er sein konnte, nahm mehrere Stufen auf einmal, glitschte aus auf feuchtglatten Steinen, schlug hin, stieß sich die Knie auf, rappelte sich hoch. »Idiot«, schrie ihm jemand aus der Gruppe zu, durch die er sich rempelte. »Noch so einer«, stöhnte ein anderer Tourist, der gerade wieder Halt gefunden hatte, nachdem er umgestoßen worden war und nun von der eckigen Bewegung des Verfolgers ein zweites Mal niedergemacht wurde.

»'tschuldigung!«, schrie Gero von Aha atemlos. Er hatte das Gefühl, dass der Abstand zum Verfolgten geringer wurde, nur um am nächsten Winkel des Gangs wieder um das Doppelte zuzunehmen. Dieses raffinierte, mit viel Aufwand errichtete Bauwerk mitten durch Fels und meterdicke Festungsmauern hatte es in sich. Gero von Aha sah die nächste Treppe wie einen Berg vor sich auftauchen. Täuschte er sich? Nein, tatsächlich, es ging stramm treppauf, und die Gestalt wurde langsamer, während er selbst mit letzter Kraft versuchte, die Stufen zu erstürmen. Er machte sich lang und länger, um die Mantelschöße vor ihm zu packen, strauchelte und schlug schmerzhaft hin, als sich die flüchtende Person durch die letzte Tür wand. Der plötzlich geöffnete Spalt schickte einen Strahl Tageslicht in die Gero von Aha umgebende Dunkelheit. Als er sich mühevoll wieder auf die Beine stellte, hörte er eine ihm bekannte Stimme hinter der Tür.

»Sie haben Ihre Zeitung verloren. Ich bringe sie Ihnen zurück.«

Dies war der Moment, da Gero von Aha regelrecht stolz auf Christiane war. Als Erfurter Stadtführerin kannte sie das Gangsystem in- und auswendig und hatte sich kräftesparend am einzig wahrscheinlichen Ausgang an der Festung des Petersbergs platziert. Hier hielt sie nun die keuchende Person im Mantel, die erschöpft in die Knie gegangen war, mit einem harten, trainierten Griff fest.

Gero von Aha beruhigte seinen Atem, zog den Mann hoch und blickte ihm ins Gesicht.

»Sie sind es also, sind Sie es wirklich? Wir müssen miteinander sprechen. Jetzt!«

***

Sie saßen ihr in wechselnder Kombination gegenüber. Tom Weber, Nikolas Burmeester und Karin Krafft waren seit Stunden damit beschäftigt, aus Cornelia Garowske auch nur einen klärenden Fakt, ein Wort herauszubringen, nichts, kein noch so stichhaltiges Argument brachte sie zum Reden.

Hauptkommissarin Krafft und Kommissar Burmeester hatten die letzten Sätze von ihr auf der Fahrt zum Präsidium gehört. Sie habe nichts zu sagen, sie sei im Gebet verbunden mit ihrer Gemeinde, die würde ihr Gelassenheit und Energie schicken, und, speziell an Karin gerichtet, sie werde als neues Mitglied noch auf klares Denken und Handeln im Sinne der Gemeinschaft hin geschult werden. Man hätte sich schon gedacht, sie sei ein harter Brocken, aber das bekäme man im Zentrum schon hin. Nach einer Sekunde hatte sie noch »Kindchen« hinzugefügt, womit sie bei Karin gezielt eine Verunsicherung hervorrief, die sie so gut wie möglich zu verbergen versuchte. Innerlich war Karin die Sinnlosigkeit dieser Anstrengung bewusst, Con stellte eine geistige Überlegenheit zur Schau, die es zu überwinden galt. Burmeester hatte das Stocken seiner Vorgesetzten auf dem Beifahrersitz bemerkt und das Gespräch übernommen. »Es ist nicht einfach für Sie, über Ihre Vergangenheit zu sprechen. Sagen wir es mal so, jeder trägt sein Päckchen mit sich herum.«

Cons Blicke trafen ihn im Rückspiegel hart und stechend. »Was die Vergangenheit bewirkt, wissen Sie genau, nicht umsonst laufen Sie als schriller Papagei durch die Welt. Ihnen fehlte es an mütterlicher Zuwendung, die holen Sie sich jetzt ersatzweise aus Ihrer Umwelt. Sie brauchen das, provozieren die positiven oder negativen Resonanzen auf Ihr Äußeres. So jemand will reif genug für den Umgang mit Menschen sein.«

Karin erinnerte sich an exakt diesen Punkt der Fahrt, an dem selbst dem taffen Burmeester jegliche Erwiderung im Halse stecken blieb. Wortkarg hatten sie Con in den Befragungsraum gesetzt und sich hinter der verspiegelten Scheibe über die Vorgehensweise ausgetauscht. Tom Weber sah ein, dass diese Frau nicht zu überzeugen war und ihnen eine gute Strategie einfallen musste.

»Karin und du abwechselnd, jeweils mit mir. Ich mache den verständnisvollen Beamten, ich besorge Kaffee und Wasser, beruhige meine hitzigen Kollegen, das wird schon funktionieren.«

Sie mussten sich eingestehen, dass Con sie gleich zu Anfang der Befragung durchschaut hatte. Stumm und regungslos fixierte sie einen Punkt an der Wand hinter ihrem jeweiligen Gesprächspartner. Ihre Mimik fror ein, sie schien flach zu atmen, ignorierte den Kaffeebecher, das Wasserglas, die vorgelegten Ausdrucke der Stasi-Akten mit dem Decknamen Honett. Die Kommissare ließen in dem Zusammenhang beiläufig den Namen Stricker fallen, nichts, sie war geistig nicht mehr ansprechbar. Niedergeschlagen beobachteten sie die würdevoll dasitzende Frau aus dem verborgenen Beobachtungsraum.

Karin Krafft fühlte sich in ihrer Prognose bestätigt. »Und jetzt?« Burmeester reckte sich. »Wie, und jetzt?«

Tom Weber rieb sich die Augen, das künstliche Licht trocknete seine Bindehaut aus, wenn er stundenlang im Befragungsraum arbeitete.

»Und jetzt muss uns was wirklich Gutes einfallen, sonst müssen wir sie wieder laufen lassen.«

***

Der Abschied fiel ihnen schwerer, als sie es am Vortag geahnt hätten. Unter der sonnendurchfluteten Glaskuppel des Erfurter Hauptbahnhofs umarmten sich der Kommissar Gero von Aha und die Stadtführerin Christiane.

»Du kommst bestimmt zurück, und wir schlürfen ganz dekadent Sekt bei einem Open-Air-Konzert auf dem Domplatz, ja?«

»Bestimmt. Und anschließend gönnen wir uns eine Flasche Rotkäppchen im Übersee.«

Menschenmengen hasteten an den beiden vorbei. Eine Person stand im Abseits und beäugte die beiden unwillig.

»Als krönenden Höchstgenuss bewahren wir uns den roten Krimsekt für das ›Später‹ in einer gewissen Dachwohnung auf.«

Gero von Aha löste sich sanft aus der ungewohnten Gefühlsduselei, an die er sich durchaus gewöhnen könnte. »Erst mal muss ich im Westen für Ordnung sorgen. Dank deiner Hilfe wird die Gerechtigkeit ihren Lauf nehmen.«

Christiane lachte auf, von Aha reagierte mit fragenden Blicken. Sie erläuterte, was ihr durch den Kopf ging.

»Ich musste gerade daran denken, dass es früher für jede hervorragende Leistung eine Urkunde oder einen Orden gab. Manche Leute heben heute noch ganze Kartons oder Aktenordner voll davon auf.«
Feierlich tätschelte sie das Revers seiner Jacke. »Hiermit verleihe ich dem hochverdienten Genossen Gero von Aha den Herzensorden am Band für seinen selbstlosen Einsatz als Ritter für Gerechtigkeit und Liebe.«
Von Aha salutierte, schlug die Hacken ungeübt hart aneinander und krümmte sich mit schmerzverzerrtem Gesicht. Christiane lachte und konnte sich kaum einkriegen, bis Gero mit einstimmte.
Sie trennten sich mit einem unausgesprochenen Abschiedsgruß.

***

Bevor Burmeester protestieren konnte, fiel Karin ihm ins Wort. »Ich werde ihr Beugehaft androhen.«
Tom Weber schüttelte den Kopf. »Da musst du aber erst mal den Staatsanwalt überzeugen. Dass er diese weise ältere Dame wegsperren lässt, halte ich für ein Gerücht.«
»Der muss noch nicht eingeschaltet werden. Wenn Gefahr im Verzug ist, können wir das eigenmächtig entscheiden. Ich gehe da rein und sage es ihr.«
»Stopp!« Burmeester hielt sie auf. »Das geht nicht. Erklär mir mal ganz objektiv und plausibel, warum von dem vermeintlichen Opfer eine Gefahr ausgeht?«
»Nicht von ihr persönlich, aber durch ihr Schweigen nimmt sie andere in Schutz, die uns garantiert weiterhelfen können. Sie übt Macht aus, die gegen uns gerichtet ist.«
Burmeester verließ den Raum, stieß die Tür erneut auf und sprach in zornigem, lautstärkegedämmtem Ton. »Ich mache da nicht mit, das könnt ihr der Frau sagen, damit kommen wir nie durch. Ich bin zur Pause außer Haus.«
Karin betrat gemeinsam mit Tom Weber den Befragungsraum, in dem Con in der Position verharrte, in der sie sie verlassen hatten.
»Cornelia Garowske, ich fordere Sie hiermit zum letzten Mal auf, uns Auskunft über mögliche Zusammenhänge zwischen den aktuellen Anschlägen und Ihrer persönlichen Geschichte zu nennen,

um die Verhaftung eines Täters oder der möglichen Täter zu initiieren. Sollten Sie die Zusammenarbeit weiterhin verweigern, sehe ich mich gezwungen, Sie für maximal achtundvierzig Stunden in Beugehaft zu nehmen. Dies bedarf keines Erlasses der Staatsanwaltschaft. Ich werde Ihnen eine Beamtin vorbeischicken, die Sie zur Zelle bringt.«

Jetzt löste sich Cons Blick von dem fiktiven Punkt an der Wand, mit kaltem Blick fixierte sie die Hauptkommissarin.

»Schau an, da könnt ihr genauso willkürlich handeln wie der damalige sozialistische Staat. Beugehaft. Ich will telefonieren. Hier habe ich das Recht zu telefonieren. Ich will meinen Anwalt anrufen.«

Karin reichte ihr das Telefon und hörte Con in kurzen, präzisen, bestimmenden Sätzen sprechen. Der Mann würde garantiert innerhalb der nächsten zehn Minuten auf der Matte stehen. Sie würde es darauf ankommen lassen, Con keine Sekunde eher gehen lassen.

Tom startete einen letzten Versuch. »Verstehen Sie doch, es geht um Ihren Schutz, wir können nicht dafür garantieren, dass Ihnen nichts passiert, sobald Sie das Gebäude verlassen. Sie haben unsere Observation abgelehnt, Sie sind die Einzige, die uns im Fall der Toten vom letzten Wochenende helfen kann.«

Sie ignorierte ihn und durchbohrte Karin mit ihren Blicken. »Wir landen andauernd beim ›Sie‹, Kindchen, auch dies hat einen tieferen Sinn. Das Siezen kennen wir in der Gemeinschaft nicht. Du bist Mitglied geworden und hast dich an unsere Regeln zu halten. Respekt vor dem Oberhaupt gehört dazu. Dein Verhalten heute ist respektlos und anmaßend. Wir werden viel miteinander arbeiten müssen, bevor du von alten Mustern befreit bist.«

Tom nahm das Telefon zur Hand, Karin schien das Klingeln nicht gehört zu haben. Die Pforte kündigte Herrn van Laak und seinen Anwalt an. Tom Weber deutete seiner Vorgesetzten an, den Raum zu wechseln, und berichtete vom Eintreffen des Diakons.

»Mit Anwalt, sagst du? Der fährt auch gleich auf, Donnerwetter. Nimm die beiden in Empfang, bring sie in mein Büro und lass die Tür weit offen stehen. Platziere sie so, dass Con und er sich sehen können, wenn sie gleich das Haus verlassen wird. Dann setzt du dich unten ins Auto und schaust dir an, wohin der Herr Rechtsanwalt sie bringt. Ich werde drüben bei ihr warten.«

Tom schaute sie mit zweifelndem Blick an. »Ist das so eine gute Idee? Sie weiß genau, an welchen Stellen sie dich trifft.«
»Es kann nicht lange dauern, bis ihr Anwalt auftaucht, und so lange starre ich die Wand neben ihr an. Geht schon, ich danke dir. Ach, und wenn Burmeester wiederauftaucht, der soll bei dir warten.«
Van Laak und sein schlaksiger junger Begleiter nahmen am vereinbarten Ort Platz.

Als Cons Anwalt Mönkemeier eintraf, ließ er eine Tirade über staatliche Willkür und vorsintflutliche Methoden vom Stapel, vom Treppenhaus bis zum Befragungsraum, schlug eine pathetische Schneise quer über den Flur, er werde sie sofort mitnehmen, die arme, geschundene, unschuldige Frau. Er erfragte nach galanter Begrüßung die Behandlung seiner Klientin durch die anwesenden Beamten des Kommissariats 1, bot ihr, ganz Gentleman, den Arm zum Unterhaken und verließ mit ihr gemeinsam die Etage, nicht ohne einen letzten Satz im Raum stehen zu lassen.

»Ich werde Ihre Vorgesetzte über diesen Vorfall informieren und eine Dienstaufsichtsbeschwerde gegen Sie einleiten, Frau Krafft. Eigentlich unterstützen wir uns gegenseitig, aber in Ihrem Fall werde ich alles in Bewegung setzen, was Ihr Vorgehen ahndet.«

In diesem Moment trafen sich die Blicke von van Laak und Con. Karin Krafft nahm auf dem Flur ein fast unmerkliches Zögern im Gang van Laaks wahr, während Cons Blick schnell wieder in Richtung Tür schwenkte.

Tom Weber betrachtete van Laak und bemerkte, dass seine Schultern für einen Moment zusammensackten, als er zur Tür schaute und erkannte, wer dort von dem lauten Mann hinausgeleitet wurde. Van Laak atmete einmal tief durch, rieb sich die Hände, blickte zu seinem Rechtsbeistand, der von alledem nichts mitbekommen hatte und gedankenversunken mit einem Ministift auf sein BlackBerry tippte. Er weiß genau, wer sie ist, dachte Tom, und steht in keiner unbelasteten, zufälligen Beziehung zu ihr. Da ist mehr.

***

Während die thüringische Landschaft an den Fenstern des ICE Richtung Duisburg vorbeiflog, steckten zwei Fahrgäste im Bordrestaurant die Köpfe zusammen. Vor ihnen standen zwei Tassen Kaffee.

Der Inhalt der einen kühlte langsam auf eine nicht mehr genießbar zu nennende Temperatur ab, während die andere nach dem ersten Schluck mit einem angewiderten »Bäh« zur Seite geschoben wurde. Gero von Aha verfluchte seinen auserlesenen Geschmack in solchen Situationen. Hier würde es niemals das Aroma ausgewählter Kaffeebohnen geben, und eine mittelmäßige Mischung beleidigte seinen Gaumen.

Er lauschte seinem Gegenüber mit gesteigertem Interesse und vergaß darüber sein Heißgetränk. Was man ihm mit dünner Stimme zuraunte, verdichtete sich zu einer Geschichte, deren Tragweite noch weiter reichte, als die ihm bekannten Fakten, die er bisher in Erfurt gesammelt hatte, bewiesen. Gero von Aha wies den Kellner, der die halb vollen Tassen abräumen wollte, unwirsch ab, keine Unterbrechung, keine neue Plörre, ihnen stand nur eine begrenzte Zeit zur Verfügung.

»Erzählen Sie weiter, die Geschichte ist unglaublich. Unglaublicher, als ich mir bisher vorstellen konnte.«

Wieder neigten sich die Köpfe zueinander, zwei ernste Gesichter über abgekühltem Kaffee rauschten mit Tempo zweihundert durch das grüne und fast leere Land gen Westen.

***

Im fliegenden Wechsel betrat Karin den Raum, während Tom hinter Con und ihrem Keifer herhechtete, um sie nicht aus den Augen zu lassen.

»Nun zu Ihnen, Herr van Laak, geborener Stricker.«

»Ich habe meinen Anwalt mitgebracht.«

»Das sehe ich wohl, ich frage mich nur, wozu? Das hier wird eine harmlose Befragung darüber, ob Sie wussten, dass Frau Garowske und Sie den gleichen Geburtsnamen haben.«

Van Laak wirkte erschöpft und senkte seinen Blick. Sein Anwalt blickte von seinem elektronischen Kleinod auf, als habe er plötzlich gemerkt, dass er im Dienst ist. Er zückte eine Karte aus einem edlen Holzkästchen, reichte sie der Hauptkommissarin, die sie zur Seite legte.

»Mein Mandant braucht keine Aussage zu machen. Im Gegenteil, wir erwägen eine Dienstaufsichtsbeschwerde gegen Sie aufgrund der Hatz quer durch die Niederlande durch die Androhung einer internationalen Fahndung.«

Schon wieder, dachte Karin, das wird die van den Berg begeistern.

»Tun Sie, was Sie nicht lassen können. Herr van Laak, Ihr Geburtsname ist Stricker. Sie stammen ursprünglich aus Erfurt, richtig?«

Van Laak schaute irritiert auf, dann schien ihm ein Licht aufzugehen. »Sie sind bei Alexander Stricker gewesen, ich weiß. Der Junge hat sich auch zu den ›Gerechten der Welt‹ geschlichen. Was meinen Sie, wie entsetzt ich war, als ich es erfuhr.«

Sein Anwalt hielt ihn an zu schweigen, er wies ihn ab wie ein lästiges Insekt.

»Ich frage Sie jetzt ganz direkt, Herr van Laak. Sind Sie mit Cornelia Garowske verwandt?«

Der Mann sank noch ein Stück in sich zusammen, rang nach Worten, wünschte sich anscheinend an einen anderen Ort. Schließlich schaute er Karin Krafft mit müden Augen durchdringend an.

»Wenn ich das mal genau wüsste.«

»Wie meinen Sie das?«

»Wissen Sie, ich stamme ursprünglich aus der DDR. Ich bin in einer Pflegefamilie aufgewachsen, das war kein Zuckerschlecken, glauben Sie mir. Die wollten einen Hundertfünfzigprozentigen aus mir machen, den vorbildlichen Jungpionier, immer mit der Fahne voran. Fragen nach meiner Herkunft hatte es nicht zu geben, genauso wenig wie Individualität, eigene Meinungen und Jeans aus dem Westen. Davon träumten auch wir, nur mit vielen Tricks kriegten wir mal eine zu Gesicht, meist an den Beinen meiner ehrenhaft erziehenden Eltern. Stattdessen gab es Prügel für schlechte Leistungen, Verweise für Unordnung im Kleiderschrank, und für das aufgeschlagene Knie gab es ebenfalls eins hinter die Ohren wegen Unachtsamkeit. Immer musste ich dankbar sein, meine Dankbarkeit nach außen tragen, denn der Junge hatte es ach so gut. Der Junge aus einer gescheiterten Familie, über die man nicht sprach. ›Politische waren das‹, flüsterten sie hinter vorgehaltener Hand. Ich fing mir eine Ohrfeige ein, wenn ich fragte, was sie meinten. Das hatte ich schnell gelernt. Das Kind eines Politischen war schlimmer als das von Schwerkriminellen.«

Burmeester schlich sich ins Büro, reichte Karin eine Nachricht auf einem Zettel und setzte sich an seinen Schreibtisch. Karin stellte ihn vor, las, dass Tom vor dem Glaubenszentrum stand, der Anwalt und Con seien dort hineingegangen. Er solle den Kollegen abziehen und in den Feierabend schicken, wies sie Burmeester an. Noch bevor der Anwaltsschnösel protestieren konnte, redete van Laak weiter.

»Zu Ihrer Frage, ob wir verwandt sind, kann ich nur sagen, dass ich es nicht weiß. Da ist eine Ahnung. Haben Sie je ein kleines Kind erlebt und viele Jahre später erst wiedergesehen? Ich meinte, etwas Bekanntes wahrgenommen zu haben, als ich diese Frau zum ersten Mal sah. Ich kann heute noch nicht näher ausdrücken, was es war. Die Art, wie sie die Augenbrauen hochzieht, die Eleganz ihrer stolzen Bewegungen, die Pause vor ihren Sätzen, wenn sie Aufmerksamkeit aufbauen will. Ich wusste es nicht. Und dann habe ich recherchiert.«

»Wo haben Sie gesucht?«

»Wo sucht man wohl nach Vergangenheiten in der DDR? Ich habe mir die Augen in alten Stasi-Akten wund gelesen, habe Meldelisten studiert und amtliche Papiere.«

»Was haben Sie herausgefunden?«

»Na eben, dass sie mal Stricker hieß. So wie ich. Das hat mich umgehauen. Ich wollte den Pilgeraufenthalt in Kevelaer dazu nutzen, um sie zu befragen. Wissen Sie, wenn ich mir nicht den Mund fusselig geredet hätte, wäre die Anmeldung der doch etwas sektiererischen Gruppe erst gar nicht akzeptiert worden. ›Die Gerechten der Welt‹, ich bitte Sie, das sagt doch schon alles.«

»Heißt das, ohne Ihre Fürsprache wäre diese Gruppe abgelehnt worden?«

»Richtig, es kann ja jeder nach Kevelaer kommen, aber Pilgergruppen, die von uns aufgenommen und begleitet werden, müssen schon einen christlichen Hintergrund haben. Die »Gerechten der Welt« glauben eher an ein Universum als an Gott. Ich wollte sie da haben, um die Frau aus der Nähe zu erleben, mit ihr ins Gespräch zu kommen. Meine Neugier hat mich angetrieben. Und dann brach die Katastrophe herein.«

Karin lehnte sich zurück und dachte nach. Der Mann wirkte sehr glaubwürdig in seiner Offenheit und seiner Ungewissheit.

»Gibt es denn keine anderen Möglichkeiten für Sie, Informationen über Ihre Herkunft zu bekommen? Gab es keine Jugendämter, die zuständig waren?«

»Für Kinder von Politischen war die Stasi zuständig, was glauben denn Sie? Die hatten doch ein Auge darauf, ob die Brut der Abtrünnigen auf den rechten Pfad gelangte. Blieben die Kinder renitent, gab es Jugendwerkhöfe zur Umerziehung. Das waren Kindergefängnisse, damit hat man mir gedroht, wenn die Prügel nicht zu fruchten schienen. Das schlagfertigste Argument war der Hof, dann spurte ich ohne Murren. Meine Unterlagen fielen kurz nach der Wende dem Schredder zum Opfer. Ich hatte die Spurensuche schon lange aufgegeben und durch meinen Glauben einen neuen Weg entdeckt. Und dann steht diese Frau vor mir und rührt irgendwas ganz Kindliches in mir an. Mehr kann ich nicht sagen.«

Karin erkannte den Schmerz in seinen Worten, hatte schon oft vom Leid der fehlenden Erinnerungen und Informationen gehört.

»Das alles wollte ich mir am Strand an der Nordsee noch einmal gehörig durch den Kopf gehen lassen. Und dann ruft meine Frau ganz aufgelöst an, ich solle zurückkommen, weil mich die holländische Polizei sonst suchen würde.«

Er habe sich deshalb gleich einen Anwalt gesucht, weil er sich nicht vorstellen konnte, worum es ging. Angst habe er gehabt.

Karin sah ihm ins Gesicht. Der selbstsichere, ausgeglichene Pilgerbetreuer hatte dunkle Ränder unter den Augen.

»Tut mir leid, Herr van Laak, Sie hätten bei unserer ersten Begegnung mit offenen Karten spielen sollen.«

»Da war der Name Stricker kein Thema. Kann ich jetzt gehen?«

Karin nickte und wünschte ihm einen ruhigen Abend. Als beide Männer den Raum verlassen hatten, blickte Burmeester auf die Uhr.

»Komm, wir machen die Berichte fertig. Wenn wir uns beeilen, können wir noch eine Pizza essen gehen, bevor der ›Tatort‹ anfängt.«

Karin schmunzelte. Das war Nikolas Burmeester, störrisch, bunt, nicht nachtragend und trotz seiner Arbeit noch mit Herz für unrealistische Fernsehkommissare.

»Gute Idee. Und morgen mischen wir alles noch einmal neu auf.«

Morgen werden wir über ganz andere Informationen verfügen, dachte Burmeester.

***

Nikolas Burmeester fühlte sich schlecht. Der Abend hatte Karin so gutgetan, einen Spaziergang zum neu eröffneten Xantener Hafen vor Lüttingens Toren hatten sie nach ihrer Rückkehr aus Wesel gemacht, sich kurz den Wind um die Nase wehen lassen und die ausgebaute Anlegestelle für Tretboote und das Miniausflugsschiff ›Seestern‹ begutachtet, mit dem man sich über die Seenplatte zwischen Vynen und Lüttingen schippern lassen konnte. Ausgelassen hatten sie dann den Abend vor dem Fernseher verbracht, sich über die Kölner »Tatort«-Kommissare gewundert, die sich mal wieder auf unkonventionellen Wegen vorbei an der Staatsanwaltschaft und knapp im legalen Rahmen bewegten. Karin reagierte amüsiert.

»Das müsste sich bei uns jemand erlauben, der Haase würde im Dreieck springen und die van den Berg Abmahnungen schreiben. ›Dienstaufsichtsbeschwerde‹ heißt das böse Wort, stundenlange Rechtfertigungen, mündlich, schriftlich, ich bin nicht scharf darauf, als Kommissariatsleitung in so einen Vorgang involviert zu sein. Derjenige kann sich warm anziehen.«

Sie hatten angestoßen, sich gegenseitig versichert, so etwas wie in Köln gäbe es bei ihnen nicht!

Nun schlich Burmeester kurz hinter dem Weseler Bahnhof in geduckter Haltung dicht an den Sträuchern neben der Bahnlinie in Richtung Glaubenszentrum der GdW. In seinem Nacken saß nagend sein schlechtes Gewissen. Was machte er hier? Was trieb ihn zu einer illegalen Tat, deren Ergebnisse in keiner Art und Weise rechtlich relevant oder gerichtlich verwertbar sein würden? Er wollte wissen, wer noch Teil dieser Gemeinschaft war, von wo Rückendeckung für Con oder verharmlosende Verschleierung zu erwarten war und wem sie trauen konnten. Wie viele Menschen waren dieser obskuren Gruppe schon beigetreten? Bestes Beispiel war die Bekannte aus der Yogagruppe von Johanna Krafft. Kaum gab es Neuigkeiten, wurden anscheinend Späher ausgesendet, um zu prüfen, auszuspionieren.

Die Straße Am Blaufuß war kurz nach elf menschenleer. Würden die uniformierten Mannsbilder von der Security auch nur einen Blick auf die Fahrbahn werfen, könnten sie ihn erkennen. Tarnfarbene Kleidung wäre nicht schlecht, daran hatte er nicht gedacht. Burmeester schaute kritisch auf seine kanarienfarbene Hose, die im Dunkeln zu leuchten schien. Dumm. Ein Schnellzug rauschte hinter den Brachlandsträuchern an ihm vorbei. Jenseits der Gleise lag die Stadt, auch diesseits weiteten sich die Wohnviertel aus. Dort leben Menschen mit einem verkehrsgünstigen Blick aus dem Fenster und ungeschützt vor dem Lärm der Schienenstrecke, die ausgebaut werden sollte, schoss es Burmeester durch den Kopf, als ein Fahrzeug sich just von dem Parkplatz aus in Bewegung setzte, den er ansteuerte. Er sprang ins nächstgelegene Grün und duckte sich.

Ein kurzer Blick auf das rückwärtige Nummernschild war ihm möglich, DU–G. Zwei gleiche Ziffern am Ende, mehr konnte er nicht erkennen, schon war der dunkle, bullige Wagen der Fahrzeugklasse SUV verschwunden.

Beim bodennahen Verlassen seines Verstecks hörte Burmeester ein fieses kleines Geräusch, bemerkte einen Luftzug und einen kurzen Schmerz am Oberschenkel. Einen lappigen V-Riss konnte er im Stoff ertasten, ein Zweig hatte ihm einen Ratscher bis in die Haut beschert. Egal, er hatte nur ein Ziel, blickte sichernd die Straße auf und ab, verließ seine Deckung und schlüpfte durch die offene Einfahrt der Fabrikhalle auf den Parkplatz, verbarg sich hinter abgemeldeten Fahrzeugen. Von hier aus hatte er keinen Blick auf den Eingangsbereich, er musste weiter, der Zugang befand sich auf der Rückseite des Gebäudes. Dort gab es nur eine einzige Möglichkeit, sich zu verbergen. Ein Müllcontainer am Ende des plattierten Geländestreifens bot den einzigen Schutz, falls ihm jemand dazwischenkam.

Er spurtete los, kein Licht drang durch die Eingangstür, keins aus den deckenhohen Oberlichtern, die Luft schien rein. Letzte sichernde Blicke zu allen Seiten, im dünnen Strahl seiner Taschenlampe fingerte er aufgeregt ein Paar Einweghandschuhe und das Werkzeugset aus der Jacke, erinnerte sich an die Tipps seines Kollegen von der Spurensicherung, bediente souverän unterschiedliche Haken und Winkel.

Mit einem Mal öffnete sich die Tür mit einem sanften Geräusch. Burmeester verharrte in Erwartung eines ohrenbetäubenden Lärms, nichts. Anscheinend war die Tür nicht gesichert, wie leichtsinnig. Er schlüpfte durch den engen Eingang. Er war drinnen. Was nun, wenn die Security auf dem Rundgang an der Tür rüttelte, dienstbeflissen und ordnungsgemäß überprüfte, ob alles dicht sei?

Verdammt, er musste sich einschließen, sie würden bald da sein. Die Tür zu öffnen hatte sich einfacher gestaltet, sie wieder zu verschließen kostete den Kommissar Zeit. Er tastete sich gerade von einer Tür zur anderen, um so etwas wie einen Geschäftsraum oder ein Büro zu finden, als von außen jemand an der Eingangstür rüttelte. Burmeester drückte sich an die Wand und wagte kaum zu atmen.

NEUN

24. Mai 1960, 22.45 Uhr

Der Verurteilte kauerte in einer Zellenecke und stieß seine Stirn, den Namen Lilli ununterbrochen flüsternd, beständig gegen die schallisolierte Wand, als würden der Name und sein Schädel sie gemeinsam zum Einsturz bringen können.

Die weiteren Worte des Majors erreichten ihn nur noch am Rande. Dreihundert Kilometer waren die gedungenen Entführer mit dem Todeskandidaten quer durch die Bundesrepublik gefahren, erzählte er. Hinter Eschwege ging es über Feldwege auf DDR-Territorium. Jenseits der Grenze bildeten zwei Stasileute und zwei Volkspolizisten das verabredete Empfangskomitee und quartierten den Rückkehrer in eine Dienstlimousine um. Der Tross steuerte die Zentrale der Staatssicherheit in Berlin-Lichtenberg an.

Der Exmajor erhielt eine Häftlingskarte, die später aber nichts darüber verzeichnete, wo er bis zu seiner Hinrichtung einsaß und wann er nach Erfurt und dann in die Todeszelle nach Dresden verlegt worden war. Der Entführte selbst hatte lange genug in diesem System operiert, um zu erkennen, dass ihm mit der Einlieferung zuerst ins größte und am besten gesicherte Gefängnis Hohenschönhausen kaum mehr zu helfen war. Ihn vermisste niemand. Das Schicksal eines Überläufers, dachte er hilflos.

Am nächsten Tag zahlte der Aktionsführer den beiden Entführern M. und N. je zehntausend Mark Belohnung aus. N. legte davon im Westen Berlins zweitausenddreihundertsechzig Mark in eine goldene Schweizer Uhr an und vergrub den Rest. M. beschloss, bürgerlich zu werden, mietete eine Wohnung und kaufte Möbel. Wie viel Geld er zuvor als Abschied vom Ganovenleben bei zwei durchfeierten Nächten in fragwürdigen Etablissements verjubelte, ist nicht belegt.

Der Major schlug mit der Hand gegen die schützende Wand, die den Druck lautlos und weich aufnahm. Das dumpfe Geräusch riss den Verurteilten aus seiner stoischen Haltung.

»Was ist mit meiner Tochter? Ihr verfluchten Stasiteufel habt sie

gezwungen, ihr habt sie benutzt, einen Menschen, ihren eigenen Vater, dem Henker auszuliefern. Ihr seid abgefeimt und menschenverachtend, das ist mir klar. Aber sag mir, wie hält sie das aus?«
Der Major warf einen abschätzigen Blick auf das zusammengesunkene Häuflein Mensch.
»Frag doch erst mal, was sie bewogen hat, bei der Operation Lump mitzuspielen. Ihre Mutter, also deine geschiedene Frau, wurde wegen deiner eigenen Flucht inhaftiert. Du weißt, was mit Kindern von inhaftierten Frauen passiert? Sie war vierzehn, als der Staat begann, für ihre politische Gesinnung zu sorgen. Den Jugendwerkhof verließ sie, als sie volljährig war. Sie sagte, der Papa – sie nannte dich Jahre später immer noch so – sei eines Tages verschwunden, er hatte nur einen Zettel mit einer Nachricht auf dem Nachttisch hinterlassen. Sie wolle, dass die Mutti nach vielen Haftjahren endlich freikommt, und helfe deshalb mit, den Vater zurückzuholen. Sie war jung und naiv, sie hat sich nach den unglücklichen Erfahrungen mit eurer Familie an eine starke Figur gekettet. Ihr Verlobter lag ihr mit seiner Angst um seine Volkspolizeikarriere ständig in den Ohren. Sie sei freiwillig mitgekommen, das erzählte sie immer wieder. Willst du meine Meinung hören? Sie redet sich ihre Beteiligung schön, um ihre Beklemmung und die aufkeimenden Schuldgefühle in Schach zu halten. Sie musste bemerkt haben, dass das Ministerium für Staatssicherheit gemeinsam mit höchsten staatlichen Stellen unserer Republik die Rückführung aus der BRD umsetzen würde. Mit allen Konsequenzen.«
Der Major blickte dem Verurteilten in die Augen. »Dass du für die Flucht aus der DDR bestraft werden würdest, dafür hatte deine Tochter Verständnis. Wir haben sie überprüft, sie wurde als parteiverbunden, klassenbewusst und verschwiegen eingestuft. Deine Verbannung nach Sibirien, ja, das hätte sie akzeptiert, aber an ein Todesurteil für dich hat sie nie gedacht. Die Schuld hat sie innerlich aufgefressen, das war ihre Buße. Wir mussten sie in ärztliche Behandlung bringen.«
Der Verurteilte stieß sich aus dem Kauersitz hoch und kam auf Augenhöhe mit seinem Aufpasser. Die Wut begann in ihm zu kochen, bellend ging er den Major an.
»Ihr Schweine habt sie geopfert! Ihr tötet mich und macht Lilli kaputt. Ich habe sie doch immer beschützt, sie hätte mich nie verra-

ten, wenn ihr sie nicht gezwungen hättet. Ihr habt sie in niederträchtige Spitzelei getrieben. Ihr habt sie benutzt ohne Rücksicht und Respekt, um euer verdammtes Exempel statuieren zu können.« Der unvermutet angegangene Major trat einen Schritt zurück, hob beschwichtigend die Hände. Wo war die Grenze zwischen unerträglicher Qual und letzter fairer Wahrheit gegenüber einem Todgeweihten? Er beschloss, dem Verurteilten nicht die ganze Illusion um die geliebte Tochter zu rauben.

Er würde ihm nicht sagen, dass Lilli, die junge, unbescholtene Lilli, die Hand gierig ausgestreckt hatte, als die Stasi ihr viertausend Mark für ihre Dienste als Lockvogel für den eigenen Vater zusagte, wobei er selbst die erste Überweisung noch vor dem Todesurteil unterschrieben hatte.

Er würde ihm nicht berichten, dass die »ideale Genossin« für die Auszeichnung mit einer Urkunde für »ehrenvolle Pflichterfüllung« vorgesehen war.

Er würde ihm verschweigen, dass der Verlobte dieser Frau mit der von den Institutionen gerühmten großen »Treue zur Arbeiterklasse« kurz vor einer Beförderung stand.

Alles für den Tod des Vaters.

***

Schritte entfernten sich von dem Gebäude. Burmeester bemerkte den kalten Schweiß auf seiner Stirn. Er musste schnell handeln, bevor die beiden dieses Gebäude erneut kontrollierten.

Den Versammlungsraum hatte er entdeckt, eine Art Kammer mit Utensilien für rituelle Handlungen, Tücher erkannte er im dünnen Taschenlampenlicht, Gewänder, die auf einem rollbaren Kleiderständer hingen, gestapelte Stühle. Weiter. Es gab Toilettenräume, eine Abstellkammer mit Putzzeug, und es gab eine Tür, die sich nicht öffnen ließ. Kein Sicherheitsschloss, also reichte eine Drehung mit dem einfachen Dietrich, um sie zu öffnen.

Burmeester befand sich in einem spartanisch eingerichteten Büro. Ein veraltetes Regal mit Broschüren und Büchern, ein Schreibtisch, ein angegilbter PC, mehrere Stühle längs der Wände, ein Telefon. Burmeester ging zielstrebig um den Tisch herum und startete den PC. Wenn es keine Aktenschränke gab, mussten die Informationen dort gespeichert sein. Die Startseite öffnete sich mit der Aufforderung, das Passwort einzugeben. Das bläuliche Licht, das den Raum unwirklich erhellte, musste durch die beiden länglichen Oberlichter nach außen dringen.

Burmeester zog seine Jacke aus, verhüllte den Bildschirm, schlüpfte mit dem Kopf unter diese Hülle und begann zu tippen. »Gerechte der Welt«, kein Zugriff; »Con«, kein Zugriff. Sein Gehirn spulte die gesammelten Informationen über den Fall ab, vor seinem inneren Auge liefen die Berichte ab, sah er die Infowand, ein Wort nach dem anderen gab er ein, nichts. Langsam wurde es unerträglich heiß unter der Jacke, seine Augen brannten vor Anstrengung, keine zwanzig Zentimeter vom Bildschirm entfernt. Welchen Code würde diese Frau eingeben, den niemand aus dieser Weseler Gemeinschaft kennen konnte? Plötzlich wusste er es, mit souveräner Siegessicherheit gab er »STRICKER« ein. Bingo, der Desktop füllte sich mit Dateien. Burmeester überflog die Namen und entschied sich für »Mitglieder«.

Eine Excel-Datei tat sich auf, alphabetisch geordnet, zu jedem Mitglied eine übersichtliche Liste von persönlichen Daten, Name, Adresse, Geburtsdatum, familiäre Bindung, Beruf. Alles simpel und unspektakulär, dachte er, bis ihm die roten Einträge auffielen. Da waren sie, die Informationen neben der Anmeldung. Mit den Namen der Informanten versehen, gab es eine Reihe von Einträgen wie beobachtete Treffen mit »erotischem Hintergrund«, den Besuch konventioneller Glaubenszentren, die Hinwendung zu Alkohol oder Drogen; der Besuch von Schwangerschaftskonfliktberatungen war ebenso vermerkt wie die Abschiebung der eigenen Eltern in ein Heim. Immer gab es eine lobende Erwähnung der Informationsquelle.

Aufbau und Inhalt erinnerten an einen Spitzelbericht und an Geheimdienst. Burmeester traute seinen Augen nicht. Da schwingt das alte System aber tüchtig mit, dachte er, bevor ihm schwindlig wurde. Karin, dachte er, tippte den Buchstaben K ein, suchte sich durch bis zu Krafft, Karin. Diese frisch angelegte Datei strotzte vor roter Farbe. Unaufrichtigkeit, hieß es dort, Verdacht auf Ausleuchtung der Gemeinschaft, Angabe falscher Tatsachen, ihre Lüttinger Adresse fand Burmeester neben den Daten ihrer Kindern und des nicht legitimierten Lebenspartners. Johanna Krafft war als solidarisch handelnde Mutter vermerkt, er selbst als ihr Mieter aufgeführt, beide mit Ausrufezeichen versehen. In der untersten Sparte von Karin Kraffts Datensammlung ließen ihn vier Wörter frösteln: »HÖCHSTE ALARMSTUFE: DESTRUKTIVE UNTERWANDERUNG«.

Burmeester schwankte zwischen einem warnenden Anruf bei Karin und dem sofortigen Abspeichern der Datei auf seinem USB-Stick, den er in seiner Hosentasche aufbewahrte. Sich gegen den Anruf zu entscheiden gelang ihm schnell. Ärger würde es früh genug geben. Er suchte den Anschluss für den Stick, hoffentlich hatte dieses ältere Gerät überhaupt einen. Dazu musste er unter den Schreibtisch kriechen, die Jacke rutschte vom Bildschirm, seine Hände schwitzten unangenehm und klebten in den Handschuhen. Als er sich aufrichtete, sah er Scheinwerferlicht in bizarren Mustern langsam über die Decke tanzen. Er erschrak. Aufgeben und nichts wie weg? Nicht jetzt. Blitzschnell auf »Datei, Speichern unter« klicken, den USB-Speicherplatz unter »Arbeitsplatz« suchen, die Jacke immer fest im Griff vor dem Bildschirm haltend und zum Oberlicht spähend. Da, »Speichern«. Die Datei lief und lief, sie war sehr umfangreich. Stick in die Tasche, PC aus, raus hier, mit dem Dietrich die Tür verschließen.

Während er im Dunkeln hantierte, hörte er Stimmen von draußen. Es hakte, er fand nicht den richtigen Dreh, wegen seiner nervösen Finger konnte das Werkzeug nicht an der passenden Stelle einrasten. Ein Schlüssel wurde in die Eingangstür geschoben. Mit zittrigen Fingern friemelte er das Werkzeug aus dem Schlüsselloch, flüchtete so geräuscharm wie möglich durch die nächstgelegene Tür. Er verschwand in der Putzkammer, als grelles Licht den Flur erhellte. Schwere, energische Schritte betraten den Gang, während sein Herzschlag wieder die Frequenz herunterfuhr. Hoffentlich ist das keine Putzkolonne der Gebäudereinigung, dachte Burmeester noch, als er Cons Stimme erkannte.

»Was willst du? Ich verstehe nicht, was du eigentlich von mir willst.«

Plötzlich wurde aus den eiligen Schritten ein Gepolter, offenbar rangelten oder kämpften die anwesenden Personen miteinander, Burmeester hielt sein Ohr an das Türblatt. Eine Männerstimme keuchte gepresste Worte hervor.

»Ich habe nichts zu verlieren. Falls es dich interessiert, gar nichts ist mir wichtiger, als die Wahrheit zu finden. Du sitzt hier in aller Ruhe in deinem Hinterhofpalast.«

Stille trat ein. Burmeester konzentrierte sich, das Keuchen des Mannes war schwächer geworden, von Con war nichts zu hören. Dann riss jemand die Tür zum Versammlungsraum auf.

»Wozu brauchst du das hier?«

Stühle wurden unsanft zur Seite geschoben, fielen um.

»Hast dir eine eigene Kirche gebaut, weil niemand sonst da ist, der dir vergibt, oder? Weise, sehr weise, denn ich vergebe dir nicht. Wie lebt es sich mit dem Wissen, alles zerstört zu haben?«

Con schien eine Antwort zu flüstern, Burmeester konnte sie nicht verstehen. Ihr Gegenüber hatte sie anscheinend nicht überzeugt.

»Du bist der Schlüssel zum Bösen. Ich weiß jetzt genau, dass du Schuld bist an dem, was damals passierte.«

Mit einer Inbrunst, die selbst durch die geschlossene Tür spürbar war, schrie der Mann sie an. »Du sollst büßen bis zum Ende, leiden sollst du wie ein Hund! Hast du in all den Jahren jemals an den Rest deiner Familie gedacht? Gab es mich in deiner Erinnerung noch? Wie kann man so kalt alles ausblenden? Du warst für mich immer die einzige Lebendige, auf dich habe ich mich verlassen. Und dann so was!«

Burmeester zog in Erwägung, in die Situation einzugreifen, und machte sich startklar, als die Eingangstür unsanft aufgestoßen wurde und ein paar Sekunden später wieder ins Schloss fiel. Offenbar hatte sich der Unbekannte wortlos verabschiedet. Er musste ihn verfolgen. Vielleicht war das der Auftraggeber für den Mordanschlag, vielleicht plante dieser Mann jetzt und hier ihre Ermordung. Das alles hatte nach Abrechnung geklungen. Seine Hand lag schon auf der Türklinke, als er Con aufstöhnen hörte, bevor ihre Stimme klar und deutlich den Raum füllte.

»Ich bete um Vergebung für die verirrte Seele. Ich bitte alle im Geiste angeschlossenen Brüder und Schwestern, dies ebenfalls zu tun. Bittet um Vergebung für die verirrte Seele.«

Sie schien sich aufzurappeln, er hörte einen Schlüsselbund klimpern, dann versuchte sie, die Bürotür zu öffnen. Sollte er sich jetzt zu erkennen geben? Nein, der Ärger konnte noch warten, bis er einen ausgedehnten Blick in die Datei geworfen hatte. Draußen geschah nichts. Dann wurde Con anscheinend unruhig, ihre Stimme schallte durch das ganze Gebäude.

»Hallo? Ist da jemand?«

Sie hat die Bürotür geöffnet, dachte Burmeester. Die war nicht abgeschlossen. Er drückte sich an die Wand, während nebenan die Türen nacheinander aufflogen. Er hörte Con durch die umgestoßenen Stühle im Versammlungsraum gehen. Ihre Schritte kamen näher. Gleichzeitig klopfte es an der Eingangstür.

Die Tür zur Putzkammer öffnete sich einen Spalt, Con drehte sich um, ging zum Eingang. Während sie die Männer vom Sicherheitsdienst nach Auffälligkeiten befragte, schlüpfte Burmeester in den Materialraum, den sie schon durchsucht hatte. Dort hörte er, wie die Männer Con versicherten, alles sei wie immer gewesen, ob sie Hilfe bräuchte. Sie verneinte.

Jetzt gab es kein Zurück und kein Vorwärts, Burmeester saß in der Falle. Er verbarg sich hinter den Gewändern und wartete auf das Ende der Nacht.

***

13. Mai 2010

Bei ihrer ersten Begegnung auf dem Flur der Dienststelle dachte Karin Krafft, irgendetwas ist heute anders an dem neuen Kollegen. Gero von Aha schien ihr größer, straffer, richtig entspannt wirkte er, ein Lächeln lag auf seinem Gesicht, in dem ein Dreitagebart einen dunkelgrauen Schimmer auf die Wangen legte. Sie suchte nach einem kühlen Morgengruß noch die Parallele, die sich aufdrängte. Erst als Burmeester übermüdet und mit missgelaunten Gesichtszügen, die zu seinem grauen Outfit in Knautschoptik passten, ihren Weg kreuzte, fiel es ihr ein. Von Aha hatte etwas von Obamas »*Yes we can*«, strahlte grenzenlosen, kraftvollen Optimismus aus. Formvollendet höflich klopfte er an ihren Türrahmen.

»Ich habe das Puzzle zusammengefügt, ich werde Ihnen die Fakten gerne vorstellen. Dazu brauche ich nur den Beamer. Wir können nun ruhig hier in Ihrem Büro bleiben, die Wand hinter Ihnen reicht für die Projektion.«

Karin Kraffts Antwort war von der beiläufigen Bewegung begleitet, mit der man lästige Insekten verscheucht. »Kleine Lage ist um zehn im Besprechungsraum, wie immer.«
Gero von Aha trollte sich ernüchtert zu seiner Kaffeemaschine. Er protestierte nicht, seine Stunde würde noch kommen.
Nikolas Burmeester schlich wortlos zu seinem PC. Karin Krafft unternahm keinen weiteren Versuch kollegialer Kommunikation, die anderen trudelten kurz nacheinander ein. Burmeesters Bild des Elends saß in Karins Blickwinkel.
»Bist du gestern noch einem Biber mit Appetit auf gelbe Hosen begegnet, oder was hat dich angeknabbert?«
Er druckste herum, stöpselte einen USB-Stick ein und sah Karin lange wortlos an.
»Schlafmangel, ich bin erst spät ins Bett gekommen.«
»Hast du auf dem Weg nach Bislich einen Abstecher zum Kornmarkt gemacht? Irgendwann melden die einen Zweitwohnsitz für dich dort an.«
Unwillig schüttelte er den Kopf, öffnete gleichzeitig eine Datei auf seinem Rechner, klickte sich zu einer bestimmten Seite und aktivierte den Drucker.
»Guck dir mal an, was der Laserjet produziert. Lies es genau durch, bevor du irgendwas dazu sagst.«
Er sprach in Rätseln, Karin ging kopfschüttelnd zu dem leise schnurrenden Gerät, das zwei Seiten flott hintereinander ausspuckte. Sie nahm die Papiere, überflog sie zunächst oberflächlich, las auf dem Weg zu ihrem Schreibtisch, blieb stehen, ihre Gesichtszüge erstarrten, als sie die zweite Seite in Augenschein nahm. Sie machte kehrt und ging zu Burmeester. Die Hauptkommissarin hielt ihm die Blätter vor das Gesicht.
»Wo hast du das her?«
Instinktiv wich Burmeester ein Stück zurück. »Bitte, bleib ruhig, ich hoffe, die Tragweite der Informationen lässt diese Frage in den Hintergrund rücken. Du hattest recht mit deinen Vorsichtsmaßnahmen gegenüber der GdW. Sie haben bloß nicht gewirkt. Diese Leute sind schnell und zuverlässig im Überprüfen der Daten von Neuanmeldungen. Das ist eine Art Google live, die senden ältere Yogatanten zum Spitzeln aus, Verkäuferinnen, Angestellte der Stadt, Mitarbeiter von Pflegediensten. Ein Postbote ist auch fleißig dabei,

Notizen über abweichende Gewohnheiten oder falsche Angaben zu machen. Du hältst das Ergebnis weniger Tage Mitgliedschaft in Händen, von Donnerstag bis zum gestrigen Sonntag hatten die dich komplett durchleuchtet. Was brauchst du noch, bevor du die Ermittlungen gegen Con einleitest?«

Sie beugte sich mit verengten Augenschlitzen nah zu ihm hinab und zischte ihm die Antwort ins Gesicht. »Ich benötige brauchbare, rechtlich verwertbare Fakten. Das hier hast du nicht per Zufall auf der Straße gefunden.«

Burmeester stellte sich naiv, lehnte sich mit verschränkten Armen zurück. »Hat mir ein Kumpel besorgt.«

Sie ging um den PC, las in der Datei, nahm sich die Maus und arbeitete sich durch mehrere Listen. »Erzähl mir keinen Mist, du hast in Wesel keine Kumpel mit kriminellem Potenzial. Wo sind die Infos her?«

»Ich wusste, du würdest stinkig werden, anstatt die Brisanz der Listen zu erkennen.«

»Beantworte gefälligst meine Frage, sonst werde ich dienstlich.«

Leise, fast nicht verständlich gestand er ihr seinen Ausflug in die Räume der Sekte, innerlich auf einen Tornado vorbereitet.

»Du bist rein und raus, ohne Spuren zu hinterlassen?«

Burmeester nickte heldenhaft. »Nur die Tür zum Büro konnte ich nicht wieder abschließen. Ich bin raus, als Con zur Toilette ging, dann bin ich gerannt wie blöd. Zum Glück donnerte in diesem Augenblick ein Zug vorbei. Das Werkzeug liegt wieder im Tatortwagen, niemand hat einen Schimmer, ehrlich.«

Die Hauptkommissarin wechselte den Tonfall von streng zu konspirativ. »Und? Hast du schon Bekannte gefunden? Was ist mit den Namen der Opfer, die müssten doch auch verzeichnet sein?«

Burmeester schüttelte den Kopf. »Die sind schon gelöscht, keiner mehr da. Dafür gibt es eine Menge prominenter Namen aus regionaler Politik und Wirtschaft. Ich habe die rauskopiert, pass auf, ich …«

Karin Krafft musste ihren Spähposten verlassen, denn ihr Telefon klingelte. Zwei Minuten später stand sie furienhaft vor ihm, stemmte angriffslustig die Hände in die Seiten.

»Keine Spuren hinterlassen, hä? Erklär mir mal, wieso mir die Streife gerade einen Einbruch gemeldet hat, exakt dort, wo du angeblich auf Samtpfötchen rein- und wieder rausgeschlichen bist? Ein Gebäudetrakt im Gewerbegebiet Am Blaufuß, der Sitz einer Glaubensgemeinschaft, sei durchwühlt und verwüstet worden. Erklär es mir bitte, bevor dich ein internes Ermittlungsverfahren ereilt. Haben wir per Zufall gestern noch darüber gesprochen, dass ich in diesem Kommissariat keinen Bock auf so etwas habe?«

»Ja, nein, ja, haben wir. Nein, ich bin da quasi durchgeschwebt, nichts habe ich durchwühlt oder zerstört. Du musst mir glauben, ich bin doch kein Amateur. Da ist doch alles so spartanisch, man findet auf Anhieb, was man sucht. Ich versteh das nicht.«

»Komm mit, wir schauen es uns an. Gnade dir Gott, wenn auch nur ein Fingerprint von dir in den Ermittlungen auftaucht. Und zieh den USB-Stick ab, bevor du gehst.«

Den anderen schrie sie zu, sie seien wegen des Einbruchs in das Glaubenszentrum unterwegs, die Lagebesprechung könnte sich verzögern. Von Aha kam hinter ihnen hergerannt, die Jacke in der Hand. Er habe alles vorbereitet, wolle mit, um sich einen eigenen Eindruck verschaffen.

***

Die Leute der Spurensicherung hielten Überstreifer aus Kunststoff für die Füße der Kollegen vom K1 bereit, hatten Fotos gemacht und sammelten nun routinemäßig, was ihnen bei Einbrüchen weiterhelfen konnte. An markanten Griffzonen wurde nach Fingerabdrücken gesucht, Stäubchen, Haare, Gewebeproben, alles von Belang wurde dokumentiert und eingesammelt. Einer der Kollegen nickte Burmeester zu.

»Na? Hat es geklappt?«

Burmeester ging zu ihm hin, um in aller Stille zu antworten, während von Aha und Karin Krafft einen ersten Eindruck vom Ausmaß der Zerstörung bekamen.

Die sonst geordneten lichten Räume boten ein Bild vandalischer Verwüstung, es gab kein unbeschädigtes Möbelstück mehr. Selbst die Türen waren aus den Rahmen getreten, die Türblätter wiesen Löcher auf. Die Stühle im Versammlungsraum lagen, einem Stapel Bretter für ein Osterfeuer gleich, aufeinandergeworfen in einer Raumecke. Wie ein Scheiterhaufen, dachte Karin Krafft.

»Das sah am Donnerstag noch anders aus.«
Gero von Aha spähte in das kleine Büro und betrachtete den in kleine Einzelteile zerlegten Computer.
»Da hat jemand ganze Arbeit geleistet, das kriegt keiner mehr zusammengesetzt. Ist aber auch kein Wunder, wenn man bedenkt, mit wem wir es hier zu tun haben.«
Karin Krafft warf einen Blick an ihm vorbei auf den Schrotthaufen, die Kunststoffsplitter und Platinenteilchen, die durch die Wucht der Zerstörung im Raum versprengt waren.
»Mit wem haben wir es denn zu tun? Sie scheinen ja genau zu wissen, was hier abgeht, Kollege.«
Gero von Aha strich seine buschigen Augenbrauen glatt und ließ eine spannungsgeladene Kunstpause verstreichen.
»Ich habe Fakten, die belegen, dass es sich hier um einen Racheakt handelt, der, wie schon vermutet, tatsächlich seinen Ursprung in der DDR-Geschichte hat. Da ist jemand hinter Cornelia Garowske her, um sich an ihr zu rächen. Wenn ich das alles richtig rekonstruiert habe, dann hat sie vor ungefähr fünfzig Jahren dafür gesorgt, dass ihr Vater hingerichtet wurde, weil er damals aus der Republik geflüchtet ist.«
Karin Krafft sah den Neuen entgeistert an. »Hinrichtungen in der DDR, jetzt kommen Sie aber mit Klamotten. Die hatten es doch mehr mit Bespitzelung und psychischem Druck. Folter, ja, aber Hinrichtungen?«
»Doch, es gab allein bis 1968 in diesem Staat achtundsechzig vollstreckte Todesurteile. Das letzte Todesurteil wurde 1981 vollzogen, die Todesstrafe erst 1987 abgeschafft. Das ist belegt, wer weiß das heute noch? Die Garowske hat wohl geholfen, ihren abgehauenen Vater aus dem Westen zu entführen, damit er im sozialistischen Vaterland geköpft werden konnte. Unglaublich, oder?«
Burmeester hatte den Kollegen aus dem Hintergrund zugehört. »Das passt doch zu dem ganzen Aufbau dieses Sektenwesens der GdW hier. Streng, kontrolliert, überwachend, immer eine edle Lebensweisheit auf den Lippen und ein gemeinsames Gebet zur Stärkung des Guten in der Welt.«
Kollege Heierbeck von der Spurensicherung trat an ihnen vorbei in den Raum. Die Hauptkommissarin fragte nach verwertbarem Material.

»Tausend Abdruckspuren an den Türen, nichts Konkretes, kaum eindeutig Verwertbares. Aber das hier könnte uns weiterhelfen.« Er wies auf den Sitz des Bürostuhls, der noch halb unter der Schreibtischplatte verborgen lag. »Den nehmen wir mit, da befinden sich minimale Blutspuren am Stoff. Vielleicht haben wir bei einem Abgleich Glück.«

Burmeester wechselte die Gesichtsfarbe und griff sich gedankenverloren an den Oberschenkel. Der Ratscher, den er sich im Gebüsch zugezogen hatte, glühte unter dem Stoff seiner Hose. Von allen Kollegen lag Vergleichsmaterial bei der Spurensicherung vor, um Verunreinigungen am Tatort durch nachlässig durchgeführte Begehungen auszuschließen. Es gab Kollegen, die nie an Handschuhe oder Überzieher für die Füße dachten. Fingerabdrücke und Vergleichs-DNA würden durch den Computer rattern und irgendwann bei seinem Namen aufleuchten. Aus der Nummer kam er nicht mehr raus. Schweigen bedeutete lediglich, Zeit zu gewinnen. Ablenkung war geboten.

»Wo ist eigentlich die Garowske? Es ist ihre Kirche hier, hat man sie noch nicht informiert?«

»Doch, aber sie ist nicht erreichbar. Die Kollegen von der Streife haben ihr eine Nachricht an die Tür geklemmt und auf den AB gesprochen, sie ist nicht da.«

Burmeester sah im Augenwinkel, wie ein Vorstadt-Guerilla-Fahrzeug der Kategorie SUV im Sichtwinkel des Eingangsbereichs wendete und mit röhrendem Motor abbrauste. Er lief hinaus, blickte hinterher. Dasselbe Fahrzeug wie am Vorabend, diesmal merkte er sich die Zahlen auf dem Nummernschild. Mit den Einzelheiten des Kennzeichens vor Augen betrat er das Gebäude erneut.

Karin Krafft sah ihn verwundert an. »War was?«

Blitzartig entschied er, den Fahrzeughalter selbst zu ermitteln. Wie hätte er seine Beobachtung vom Vorabend in diesem Rahmen erklären sollen?

»Nee, mir kam das nur merkwürdig vor, wie schnell der gewendet hat. Wahrscheinlich nur so ein Angeber.«

»Hast du trotzdem das Kennzeichen?«

»War schon zu weit weg.«

Karin rief einen Kollegen der Streife zu sich. »Stellen Sie fest, ob sich draußen jemand das Kennzeichen des Fahrzeugs gemerkt hat, das gerade hier abgerauscht ist. Kollege Burmeester geht mit und gibt eine Beschreibung ab.«

Gemeinsam mit dem Mann in Grün verließ er den Raum, über die klotzigen Autos meckernd, die immer drei Parklücken gleichzeitig belegten und dem Fahrer eines anständigen alten Polo in ordentlichen Ausmaßen die Sicht nahmen. Der Beamte stimmte ihm zu. Lkw-Steuer müssten die eigentlich zahlen. Was für eine Marke das gewesen sei?

»Weiß ich nicht, schwarz eben und protzig.«

»Irgendein Aufdruck oder so?«

»Nee, nichts, glaube ich.«

»Haben Sie gesehen, wer hinter dem Steuer saß? Mann oder Frau?

So fühlt sich also ein Zeuge, der nichts Genaues erkannt hat und das Wesentliche dennoch verschweigt, dachte Burmeester.

»Nee, der Wagen hatte rundum getönte Scheiben.«

»Danke, dann schauen wir mal.«

Gero von Aha und Karin Krafft kamen ihm entgegen.

»Hier gibt es nichts mehr zu machen. Aber unser Neuer hat eine erstaunliche Theorie, die wir uns gleich anhören sollten.«

Ihr Wagen stand quer zum Gebäude geparkt. Beim Einsteigen griff von Aha nach seiner Jacke und stutzte. Er befühlte die Taschen. Sein Handy war nicht mehr da. Auch sein Schlüsselbund ließ sich nicht ertasten.

Burmeester nahm seine Suche wahr. »Ist was?«

»Nein, ach, ich habe meine Klamotten bestimmt im Büro liegen gelassen, schon gut.«

***

Es wurde eine große Lagebesprechung, denn Staatsanwalt Haase und Behördenchefin van den Berg hatten von dem Einbruch gehört und sich selbst eingeladen. Gero von Aha genoss nun die fachliche Aufmerksamkeit auf höchster Ebene und profilierte sich durch einen gut strukturierten und medial vorbereiteten Vortrag über seine Erkenntnisse aus Erfurt. Er untermalte die Geschichte des Verurteilten mit Fotos aus der thüringischen Landeshauptstadt, das Gefängnis war zu sehen, die ehemalige Stasi-Zentrale. Von Aha brillierte mit den Fakten einer geheimen Suche nach der gehassten großen Schwester, die das Leid, das über die Familie gekommen war, durch den Verrat des Vaters in tragische Bahnen gelenkt hatte. Er beschrieb die Suche in den alten Stasi-Akten, die kompetente, unbürokratische Hilfe, die ihn auf die Fährte geführt hatte. Wohlweislich verschwieg er den Kontakt zum Anarcho-Müllmann namens Police Attack. Die Kollegen hörten aufmerksam zu.

Karin Krafft erinnerte sich trotzdem ganz vage an die Ablehnung der Ermittlungsreise nach Erfurt. Es würde auch diesbezüglich Fragen geben. Egal, er war irgendwie genial, der Eulenmann aus der Großstadt. Und er wusste, sich in Szene zu setzen. Haase bohrte nach.

»Es gibt also Geschwister dieser Garoswke, die sich von ihrer jahrzehntelang gewachsenen Verbitterung durch späte Rache befreien wollen? Die Herrschaften dürften dann auch so an die siebzig sein, ist das realistisch?«

»Es sind Zwillinge, die als Nachzügler elf Jahre nach ihr zur Welt kamen. Die haben drei Jahre lang Familie erlebt. Dann verließ ihr Vater die Republik, und die Familie zerbrach. Wenig später kamen sie in ein staatliches Erziehungsheim, da die Mutter inhaftiert wurde, schließlich mit schweren psychischen Problemen zu kämpfen hatte und eingewiesen wurde.«

Nachdenkliche Ruhe verbreitete sich in der Runde. Die Berichte ehemaliger Zöglinge solcher Anstalten über Misshandlung und Missbrauch füllten seit geraumer Zeit die Medien. Man konnte erahnen, welchen Hass diese Erwachsenen mit sich herumtrugen, wenn sie auch nur einen Bruchteil dessen erlebt hatten.

Frau Doktor van den Berg schien noch nicht ganz überzeugt. »Warum erst jetzt? Warum nicht in den letzten Jahrzehnten?«

Karin Krafft holte zur Erklärung aus.

»Wenn Kinder getrennt aufwachsen und keinen Kontakt zueinander haben, dann fehlt ihnen die Erinnerung, bis sie geweckt wird. Wir wissen, dass der Diakon in Kevelaer, der die Pilgergruppen betreut, sich erinnerte, als er die Garowske vor sich stehen sah. Es gibt Eigenheiten, die verliert man nie. Man verändert sich äußerlich, aber die Art, wie man seine Haare zurückstreicht oder die Tasse absetzt oder die Augen zusammenkneift, rührt noch aus der Kindheit. Etwas in ihm hat sich erinnert, und Sie können sich vorstellen, mit welch heftiger Vehemenz sich Gefühle selbst nach Jahrzehnten wieder aufbauen können. Ich kann mir gut vorstellen, dass man die Verursacher für ein entgangenes Leben sucht und zur Rechenschaft ziehen will. Hier geht es nicht um materiellen Ausgleich, hier geht es um eine zerstörte Familie und eine verkorkste Kindheit.«

Gero von Aha trug seine weiteren Ermittlungsergebnisse vor.

»Von Erfurt und hier vom Niederrhein aus haben sich unterschiedliche Personen elektronisch ins Einwohnermelderegister gehackt und die noch nicht geöffneten Akten durchsucht. Einer wird Holger Winter gewesen sein, aus welchem Beweggrund auch immer, vielleicht sogar im Auftrag von Con. Es ist davon auszugehen, dass die Zwillinge sich miteinander in Verbindung gesetzt haben, um nun gemeinsam ihre Schwester zur Rechenschaft zu ziehen. Das ist die Hauptthese, glaubt mir, die ist belastbar nach allem, was ich in Erfurt erfahren habe. Der Diakon ist hier ja schon aufgelaufen.«

Die Behördenchefin reagierte ungehalten. »Dann holen Sie sich den Mann, von dem haben Sie ja Name und Anschrift. Was ist mit dem anderen? Was wissen wir über den?«

Wieder gab es eine Kunstpause in den Ausführungen von Ahas, diese ließ Karin aufmerksam aufhorchen. Sie war gefühlte fünf Sekunden zu lang.

»Wir wissen nur, wie er heißt. Nicht mehr. Carl Stricker.«

Staatsanwalt Haase erhob sich. »Schreiben Sie beide zur Fahndung aus. Conrad van Laak und Carl Stricker. Die Haftbefehle können Sie sich gleich bei mir abholen.«

Die Runde geriet in Bewegung, hektisch teilte die Hauptkommissarin die Kollegen ein.

»Jerry und Tom, ihr holt die Haftbefehle ab und fahrt nach Kevelaer. Den anderen schreiben wir zur Großfahndung aus. Nikolas und von Aha, ihr kümmert euch um Cornelia Garowske. Ich mache hier den zentralen Anlaufpunkt.«

Die Kommissare flogen aus zu allen Seiten. Die Behördenchefin nahm Karin Krafft kurz zur Seite.

»Mit der Einstellung des Göttingers habe ich eine gute Wahl getroffen. Er scheint sich hier eingefunden zu haben und bereichert Ihr Team. Das habe ich mir so vorgestellt.«

Sie rauschte hinter dem Staatsanwalt her, der ihr galant die Tür öffnete.
Burmeester war noch nicht gegangen, suchte noch in seinem PC, als Karin an ihren Platz zurückkam.
»Was machst du hier?«
»Moment, gleich, hier, das kannst du in der Zeit mal überprüfen.« Er reichte ihr den Auszug aus einer Halteranfrage mit Duisburger Kennzeichen.
»Ach, du hast es dir doch merken können?«
Burmeester neigte sich zu ihr herab. »Der ist gestern schon in der Gegend gewesen, noch bevor ich im Gebäude der GdW war. Ich habe dir doch erzählt, dass jemand die Garowske dorthin brachte und sich mit ihr gestritten hat. Es ist kein Zufall, dass der heute wieder dort auftauchte. Das Fahrzeug gehört einer Autovermietung in der Nähe vom Duisburger Hauptbahnhof. Die müssen doch wissen, wer damit durch die Lande gurkt.«

***

Nach einer Stunde kam die ernüchternde Nachricht aus Kevelaer. Van Laak war nicht auffindbar, war nicht seinen Verpflichtungen nachgekommen und wurde bei der Pilgerbetreuung schon vermisst. Seine Frau wusste, wie immer, von nichts.
Burmeester und sein Kollege waren ebenfalls erfolglos zurückgekehrt. Sie hatten die Wohnung der Garowske öffnen lassen.
»Die gleiche asketische Kargheit wie in den Räumen Am Blaufuß, nur nicht verwüstet.«
Von Aha ergänzte mit nachdenklich an die Stirn getipptem Finger: »Es stand eine Kaffeetasse auf dem Tisch, und die Kaffeemaschine war noch eingeschaltet. Der durch Flüssigkeitsverdunstung übrig gebliebene klägliche Rest war schon Stunden alt.«
Karin Krafft erinnerte sich an die Wohnung und die Gewohnheiten der Frau. »Das passt nicht zu ihr, die erledigt alles ohne Aufschub. Ihr muss etwas Entscheidendes dazwischengekommen sein.«
Man spürte, wie es in den Köpfen rumorte, Karin sprach es aus. »Etwas oder jemand.«
Burmeester stutzte zunächst ungläubig. »Du meinst, man hat sie sich geholt?« Nichts schien unmöglich.

Karin nickte.
»Verdammt, die sind uns durch die Lappen gegangen. Aber wir haben auch Neues, der Hinweis stammt von Burmeester, und wir haben uns das eben bestätigen lassen. Der andere Zwilling hat sich ein Mietauto genommen in Duisburg.«
»Hast du den schon zur Fahndung herausgegeben?«
»Ja, gerade eben, im gesamten Kreisgebiet hält man die Augen offen. Nur gibt es lediglich eine grobe Beschreibung. Die Angabe, sucht mal die zweite Ausgabe von van Laak, reicht nicht. Der Zwilling soll viel älter, verbrauchter aussehen, aber energisch auftreten und handeln. Wie getrieben von etwas. Über seine Kleidung ist nichts Genaues bekannt. Das haben wir von der Dame an der Wagenübergabe der Autovermietung.«
Von Aha blickte auf. »Dann müssen wir abwarten und unsere Leute positionieren, wo er auftauchen könnte.«
Schlaumichel, dachte Karin Krafft, als sich ihr Handy meldete. »Anonymer Anrufer«, stand auf dem Display. Komisch, wer ihre Nummer hatte, machte doch keine Geheimnisse um den eigenen Namen. Angenervt drückte sie auf Empfang und bellte ihren Namen ins Mikrofon.
»Ich habe deinen Sohn, du stellst jetzt augenblicklich die Fahndung ein.«
Sie wusste nicht, wie ihr geschah, dann setzten sich ihre Wahrnehmungen in Windeseile zusammen. Sie meinte diese Stimme zu kennen, und diese Stimme behauptete, ihren Sohn zu haben. Moritz, wie konnte das sein? Ihre Sprache verlangsamte sich, die Gedanken schlichen, bis endlich ihre bebende Antwort herausbrach.
»Herr van Laak, Sie sind doch Herr Conrad van Laak, oder? Hallo, hören Sie mich, machen Sie keinen Blödsinn, bitte.«
Er hatte aufgelegt.
Die Kollegen sahen auf. Karins Blick war eine Mischung aus Entsetzen, Hilflosigkeit, und sie spürte das unendliche Verlangen, Moritz zu sehen und zu hören. Panischer Tätigkeitsdrang ergriff sie. Sie tippte hektisch eine Zahlenreihe ins Telefon, die Nummer von Moritz. Nichts.
»Er hat sein Handy Tag und Nacht an, jetzt ist er nicht erreichbar. Der hat meinen Sohn. Der Mann hörte sich an wie van Laak,

und der hat gesagt, er hätte meinen Sohn, wir sollen die Fahndung einstellen.«

Um sie herum schreckten die Kollegen auf. Sie redeten auf sie ein, der Raum war erfüllt von Stimmengewirr. Gero von Aha stellte den ruhigen Fels in der Brandung dar, notierte sich Moritz' Handynummer und die seiner Chefin und rief den Staatsanwalt an.

»Wir brauchen dringend die Genehmigung zur Rückverfolgung eines Telefonats, eine Handyortung. Ja, Entführung, der Sohn von Frau Krafft. Höchste Alarmstufe. Ja, tragisch, bitte, schnell. Okay, dann faxen Sie das Formular, ich leite die Vorbereitungen ein.«

Eine beruhigende Handbewegung und einen aufmunternden Blick in Richtung Karin hatte er noch übrig, bevor er an seinem Platz PC und Telefon gleichzeitig zum Glühen brachte.

Burmeester telefonierte mit der Leitstelle der Kreispolizeibehörde. »Wir brauchen ein Sondereinsatzkommando in Bereitschaft. Ja, aktueller Entführungsfall. Ja, mit dem ganzen Programm, wir müssen mit allem rechnen.«

Karin Krafft stürzte sich in Betriebsamkeit, hatte mittlerweile eine Reihe von Nummern angewählt, ihr Sohn war früher als sonst von seinem Freund aus gestartet, er hatte vor dem Arbeitsbeginn bei seiner Praktikumsstelle noch ein Computerspiel von zu Hause holen wollen. In der Firma war er nicht angekommen. Sein Handy blieb ausgeschaltet.

Aus dem Hintergrund rief von Aha quer durch die Büroräume. »Die Technik steht, wenn er sich wieder meldet, wissen wir, wer, was und wo. Wenn das Handy eingeschaltet bleibt, können wir die Bewegung des Geräts und damit des Entführers verfolgen.«

***

Alles starrte gebannt auf das kleine dunkelblaue Telefon. Von Aha kam in Karins Büro gestürzt, als es wieder klingelte. Er legte seine Hand stoppend auf ihre.

»Bitte das Gespräch so lange wie möglich führen, es wird aufgezeichnet, und wir ermitteln die notwendigen Daten. Ganz ruhig, das wird schon. Jetzt.«

Er ließ sie das Gespräch annehmen, während allen um sie herum der Atem stockte.

»Hallo? Herr van Laak, sind Sie das? Die Fahndung ruht, hören Sie?«
Sie hörte ein leises Atmen, sonst nichts.
»Hallo? Was haben Sie vor?«
Es blieb bei den leisen Atemzügen. Aus dem Hintergrund wurden andere Geräusche deutlich, da geschah etwas. Schließlich hörte sie doch eine Stimme.
»Mom? Mach dir keine Sorgen, mir geht es gut.«
»Moritz, Mo! Hörst du mich?«
Das Gespräch wurde beendet. Gleich darauf schrie von Aha wieder durch die Räume.
»Ja! Wir haben das Gebiet. Der Anbieter versorgt es von einem Sendemast in Xanten aus.«
Burmeester dachte laut nach. »Dann sind sie noch in der Stadt. Setzt alles in Bereitschaft, was wir in kürzester Zeit dort haben können. Es gibt nicht so viele Möglichkeiten, von dort wegzukommen, die entsprechenden Straßen sollen gesperrt werden.«
Von Aha stoppte ihn unsanft. »Nein. Das machen wir garantiert nicht. Was meinst du, was passiert, wenn der sich in die Enge getrieben fühlt? Wenn es van Laak ist, dann hat er hier den frommen, völlig harmlosen Gläubigen gegeben, jeder hat ihm den strenggläubigen Betvater abgenommen. Wer weiß, wozu der fähig ist. Erst mal unsichtbar einkreisen, ganz eng dranbleiben, aber vorsichtig. Aber wir müssen ihn erst finden, bevor wir entschlossen und schnell handeln können. Noch hat er keine Bedingungen gestellt, außer dass die Fahndung gestoppt werden soll.«
Burmeester musste einsehen, dass der Kollege recht hatte. Ein Großaufgebot an Polizei und das Aussetzen der Fahndung passten nicht zueinander. Die Situation würde den Entführer verunsichern.
Karin Krafft saß bleich hinter ihrem Schreibtisch, hielt sich die Hände vor den Mund und starrte das Handy an.
»Das ist doch irrational, was der da macht. Entführt den Sohn der Hauptkommissarin, telefoniert in kurzen Abständen, alles völlig von der Rolle. Was will der?«

***

Die Tür ging auf, Tom, Jerry und Staatsanwalt Haase erschienen gleichzeitig. Der Raum füllte sich in beängstigender Dichte, bis Gero von Aha erneut souverän die Führung übernahm.

»Bitte alle in den Besprechungsraum. Es reicht, wenn einer bei der Chefin bleibt, die muss noch Platz zum Atmen haben. Wir können dort den Krisenstab bilden und koordinieren. Nikolas, wir brauchen nachher bestimmt eine freie Funkfrequenz für die Einsatzfahrzeuge, damit uns niemand abhören kann. Gibt ja immer Verrückte, die einem Einsatz aus Sensationslust folgen oder die ersten Bilder auf YouTube einstellen wollen. Du sorgst für einen freien Funkraum.«

Haase war das alles zu wenig, er sah seine Hauptkommissarin leiden. »Was sagt die Ortung, sind wir da weiter?«

»Wenn er sich wieder melden würde, dann hätten wir ein Bewegungsbild von ihm.«

Das war verdammt wenig, und den Kollegen war die Anspannung anzusehen. Fast wären sie aufgesprungen, als das Handy erneut klingelte.

»Hallo? Wer ist da? Moritz, bist du da?«

Karin lauschte gebannt in den Hörer. Nichts, keine Stimme, kein Atmen, im Hintergrund leise Kirchenglocken. Sie schaute auf die Uhr. Zwölf. *High noon.* Die Kirche gab vier Schläge in einer Tonlage, danach zwölf, die geraden und die ungeraden jeweils in einer anderen Tonfolge, bevor es anfing zu läuten. Der Dom, dachte sie, das ist der Xantener Dom. Erst nachdem die Glocken verklungen waren, erkannte sie die Musik, die leise im Hintergrund klang, und erschrak. Die Harfentöne von Evelyn Huber und das Saxophon von Mulo Francel spielten ihre »Songs of Spices« von einer CD, die sie heute Morgen aufgelegt hatte. Eines ihrer Lieblingsalben zurzeit. Sie hielt das kleine Mikrofon des Handys zu und flüsterte.

»Die sind in unserem Haus in Lüttingen. Niemand meldet sich, aber ich habe die Domuhr schlagen hören, und da läuft eine CD von uns. Die spielen wir oft.«

Von Aha erschien kurz bei ihr. »Ich sehe die Ortung auf dem Plan, Xantener Ortsteil Lüttingen, die Straße heißt An der Nettkull.«

Er rannte zurück zu seinem PC, Burmeester folgte ihm. »Das ist das Haus der Chefin. Ich gehe rüber und plane mit den anderen den Einsatz.«

Man einigte sich darauf, dass die Kollegen vor Ort die kleine Straße unauffällig von beiden Seiten aus unter Beobachtung halten sollten, bis sie einträfen. Die Straßen Am Hagelkreuz und Am Blauen Stein sollten behutsam überwacht werden. Der rückwärtige Radweg, der entlang der Xantener Südsee führte, sollte ebenfalls observiert werden. Das Team war in Aufbruchstimmung. Gero von Aha lud sein Laptop mit den Verbindungsdaten, um mobil zu sein. Tom Weber und Jeremias Patalon übernahmen die Leitung in der Polizeibehörde. Alle anderen fuhren mit in Richtung Xanten, während Karin das Handy nicht vom Ohr ließ. Es geschah nichts weiter, die CD lief durch, die sanften Harfentöne und das Saxophon spielten andauernd und tapfer in der Endlosschleife gegen Ohnmacht und Verzweiflung an. Sonst blieb es gespenstisch ruhig am anderen Ende der Leitung.

***

Das polizeiliche Großaufgebot in der Peripherie umzingelte den kleinen Ort. Überall standen blau-silbrige Einsatzwagen, das SEK war unauffälliger angereist. Als Karin Krafft aus dem Wagen stieg, sah sie zwei schwarz vermummte Kollegen in voller Montur und Bewaffnung im Nachbargarten verschwinden. Ihr Haus war umkreist. Ein Spähposten hatte nach intensiver Beobachtung den Befehl gegeben zu stürmen. Karin hielt es kaum aus, beim Fahrzeug zu warten, jedoch hatte sich bis jetzt nichts verändert an den Klängen aus dem Handy an ihrem Ohr. Nun hörte sie die kurzen klaren Zurufe und Befehle, die durch ihr Haus schallten.
»Nichts. Sauber. Nichts. Die oberen Räume sind sauber. Nichts im Keller.«
Erst jetzt ließ sie ihr Handy sinken, spürte die Verspannung in Arm und Schulter und rannte los. Musik dudelte durch das Haus, in dem Ruhe und Ratlosigkeit die gerade noch verbreitete Hektik der Polizeikräfte bei der Durchsuchung ersetzten. Karin Krafft betrat vorsichtig ihr Zuhause. Es war gespenstisch leer, auch die ihr so liebe Behaglichkeit war verschwunden.
Das Handy mit der vermeintlichen Verbindung zu ihrem Sohn lag angeschaltet im Wohnzimmer vor den Lautsprechern, die CD wiederholte sich. Moritz war nicht da. Verloren stand Karin Krafft da.

»Einsatz beenden.«

Aus allen Winkeln kamen die vermummten Männer zurück zu ihren Fahrzeugen, eine Kolonne verließ den kleinen Ort, zurück blieben verunsicherte Nachbarn, enttäuschte Schaulustige und eine Hauptkommissarin, die dem Zusammenbruch nahe war.

Burmeester rannte zu Gero von Aha, der sich in die Aufgabe der exakten Lokalisierung des Anrufers an seinem Laptop verbiss. Nur nicht nachdenken und einhalten, einfach tun. Er sah Burmeester entgegen.

»Der hat uns verarscht. Der ist über alle Berge, während wir stolz auf unsere technischen Errungenschaften in der Pampa den Aufstand proben. Auf die falsche Fährte gesetzt, nicht schlecht. Geh rein und hol die Chefin her, die ist da ganz alleine, es wird ihr verdammt schlecht gehen.«

Burmeester erkannte von Weitem die Anspannung in ihrem Gesicht und ließ ein paar Minuten verstreichen. Karin Krafft saß zusammengesunken auf der Lehne ihres Sofas und konnte den Blick nicht von dem Handy abwenden, das sie noch immer in der Hand hielt.

Langsam stand sie auf und blickte hinaus zum See. Vorgestern war ihre Welt noch in Ordnung gewesen, gestern zumindest noch friedlich. Heute brach ein Teil davon zusammen.

»Lieber Gott, hilf mir.«

Ihre Finger berührten Maartens Ring. Sie schob die Abbildung des Doms nach oben und schloss für einen Moment die Augen.

Burmeester räusperte sich. »Karin, komm. Wir müssen dranbleiben, die werden sich von einem anderen Handy aus melden. Wir müssen dann schnell reagieren.«

»Ja, aber lass mich erst Maarten anrufen. Der weiß von nichts.«

»Lass das! Meinst du nicht, wir sollten erst einmal abwarten, wie sich hier alles entwickelt? Er könnte jetzt nichts machen außer sich überstürzt ins Auto setzen und auf einen Platz auf der Fähre hoffen.«

Sie sah kurz auf. »Du hast recht, Nikolas. Ich habe mich noch nie so machtlos gefühlt.«

Er nickte, legte seinen Arm um ihre Schulter und führte sie nach draußen. »Ich weiß. Die haben dich an deinem empfindlichsten Punkt erwischt. Dein Kind. Das tut mir sehr leid für dich.«

***

Die Entführer versuchten wieder Kontakt aufzunehmen, dieses Mal mit dem mobilen Telefon von Karins Sohn. Sie erkannte seine Nummer auf dem Display. Von Aha verlangte streng nach Ruhe und Umsicht, bitte noch zweimal klingeln lassen, Gespräch lange halten.

»Na, haben Sie alles gefunden? Sie sollten uns doch in Ruhe lassen, aus keinem anderen Grund haben wir Ihren Sohn gewählt. Sie haben die Fäden in der Hand.«

»Kann ich ihn sprechen? Bitte, ich möchte ihn hören, seien Sie nicht so hart, Herr van Laak, ich erkenne Sie doch.«

Karin hörte, wie eine gedämpfte weibliche Stimme im Hintergrund etwas sagte, dann erkannte sie ihren Sohn.

»Alles easy, Mom. Hol deine Leute zurück, und mir wird nichts passieren. Die sind mit sich beschäf...«

Die Verbindung war erneut unterbrochen.

Karin fasste ihre Eindrücke zusammen. »Es sind mehrere, ich habe noch eine Frauenstimme gehört, unklar im Hintergrund.«

Nickende Köpfe deuteten ähnliche Rückschlüsse an, man mutmaßte, wenn es van Laak sei, dann müsse die Stimme zu Con gehören.

Burmeester und Karin erwarteten eine Reaktion von ihrem konzentriert auf das Laptop schauenden Kollegen. Ein roter Punkt wanderte auf der eingeblendeten Straßenkarte des Kreises Wesel beständig weiter.

»Da sind sie, wir haben das Signal gepackt. Wenn das Handy nicht ausgeschaltet wird, bleibt die Ortung ab sofort auf dem Bildschirm zu sehen. Sie bewegen sich. Der Sendeturm auf der alten Brauerei in Büderich hat sie in seinem Bereich, sie fahren jetzt direkt auf die Rheinbrücke zu. Klar, die wollen auf die rechte Rheinseite und zwangsläufig erst mal nach Wesel.«

Burmeester hatte schon sein Telefon am Ohr und informierte das Einsatzkommando. »Auf der Rheinbrücke, ja. Sperrung? Nicht mehr möglich, die sind gleich durch. Wenn ich wüsste, mit welchem Wagen die unterwegs sind, würde ich es dir sagen. Halt, warte, versuch es mal mit folgender Nummer.«

Er gab das Kennzeichen des Leihwagens durch. »Ist nur eine Vermutung. Das ist so ein dickes schwarzes Protzauto mit fetten Reifen. Ja, ein SUV. Wir setzen uns in Bewegung.«

Niemand hatte Augen für das satte Maigrün der Landschaft, die gelben Löwenzahnwiesen oder die bedächtigen Kreise, die der Storch über der Rheinaue bei Birten zog.

***

Sie waren nah dran. Nur noch knappe zehn Kilometer trennten sie von ihrem beweglichen Zielobjekt, das sich laut Grafik auf der Zufahrt zur Rheinbrücke befand. Burmeester konferierte mit den Einsatzkräften in Wesel.

»In unmittelbarer Nähe ist ein Motorrad von uns, der Kollege schafft sich gerade mit Musik freie Bahn durch Büderich. Vier Einsatzwagen sind in Flüren und Lackhausen, die sind auch auf dem Weg, die anderen sind beschäftigt. Wer kommen kann, ist unterwegs. Mensch, der Sohn einer Kollegin entführt, da ist Einsatz Ehrensache.«

Sie rasten mit aufgestecktem Blaulicht an Ginderich vorbei. Burmeester am Steuer gab, was der Motor und der Verkehr ermöglichten. Die Autos stauten sich kurz vor der Einfahrt zum Kieswerk, ein defekter Lkw blockierte die Fahrbahn.

Gero von Aha schaute auf sein Laptop und gleichzeitig auf die verzwickte Situation. »Nimm den Radweg, da kommst du durch. Mensch, die sind ganz schön gewieft. Ich kann mir nicht erklären, was da gerade vor sich geht. Was soll das?«

Während Burmeester sich über den Radweg an dem Stau vorbeimogelte, traute Gero von Aha seinen Augen nicht.

Karin Krafft war alarmiert. »Mann, was passiert da? Nun reden Sie schon.«

»Das Handy wechselt gerade mitten auf der Brücke die Richtung.«

»Wie? Die wenden auf der Brücke? Wie soll das funktionieren, da ist doch kein Platz.«

Die neue Rheinbrücke war nur auf einer Seite befahrbar, weil die Landverbindung auf der Weseler Seite noch nicht fertig war. Enge Verkehrsführung, nur eine Fahrspur pro Richtung für zehntausend Fahrzeuge pro Tag. Da wirkte eine Panne wie eine Sperre, und Wenden war unmöglich.

»Nein, das Handy bewegt sich von der Brücke weg, in Richtung Nord-West.«

Burmeester dachte angestrengt nach. »Nord-West, das ist die Fließrichtung des Rheins. Die haben das Ding über das Geländer geworfen. Das Handy schwimmt jetzt nach Holland.«

Von Aha nickte konzentriert. »Das heißt, sie wissen, dass wir die Geräte orten können, wenn wir sie einmal haben. Bestimmt verfügen die über ein drittes Handy, das sie noch nicht benutzt haben. Inzwischen dürften sie die Ampelkreuzung an der Zitadelle passiert haben. Es gibt also drei verschiedene Grundrichtungen, in denen sie verschwunden sein können. Richtung Dinslaken, Richtung Rees oder Richtung Bahnhof Wesel mitten durch die Stadt. Da wird der Beamte auf dem Motorrad keine Chance gehabt haben.«

»Die waren aber auch mal wieder dünn besetzt in der Leitstelle. Trotzdem, unser Krisenstab soll die höchste Alarmstufe aufrechterhalten, die werden sich wieder melden.«

Burmeester konnte die fast schon provozierende Gelassenheit seines Kollegen nicht nachvollziehen.

»Was macht dich so sicher? Ich meine, wir haben es hier nicht mit einer Entführung im klassischen Sinne zu tun. Was haben die vor? Wenn man wie die gezielt unsere Fahndung auszuschalten versucht, handeln sie extrem planmäßig. Warum nennen die keine Forderungen, keine Bedingungen? Was ist so wichtig, dass man einen Jugendlichen als Faustpfand braucht?«

Von Aha behielt die Ruhe und die Übersicht. Er gebärdete sich eine Spur zu aufreizend cool.

»Das ist bestimmt nur eine Ablenkung. Sie sind irgendwo in Wesel, wir sind dicht dran, bestimmt.«

Wo nimmt der diese Gewissheit her?, dachte Karin, während der Akku ihres Handys nur noch für ungefähr eine Stunde Energie meldete.

***

Tom und Jerry hatten sich mit allen wichtigen Stellen ihrer Behörde vernetzt, kurze Wege der Kommunikation. Das SEK stand in Bereitschaft, gerade sammelte sich ein Konvoi von Streifenwagen. Rettungsfahrzeuge und ein Feuerwehrwagen warteten ebenfalls auf das Startsignal und den Zielort. Die Kollegen verfolgten den Wettlauf, hatten sich auch in die Handyortung eingeloggt und mussten

tatenlos zusehen, wie die letzte Verbindung Richtung Niederlande schipperte.
»Was treiben die da?«
»Die sorgen dafür, dass wir wissen, wo sie sind, und schrecken uns dann auf, weil wir glauben sollen, sie verloren zu haben. Katz und Maus nenne ich das.«
»Das klingt nach Plan.«
»Eindeutig. Die wollen niemanden freipressen und verlangen kein Geld, sondern wollen freie Bahn für ihre eigenen, ihre persönlichen Ziele. Da ist eine Menge Fanatismus im Spiel, das macht sie unberechenbar. Die ziehen das durch.«
Jerry rieb sich die Augen, die auf den Bildschirm starrten und langsam von der Anstrengung tränten.
»Überlegen wir mal. Der Diakon entdeckt seine verhasste Schwester, in Erfurt arbeitet sich jemand durch Einwohnermelderegister und alte Akten. Hier verschwindet die Schwester, und einer der Zwillinge meldet sich mit einem entführten Jungen, um freie Bahn zu haben. Alles, nachdem er gemerkt hat, wie nah wir an der wahren Geschichte dran sind. Für mich klingt das eindeutig. Da will sich jemand an Cornelia Garowske rächen, ohne dass wir dazwischenfunken.«
»Eine heiße These. Das hätten die einfacher und ohne Verfolgungsjagd haben können. Con ohne Aufsehen kidnappen, killen und heimlich irgendwo am Fürstenberg in Xanten verscharren – jetzt haben sie so viel Publikum, wie es nur geht. So viel Risiko – warum diese große theatralische Vorstellung?«
Frau Doktor van den Berg kam in den Besprechungsraum gerauscht. »Und, wie ist der Stand der Dinge?«
Sie erläuterten die Positionen der einzelnen Fahrzeuge, beschrieben die bereitstehenden Einheiten und gingen die letzte These mit ihr durch.
»Das halte ich für durchaus möglich. Wir müssen den Wagen finden, dann ...«
Tom unterbrach sie unwirsch. »Karins Handy wird wieder angewählt. Diesmal von einer neuen Nummer, die von einer Sendeeinheit in Wesel gespeist wird.«
»Heißt das, die sind in der Stadt?«
»Ich habe sie noch nicht auf dem Schirm, nur der Besitzer dieser Nummer ist wirklich interessant. Ich glaub's nicht.«

Jerry brüllte vor Anspannung los. »Der Name ist schon ermittelt? Gutes Programm. Wessen Nummer hast du also herausgefunden? Los, raus damit!«

Fast feierlich verkündete Tom die Fakten. »Dieser Handyanschluss gehört Gero von Aha.«

Jerry blickte ihn fassungslos an. »Unsinn. Der sitzt doch neben Karin im Auto.«

»Ja, aber sein Handy bewegt sich gerade auf dem Südring in Wesel in Richtung Reeser Landstraße. Ganz sicher.«

ZEHN

Karin traute ihren Augen nicht. Sie hatte die Nummern ihrer Mitarbeiter in ihr mobiles Telefon eingespeichert. Die Zahlenfolge auf dem Display kam ihr höchst bekannt vor. Gerade jetzt rief ihr neuer Mitarbeiter an, der hinter ihr im Wagen saß. Irritiert drehte sie sich um und schaute in seine Augen, die zurück zu seinem Laptop wanderten.
»Was soll das?«
»Gehen Sie schon ran, mein Handy ist mir geklaut worden.«
»Hallo, Krafft hier.«
Diese Atemzüge waren anders, das war nicht Conrad van Laak. Es fehlten auch die Fahrgeräusche. Sie sind ausgestiegen, dachte Karin. Schließlich meldete sich Cornelia Garowske.
»Ich soll Ihnen sagen, Ihr Sohn steht am Willibrordi-Dom.«
Die Verbindung brach ab.
»Los, mein Moritz steht in der Innenstadt am Dom, sagt sie. Mensch, fahr schon.«
Jetzt ging alles rasend schnell. Das rote Ortungssymbol verschwand von allen überwachenden Laptops, Karin informierte den Krisenstab über die letzte Mitteilung. Während Burmeester mit quietschenden Reifen vom Ring nach rechts in die Pastor-Bölitz-Straße einbog, rücksichtslos die Fahrbahn kreuzte und links vor der Trapp-Zeile auf den Großen Markt raste, hielt sie die Verbindung zu Tom. Bis sie Moritz an die Wand des Doms gelehnt stehen sah. Burmeester trat das Pedal zu einer Vollbremsung durch.
»Da ist er! Er wirkt unversehrt.«
Das Handy fiel Karin Krafft aus der Hand, sie sprang aus dem Wagen. »Moritz! Mein Gott, ich bin ja so froh.«
Er sah sie entgeistert an, ließ sich jedoch ohne Murren eine innige Umarmung gefallen, zumal seine Hände noch mit einem Kabelbinder verschnürt waren.
»Die haben mein Handy versenkt, Mom, die haben das einfach in den Rhein geworfen.«
Burmeester befreite ihn von der Fessel. »Du hast vielleicht Sorgen. Ich bin so glücklich, dass dir nichts passiert ist.«

»Was waren das für Spinner! Die sind ja krass drauf. Die haben mir eine Mütze über den Kopf gezogen, ich konnte nur die Stimmen hören. Die Frau betet oder schweigt, die beiden Männer keifen sie abwechselnd an, sie wäre an allem schuld und so. Einer von denen sagte, er habe seine Pistole dabei, ich hab da echt nicht durchgeblickt. Ich hatte verdammte Angst, aber irgendwie auch das Gefühl, es ging nicht um mich. Die wollten mir nichts tun. Und dann schleudern diese Idioten mein teures Handy über die Gegenfahrbahn in den Fluss.«

»Drei sind es also. Wo sind die hin, hast du sie sehen können?«

»Nein, die haben mich vorn an der Rheinstraße, neben diesem großen Portal am Dom, rausgelassen und mir gesagt, ich soll rüber zur Kirche gehen. Dann sind die hier zwischen Dom und Trapp-Zeile reingefahren, so wie ihr. Und weg waren sie.«

Moritz rieb sich die Handgelenke, während Burmeester ihren Standort durchgab.

»Ja, die haben ihn hier abgesetzt und sind über den Markt geflüchtet.«

Tom unterbrach ihn mit einer Mitteilung aus einem Streifenwagen. »Die Kollegen haben ganz in eurer Nähe den Leihwagen gefunden, der steht widerrechtlich an der Köppeltorstraße in Richtung Kornmarkt geparkt.«

»Und?«

»Nichts und. Der ist leer, verlassen, der Schlüssel steckt.«

Burmeester informierte Karin, die immer noch ihren Sohn wie einen wiedergefundenen Schatz betrachtete.

»Die sind also noch in der Nähe. Wir müssen den Platz hier räumen lassen, vorsichtshalber. Wir brauchen mehr Leute.«

Karin winkte herrisch einen der eingetroffenen Beamten zu sich.

»Der junge Mann muss zum K 1, seine Aussage machen. Bitte sorgen Sie dafür, dass er dort ankommt und versorgt wird.«

»Nee, das ist doch nicht dein Ernst, Mom, ich verpasse die Action hier.«

»Das muss sein, keine Widerrede. Mensch, du bist entführt worden, und dafür werden die Verantwortlichen zur Rechenschaft gezogen. Dazu brauchen wir deine Aussage. Jetzt zisch ab, ich nehme dich nachher mit. Und hüte dich, deinen Freunden davon zu berichten, bevor der Einsatz beendet ist.«

Noch während er einstieg, galt seine jugendliche Sorge nur einem einzigen Thema. »Und was ist jetzt mit meinem Handy?«
»Das fährt gerade als blinder Passagier auf einem Frachter in Richtung Holland. Es funktioniert, das Signal kommt immer noch bei uns an. Bis nachher, wir haben hier zu tun.«

***

Es war eine Räumungsaktion, wie sie die Weseler sonst nur bei Entschärfungen von Bomben kannten, die als Überbleibsel der zerstörerischen Fliegerangriffe gegen Ende des Zweiten Weltkriegs heute noch regelmäßig bei Erdarbeiten zum Vorschein kamen. So viele Menschen wie möglich mussten die Innenstadt, den Bereich um den Dom verlassen. Die Gäste in den Restaurants wurden ebenso aufgefordert zu gehen wie die Besucher des Doms. Umliegende Arztpraxen wurden geräumt, die Mitarbeiterinnen des Kinderschutzbundes brachten die Kinder aus der Lernhilfe in Sicherheit. Die Volksbank ordnete ihren Mitarbeitern an, wie bei der letzten Katastrophenschutzübung das Gebäude am Markt über einen Seiteneingang zu verlassen. Das SEK versorgte das K 1 mit schusssicheren Westen.

Wo würden die Entführer, die weiterhin Con in ihrer Macht hatten, auftauchen? Mitten in der Fußgängerzone? Im Dachgeschoss der Trapp-Zeile? Am Kornmarkt? Das Rathaus und das Marienhospital lagen auch in unmittelbarer Nähe. Gute Verstecke. Karin wurde ganz schwindlig bei dem Gedanken, wie viele Menschen sich hier befanden und nichts davon ahnten, dass sich in ihrer Nähe ein Drama abspielte.

Inzwischen waren die Straßen weiträumig gesperrt, und das SEK stand im Schutz der Tiefgarage Großer Markt in Bereitschaft.

Karin Krafft und ihr Kollege Burmeester postierten sich vor ihrem Fahrzeug und schauten sich um. Der Platz war menschenleer. Burmeester wandte sich an Gero von Aha, der immer noch auf dem Rücksitz saß und auf das Laptop starrte.

»Sag mal, wie war das mit deinem Handy? Geklaut? Wo denn?«
»Na, es steckte in meiner Jacke, als wir am Morgen bei dem Einbruch waren. Erst dachte ich, ich hätte es im Büro vergessen. Dort dachte ich dann, es liegt bestimmt noch zu Hause. Die haben mich auf dem Parkplatz beklaut.«

»Heißt das, jemand von denen ist parallel zu uns dort gewesen?«

Gero von Aha analysierte kühl, als handele es sich um den logischsten Vorgang der Welt. »Ja, sicher, muss ja so sein. So was Unverfrorenes habe ich noch nie erlebt.«

Burmeester wurde diesmal über Funk gerufen. Da sei eine Zeugin im K 1, die etwas zu Cornelia Garowske sagen wolle. Er ließ sich verbinden. Es war eine Nachbarin von Con, die sie am Morgen getroffen hatte.

»Sie hatte einen Anruf bekommen. Sie solle nach Xanten fahren, denn dort würde es sonst für ein Kind um Leben und Tod gehen. Sie sei von einem Diakon zu Hilfe gerufen worden und folge natürlich diesem Glaubensauftrag. Sie sprach ganz offen darüber, so ruhig und wohlgestimmt wie immer. Mit viel Gottvertrauen eben. Das Taxi wartete schon unten.«

Burmeester bedankte sich und erkannte sofort die Brisanz. Con war also ebenfalls in eine Falle gelockt worden, kilometerweit fort, ohne natürlichen Schlupfwinkel. Ja, so musste es gewesen sein.

Das Handy im Wageninnenraum klingelte wieder. Burmeester fand es unter dem Fahrersitz und rannte zu Karin Krafft. Sie meldete sich in dem Augenblick, als das Glockenspiel des Doms alle alltäglichen Geräusche übertönte. Um besser verstehen zu können, ging sie rasch in den Hausflur neben der Baustelle für die historische Rathausfassade und begab sich hinter den gesonderten, abgeschirmten Technikraum. Nichts, nur ein Atmen, und, sie glaubte es kaum, das Glockenspiel hörte sie per Handy wesentlich klarer als ein paar Meter zuvor direkt in diesem Hausflur.

»Wir wissen Bescheid. Es geht Ihnen um Vergeltung für eine lange Leidenszeit.«

»Nichts wisst ihr, gar nichts.«

»Wir wissen, was Cornelia gemacht hat. Sie hat Ihren Vater damals verraten, wir haben alles herausgefunden. Kommen Sie heraus, wir müssen reden.«

Keine Reaktion, Atmen, das Glockenspiel ertönte mit einer einfachen Version von »Der Winter ist vergangen, ich seh des Maien Schein«.

»Was sie damals gemacht hat, dafür kann sie nicht mehr belangt werden. Aber was sie hier getan hat, dafür wird sie angeklagt wer-

den. Wir haben Beweise für ihre aktuellen Bespitzelungen. Zeigen Sie sich, kommen Sie mit erhobenen Händen heraus.«
Die Verbindung wurde abrupt beendet.
Die Hauptkommissarin lief zu den anderen. »Sie sind ganz in der Nähe, ich habe da drinnen das Glockenspiel gehört. Die Entführer und Cornelia Garowske sind in irgendeinem der Häuser hier am Großen Markt. Was sagt die Ortung?«
»Wie Sie schon sagten, in unmittelbarer Nähe, ich kann die Grafik leider nicht vergrößern. Die Ortung haus- oder gar wohnungsgenau, das können wir nicht liefern. Hier sind wir richtig, das steht fest.«
Karin sah sich auf dem menschenleeren Platz um. Ihr Blick wanderte großräumig umher. Sie konnte keine verräterische Bewegung hinter Gardinen entdecken, die Häuser wirkten leblos und wie unbewohnt. So viele private Wohnungen, die konnten sich überall verbergen.

***

Inzwischen hatten sich hinter den Absperrungen Trauben von Menschen gebildet. Von Aha entdeckte plötzlich den Diakon Conrad van Laak, der erregt mit einem Polizisten diskutierte und offensichtlich versuchte, zu ihnen zu gelangen. Der Kommissar stieg aus und eilte auf ihn zu, ohne Aufsehen zu erregen.
Burmeester stellte sich zu Karin Krafft, eine gespenstische Stille lag auf dem Platz, der sonst mit Leben gefüllt war. Auf benachbarten Dächern sah man die schwarzen Sturmhauben der Scharfschützen. Diese Elitetruppe war für extreme Einsätze ausgebildet und verfehlte nie ein einmal anvisiertes Ziel. Die Baustelle an der Fassade der Trapp-Zeile lag totenstill da, die Bauarbeiter hatten sich auf die andere Seite des Hauses zurückgezogen.
Plötzlich kam von Aha auf die Kommissarin zugerannt.
»Frau Krafft, der Diakon ist festgenommen. Er ist ausgestiegen aus der Entführung, gibt aber zu, beteiligt gewesen zu sein. Er stelle sich freiwillig, weil er nicht geahnt habe, wie die Sache aus dem Ruder laufen würde. Er wolle keine Schuld mehr auf sich laden.«
»Wie – er war wirklich beteiligt? Habe ich seine Stimme doch richtig erkannt!«
»Ja, er habe seinen Bruder in seiner Vergeltung gegenüber der

verräterischen Schwester unterstützt. Dieser innere Befreiungsschlag sei auch seine Sehnsucht gewesen, behauptet er. Doch das sei ein Irrglaube gewesen. Er wolle nicht mehr weiter den Weg der späten Abrechnung gehen, aber sein Bruder sei zu allem entschlossen. Der habe nicht mehr lange zu leben, er ist todkrank und wolle nach all den Jahren Gerechtigkeit. Unbedingt!«
Burmeester resümierte aufgeregt, während sein Blick aufmerksam über den Großen Markt schweifte.

»Dann stimmt es also, dass sich zwei in Ost und West getrennt lebende Zwillingsbrüder nach Jahrzehnten zusammengetan haben, um sich an ihrer Schwester zu rächen. Verspätet, aber umso gnadenloser.«

Gero von Aha widersprach. »Rache – das klingt wie Blutrache innerhalb eines Clans. Nein, hier geht es um mehr, um Schuld und Sühne, um tiefe persönliche Verletzungen und späte Heilung.«

Karin Krafft stoppte die beginnende Debatte. »Schluss jetzt, dafür haben wir keine Zeit. Es bleiben also ein Entführer und Cornelia Garowske als Bedrohte übrig. Von Aha, Sie leiten die Suche nach seinem Aufenthaltsort. Und bringen Sie mehr Einzelheiten zu dem Mann, der die Garowske festhält, ich will ein Profil.«

Gero von Aha sprintete erneut über den Platz.

Wieder klingelte Karin Kraffts Handy. Eine düstere, wild entschlossene Stimme gab Anweisungen.

»Gut, wir kommen runter. Ziehen Sie Ihre Leute zurück. Ich komme mit entsicherter Waffe und ziele auf Cornelia. Ich werde ihr die Waffe so lange an den Kopf halten, bis sie wirklich verhaftet ist. Ich kenne kein Pardon und kein Zurück. Ich habe nichts zu verlieren, und viel Zeit bleibt mir nicht mehr. Wenn ihr sie habt, könnt ihr mir eine Kugel in den Kopf jagen, das erspart mir qualvolle Wochen und Monate. Ich meine das ernst. Alle Fahrzeuge und die Männer auf den Dächern, alle sollen weg!«

»Runter« – das hieß, der Entführer hatte sich in eine Wohnung geflüchtet, vielleicht sogar in ein Dachgeschoss, von wo aus er den Überblick über den gesamten Platz und die Bewegungen der Polizei hatte. Karin gab den Befehl zum Rückzug.

Burmeester sah sie fragend an. Lag dort oben nicht auch das gerade bezogene Domizil des neuen Kollegen?

»Ich will hier kein Blutbad verursachen. Seine Reaktionen sind nicht kalkulierbar, und es gibt keine Verhandlungsbasis. Entweder wir verhaften Con, oder er erschießt sie.«

***

Beim Krisenstab lauschten alle Anwesenden angespannt über Funk, berieten in kurzen, knappen Sätzen über die Entwicklung, die das Drama in der Innenstadt nahm. Während Jerry noch mit Moritz im Gespräch war, sorgte Tom sich um die Sicherheit seiner Kollegen, ließ sich das Anlegen der Sicherheitswesten bestätigen und fragte nach Deckung. Auf diesem Weg erfuhr er, dass nicht alle Männer vom SEK abgezogen waren, aber für den Entführer unsichtbar blieben.
»Haben die Kollegen den Rücken gedeckt? Da steht doch kein Fahrzeug mehr.«
»Sie haben den Dom im Rücken, das ist schon sicher. Da gibt es Mauervorsprünge, die zusätzlichen Schutz bieten.«
Der Staatsanwalt bedeutete ihnen, sie sollten leiser sein, man verstehe ja nichts.
Schweigend warteten sie auf den nächsten Zug.

***

Die Tür des Hauses mit den Arkaden an der Ecke zur Köppeltorstraße ging auf, ein Mann schob eine Frau vor sich her. Er hielt ihr seine Waffe an die Schläfe. Karin meinte ihn zu erkennen, suchte einen Moment lang die zurückgedrängte Menge nach dem Diakon ab.
Gero von Aha folgte aufmerksam ihrem Blick. »Dort Conrad van Laak, Diakon aus Kevelaer, geborener Stricker. Hier Carl Stricker, lange verschollener Zwillingsbruder aus Erfurt. Die Einzelheiten der Familiengeschichte kennen Sie bereits.«
Sie verstand, da führte der andere Zwilling die Schwester auf den Platz. Der Mann schaute sich hektisch nach allen Seiten um. Plötzlich strauchelte er auffällig, ein inszenierter, einstudierter Stolperschritt, dachte Karin noch, während Cornelia Garowske die Gelegenheit nutzte, ihren Bruder umstieß und nach der Waffe griff. Sie riss den gestürzten Gegner in die Höhe und stellte ihn als Schutzschild vor sich.

Die Polizisten, die Menschen im Hintergrund, niemand regte sich. In Karins Kopf spulten sich die Möglichkeiten ab, die ihnen nun verblieben.

»Was soll das, Con? Das hat doch keinen Zweck!«

Mitten in ihre antrainierten strategischen Gedanken als Polizistin erreichte Karin die feste, klare Stimme der Frau. »Fahr den Wagen vor. Hier ist nichts zwecklos, Kindchen, es läuft nur anders als geplant.«

Burmeester stand hinter Karin, raunte ihr zu: »Aus dem Krisenstab wird der finale Schuss freigegeben, wenn sie Ernst macht. Das ist gegen die Regel, aber wir haben in diesem Fall Rückendeckung von höchster Stelle.«

Con bohrte ihrem Bruder die Waffe unter den Unterkiefer, ihre Finger spannten sich kräftig um den Abzug, ihre Knöchel schienen blutleer und weiß. Con bewegte die Fingerspitze am Abzug. Die kennt kein Erbarmen, dachte Karin.

»Okay, Schussfreigabe.«

Burmeester gab den Scharfschützen ein Zeichen.

Ein Schwarm Stadttauben stob mit knatternden Flügelschlägen hoch, als ein Schuss peitschte.

**

Der Krisenstab geriet in Unruhe, die Funkverbindung stand, trotzdem gab niemand den neuesten Stand durch. Tom meldete sich mit erforderlicher Funkdisziplin und erhoffte sich Berichterstattung von Burmeester. Der meldete sich mit Verzögerung.

»Finaler Schuss durchgeführt. Cornelia Garowske ist tot.«

**

Karin blickte fassungslos zu dem am Boden knienden Mann, der vor seiner leblosen Schwester hockte. Ein verbrauchtes, verlebtes, graues Gegenstück zu Conrad van Laak. Ein Beamter hatte die Waffe zur Seite gekickt und an sich genommen. Ein weiterer Polizist stand gemeinsam mit Gero von Aha neben Carl Stricker. Sie wollten ihm wohl den Moment des Abschieds lassen.

Was dann geschah, hatte Karin Krafft noch nie in ihrer Dienstzeit erlebt. Carl Stricker beugte sich zu seiner Schwester und berührte sie am Kopf. Kein Abschiedsgruß, nein, er schob erst das rechte, dann das linke Augenlid hoch, fühlte an der Halsschlagader nach dem Puls, um sich zu vergewissern, dass sie tot war. Bevor er aufstand, spuckte er ihr angewidert ins Gesicht. Voller Verachtung und ohne Trauer.

Gero von Aha zog ihn hoch, legte ihm den Arm über die Schulter und führte ihn zum Einsatzfahrzeug. Die beiden schauten sich an.

Was für ein erbärmlicher Kerl und welch übertriebene Geste, dachte Burmeester, der den beiden hinterherblickte. Gerade wollte er sich abwenden, als ihm eine kleine Bewegung auffiel. Nichts Weltbewegendes, nein, eine kaum bemerkbare Handbewegung. Die Hände von Carl Stricker und Gero von Aha berührten sich einen Moment lang, zwischen ihren Fingern blitzte ganz kurz auf, was von Aha entgegennahm. Mit resignierendem Kopfschütteln, gar leicht erbostem, aber mühsam beherrschtem Gesichtsausdruck ließ von Aha einen Schlüsselbund in seine Hosentasche gleiten.

Burmeester schaute sich um, kein anderer blickte in diese Richtung. Er allein hatte gesehen, was sich in dem kurzen Augenblick abgespielt hatte. Stricker hatte von Aha einen Schlüssel zugesteckt. Der Herr Kommissar als ungewollter Komplize? Hatte der alte, kranke Mann es darauf angelegt, dass jemand anders Con erschießen würde? Hatte der Neue einem vermutlich dreifachen Mörder geholfen? Was wäre, wenn er wirklich eine Schlüsselübergabe beobachtet hätte? Ging seine Phantasie mit ihm durch?

Erst da schaute Burmeester zu dem Haus am Großen Markt, aus dem die verfeindeten Geschwister gekommen waren. Dort wohnte von Aha seit Neuestem. Burmeester kombinierte, dass der Schlüssel zu dieser Wohnung passen musste. War dort der geplante Fluchtort gewesen? In diesem Fall hätte von Aha dem Entführer geholfen, irdische Gerechtigkeit zu schaffen, wo juristische Strafe verjährt und nicht mehr möglich war. Der Gedanke schien Burmeester absurd. Hatte von Aha zusammen mit Carl Stricker einen Showdown inszeniert, bei dem am Ende eine gezielte Polizeikugel die Todesstrafe des Vaters rächte? Dann hätte von Aha auch Moritz und Karin Krafft bei einer ausgeklügelten »Entführung« benutzt, um Schicksal zu spielen.

Burmeester schloss für einen kurzen Moment die Augen. Aha scherte sich nicht um Regeln, war durchaus ein Zyniker, aber kein Hasardeur und kein Verbrecher. Es konnte nur eine Erklärung geben: Gero hatte dem vom Leben hart gezeichneten und todkranken Carl Stricker lediglich helfen wollen, Con verhaften zu lassen, und bei der inszenierten Entführung mitgespielt. Doch nun hatte der mörderische Zwillingsbruder den zu naiven von Aha als Helfershelfer benutzt, um Con zu vernichten. Ja, so könnte es gewesen sein, bilanzierte Burmeester. Wie auch immer, der Neue hatte Schuld auf sich geladen. Verstört blickte Burmeester von Aha nach, der den Blick gesenkt hielt.

Was hatte er eigentlich genau gesehen? Waren die Verstrickungen zu beweisen? Schon wurde aus einer Beobachtung, einer Vermutung, einer Verdächtigung ein Nichts. Was blieb, war ein uraltes Gefühl, das er gut kannte: Misstrauen.

Epilog

»Blut-Traudl« musste nie vor Gericht. Sie starb 1995 als gut versorgte Pensionärin nach vielen Jahren im Staatsdienst.

Carl Stricker erlag nach drei Wochen in Haftgewahrsam den Folgen seiner Krankheit. Die Toten in der Sonsbecker Schweiz und der Anschlag auf Cornelia Garowske gingen auf sein Konto. Schon Wochen vor den Taten war er zwischen Erfurt und dem Niederrhein hin- und hergependelt.

In einer Gaststätte in der Nähe des Duisburger Hauptbahnhofs war er auf Spurensuche nach seinem geköpften Vater auf Patrick Leschek gestoßen. Jung, naiv und geldgierig, wie dieser war, ließ er sich für die Todesfahrt mit einem Lkw auf die Pilgergruppe anheuern. Als er Sektenführerin Con verfehlte, beschloss Carl Stricker, ihn aus dem Weg zu räumen. Sein Bruder Conrad, im Glauben, dem lange Verschollenen bei einem gesundheitlichen Problem zu helfen, besorgte aus einem Seniorenstift illegal Insulin. Er ahnte nicht, dass sein Zwillingsbruder damit den gedungenen Mörder Leschek beseitigen würde.

Die Sekte der »Gerechten der Welt« wurde von Amts wegen aufgelöst, was in der Öffentlichkeit auf gegensätzliche Meinungen stieß. Vereinzelte Proteste gegen die Unterdrückung der Glaubensfreiheit verliefen schnell und folgenlos.

Der Diakon Conrad van Laak verkraftete die Erlebnisse nicht. Ihm konnte die Verwüstung des Sektenzentrums nachgewiesen werden, wo er belastende Unterlagen gegen Con gesucht hatte. Er hatte nach dem vom versteckten Burmeester beobachteten Streit mit Con in der GdW-Zentrale vergeblich gehofft, dass seine Schwester ihre Schuld gegenüber Carl bekennt. Die Idee zur Entführung von Moritz Krafft war ihm bei der Durchsicht der Mitgliederdatei gekommen. Vor der Gerichtsverhandlung wurde Conrad van Laak aufgrund eines massiven psychotischen Schubs in die forensische Abteilung der LVR-Klinik in Bedburg-Hau eingeliefert. Dort wurde er von einem Psychologen, der nebenbei ein bekannter Krimiautor war, aus therapeutischen Gründen aufgefordert, sich seine Lebensgeschichte von der Seele zu schreiben. Staatsanwalt Haase besuchte weiterhin Gero von Aha im Büro, um sich mit Hilfe der werthaltig gestylten und die Wasserdampfströme so intensiv verteilenden Saeco eine unvergleichliche Kaffeemischung aufbrühen zu lassen. Mehrfach sagte er zu, auf eigene Kosten die alten Kaffeepötte der Behörde durch zur Hochglanzmaschine passende Designtassen zu ersetzen. Die Kriminalisten nickten dazu in froher und unerfüllter Erwartung.

Karin Krafft hatte nach der intensiven Berührung mit der deutschdeutschen Geschichte Interesse an ostdeutschen Landschaften und Städten entwickelt. Sie beschloss, mit Maarten und den Kindern eine Urlaubstour zwischen Thüringen, Sächsischer Schweiz und Mecklenburger Seenplatte zu machen.

Ein Ziel auf ihrem Weg durch die blühenden Landschaften war die Gedenkstätte beim Krematorium in Tolkewitz. Den Hingerichteten des untergegangenen Staates hatte man ein Grabmal gewidmet. Zunächst fanden alle den Gedanken gruselig. Maarten verstand, weshalb Karin dorthin musste. Moritz, der seine Entführung dank eines neuen Handys gut verarbeitet hatte, war beeindruckt von der Stätte, und die kleine Hannah fand alles prima, wenn nur ihre Leute in der Nähe waren.

An dem Gebäude, in dem der Henker die Erbarmungswürdigen zu Tode gebracht hatte, fanden sie ein Schild mit einem Sinnspruch:

»Nichts ist so fein gesponnen,
dass es nicht käm zur Sonnen«

Karin Krafft schrieb die Zeilen in ihr Reisetagebuch.

»... nicht käm zur Sonnen – wie wahr«, murmelte sie nachdenklich.

Quellenangaben

Aus der Vielzahl der möglichen Quellen möchten wir als für unser Thema besonders nützlich, weil anschaulich und lebensecht, hervorheben:
Jürgen Schreiber: Die Stasi lebt; 2009, Knaur
Zeit Geschichte: 1989 – Die geglückte Revolution; Nr. 2, 2009
Chrismon, Das evangelische Magazin: Die Oktober-Revolution …; Nr. 10, 2009
www.stasi-in-erfurt.de; www.einschluss.de

Danksagung

Bei unseren Recherchen war die Zusammenarbeit mit dem Stadtarchiv Wesel, dem Kreisarchiv Wesel und der Tourismus Gesellschaft Erfurt sehr angenehm und hilfreich. Das Wissen über manche Hintergründe wäre ohne sie nicht möglich gewesen.
Dafür möchten wir uns bedanken, ebenso wie bei den debattierfreudigen Studenten der Universität Erfurt, die uns einen (auch privaten) Einblick in ihr Leben gewährten, und den Menschen, die uns aus ihrem früheren Leben in der DDR und ihrem heutigen in der Bundesrepublik erzählt haben.

Thomas Hesse/Renate Wirth
DIE FÜCHSE
Broschur, 240 Seiten
ISBN 978-3-89705-423-3

»Eine interessante und amüsante Story um größtenteils sympathische Figuren, wie man sie am Niederrhein wirklich treffen kann.«
Krimi-Couch.de

»Eine spannende Geschichte mit Verwicklungen und Humor.«
NRZ

Jochen Butz liest
DIE FÜCHSE
Ein Niederrhein Krimi
von Thomas Hesse und
Renate Wirth
Hörbuch, 3 CDs
ISBN 978-3-89705-495-0

»Immer dann am schönsten, wenn der Niederrheiner an sich augenzwinkernd zu Wort kommt.«
nrz am Sonntag

»Kurzweiliges Vergnügen in typischer niederrheinischer Grundstimmung.«   Der Hörspiegel

www.emons-verlag.de

Thomas Hesse/Renate Wirth
DAS DORF
Broschur, 256 Seiten
ISBN 978-3-89705-376-2

»*Ein erfrischender Kriminalroman, witzig und mit Liebe zur niederrheinischen Landschaft und zu den Menschen dort geschrieben.*«
Krimi-Forum

»*Endlich mal ein Krimi, in dem mit antiker Waffe ganz modern gemordet wird. Erfrischend auch das Idiom der Bewohner. Witzig und keinesfalls provinziell.*« Rheinische Post

Thomas Hesse / Renate Wirth
DIE WÖLFIN
Broschur, 304 Seiten
ISBN 978-3-89705-510-0

»*›Die Wölfin‹ wartet mit einer großen Portion Lokalkolorit auf. Und die Krimihandlung nimmt einen rasanten Verlauf.*«
Rheinische Post

»*Das Ganze ist wieder mit dem typisch niederrheinischen Humor der Autoren gewürzt.*« nrz

www.emons-verlag.de

Thomas Hesse/Renate Wirth
DIE ELSTER
Broschur, 224 Seiten
ISBN 978-3-89705-629-9

»Eine niederrheinische Familiensaga der besonderen Art.«
Rheinische Post

»Die Szenen sind für Niederrheiner deshalb so interessant, weil sie an realen Orten spielen und das Kopfkino beim Leser so automatisch Unterstützung bekommt.«   NRZ Wesel

www.emons-verlag.de